U0789154

珍藏版

赵文博 主编

辽海出版社

孝武本纪第十二①

孝武皇帝者②，孝景中子也③。母曰王太后。孝景四年，以皇子为胶东王④。孝景七年，栗太子废为临江王⑤，以胶东王为太子。孝景十六年崩，太子即位，为孝武皇帝。孝武皇帝初即位，尤敬鬼神之祀。

【注释】

①孝武本纪：《太史公自序》作"今上本纪"，且本纪中叙武帝事迹时都称"上""今上""今天子"等，可知篇名称谥号"孝武"，于理所无。②孝武皇帝（前156—前87年）：名彻。景帝之子。前141年至前87年在位。他继承文、景之业，对内实行经济统制，加强中央集权，对外用兵，进击匈奴，开拓疆土。尊儒术，倡仁义，黜百家，建太学，置五经博士。在位期间，为西汉一代军事、政治、经济、文化的极盛时期。③孝景（前188—前141年），即景帝刘启。文帝之子。前157—前141年在位。他继文帝之后，继续采取"与民休息"政策，轻徭薄赋，重农抑商，兴办水利，发展农业生产。④胶东：封国名。辖今山东半岛中部地区，都城在即墨（今山东省平度市东南）。⑤栗太子：即景帝之子刘荣，为栗姬所生。后因罪自杀。临江：封国名。辖今湖北省西南部地区，都城在江陵（今湖北省江陵县）。

元年①，汉兴已六十余岁矣②，天下乂安③，荐绅之属皆望天子封禅改正度也④。而上乡儒术⑤，招贤良⑥，赵绾、王臧等以文学为公卿⑦，

汉武帝像，选自《大汉三合明珠宝剑全传》。

欲议古立明堂城南⑧，以朝诸侯。草巡狩封禅改历服色事未就⑨。会窦太后治黄老言⑩，不好儒术，使人微得赵绾等奸利事⑪，召案绾、臧⑫，绾、臧自杀，诸所兴为者皆废。

【注释】

①元年：汉武帝建元元年（前140年）。②六十余岁：指从汉高祖刘邦公元前202年称帝，到这时已六十多年。③乂（yì）安：太平无事。④荐绅：同"搢绅""缙绅"。指将笏（hù）插在官服的大带与革带之间，是古代高级官吏的装束，后用作官宦的代称。封禅（shàn）：帝王祭祀天地的典礼。曾登泰山封禅，此后的历代王朝也都以此作为国家大典。改正（zhēng）度：改换正朔（一年和一月的开始，即一年的正月初一）和服色等制度。古时改朝换代，新即位的帝王为了表示"应天承运"，改故用新，必须重新确定正朔等制度。⑤上：指君主。乡：通"向"。倾向。引申为崇尚。儒术：儒家的学术。⑥贤良：又称"贤良方正""贤良文学"。汉代选拔统治人才的科目之一。汉文帝为了询访政治得失，始诏"举贤良方正能直言极谏者"，中选者则授予官职。⑦赵绾（wǎn）：代（今河北省蔚县东北）人，当时任御史大夫。王臧：兰陵（今山东省枣庄市东南）人，当时任郎中令。公卿：三公、九卿的统称。⑧明堂：古代帝王宣明政教的地方，凡朝会、祭祀、庆赏、选士、养老、教学等大典，都在此举行。后来宫室渐备时，另在近郊东南面建明堂，以存古制。⑨"草巡狩"句：草拟的巡狩、封禅和改换历法、服色等计划没有实现。巡狩，指皇帝出巡，视察诸侯所守的封地，一般每五年一次。⑩窦太后：文帝的皇后。景帝即位后，尊她为皇太后。是武帝的祖母。⑪微：暗中察访。奸利事：指以非法手段牟取私利，如贪污受贿等情事。⑫召案：传讯审查定罪。案，通"按"，考问。

后六年①，窦太后崩。其明年，上征文学之士公孙弘等②。

【注释】

①后六年：指建元六年，即公元前135年。②公孙弘（前200—前121年）：菑川薛（今山东省寿光市南）人。狱吏出身，学《春秋》杂说，武帝初征为博士。

明年，上初至雍①，郊见五畤②。后常三岁一郊③。是时上求神君④，舍之上林中蹄氏观⑤。神君者，长陵女子⑥，以子死悲哀故，见神于先后宛若⑦。宛若祠之其室，民多往祠。平原君往祠⑧，其后子孙以尊显。及武帝即位，则厚礼置祠之内中，闻其言，不见其人云。

【注释】

①雍：县名。治所在今陕西省凤翔县南。②郊：古代祭礼之一。即在郊外祭祀天地。五畤（zhì）：古代祭祀天地五帝的五个固定处所。地在今陕西省凤翔县南。③三岁一郊：即三年中头年祭天，次年祭地，第三年祭五畤，每三年轮到一次。④神君：古代对神灵的敬称，这里指长陵女子。⑤上林：苑名。秦时所建，武帝加以扩大，周围达两百多里，内有离宫、馆、观七十多座。苑中放养各种禽兽，供皇帝春秋时打猎。在今陕西省西安市西及周至、户县界。蹄氏观（guàn）：庙宇名。在上林苑中。⑥长陵：县名。汉高帝陵墓所在，故址在今陕西省西安市西北。⑦先后：古代兄弟的妻子之间相称为"先后"，相当于"姒娣"。宛（yuān）若：人名。⑧平原君：武帝的外祖母，叫臧儿。

是时而李少君亦以祠灶、谷道、却老方见上①，上尊之。少君者，故深泽侯入以主方②。匿其年及所生长③，常自谓七十，能使物④，却老。其游以方遍诸侯。无妻子。人闻其能使物及不死，更馈遗之⑤，常馀金钱帛衣食。人皆以为不治产业而饶给⑥，又不知其何所人，愈信，争事之⑦。少君资好方⑧，善为巧发奇中⑨。尝从武安侯饮⑩，坐中有年九十余老人，少君乃言与其大父游射处⑪，老人为儿时从其大父行，识其处，一坐尽惊。少君见上，上有故铜器，问少君。少君曰："此器齐桓公十年陈于柏寝。"已而案其刻⑫，果齐桓公器。一宫尽骇，以少君为神，数百岁人也。

【注释】

①是时：这时；当时。而：助词。祠灶：祭祀灶神以求安。谷道：种谷得金的道术。一说不吃粮食而能生活，是长生不老的方式。却老：防止衰老，延长寿命。方：方术；道术。②深泽侯：赵胡。他继承祖爵为深泽侯。主方：主管方术医药之事。③匿：隐瞒。生长：指生平履历等。④使物：驱使鬼神或使用药物。⑤更：连续；纷纷。⑥治：管理；经营。饶给：富裕。⑦事：侍奉。⑧资：资质，指人的天资禀赋。⑨巧发奇中（zhòng）：能用巧言猜中。⑩武安侯：田蚡（fén）。长陵人。景帝王皇后的弟弟。武帝时封武安侯，拜太尉，后迁丞相。⑪大父：祖父。游射：出游射猎。⑫已而：随即。案：通"按"。查验。

少君言于上曰：“祠灶则致物①，致物而丹沙可化为黄金②，黄金成以为饮食器则益寿，益寿而海中蓬莱仙者可见③，见之以封禅则不死，黄帝是也④。臣尝游海上，见安期生⑤，食臣枣⑥，大如瓜。安期生仙者，通蓬莱中，合则见人⑦，不合则隐。”于是天子始亲祠灶，而遣方士入海求蓬莱安期生之属⑧，而事化丹沙诸药齐为黄金矣⑨。

【注释】

①致物：指招来鬼神。②丹沙：即朱砂（硫化汞）。矿物名。供药用，也可作颜料。古代方士说它可以炼制长生不老药或黄金。③蓬莱：古代传说东海中的三座仙山之一。④黄帝：传说中中原各族的共同祖先。相传他得到各部落的拥戴，先后打败炎帝，击杀蚩尤，被推为部落联盟领袖。⑤安期生：古代传说中的道家仙人。⑥食（sì）：通“饲”。给人吃。枣：传说中的仙果。⑦合：和合；融洽。这里指道相合。⑧方士：方术之士。指古代求仙、炼丹，自称能长生不死的人。这些人常以修炼成仙和不死之药等方术骗取统治者的信任。⑨事：从事。齐（jì）：通“剂”。

居久之①，李少君病死。天子以为化去不死也②，而使黄锤史宽舒受其方③。求蓬莱安期生莫能得，而海上燕齐怪迂之方士多相效，更言神事矣。

【注释】

①居久之：过了许久。②“天子以为”句：据《汉书起居》载：“李少君将去，武帝梦与共登嵩高山，半道，有使乘龙时从云中云‘太一请少君’，帝谓左右‘将舍我去矣’。数月而少君病死。又发棺看，唯衣冠在也。”③黄：县名。治所在今山东省黄县东。锤：县名。治所在今山东省文登市西。宽舒：后任祠官。

亳人薄诱忌奏祠泰一方①，曰：“天神贵者泰一，泰一佐曰五帝②。古者天子以春秋祭泰一东南郊，用太牢具③，七日，为坛开八通之鬼道④。”于是天子令太祝立其祠长安东南郊⑤，常奉祠如忌方。其后人有上书，言“古者天子三年一用太牢具祠神三一：天一，地一⑥，泰一”。天子许之，令太祝领祠之忌泰一坛上，如其方。后人复有上书，言“古者天子常以春秋解祠⑦，祠黄帝用一枭破镜⑧；冥羊用羊⑨；祠马行用一青牡马⑩；泰一、皋山山君、地长用牛⑪；武夷君用干鱼⑫；阴阳使者以一牛⑬”。令祠官领之如其方，而祠于忌泰一坛旁。

【注释】

①亳（bó）：地名。有南亳（今河南省商丘市南）、北亳（今山东曹县南）、西亳（今河南省偃师县西）等几处，都曾为商朝的都城。②佐：辅佐。指辅佐泰一的神。五帝：传说中的天上五方之帝：东方苍帝，名为灵威仰；南方赤帝，名为赤熛怒；中央黄帝，名为含枢纽；西方白帝，名为招拒；北方黑帝，名为汁光纪。一说五帝即太昊（hào）、炎帝、黄帝、少昊、颛顼（zhuān xū）。③太牢：古代盛肉食用的器具叫牢，大的叫太牢。太牢用来盛牛、羊、猪三牲，所以也把祭祀时并用的三牲叫作"太牢"。④坛：土筑的高台。古代用来举行祭祀、朝会、盟誓等大事。八通之鬼道：坛的八方有通行的石阶，作为神鬼来往的走道。⑤太祝：官名。主管祭祀祈祷之事。⑥天一，地一：都是神名。⑦解祠：为了消灾解祸而举行祭祀。⑧枭（xiāo）：通"鸮"。传说中吃母的恶鸟。破镜：又叫"獍"。传说中吃父的恶兽。⑨冥羊：神名。⑩马行：神名。⑪皋山山君、地长（zhǎng）：都是神名。⑫武夷君：武夷山神。武夷山在今福建省崇安县南。⑬阴阳使者：神名。

其后，天子苑有白鹿①，以其皮为币②，以发瑞应③，造白金焉④。

【注释】

①天子苑：指当时的皇家园林上林苑。②币：指既作货币，又用以作垫璧礼品的白鹿皮币。法律规定，鹿皮方尺，值黄金一斤。③瑞应：吉祥的征兆。④白金：银。这里指银锡合金。

其明年，郊雍，获一角兽①，若麃然②。有司曰③："陛下肃祗郊祀④，上帝报享⑤，锡一角兽⑥，盖麟云⑦。"于是以荐五畤⑧，畤加一牛以燎⑨。赐诸侯白金，以风符应合于天地⑩。

【注释】

①一角兽：长着一只角的野兽。②麃（páo）：同"麅"。古代鹿的一种，据说外形像獐，牛尾，一角。③有司：即主管官吏。古代设官分职，诸事各有专人主管，所以称有关主管官员为"有司"。④陛（bì）下：臣下对帝王的尊称。肃祗（zhī）：庄严恭敬。⑤报享：报答对他的祭祀。⑥锡：赐；给予。麟：麒麟。古代传说中的一种动物，外形像鹿，独角，全身生鳞甲，牛尾。一般认为是吉祥的象征，与龙、凤、龟一起称为"四灵"。⑧荐：进献。⑨燎（liào）：焚柴祭天的祭礼。⑩风（fěng）：通"讽"。

暗示。符应：古代迷信，以所谓天降祥瑞来附会人事，称为符应，又叫"瑞应"。

于是济北王以为天子且封禅①，乃上书献泰山及其旁邑②。天子受之，更以他县偿之。常山王有罪③，迁④，天子封其弟于真定⑤，以续先王祀，而以常山为郡。然后五岳皆在天子之郡。

【注释】

①济北王：刘胡。汉高帝曾孙。②泰山：在今山东省中部。古称东岳，主峰玉皇顶在今泰安市北。古代帝王常在泰山举行封禅大典。③常山王：刘勃。汉景帝之孙。国辖今河北省西南部分地区，都城在元氏（今元氏县西北。）④迁：流放。⑤真定：县名。在今河北省正定县南。武帝置真定国，都城设此。

女巫出入图。选自明·张居正《帝鉴图说》，讲述汉武帝喜好神仙之道，致使女巫出入宫中。

其明年，齐人少翁以鬼神方见上①。上有所幸王夫人②，夫人卒，少翁以方术盖夜致王夫人及灶鬼之貌云③，天子自帷中望见焉④。于是乃拜少翁为文成将军⑤，赏赐甚多，以客礼礼之⑥。文成言曰："上即欲与神通⑦，宫室被服不象神，神物不至。"乃作画云气车，及各以胜日驾车辟恶鬼⑧。又作甘泉宫⑨，中为台室，画天、地、泰一诸神，而置祭具以致天神。居岁余，其方益衰⑩，神不至。乃为帛书以饭牛⑪，详弗知也，言此牛腹中有奇。杀而视之，得书，书信甚怪，天子疑之。有识其手书，问之人，果伪书。于是诛文成将军而隐之。

【注释】

①少翁：即"少年老人"的意思。②王夫人：武帝的爱妾。③云：句末助词。④帷：帐幕。⑤拜：授予官职。⑥礼之：以礼节接待他。⑦即：如果；假使。⑧胜日：指干支五行相胜（克）之日。如甲乙日驾青车，丙丁日驾赤车占据优势。又驾青车办土事，驾赤车办金事占据优势之类。辟：排除；驱走。⑨甘泉宫：宫名。又叫云阳宫。⑩益衰：越发不见灵验。

⑪饭牛：喂牛。指将帛书让牛吞食下去。

其后则又作柏梁、铜柱承露仙人掌之属矣①。

【注释】

①柏梁：台名。台高二十丈，相传以香柏为梁，所以称"柏梁台"。

文成死明年，天子病鼎湖甚①，巫医无所不致，不愈。游水发根乃言曰②："上郡有巫③，病而鬼下之。"上召置祠之甘泉。及病，使人问神君④。神君言曰："天子毋忧病⑤。病少愈，强与我会甘泉⑥。"于是病愈，遂幸甘泉⑦，病良已⑧。大赦天下，置寿宫神君⑨。神君最贵者大夫，其佐曰大禁、司命之属，皆从之。非可得见，闻其音，与人言等。时去时来，来则风肃然也。居室帷中。时昼言，然常以夜。天子祓⑩，然后入。因巫为主人，关饮食⑪。所欲者言行下。又置寿宫、北宫⑫，张羽旗⑬，设供具，以礼神君。神君所言，上使人受书其言，命之曰"画法"⑭。其所语，世俗之所知也，毋绝殊者⑮，而天子独喜⑯。其事秘，世莫知也。

【注释】

①鼎湖：宫名。故址在今陕西省蓝田县境，地近宜春（今陕西省西安市长安区南）；一为地名，在今河南省灵宝市，此说似不确。②游水发根：姓游水，名发根。③上郡：郡名。辖今陕西省北部和内蒙古河套以南地区，郡治在肤施（今陕西省榆林县东南）。④神君：指巫师所说的鬼。⑤毋：莫；不用。⑥强（qiǎng）：勉强；勉强支持。⑦幸：封建时代称帝王亲临。⑧良：的确；真的。⑨寿宫：神庙。⑩祓（fú）：为除灾去邪而举行的一种祭礼。⑪关：领取。⑫北宫：宫名。旧址在今陕西省西安市长安区西北。⑬羽旗：用羽毛作装饰的旗帜。⑭画法：记下法术。⑮毋：通"无"。⑯独：单独；独自。

其后三年，有司言元宜以天瑞命①，不宜以一二数。一元曰"建元"②，二元以长星曰"元光"③，三元以郊得一角兽曰"元狩"云④。

【注释】

①元：开始。这里指纪元。②建元：我国古代第一个年号。汉武帝以前，帝王纪年只有年数，没有年号。到武帝元狩年间，才开始采用年号纪年，并追定建元以来的年号。③长星：彗星的一种。④三元：武帝的第三个年号为"元朔"，第四个年号才是"元狩"。元狩：即上文所叙

武帝元狩元年在雍县郊祀五帝时获得独角兽一事，因附会为天赐麒麟，所以定年号为"元狩"。

　　其明年冬，天子郊雍，议曰："今上帝朕亲郊①，而后土毋祀②，则礼不答也③。"有司与太史公、祠官宽舒等议④："天地牲角茧栗⑤。今陛下亲祀后土，后土宜于泽中圜丘为五坛⑥，坛一黄犊太牢具，已祠尽瘗⑦，而从祠衣上黄⑧。"于是天子遂东⑨，立后土祠汾阴脽上⑩，如宽舒等议。上亲望拜⑪，如上帝礼。礼毕，天子遂至荥阳而还⑫。过雒阳⑬，下诏曰："三代邈绝⑭，远矣难存。其以三十里地封周后为周子南君⑮，以奉先王祀焉。"是岁，天子始巡郡县，侵寻于泰山矣⑯。

【注释】

　　①朕（zhèn）：皇帝自称。②后土：地神。③答：回报，引申为周全。④太史公：指司马谈（司马迁的父亲）。⑤天地牲角茧栗：祭祀天地用的牛，其角要小如蚕茧或板栗。⑥圜（yuán）丘：祭天的坛。因外形圆如天体，高如小丘，所以称"圜丘"。圜，同"圆"。⑦瘗（yì）：埋葬。⑧从祠：陪祭。这里指陪祭者。上：通"尚"。崇尚。⑨东：⑩汾阴脽（shuí）：即汾脽。汾阴县治（今山西省万荣县西南）所在地。宽约二里，高十余丈。县西后土祠，为武帝时所建。脽，高丘。⑪望拜：遥望远方，拜祭神灵。⑫荥（xíng）阳：县名。在今河南省荥阳市东北。⑬雒（luò）阳：都邑名。在今河南省洛阳市东北。当时是河南郡的郡治。雒，三国时改作"洛"。⑭三代：指夏、商、周三代。⑮周子南君：指周朝的后代姬嘉。⑯侵寻于泰山：指武帝将有泰山之行。侵寻，同"侵淫"，渐近。

　　其春，乐成侯上书言栾大①。栾大，胶东宫人②，故尝与文成将军同师，已而为胶东王尚方③。而乐成侯姊为康王后④，毋子⑤。康王死，他姬子立为王。而康后有淫行，与王不相中⑥，得相危以法⑦。康后闻文成已死，而欲自媚于上，乃遣栾大因乐成侯求见言方⑧。天子既诛文成，后悔恨其早死，惜其方不尽，及见栾大，大悦。大为人长美，言多方略⑨，而敢为大言，处之不疑⑩。大言曰："臣尝往来海中，见安期、羡门之属⑪。顾以为臣贱⑫，不信臣。又以为康王诸侯耳，不足予方。臣数言康王，康王又不用臣。臣之师曰：'黄金可成，而河决可塞，不死之药可得，仙人可致也⑬。'臣恐效文成，则方士皆掩口，恶敢言方哉⑭！"上曰："文成食马肝死耳⑮。子诚能修其方⑯，我何爱乎⑰！”大曰：“臣师非有求人，人主求之。陛下必欲致之，则贵其使者⑱，令为亲属，以客礼待之，勿卑，使各佩其信印，乃可使通言于神人。神人尚肯邪不邪⑲。致尊其使⑳，然后可致也。”于是上使先验小方，斗旗㉑，旗自相触击。

【注释】

①乐成侯：丁义。②胶东：指当时的胶东王、景帝之子刘寄。宫人：官名。掌管诸侯王的日常生活事务。③尚方：官名。掌管配制药方等事务。④康王：刘寄的谥号。⑤毋：通“无”。⑥中（zhòng）：投合。⑦危：危害；倾轧。⑧因：凭借；通过。⑨方略：计谋策略。⑩处之不疑：指说谎话而神色自若。⑪安期、羡门：即传说中的仙人安期生、羡门高。⑫顾：但；不过。⑬致：求得。⑭恶（wū）：何；怎么。⑮马肝：相传马肝有毒，人吃了会丧命。⑯诚：果真；如果。副词。⑰爱：吝惜；舍不得。⑱贵：使之尊贵。⑲邪（yé）：语助词，表疑问。不（fǒu）：同“否”。⑳致尊：尽量尊重他的使者。㉑斗旗：方士利用磁性相斥相引的作用，使棋子在棋盘上自相触击，用这种魔术手段来骗人。

是时上方忧河决①，而黄金不就②，乃拜大为五利将军。居月余，得四金印，佩天士将军、地士将军、大通将军、天道将军印。制诏御史③：“昔禹疏九江④，决四渎⑤。间者河溢皋陆⑥，堤繇不息⑦。朕临天下二十有八年⑧，天若遗朕士而大通焉⑨。《乾》称‘蜚龙’，‘鸿渐于般’⑩，意庶几与焉⑪。其以二千户封地士将军大为乐通侯⑫。”赐列侯甲第⑬，僮千人⑭。乘舆斥车马帷帐器物以充其家⑮。又以卫长公主妻之⑯，赍金万斤⑰，更名其邑曰当利公主⑱。天子亲如五利之第⑲。使者存问所给，连属于道⑳。自大主将相以下㉑，皆置酒其家，献遗之。于是天子又刻玉印曰“天道将军”，使使衣羽衣㉒，夜立白茅上㉓，五利将军亦衣羽衣，立白茅上受印，以示弗臣也㉔。而佩“天道”者，且为天子道天神也㉕。于是五利常夜祠其家，欲以下神㉖。神未至而百鬼集矣，然颇能使之。其后治装行㉗，东入海，求其师云。大见数月㉘，佩六印，贵振天下㉙，而海上燕齐之间，莫不搤捥而自言有禁方㉚，能神仙矣。

【注释】

①方：正当。河：黄河。②黄金不就：指用丹砂、铅锡来提炼黄金的事没有成功。③御史：官名。④禹：古代部落联盟领袖。也称大禹、夏禹。姓

姒（sì）。原为夏后氏部落领袖，奉舜之命治理洪水有功，被舜选为继承人。九江：指长江在今湖北省境内的九条水道。《汉书·郊祀志》作"九河"，则是指黄河在河北省境内的九条水道。⑤决：开道引水。四渎（dú）：古代对四条独流入海的大川的总称，即是江（长江）、河（黄河）、淮（淮河）、济（济水）四水。⑥间（jiān）者：指近年以来。皋陆：高地。指河岸。皋，通"高"。⑦堤繇（yáo）：修筑堤防的劳役。繇，通"徭"，劳役。⑧临：统管；治理。⑨通：通晓。指了解天意。⑩乾（qián）称蜚龙，鸿渐于般（pán）：称赞获得了道术，如飞龙在天上游弋，腾跃自如；找到了方士，似鸿鸟渐近涯岸，高飞远翔。⑪庶几（jī）：也许；差不多。表希望推测之词。与：赞许。⑫其：应当。祈使副词。乐通：地名。在今江苏省泗洪县东南。⑬列侯：秦汉时二十等爵位的最高一级。甲第：上等房屋。旧时官僚住宅有甲乙等第之分，所以称豪华住宅为甲第。⑭僮（tóng）：奴仆。⑮乘（shèng）舆：帝王乘坐的车辆。斥：剩余的；不用的。帷帐：宫室的帐幕，借指宫廷。⑯卫长公主：武帝卫皇后的长女。妻（qì）：以女嫁人。动词。⑰赍（jī）：赠送；赐给。⑱当利：县名。治所在今山东省莱州市西南。⑲如：往；去。动词。⑳存问：慰问；省视。所：当依《封禅书》和《汉书·郊祀志》作"供"。㉑大主：大长公主的省称。㉒使（shǐ）使（旧读shì，今读shǐ）：派遣使者。衣（yì）：穿。动词。羽衣：用鸟羽制成的衣服，后用来称道士的衣服。㉓白茅：多年生野草。古代常用来包裹祭祀用的礼物。㉔臣：以动用法。㉕道：通"导"。引导。㉖下：使动用法。㉗治装：整理行装。㉘见：被引见。㉙振：通"震"。震惊。㉚搤捥（è wàn）：同"扼腕"。握着手腕，表示情绪激动精神振奋的动作。

　　其夏六月中，汾阴巫锦为民祠魏脽后土营旁①，见地如钩状，掊视得鼎②。鼎大异于众鼎，文镂毋款识③，怪之，言吏。吏告河东太守胜④，胜以闻⑤。天子使使验问巫锦得鼎无奸诈，乃以礼祠，迎鼎至甘泉，从行，上荐之。至中山⑥，晏温⑦，有黄云盖焉。有麃过，上自射之，因以祭云。至长安，公卿大夫皆议请尊宝鼎⑧。天子曰："间者河溢，岁数不登⑨，故巡祭后土，祈为百姓育谷。今年丰庑未有报⑩，鼎曷为出哉⑪？"有司皆曰："闻昔大帝兴神鼎一⑫，一者一统，天地万物所系终也⑬。黄帝作宝鼎三，象天地人也⑭。禹收九牧之金⑮，铸九鼎，皆尝鬺烹上帝鬼神⑯。遭圣则兴⑰，迁于夏商。周德衰，宋之社亡⑱，鼎乃沦伏而不见⑲。《颂》云'自堂徂基，自羊徂牛；鼐鼎及鼒。不虞不骜，胡考之休'⑳。今鼎至甘泉，光润龙变㉑，承休无疆。合兹中山，有黄白云降盖，若兽为符㉒，路弓乘矢㉓，集获坛下㉔，报祠大飨㉕。惟受命而帝者心知其意而合德焉㉖。鼎宜见于祖祢㉗，藏于帝廷㉘，以合明应㉙。"制曰㉚："可。"

【注释】

①巫：古代称能够以舞降神的人。女的称巫，男的称觋（xí）。锦：人名。魏脽：即汾阴脽，因原属魏国，所以称魏脽。营：祠庙周围的界限。②掊（póu）：通"抔"。用手扒土。③文缕（lǚ）：雕刻的花纹。④河东：郡名。辖今山西省西南部地区，郡治在安邑（今夏县西北）。太守：官名。郡的最高行政长官。胜：人名。⑤闻：传报。⑥中（zhòng）山：山名。在今陕西省淳化县东南。⑦晏温：天气晴和温暖。⑧大夫：官名。名目甚繁，多系中央要职和顾问。⑨登：庄稼成熟。⑩丰庑（wú）：丰收。庑，茂盛。报：报赛。农事完毕之后举行的祭祀。⑪曷（hé）为：为何；为什么。⑫大帝：也作"泰帝"。传说中的太昊伏羲氏。神鼎：对宝鼎的美称。⑬系终：归结。⑭象：象征；代表。⑮九牧：即九州。牧原指州的长官。⑯鬺（shāng）烹：烹煮，特指烹煮牲畜以祭祀。⑰兴：兴起，出现。⑱宋：国名。⑲见：通"现"。出现。⑳《颂》：指《诗经》中的《周颂·丝衣》。徂（cú）：往；到。基：指门外两侧房屋的地基。鼐（nài）：大鼎。鼒（zī）：小鼎。虖：喧哗。骜：通"傲"。傲慢。胡考：长寿。休：福禄。㉑光润：指鼎的外表光彩华美。龙变：龙是古代传说中的一种神异动物，能上天下海，变化莫测，这里用"龙变"来形容鼎的光彩的变幻神奇。㉒符：祥瑞；吉祥之兆。㉓路弓：大弓。㉔集：会聚。㉕大禴：古代帝王诸侯合祭历代祖先的祭礼。㉖合德：天人互相感应。迷信者认为天能干预人事，人的行为也能感动上天。㉗祖祢（nǐ）：祖先。古代父死，神主进入祖庙以后称"祢"。㉘帝廷：指甘泉宫内供奉天帝的殿廷。㉙明应：上天所降符瑞的应验。㉚制：称帝王的命令。

入海求蓬莱者言蓬莱不远，而不能至者，殆不见其气①。上乃遣望气佐候其气云②。

【注释】

①殆（dài）：大概。②望气佐：指善于望气的官员。候：等候观察。

其秋，上幸雍，且郊①。或曰"五帝，泰一之佐也，宜立泰一而上亲郊之"。上疑未定。齐人公孙卿曰②："今年得宝鼎，其冬辛巳朔旦冬至③，与黄帝时等。"卿有札书曰④："黄帝得宝鼎宛朐⑤，问于鬼臾区⑥。区对曰：'帝得宝鼎神策⑦，是岁己酉朔旦冬至，得天之纪⑧，终而复始。'于是黄帝迎日推策⑨，后率二十岁得朔旦冬至⑩，凡二十推⑪，三百八十年，黄帝仙登于天。"卿因所忠欲奏之⑫。所忠视其书不经⑬，疑其妄书，谢曰⑭："宝鼎事已决矣，尚何以为！"卿因嬖人奏之⑮。上大说⑯，召问卿。对曰："受此书申功⑰，申功已死。"上曰："申功何人也？"卿曰："申功，齐人也。与安期生通，受黄帝言，无书，独有此鼎书。曰'汉兴复当黄帝之时，汉之圣者在高祖之孙且曾孙也⑱。宝鼎出而与神通，封禅。封禅七十二王，唯黄帝得上泰山封'。申功曰：'汉主亦当上封，上封则能仙登天矣。黄帝时万诸侯，而神灵之封居七千⑲。天下名山八，而三在蛮夷⑳，五在中国㉑。中国华山、首山、太室、泰山、东莱㉒，此五山黄帝之所常游，与神会。黄帝且战且学仙。患百姓非其道㉓，乃断斩非鬼神者㉔。百余岁然后得与神通。黄帝郊雍上帝，宿三月。鬼臾区号大鸿㉕，死葬雍，故鸿冢是也㉖。其后黄帝接万灵明廷。明廷者，甘泉也。所谓寒门者㉗，谷口也㉘。黄帝采首山铜，铸鼎于荆山下㉙。鼎既成，有龙垂胡髯下迎黄帝㉚。黄帝上骑，群臣后宫从上龙七千余人，龙乃上去。余小臣不得上，乃悉持龙髯，龙髯拔，堕黄帝之弓。百姓仰望黄帝既上天，乃抱其弓与龙胡髯号㉛，故后世因名其处曰鼎湖㉜，其弓曰乌号。'"于是天子曰："嗟乎㉝！吾诚得如黄帝，吾视去妻子如脱蹝耳㉞。"乃拜卿为郎㉟，东使候神于太室。

【注释】

①且：将要。②公孙卿：方士。③其冬辛巳朔旦冬至：这年仲冬辛巳日是朔日，早晨交冬至中气。朔，指月亮运行到太阳与地球之间和太阳同时出没时所呈现的新月月相，这种现象一般出现在夏历每月初一，因此一般称初一为朔日。④札书：写在木简上的文章。⑤宛朐（yuān qú）：县名。治所在今山东省菏泽市西南。⑥鬼臾（yú）区：传说中黄帝的臣子。⑦神策：占卜用的蓍（shī）草。⑧纪：历数。⑨迎日推策：按日月推算历法，预知朔望节气等。⑩率：大率；通常。⑪推：指推算次数。⑫所忠：武帝的近臣。⑬经：正常；寻常。⑭谢：推托。⑮嬖（bì）人：宠爱的人。⑯说：通"悦"。高兴。⑰申功：方士。⑱且：或者。选择连词。⑲神灵之封：指为主持祭祀名山大川而建立的封国。居：占。有。⑳蛮夷：古代对南方和东方各族的泛称。这里指中原华夏族以外的四方各族。㉑中国：指中原地区。㉒华山：山名。古称西岳。在今陕西省东部。首山：山名。在今山西省永济市南。太室：指嵩山。古称中岳（按中岳实含太室、少室二山）。

在今河南省登封市北。东莱：即莱山。有两座：一在今山东省莱阳县北，一在今山东省龙口市东南。㉓患：忧虑。非：非难；反对。㉔断斩：审判斩杀。㉕号：别名。㉖冢（zhǒng）：隆起的坟墓。㉗寒门：一作"塞门"。㉘谷口：即中山的谷口，因谷北寒凉，所以称为"寒门"。㉙荆山：山名。在今河南省灵宝市境。㉚胡：颈部下垂之肉。䫇（rán）：颊上的长须。㉛号（háo）：大声哭喊。㉜名：命名；起名。动词。㉝嗟（jiē）乎：感叹声。㉞蹝（xǐ）：鞋子。㉟郎：皇帝侍从官的通称。

上遂郊雍，至陇西[1]，西登空桐[2]，幸甘泉。令祠官宽舒等具泰一祠坛[3]，坛放薄忌泰一坛[4]，坛三垓[5]。五帝坛环居其下，各如其方[6]，黄帝西南，除八通鬼道。泰一所用，如雍一時物[7]，而加醴枣脯之属[8]，杀一牦牛以为俎豆牢具[9]。而五帝独有俎豆醴进[10]。其下四方地，为馔食群神从者及北斗云[11]。已祠，胙余皆燎之[12]。其牛色白，鹿居其中，彘在鹿中[13]，水而洎之[14]。祭日以牛，祭月以羊彘特[15]。泰一祝宰则衣紫及绣[16]。五帝各如其色，日赤，月白。

【注释】

①陇西：郡名。辖今甘肃省东南部地区，郡治在狄道（今甘肃省临洮县）。②空桐：即崆峒。山名。在今甘肃省平凉市西。③具：备置；供设。④放（fǎng）：通"仿"。⑤垓（gāi）：台阶的级次。⑥方：方位。⑦一時：指五時之一。⑧醴（lǐ）：甜酒。脯（fǔ）：干肉。牦牛：一种毛很长的牛。⑩独：只；仅。进：进献；供奉。⑪馔（zhuì或chuò）：连续祭祀。⑫胙（zuò）余：祭祀后剩余的酒肉。⑬"鹿居其中"二句：指将鹿纳入牛的体腔内，又把猪纳入鹿的体腔内。彘（zhì）猪。⑭洎（jì）：添水浸润。⑮特：牲畜一头称为"特"。⑯祝宰：指主持司祭的官员。

十一月辛巳朔旦冬至，昧爽[1]，天子始郊拜泰一。朝朝日[2]，夕夕月[3]，则揖；而见泰一如雍礼。其赞飨曰[4]："天始以宝鼎神策授皇帝，朔而又朔，终而复始，皇帝敬拜见焉。"而衣上黄。其祠列火满坛，坛旁烹炊具。有司云"祠上有光焉"。公卿言"皇帝始郊见泰一云阳，有司奉瑄玉嘉牲荐飨[5]。是夜有美光，及昼，黄气上属天[6]"。太史公、祠官宽舒等曰[7]："神灵之休[8]，祐福兆祥，宜因此地光域立泰時坛以明应[9]。令太祝领祠，及腊间祠[10]。三岁天子一郊见。"

【注释】

①昧爽：即拂晓。②朝朝（zhāo cháo）日：早晨朝拜太阳。③夕夕月：傍晚祭祀月亮。后一"夕"字为动词，古代称祀月为"夕"。④赞飨：祭祀时的祝词。⑤奉（fèng）："捧"。瑄（xuān）玉：古代祭天所用的璧，直径为六寸。嘉牲：肥美的牲畜。荐飨：进献。⑥属（zhǔ）：连接。⑦太史公：指司马谈。⑧休：指神灵所显示的美好气象。⑨光域：指美光所出现的地域。⑩腊：夏历十二月。

其秋，为伐南越①，告祝泰一，以牡荆画幡日月北斗登龙②，以象天一三星③，为泰一锋④，名曰"灵旗"。为兵祷，则太史奉以指所伐国。而五利将军使不敢入海⑤，之泰山祠⑥。上使人微随验，实无所见。五利妄言见其师，其方尽，多不雠⑦。上乃诛五利。

【注释】

①南越：也作"南粤"。指今广东、广西两省以及越南部分地区。②牡荆：灌木。用做旗柄。登龙：飞龙。③天一：星官名。④锋：指最前面的旗帜。⑤使：被派遣出使。⑥之：到；往。动词。⑦雠（chóu）：应答。引申为应验。

其冬，公孙卿候神河南①，见仙人迹缑氏城上②，有物若雉，往来城上。天子亲幸缑氏城视迹。问卿："得毋效文成、五利乎③？"卿曰："仙者非有求人主，人主求之。其道非少宽假④，神不来。言神事，事如迂诞⑤，积以岁乃可致。"于是郡国各除道⑥，缮治宫观名山神祠所，以望幸矣。

【注释】

①其冬：《汉书·武帝纪》载公孙卿言仙人事在元鼎六年（前111年），此处当作"明年冬"。河南：郡名。②缑（gōu）氏：县名。治所在今河南省偃师县。③得毋：即"得无"。④少（shǎo）：稍微。宽假：宽容。指延长一段时间。⑤迂诞：迂阔荒诞，不切实际。⑥除道：修筑和清扫道路。

其年，既灭南越，上有嬖臣李延年以好音见①。上善之②，下公卿议③，曰："民间祠尚有鼓舞之乐④，今郊祀而无乐，岂称乎⑤？"公卿曰："古者祀天地皆有乐，而神祇可得而礼⑥。"或曰："泰帝使素女鼓五十弦瑟⑦，悲，帝禁不止，故破其瑟为二十五弦⑧。于是塞南越⑨，祷祠泰一、后土，始用乐舞，益召歌儿⑩，作二十五弦及箜篌瑟自此起⑪。”

【注释】

①李延年（？——前87年）：汉代著名音乐家。中山（今河北省定县）人。②善：赞许；宠爱。③下：下交。④鼓舞：古代的一种杂舞。⑤称（chèn）：相称；合适。⑥神祇（qí）：天神和地神。⑦素女：神女名。擅长弦歌。瑟（sè）：一种拨弦乐器，形似古瑟，通常为二十五弦，弦各有柱，可上下移动，以确定声音的高低清浊。⑧破：打破。引申为改变。⑨塞（sài）：同“赛”。古代称举行祭祀酬谢神灵。⑩益：增加。歌儿：歌童，泛指歌手。⑪箜篌（kōng hóu）：一种拨弦乐器，有卧式、竖式两种。

其来年冬，上议曰：“古者，先振兵泽旅①，然后封禅。”乃遂北巡朔方②，勒兵十余万③，还祭黄帝冢桥山④，泽兵须如⑤。上曰：“吾闻黄帝不死，今有冢，何也？”或对曰：“黄帝已仙上天⑥，群臣葬其衣冠。”既至甘泉，为且用事泰山⑦，先类祠泰一⑧。

【注释】

①振兵泽（shì）旅：表示不再用武，天下太平的意思。振，收。泽，通“释”，解除，遣散。②朔方：郡名。辖今内蒙古西南部河套地区，郡治在朔方（今乌拉特前旗东南）。③勒：统率。④桥山：也称子午山。⑤须如：地名。方位不详。⑥仙：成仙。用如动词。⑦为且用事泰山：为了将封禅泰山。⑧类祠：祭名。为特定目的而举行的临时祭礼。

自得宝鼎，上与公卿诸生议封禅①。封禅用希旷绝②，莫知其仪礼，而群儒采封禅《尚书》《周官》《王制》之望祀射牛事③。齐人丁公年九十余，曰：“封者，合不死之名也④。秦皇帝不得上封⑤。陛下必欲上，稍上即无风雨，遂上封矣。”上于是乃令诸儒习射牛，草封禅仪。数年，至且行。天子既闻公孙卿及方士之言，黄帝以上封禅，皆致怪物与神通，欲放黄帝以尝接神仙人蓬莱士，高世比德于九皇⑥，而颇采儒术以文之⑦。群儒既以不能辩明封禅事，又牵拘于《诗》《书》古文而不敢骋⑧。上为封祠器示群儒，群儒或曰“不与古同”，徐偃又曰“太常诸生行礼不如鲁善⑨”，周霸属图封事⑩，于是上绌偃、霸⑪，尽罢诸儒弗用。

【注释】

①诸生：许多儒生。②用希：很少举行。希，通“稀”。③《尚书》：

简称《书》，我国现存最早的关于上古时代典章文献的汇编，其中也保存了商及西周初期的一些重要史料。④合：应当。⑥高世：超出世俗。九皇：传说中远古时的帝王。兄弟九人，分管天下九州，所以称九皇。⑦文（wén）：修饰。⑧不敢骋：不敢自由发表见解。⑨徐偃：博士。太常：官名。鲁：国名。公元前11世纪周分封的诸侯国，辖今山东省南部地区，都城在曲阜（今曲阜市）。⑩周霸：人名。属（zhǔ）图：聚会谋划。封事：指封禅之事。⑪绌（chù）：通"黜"。贬退；排斥。

三月，遂东幸缑氏，礼登中岳太室①。从官在山下闻若有言"万岁"云②。问上③，上不言④；问下，下不言。于是以三百户封太室奉祠，命曰崇高邑⑤。东上泰山，山之草木叶未生，乃令人上石立之泰山颠⑥。

【注释】

①中岳太室：即中岳嵩山。②从（zòng，亦读 cóng）官：皇帝的侍从官。③上：指山上的人。④不言：不曾呼喊。⑤崇高邑：武帝取崇拜敬奉嵩高山之意，所以将嵩山的封邑命名为崇高邑。⑥上石：指将石刻运上山。颠：最高峰。

上遂东巡海上，行礼祠八神①。齐人之上疏言神怪奇方者以万数②，然无验者。乃益发船③，令言海中神山者数千人求蓬莱神人。公孙卿持节常先行候名山④，至东莱，言夜见一人，长数丈，就之则不见⑤，见其迹甚大，类禽兽云。群臣有言见一老父牵狗⑥，言"吾欲见巨公"⑦，已忽不见⑧。上既见大迹，未信，及群臣有言老父，则大以为仙人也⑨。宿留海上⑩，与方士传车及间使求仙人以千数⑪。

【注释】

①八神：即天主、地主、兵主、阴主、阳主、月主、日主、四时主。②疏（shū）：奏章。③益发：增派。④节：古代使者所持作为凭证的信物，用玉、角或竹制成。⑤就：接近；靠拢。⑥老父（fù）：老人的尊称。⑦巨公：天子。⑧已忽：随即；一会儿。⑨大：很；完全。⑩宿留：停留；逗留。⑪传（zhuàn）车：古代驿站的专用车辆。间（jiàn）使：随时派出的使者。

四月，还至奉高①。上念诸儒及方士言封禅人人殊②，不经，难施行。天子至梁父③，礼祠地主④。乙卯，令侍中儒者皮弁荐绅⑤，射牛行事。封泰山下东方，如郊祠泰一之礼。封广丈二尺⑥，高九尺，其下则有玉牒书⑦，书秘⑧。礼毕，天子独与侍中奉车子侯上泰山⑨，亦有封。其事皆禁⑩。明日，下阴道⑪。丙辰，禅泰山下址东北肃然山⑫，如祭后土礼。天子皆亲拜见，衣上黄而尽用乐焉。江淮间一茅三脊为神藉⑬。五色土益杂封。纵远方奇兽蜚禽及白雉诸物⑭，颇以加祠。兕旄牛犀象之属弗用⑮。皆至泰山然后去。封禅祠，其夜若有光，昼有白云起封中。

【注释】

①奉高：县名。在今山东省泰安县东北。②殊：异；不同。③梁父（fǔ）：一作"梁甫"。山名。在今山东省泰安县东南，是泰山下的一座小山。④地主：地神。⑤侍中：官名。是从列侯以下至郎中的加官，侍从于皇帝左右。皮弁（biàn）：冠名。用白鹿皮制作，朝会时的常服。⑥封：指祭天的坛。⑦玉牒书：古代帝王告天的文书，写在简册上，用玉作装饰。⑧书秘：文书的内容保密。⑨奉车：即奉车都尉。官名。掌管皇帝车马。⑩禁：禁止向外泄露。⑪阴道：山北的道路。⑫址：基地；山脚下。肃然山：山名。是泰山的东麓，在今山东省莱芜市西北。⑬一茅三脊：一种有三条脊棱的茅草，即菁茅，又叫灵茅。⑭纵：放出。白雉：白毛野鸡。古代迷信以为祥瑞之物。⑮兕（sì）：古代称犀牛一类的野兽。旄（máo）牛：一种长着长毛的牛。犀（xī）：即犀牛。

蒲轮征贤图。选自明·张居正《帝鉴图说》，讲述汉武帝喜好儒术、任用名儒之事。

天子从封禅还，坐明堂①，群臣更上寿②。于是制诏御史："朕以眇眇之身承至尊③，兢兢焉惧弗任④。维德菲薄⑤，不明于礼乐。修祀泰一⑥，若有象景光⑦，屑如有望⑧，依依震于怪物⑨，欲止不敢，遂登封泰山，至于梁父，而后禅肃然。自新，嘉与士大夫更始⑩，赐民百户牛一酒十石，加年八十孤寡布帛二匹。复博、奉高、蛇丘、历城⑪，毋出今年租税。其赦天下，如乙卯赦令。行所过毋有复作⑫。事在二年前，皆勿听治⑬。"又下诏曰："古者天子五载一巡狩⑭，用事泰山，诸侯有朝宿地⑮。其令诸侯各治邸泰山下⑯。"

【注释】

①明堂：在泰山东北麓，是古代帝王巡狩时朝会诸侯的场所。②更：陆续。③眇（miǎo）眇：微小。至尊：最尊贵的地位，指帝王之位。④兢兢：小心谨慎的样子。⑤维：助词。通常在句首，也可放在句中。⑥修：修治。⑦景光：吉祥之光。⑧屑（xiè）：古"屑"字。众多；连续。⑨依依：深深。⑩嘉：希望。士大夫：通称居官有职位的人。更（gēng）始：重新开始。⑪复：免除赋税或徭役。博：县名。治所在今山东省泰安县东南。蛇（yí）丘：县名。在今山东省泰安县西南。⑫复作：汉刑律名。指解除枷锁的罪犯在监外服劳役。⑬勿听治：不处理；不追究。⑭巡狩（shòu）：指帝王到各地巡行视察诸侯所守的地方，所以又作"巡守"。⑮朝宿地：朝会时的住宿之所。⑯邸（dǐ）：府第。

天子既已封禅泰山，既无风雨灾，而方士更言蓬莱诸神山若将可得①，于是上欣然庶几遇之②，乃复东至海上望，冀遇蓬莱焉③。奉车子侯暴病，一日死，上乃遂去，并海上④，北至碣石⑤，巡自辽西⑥，历北边至九原⑦。五月，返至甘泉。有司言宝鼎出为元鼎⑧，以今年为元封元年⑨。

【注释】

①若：或许。②庶几（jī）：也许可以。表希望、推测之词。③冀：希望。④并（bàng）：通"傍"。挨着；沿着。⑤碣（jié）石：山名。在今河北省昌黎县北。⑥辽西：郡名。辖今辽宁省中西部及河北省承德等地区，郡治在且虑（今河北省卢龙县东）。⑦九原：县名。治所在今内蒙古包头市西。⑧元鼎：汉武帝第五个年号（前116—前111年）。⑨元封：汉武帝第六个年号（前110—前105年）。

其秋，有星茀于东井①。后十余日，有星茀于三能②。望气王朔言③："候独见其星出如瓠④，食顷复入焉⑤。"有司言曰："陛下建汉家封禅，天其报德星云⑥。"

【注释】

①茀（bó）：通"孛"。指星星光芒四射的现象。东井：即井宿。星官名。②三能（tái）：即三台。星官名。③王朔：方士。④候：占验星象。瓠（hù）：瓠瓜；葫芦瓜。⑤食顷：吃一顿饭的工夫。形容时间很短。⑥其：语气副

词。报德星：以德星报答。德星，迷信者把某些具有异常现象的天体称为德星，说它是吉祥幸福的象征。这里或以为指木星，或以为指土星。

其来年冬，郊雍五帝①，还，拜祝祠泰一②。赞飨曰："德星昭衍③，厥维休祥④。寿星仍出⑤，渊耀光明⑥。信星昭见⑦，皇帝敬拜泰祝之飨⑧。"

【注释】

①郊雍五帝：郊祀五帝于雍地。②祝：向神灵说话求福。③昭衍：光明广布。④厥：助词。维：是。休祥：吉祥。⑤寿星：南极星。仍：跟随；接着。⑥渊耀：光照深远。⑦信星：即土星。见：通"现"。显现。⑧泰祝：也作"太祝"。

其春，公孙卿言见神人东莱山，若云"见天子"①。天子于是幸缑氏城，拜卿为中大夫②。遂至东莱，宿留之数日③，毋所见，见大人迹。复遣方士求神怪采芝药以千数④。是岁旱。于是天子既出毋名⑤，乃祷万里沙⑥，过祠泰山。还至瓠子⑦，自临塞决河⑧，留二日，沉祠而去⑨。使二卿将卒塞决河⑩，河徙二渠⑪，复禹之故迹焉。

【注释】

①《封禅书》和《汉书·郊祀志》都作"欲见天子"。此处当补"欲"字。②中大夫：官名。掌论议，备顾问。③之：语中助词。④芝：即灵芝。菌类植物，有光泽，可供观赏，又供药用。⑤毋名：没有正当理由。毋，通"无"。⑥万里沙：地名。在今山东省招远市与莱州市之间。这里指建在万里沙的神庙。⑦瓠子：即瓠子口。在今河南省濮阳县西南，是当时黄河的决口。⑧自临塞决河：汉武帝元光三年（前132年），黄河决于瓠子口，洪水泛滥成灾。⑨沉祠：沉白马、玉璧以祭祀河神。⑩二卿：指将军汲仁、郭昌。将：率领。⑪二渠：一为大河（在今河南省滑县境内），一为漯水（在今河南省南乐县附近），分流于当时瓠子口的上游和下游。

是时既灭南越，越人勇之乃言"越人俗信鬼①，而其祠皆见鬼，数有效。昔东瓯王敬鬼②，寿至百六十岁。后世谩怠③，故衰耗④"。乃令越巫立越祝祠，安台无坛，亦祠天神上帝百鬼，而以鸡卜⑤。上信之，越祠鸡卜始用焉⑥。

【注释】

①勇之：人名。②东瓯（ōu）王：即东海王。东越人的首领，名摇。

惠帝三年（前192年）被立为东海王，建都东瓯（今浙江省永嘉县西南）。③谩怠：指怠慢鬼神。谩，通"慢"，怠忽，轻视。④衰耗（hào）：衰败。耗，同"耗"。⑤鸡卜：古代占卜法之一。⑥用：采用；流行。

公孙卿曰："仙人可见，而上往常遽①，以故不见。今陛下可为观②，如缑氏城，置脯枣③，神人宜可致④。且仙人好楼居。"于是上令长安则作蜚廉桂观⑤，甘泉则作益延寿观⑥，使卿持节设具而候神人⑦。乃作通天台⑧，置祠具其下，将招来神仙之属。于是甘泉更置前殿，始广诸宫室⑨。夏，有芝生殿防内中⑩。天子为塞河，兴通天台，若有光云，乃下诏曰："甘泉防生芝九茎⑪，赦天下，毋有复作⑫。"

【注释】

①遽（jù）：急促。②观（guàn）：台阁；庙宇。③脯：干肉。④宜：大概。⑤蜚廉：观名。桂观：观名。⑥益：《史记志疑》认为是衍文。⑦具：指祠具，祭神用的供具。⑧通天台：台名。在甘泉宫内，台高三十丈，可以望见二百里外的长安城。⑨广：扩大；扩充。⑩防：通"房"。⑪九茎：长有九株菌柄的灵芝。⑫复作：汉刑律名。轻刑徒，不戴刑具刑衣而服劳役者。一说为不戴刑具服劳役的女刑徒，刑期为三月至一年。

其明年，伐朝鲜①。夏，旱。公孙卿曰："黄帝时封则天旱，干封三年。"上乃下诏曰："天旱，意干封乎？其令天下尊祠灵星焉②。"

【注释】

①朝鲜：国名。在今辽宁、吉林两省部分地区和朝鲜半岛北部。相传周初箕子被封于此，汉初由卫满继之。其南部为三韩诸国，当时都属汉朝所辖。②灵星：一说是主宰庄稼的星；一说是主宰庄稼的神。

其明年，上郊雍，通回中道①，巡之。春，至鸣泽②，从西河归③。

【注释】

①回中：地名。在今陕西省陇县西北。②鸣泽：泽名。在今河北省涿州市东北。一说即今甘肃平凉县西之独鹿（都卢山）鸣泽，今谓之弹筝峡。③西河：郡名。汉武帝元朔四年（前125年）置。

其明年冬，上巡南郡①，至江陵而东。登礼潜之天柱山②，号曰南岳。

浮江③，自寻阳出枞阳④，过彭蠡⑤。祀其名山川。北至琅邪⑥，并海上。四月中，至奉高修封焉。

【注释】

①南郡：郡名。辖今湖北省西南部，郡治在江陵（今江陵县）。②登礼：登山祭祀。潜：县名。治所在今安徽省霍山县东北。天柱山：又名皖山、潜山。在安徽省霍山县西南。③浮江：指乘船游览长江。④寻阳：县名。治所在今湖北省黄梅县西南。枞（zōng）阳：县名。即治所在今安徽省枞阳县。⑤彭蠡（lǐ）：泽名。约当今鄂东皖西一带滨江湖泊，后演变成现在的鄱阳湖。⑥琅邪（láng yá）：郡名。

初，天子封泰山，泰山东北址古时有明堂处，处险不敞。上欲治明堂奉高旁，未晓其制度。济南人公王带上黄帝时明堂图①。明堂图中有一殿，四面无壁，以茅盖，通水，圜宫垣为复道②，上有楼，从西南入，命曰昆仑③，天子从之入，以拜祠上帝焉。于是上令奉高作明堂汶上④，如带图。及五年修封，则祠泰一、五帝于明堂上坐⑤，令高皇帝祠坐对之⑥。祠后土于下房，以二十太牢⑦。天子从昆仑道入，始拜明堂如郊礼。礼毕，燎堂下。而上又上泰山，有秘祠其颠。而泰山下祠五帝，各如其方，黄帝并赤帝，而有司侍祠焉。泰山上举火，下悉应之。

【注释】

①济南：郡名。辖今山东省历城、济南、章丘等县地区，郡治在东平陵（今章丘市西北）。公王（sù，也读 xiù）带：人名。姓公王，名带。②圜：通"环"。环绕。复道：高楼间或山岩险要处架空的通道。③昆仑：山名。在今西藏、新疆之间。④汶（wèn）：水名。从泰山东北流过，经奉高县城西南注入巨野泽。⑤上坐：受尊敬的席位。坐，通"座"。⑥高皇帝：即汉高帝。⑦太牢：本指牛、羊、猪三牲一套（三者各一）。

其后二岁①，十一月甲子朔旦冬至，推历者以本统②。天子亲至泰山，以十一月甲子朔旦冬至日祠上帝明堂，每修封禅③。其赞飨曰："天增授皇帝泰元神策④，周而复始。皇帝敬拜泰一。"东至海上，考入海及方士求神者⑤，莫验，然益遣，冀遇之⑥。

【注释】

①其后二岁：即汉武帝太初元年（前104年）。②推历者：推算历

法的人。本统：正统。③每修封禅：封禅每五年一次，这时还只两年，所以仅祭祀于明堂，而不举行封禅大典。④泰元：天的别称。⑤考：考查验证。⑥冀：希望。

十一月乙酉，柏梁灾①。十二月甲午朔，上亲禅高里②，祠后土。临渤海③，将以望祠蓬莱之属，冀至殊庭焉④。

【注释】

①柏（bó）梁：即柏梁台。在今陕西省西安市长安区西北。灾：指失火遭灾。②高里：山名。在泰山南麓，今泰安市西南。③渤海：也作"勃海"。在今辽东半岛与山东半岛之间。④殊庭：异域，指神仙居住的地方。

上还，以柏梁灾故，朝受计甘泉①。公孙卿曰："黄帝就青灵台②，十二日烧，黄帝乃治明庭。明庭，甘泉也。"方士多言古帝王有都甘泉者③。其后天子又朝诸侯甘泉，甘泉作诸侯邸。勇之乃曰："越俗有火灾，复起屋必以大，用胜服之。"于是作建章宫，度为千门万户④。前殿度高未央⑤。其东则凤阙⑥，高二十余丈。其西则唐中⑦，数十里虎圈⑧。其北治大池，渐台高二十余丈⑨，名曰泰液池，中有蓬莱、方丈、瀛洲、壶梁⑩，像海中神山龟鱼之属。其南有玉堂、璧门、大鸟之属⑪。乃立神明台、井幹楼⑫，度五十余丈，辇道相属焉⑬。

【注释】

①朝受计：临朝受理各郡国上报的表册。计，计簿，登记政府财物、人事等情况的簿册。②就：建成。③都（dū）：建都。动词。④度：制度；规模。⑤未央：宫名。汉高帝时修建，周围二十八里，规模十分宏伟。故址在今陕西省西安市西北。

汉武帝像，选自明万历刻本《三才会图》。

⑥凤阙（què）：宫阙名。因阙上以五尺铜凤为饰而得名。⑦唐中：池名。在今陕西省西安市长安区西北，太液池南。⑧虎圈（juàn）：养虎的地方。在今西安市偏西。⑨渐（jiān）台：台名。因建于太液池中，为水所浸而得名。⑩蓬莱、方丈、瀛（yíng）洲、壶梁：都是传说中的海上仙山，这里是托名的建筑。⑪玉堂：宫名。璧门：宫门名。门高二十五丈，因门上以玉璧为饰而得名。⑫井幹（hán）楼：楼名。因楼形像井上围栏而得名。⑬辇（niǎn）道：指楼阁间可通手推车的空中通道，相当现在的天桥。

夏，汉改历，以正月为岁首，而色尚黄，官名更印章以五字①，因为太初元年②。是岁，西伐大宛③。蝗大起。丁夫人、雒阳虞初等以方祠诅匈奴、大宛焉④。

【注释】

①更印章以五字：据方士们推算，汉朝为土德，而在五行中土的序数为五，所以应将官印一律改为五字。②因为：因而定为。③大宛（yuān）：西域国名。位于今苏联中亚境内，都城在贵山城（今中亚卡散赛），盛产葡萄、名马。④丁夫人：姓丁，名夫人。虞初：曾任侍郎，号称"黄衣使者"，相传著有《虞初周说》。祠诅（zǔ）：举行祭祀，祈求鬼神加祸于人。

其明年，有司言雍五畤无牢熟具①，芬芳不备②。乃命祠官进畤犊牢具③，五色食所胜④，而以木禺马代驹焉⑤。独五帝用驹，行亲郊用驹。及诸名山川用驹者，悉以木禺马代。行过，乃用驹⑥。他礼如故。

【注释】

①牢熟具：指煮熟的牲畜等祭品。具，酒肴和食器，泛指祭品。②芬芳：指芳香的祭品。③犊：小牛。④五色食所胜：指所用的牲牢的颜色，按照五行相克的道理，加以选择。⑤木禺（ǒu）：木雕的偶像。禺，通"偶"。木偶马代替。⑥独五帝用驹……乃用驹：这几句文字有错乱，如《汉书·郊祀志》作"及诸名山川用驹者，悉以木禺马代。独行过亲祠，乃用驹"，文意才顺。

其明年，东巡海上，考神仙之属，未有验者。方士有言"黄帝时为五城十二楼①，以候神人于执期②，命曰迎年③"。上许作之如方，名曰明年④，上亲礼祀上帝，衣上黄焉。

【注释】

①五城十二楼：相传黄帝时在昆仑山顶建有金台五座，玉楼十二座，以供神仙居住。②执期：传说中的地名。③迎年：楼名。取祈求丰年之意。④明年：楼名。

公玉带曰："黄帝时虽封泰山，然风后、封巨、岐伯令黄帝封东泰山①，禅凡山合符②，然后不死焉。"天子既令设祠，其至东泰山，东泰山卑小，不称其声③，乃令祠官礼之，而不封禅焉。其后令带奉祠候神物。夏，遂还泰山，修五年之礼如前，而加禅祠石闾④。石闾者，在泰山下址南方，方士多言此仙人之闾也⑤，故上亲禅焉。

【注释】

①风后、封巨、岐伯：都是黄帝时的臣子。东泰山：山名。在今山东省沂源、沂水两县间。②凡山：山名。在今山东省昌乐县西南。合符：古代以竹木或金玉为符，上刻文字，剖而为二，双方各执其半，检验时相合以证真假，叫作"合符"。③称（chèn）：适合，相副。④石闾：山名。在今山东省泰安县南。⑤闾：里巷的大门；里巷。

其后五年，复至泰山修封，还过祭常山①。

【注释】

①常山：即恒山。古称北岳。在今河北省曲阳县西北。汉时因避文帝刘恒名讳，改称"常山"。

今天子所兴祠，泰一、后土，三年亲郊祠，建汉家封禅，五年一修封。薄忌泰一及三一、冥羊、马行、赤星①，五，宽舒之祠官以岁时致礼②。凡六祠③，皆太祝领之。至如八神诸神，明年、凡山他名祠，行过则祀，去则已。方士所兴祠，各自主④，其人终则已，祠官弗主。他祠皆如其故。今上封禅，其后十二岁而还⑤，遍于五岳、四渎矣。而方士之候祠神人，入海求蓬莱，终无有验。而公孙卿之候神者，犹以大人迹为解⑥，无其效。天子益怠厌方士之怪迂语矣⑦，然终羁縻弗绝⑧，冀遇其真。自此之后，方士言祠神者弥众⑨，然其效可睹矣⑩。

【注释】

①薄忌泰一：指根据亳人谬忌所奏而建的泰一神祠。三一、冥羊、

马行、赤星：都是神祠名。赤星，即灵星。②宽舒之祠官：字句疑有误。似应作"祠官宽舒"。③凡六祠：指上述五座神祠外加后土祠。凡，总共。④主：主持致祭。⑤还：行，过，回顾。⑥解：解释。指解说的依据。⑦益：更加；越发。⑧羁縻（jī mí）：笼络。⑨弥：更加。⑩其效可睹矣：其效验可以想见了。言外之意是，可见其效验是等于零了。

太史公曰①：余从巡祭天地诸神名山川而封禅焉。入寿宫侍祠神语，究观方士祠官之言②，于是退而论次自古以来用事于鬼神者③，具见其表里④。后有君子，得以览焉。至若俎豆珪币之详⑤，献酬之礼⑥，则有司存焉⑦。

【注释】

①太史公：司马迁自称。②究观：推究体察。③论次：依次论述。④表里：指祭祀之事的内外情形。⑤至若：至于。珪（guī）币：祭祀用的玉和帛。⑥献酬之礼：指献祭神灵，酬报神功的礼仪。⑦存：保存；记载存案。

三代世表第一[1]

太史公曰：五帝、三代之记，尚矣[2]。自殷以前诸侯不可得而谱[3]，周以来乃颇可著。孔子因史文次《春秋》[4]，纪元年，正时日月，盖其详哉。至于序《尚书》则略无年月[5]；或颇有，然多阙，不可录。故疑则传疑，盖其慎也。

余读谍记[6]，黄帝以来皆有年数。稽其历谱谍终始五德之传，古文咸不同，乖异。夫子之弗论次其年月，岂虚哉！于是以《五帝系谍》《尚书》集世纪黄帝以来讫共和为《世表》。[7]

【注释】

①世表：表，是以表格形式记事的一种体裁，为司马迁所创始。记事较略的为世表，一般的为年表，较详的为月表。②五帝：传说中的五位皇帝。《五帝本纪》以黄帝、颛顼、帝喾、帝尧、帝舜为五帝。三代：夏、商、周。③谱：按照事物的类别和内在联系，编列事物。④次：编次；辑录。《春秋》：我国最早的编年史。记载自鲁隐公元年（前722年）至鲁哀公十四年（前481年）间列国的史事。⑤序：同"叙"。编排次第。《尚书》我国上古文献的汇编。据说孔子曾删定为一百篇。但在秦时已被焚毁。汉初，伏生传出二十九篇；用当时通行的隶书写成，称今文《尚书》。武帝时又从孔子住宅的墙壁中发现用古文写的竹简，称古文《尚书》，但不久即亡佚了。今传古文《尚书》是伪作。⑥谍记：《索隐》认为是记载帝王世系和谥号的书。⑦五帝系谱：古书名。今《大戴礼》中有《五帝德》《帝系》两篇。共和：因周厉王实行暴虐统治，国人于前841年放逐厉王于彘（在今山西省霍县境内）。之后，周公、召（shào）公联合执政。史称"共和"。一说由诸侯共伯和执政，故称"共和"。共和元年，是我国历史上有确切纪年的开端。

帝王世国号	黄帝号有熊	帝颛顼，黄帝孙。起黄帝至颛顼三世	帝喾，黄帝曾孙。起黄帝至帝喾四世。号高辛	帝尧，起黄帝，至喾子五世。号唐
颛顼属	黄帝生昌意	昌意生颛顼。为高阳氏		
喾属	黄帝生玄嚣	玄嚣生蛴极	蛴极生高辛，高辛生帝喾	
尧属	黄帝生玄嚣	玄嚣生蛴极	蛴极生高辛。高辛生放勋	放勋为尧
舜属	黄帝生昌意	昌意生颛顼。颛顼生穷蝉	穷蝉生敬康。敬康生句望	句望生蛴牛。蛴牛生瞽叟
夏属	黄帝生昌意	昌意生颛顼		
殷属	黄帝生玄嚣	玄嚣生蛴极。蛴极生高辛	高辛生离	离为殷祖
周属	黄帝生玄嚣	玄嚣生蛴极。蛴极生高辛	高辛生后稷，为周祖	后稷生不窋
帝舜，黄帝玄孙之玄孙。号虞	帝禹，黄帝耳孙，号夏	帝启，伐有扈，作《甘誓》【注】帝启：禹之子。有扈：部族名。东夷族的一。《甘誓》：《尚书》篇名	帝太康【注】启之子	帝仲康，太康弟
瞽叟生重华，是为帝舜。				
颛顼生鲧。鲧生文命	文命，是为禹			
离生昭明	昭明生相土	相土生昌若	昌若生曹圉。曹圉生冥	冥生振
不窋生鞠	鞠生公刘。	公刘生庆节。庆节生皇仆。皇仆生差弗	差弗生毁渝，毁渝生公非	
帝相	帝少康	帝予		
振生微。微生报丁	报丁生报乙。报乙生报丙	报丙生主壬。主壬生主癸。		
公非生高圉。高圉生亚圉。亚圉生公祖类	亚圉生公祖类。	公祖类生太王亶父		
帝槐	帝芒	帝泄	帝不降	帝扃，不降弟
主癸生天乙，是为殷汤				
亶父生季历。季历生文王昌。益《易卦》	文王昌生武王发			

帝廑（qín）	帝孔甲，不降子。好鬼神，淫乱不好德，二龙去	帝皋	帝发	帝履癸，是为桀。从禹至桀十七世。从黄帝至桀二十世	殷汤代夏氏。从黄帝至汤十七世	帝外丙。汤太子。太丁蚤卒。故立次弟外丙。	帝仲壬，外丙弟
帝太甲。故太子太丁子。淫，伊尹放之桐宫。三年，悔过自责，伊尹乃迎之复位。		帝沃丁，伊尹卒。	帝太庚，沃丁弟。	帝小甲，太庚弟。殷道衰，诸侯或不至。	帝雍己，小甲弟。	帝太戊，雍己弟。以桑穀生，称中宗。	
帝中丁【注】太戊之子。	帝外壬，中丁弟。【注】外壬：太戊之子。	帝河亶甲，外壬弟。		帝祖乙【注】卜辞作中丁子，称为中宗。	帝祖辛	帝沃甲，祖辛弟。【注】帝沃甲：《世本》作"开甲"。	帝祖丁，祖辛子。
帝南庚，沃甲子。	帝阳甲，祖丁子	帝盘庚，阳甲弟，徙河南。【注】盘庚：商汤第九代孙，继位后，从奄（今山东省曲阜市）迁都至殷（今河南省安阳市西北小屯村）。		帝小辛，盘庚弟。	帝小乙，小辛弟。	帝武丁。雉升鼎耳雊得傅说。称高宗。【注】武丁：小乙之子。死后被谥称高宗。雉：亦称野鸡雊（gōu）：雉鸣的声音。傅说（yuè）：商相。	
帝祖庚	帝甲，祖庚弟。淫。	帝廪辛【注】帝甲之子。或作"冯辛"。《世本》作"祖辛"，误。		帝庚丁，廪辛弟。殷徙河北。	帝武乙。慢神震死。【注】武乙：庚丁之子。	帝太丁。【注】武乙之子。一作"文丁"。	
帝乙。殷益衰。	帝辛，是为纣。弑。从汤至纣二十九世。从黄帝至纣四十六世。【注】《史记志疑》认为，"弑字，史公误书。			周武王伐殷。从黄帝至武王十九世	成王诵【注】周武王之子，名诵。幼年即位。由叔父周公旦摄政。		
					鲁周公旦，武王弟。	初封	
					齐太公尚，文王、武王师。	初封	
					晋唐叔虞，武王子。	初封	
					秦恶来，助纣。父飞廉，有力。		
					楚熊绎，绎父鬻熊，事文王。	初封	
					【注】熊绎：熊盈族（祝融氏）的后裔，周成王时受封，都丹阳（今湖北省秭归县东南）。		

<table>
<tr><td></td><td></td><td></td><td>宋微子启，纣庶兄。初封
【注】宋微子：名启，一作"开"。宋国的始祖。</td></tr>
<tr><td></td><td></td><td></td><td>卫康叔，武王弟。　初封
【注】康叔：名封。原封于康（今河南省禹县西北）。卫国始祖。</td></tr>
<tr><td></td><td></td><td></td><td>陈胡公满，舜之后。初封</td></tr>
<tr><td></td><td></td><td></td><td>蔡叔度，武王弟。初封
【注】《史记志疑》："叔度是武王时初封，蔡仲是成王时复封，此误分书于成康二王之世耳"。</td></tr>
<tr><td></td><td></td><td></td><td>曹叔振铎，武王弟。初封</td></tr>
<tr><td></td><td></td><td></td><td>燕召公奭，周同姓。初封
【注】名姬奭（shì），一作"召公"、"召伯"。文王庶子。采邑在召（今陕西省岐山县西南）。燕国始祖。</td></tr>
<tr><td colspan="3">康王钊。刑错四十余年。
【注】即周康王，成王之子。有"刑错不用"之说，史称"成康之治"。</td><td>昭王瑕。南巡不返，不赴，讳之。
【注】周康王之子。</td></tr>
<tr><td colspan="3">鲁公伯禽
【注】周公旦长子，一称禽父。</td><td>孝公
【注】伯禽之子。</td></tr>
<tr><td colspan="3">丁公吕伋
【注】太公之子。</td><td>乙公
【注】丁公之子。</td></tr>
<tr><td colspan="3">晋侯燮
【注】唐叔之子。</td><td>武侯
【注】晋侯之子。</td></tr>
<tr><td colspan="3">女防
【注】恶来之子。</td><td>旁皋
【注】女防之子。</td></tr>
<tr><td colspan="3">熊乂
【注】熊绎之子。</td><td>熊黮
【注】熊艾之子。</td></tr>
<tr><td colspan="3">微仲，启弟。</td><td>宋公
【注】微仲之子。</td></tr>
<tr><td colspan="3">康伯。
【注】康叔之子。</td><td>孝伯
【注】康伯之子。</td></tr>
<tr><td colspan="3">申公
【注】胡公之子。</td><td>相公
【注】申公之子。</td></tr>
<tr><td colspan="3">蔡仲
【注】蔡叔度之子。成王时封于蔡。</td><td>蔡伯
【注】蔡仲之子。</td></tr>
<tr><td colspan="3"></td><td>太伯
【注】曹叔振铎之子。</td></tr>
<tr><td colspan="3">九世至惠侯。</td><td></td></tr>
<tr><td>穆王满。作《甫刑》。荒服不至。
【注】穆王满：相传他联合楚国灭徐，并西征犬戎，又曾西游至昆仑之丘。</td><td colspan="2">恭王伊扈
【注】又作"繄扈"。</td><td>懿王坚。周道衰，诗人作刺。
【注】共王之子。</td></tr>
</table>

炀公，考公弟。 【注】名熙。	幽公 【注】炀公之子。	魏公 【注】幽公之弟。名弗其。	
癸公 【注】乙公之子。	哀公 【注】癸公之子。	胡公 【注】哀公之弟。	
成侯 【注】武侯之子。	厉侯 【注】成侯之子。	靖侯 【注】厉侯之子。	
大几 【注】旁皋之子。	大骆 【注】大几之子。	非子 【注】嬴姓部落首领。因善于养马，为周朝主管牧畜，封于秦（今甘肃省清水县东北、张家川东），秦国的始祖。	
熊胜 【注】熊黮之子。	熊炀 【注】熊胜之弟。	熊渠 【注】熊炀之子。他攻灭庸（国都在今湖北省竹山县）和杨越，扩地至长江，奠定了楚国的国基。	
丁公 【注】宋公之子。	湣公，丁公弟。 【注】名共。	炀公，湣王弟。 【注】湣公之弟。	
嗣伯 【注】考伯之子。	疌伯 【注】《索隐》："音捷"。	湣伯 【注】湣伯之子。	
孝公 【注】申公之子。	慎公 【注】孝公之子。	幽公 【注】慎公之子。	
宫侯 【注】蔡伯之子。	厉侯 【注】宫侯之子。	武侯 【注】厉侯之子。	
仲君 【注】太伯之子。	宫伯 【注】仲君之子。	孝伯 【注】宫伯之子。	
孝王方，懿王弟。 【注】方：名辟方。或认为乃共王弟。	夷王燮，懿王子。	厉王胡，以恶闻过乱，出奔，遂死于彘。 【注】彘：在今山西霍县。	共和，二伯行政。
厉公 【注】魏公之子。	献公，厉公弟	真公 【注】献公之子，名濞。或作"慎公"。	武公，真公弟。
献公弑胡公 【注】献公：哀公少弟。	武公 【注】献公之子。		
秦侯 【注】秦嬴之子。	公伯 【注】秦侯之子。	秦仲 【注】公伯之子。周宣王时封为大夫。	
熊无康 【注】熊渠长子。	熊鸷红 【注】熊渠中子。	熊延，红弟。	熊勇 【注】熊延之子。
厉公 【注】湣公之子。	禧公 【注】厉公之子。名举。		
贞伯 【注】《世本》作"箕伯"。靖伯之子。	顷侯 【注】贞伯之子。	禧侯 【注】顷侯之子	
禧公 【注】幽公之子。名孝禧，通"禧"（今读xǐ）。			

夷伯 【注】孝伯之子。			

　　张夫子问褚先生曰①："《诗》言契②、后稷皆无父而生③。今案诸传记咸言有父④，父皆黄帝子也，得无与《诗》谬乎？"⑤

【注释】

　　①张夫子：张长安。褚先生：褚少孙。二人均汉元帝、成帝时博士。②契（xiè）：传说中的商部族的始祖，母为简狄氏。曾为舜的司徒。从契到汤共传十四世。③后稷：传说中的周部族的始祖，姬姓，名弃，姜嫄所生。舜时被任为农官。后世祀为农神。④按：考察。⑤得无：难道不。

　　褚先生曰："不然。"《诗》言契生于卵，后稷人迹者，欲见其有天命精诚之意耳①。鬼神不能自成，须人而生，奈何无父而生乎！一言有父，一言无父，信以传信，疑以传疑，故两言之。尧知契、稷皆贤人，天之所生，故封之契七十里，后十余世至汤，王天下。尧知后稷子孙之后王也，故益封之百里，其后世且千岁，至文王而有天下。《诗传》曰：'汤之先为契，无父而生。契母与姊妹浴于玄丘水，有燕衔卵堕之，契母得，故含之，误吞之，即生契。契生而贤，尧立为司徒②，姓之曰子氏③。子者兹；兹，益大也。诗人美而颂之曰："殷社芒芒④，天命玄鸟，降而生商。"商者质，殷号也。文王之先为后稷，后稷亦无父而生。后稷母为姜嫄⑤，出见大人迹而履践之，知于身，则生后稷。姜嫄以为无父，贱而弃之道中，牛羊避不践也。抱之山中⑥，山者养之。又捐之大泽，鸟覆席食之⑦。姜嫄怪之，于是知其天子，乃取长之。尧知其贤才，立以为大农，姓之曰姬氏。姬者，本也。诗人美而颂之曰"厥初生民⑧"，深修益成，而道后稷之始也。'孔子曰："昔者尧命契为子氏，为有汤也。命后稷为姬氏，为有文王也。大王命季历⑨，明天瑞也。太伯之吴⑩，遂生源也⑪。'天命难言，非圣人莫能见。舜、禹、契、后稷皆黄帝子孙也。黄帝策天命而治天下，德泽深后世，故其子孙皆复立为天子，是天之报有德也。人不知，以为泛从布衣匹夫起耳⑫。夫布衣匹夫安能无故而起王天下乎？其有天命然。"

【注释】

①天命：上天的意旨。②司徒：古代掌管土地和人民的最高长官。官司籍田，负责征发徒役。③子氏：《礼纬》说："祖以玄鸟生子也。"④殷社芒芒：殷社，《诗经》作"殷土"。指商地，盘庚迁殷前，国号商（故城在今河南省商丘市）；盘庚迁殷以后，国号殷（故城在今河南省安阳市小屯村）。此诗见《诗经。商颂。玄鸟》。原诗为："天命玄鸟，降而生商，宅殷土芒芒。"玄鸟：燕子。芒芒：广大貌。⑤姜嫄：一作姜原。传说她是有邰氏的女儿，帝喾的妃子，周始祖后稷的母亲。⑥抱：钱大昕说："抱读作'抛'。"⑦席：《史记会注考证》："席，藉也。"《周本纪》作荐。藉：垫的意思。⑧厥初生民：见《诗经·周颂公刘》，厥：其。⑨大王：指周太王古公亶父，周部族的杰出首领。商末，他率领族人卜居在岐山南的周原，并设置官吏，规划土田，营建城郭都邑，奠定了东进灭商的基础。季历：古公亶父的少子，周文王之父，一作王季、公季。继古公亶父为周族首领。⑩太伯：古父亶父的长子，一作"泰伯"。他让位给季历，率领部分周人逃往江南，被推为君长，都梅里（在今江苏省无锡市东南），为春秋时吴国的始祖。⑪生源：生的源本。《索隐》说："言太伯之让季历居吴不返者，欲使传文王，武王拨乱反正，成周道，遂天下生生之源本也。"⑫氾：同"泛"。普遍。

"黄帝后世何王天下之久远邪？"

曰："《传》云天下之君王为万夫之黔首请赎民之命者帝①，有福万世。黄帝是也。五政明则修礼义②，因天时举兵征伐而利者王，有福千世。蜀王③，黄帝后世也，至今在汉西南五千里，常来朝降④，输献于汉，非以其先之有德，泽流后世邪？行道德岂可以忽乎哉！人君王者举而观之。汉大将军霍子孟名光者，亦黄帝后世也。此可为博闻远见者言，固难为浅闻者说也。何以言之？古诸侯以国为姓。霍者，国名也⑤。武王封弟叔处于霍，后世晋献公灭霍公，后世为庶民，往来居平阳。平阳在河东⑥，河东晋地，分为卫国。以《诗》言之，亦可为周世⑦。周起后稷，后稷无父而生。以三代世传言之，后稷有父名高辛；高辛，黄帝曾孙。"《黄帝终始传》曰⑧："汉兴百有余年，有人不短不长，出白燕之乡⑨，持天下之政，时有婴儿主⑩，却行车⑪。"霍将军者，本居平阳白燕。臣为郎时[12]，与方士考功会旗亭下[13]，为臣言。岂不伟哉！[14]

【注释】

①“天下之君王”句疑有脱误。黔首：《史记会注考证》引中井积德说当作“元首”。赎：通“续”。延续。②五政：古代以兴农桑，审好恶、宣文教、立武备，明赏罚为五政。③蜀王：《正义》说，黄帝之子昌意，娶蜀山氏之女，生帝佶被立为帝之后，封其支庶于蜀，最先称王的为蚕丛。蜀：古国名。在今四川省西部。④朝降：《史记会注考证》引中井积德说“降字疑衍”。⑤霍：古国名。在今山西霍县西南。⑥河东：汉郡名。辖境在今山西省沁水以西、霍山以南地区。平阳：县名。县治在今山西省临汾市西南。⑦世：犹言子孙。⑧《黄帝·终始传》：阴阳家书，阐述五德终始之说。《索隐》：“盖谓五行谶纬之说，若今之童谣言。”⑨白燕之乡：《正义》：“一作‘白鼍’。疑‘白鼍’是乡名。”⑩婴儿主：指汉昭帝。汉武帝少子，名刘弗陵。年幼时登帝位，由霍光辅政。⑪却行车：《索隐》：“言霍光持政擅权，逼帝令如却行车，使不前也。”⑫郎：汉官名。郎中令的属吏。⑬方士：古代好讲神仙，方术的人。考功：方士的官衔。旗亭：指市楼。因立旗于上，故名。⑭《索隐》：“末引蜀王、霍光，竟欲证何事？而言之不经，芜秽正史，辄云‘岂不伟哉’，一何诬也！”《史记志疑》：“褚少孙，元、成间俗儒也。所续《史记》，此篇乃其首制。徒见《世表》讫于共和，天位久虚，人臣摄政，遂以其事与霍光相类，因附论焉。霍氏所出微，而持权甚盛，故造为‘契、稷无父’之说以神之，妄引《黄帝终始传》有人生白燕乡之谣以验之。诚小司马所谓‘言之不经，芜秽正史’者也。”伟，奇异。

十二诸侯年表第二①

太史公读《春秋历谱谍》①，至周厉王，未尝不废书而叹也。曰：呜呼，师挚见之矣②！纣为象箸而箕子唏③，周道缺，诗人本之衽席④，《关雎》作⑤。仁义陵迟，《鹿鸣》刺焉⑥。及至厉王，以恶闻其过，公卿惧诛而祸作，厉王遂奔于彘⑦，乱自京师始，而共和行政焉。是后或力政，强乘弱⑧，兴师不请天子。然挟王室之义，以讨伐为会盟主，政由五伯⑨，诸侯恣行，淫侈不轨，贼臣篡子滋起矣⑩。齐、晋、秦、楚其在成周微甚⑪，封或百里或五十里。晋阻三河，齐负东海，楚介江、淮，秦因雍州之固⑫，四海迭兴，更为伯主，文武所褒大封，皆威而服焉。是以孔子明王道，干七十余君⑬，莫能用，故西观周室，论史记旧闻，兴于鲁而次《春秋》，上记隐，下至哀之获麟⑭，约其辞文，去其烦重，以制义法，王道备，人事浃⑮。七十子之徒口授其传指，为有所刺讥褒讳挹损之文辞不可以书见也⑯。鲁君子左丘明惧弟子人人异端，各安其意，失其真，故因孔子史记具论其语，成《左氏春秋》⑰。铎椒为楚威王傅，为王不能尽观《春秋》，采取成败，卒四十章，为《铎氏微》⑱。赵孝成王时，其相虞卿上采《春秋》，下观近势，亦著八篇，为《虞氏春秋》⑲。吕不韦者，秦庄襄王相，亦上观尚古，删拾《春秋》，集六国时事，以为八览、六论、十二纪，为《吕氏春秋》。⑳及如荀卿、孟子、公孙固、韩非之徒，各往往捃摭《春秋》之文以著书，不可胜纪。㉑汉相张苍历谱五德，上大夫董仲舒推《春秋》义，颇著文焉㉒。

【注释】

①《春秋历谱谍》：古代治《春秋》的学者，有年历和谱谍之说。《汉书·艺文志》载有《黄帝五家历》《颛顼历》《古来帝王年谱》《帝王诸侯世谱》等历谱方面的著作名称，共十八家，六百六卷。司马迁曾读过这方面的资料，并效法这些作品，写成世表、年表。②师挚（zhì）：鲁国的

太师名挚。师，太师，周代乐官名。③纣：商代的暴君。　象箸：象牙所制的筷子。　箕子：商纣王的叔父，封于箕（故址在今山西省太谷县东北）。因直谏，被商纣王囚禁。周武王灭商后才被释放。　唏（xī）：哀叹。通"欷"。④衽（rèn）席：卧席。⑤《关雎》：《诗经·周南》篇名，为《诗经》的首篇。《诗序》说是歌咏"后妃之德"；《鲁诗》则说是大臣（毕公）刺周康王好色晏起之作。经后来人研究，认为此诗是描写男女恋爱的作品。司马迁采用了《鲁诗》的说法。⑥陵迟：衰败，衰落。　鹿鸣：《诗·小雅》的首篇，是周天子、诸侯、大奴隶主贵族宴飨群臣、宾客的乐歌。古代有《鹿鸣》为刺诗的说法。《史记志疑》引《文选》注十八蔡邕《琴操》云："鹿鸣者，周大臣之所作也。王道衰，大臣知贤者幽隐，故弹弦风谏。"以此类证，司马迁采用《鹿鸣》为刺诗的说法，一定有他的依据。⑦厉王遂奔于彘：周厉王即位，任荣夷公为卿士，下令把山林川泽收归国有，实行专利。这一措施引起了人民的不满，人民对厉王进行指责。厉王为了压制言论，命卫巫去监视诽谤的人，一旦发现有人指责厉王，便马上杀掉，因此"国人莫敢言，道路以目"，终于在"国人暴动"时被推翻。他逃奔到彘（今山西霍县东北），后死于此。⑧力政：致力于战争攻取。政，通"征"。乘：欺凌。⑨五伯：即五霸，指春秋时的齐桓公、秦穆公、晋文公、宋襄公、楚庄王。伯，通"霸"，意指诸侯中的盟主。⑩贼臣：作乱叛国的臣子。　篡子：篡权者。　滋：增多。⑪成周：即西周的东都洛邑。故址在今河南省洛阳市东。这里用"成周"借指西周。⑫阻：依仗。　三河：指黄河、淮河、洛河。　介：同"界"；一说是"夹"的意思。　江淮：一说"淮"当作"汉"。雍州：相传古代分天下为九州，雍州为九州之一。约辖今陕东、陕北及甘肃部分地区。⑬干七十余君：孔子周游列国，所到不及十个国家。"干七十余君"，是战国时人一种夸张的说法。⑭兴：出发于。　鲁：指鲁史。上记隐：隐，指鲁隐公（前722—前712年）。孔子作《春秋》始于鲁隐公元年。　哀：指鲁哀公（前494—前467年）。　获麟：鲁哀公于十四年（前481年）狩猎，获得麒麟。《春秋》记事到这一年止。⑮义法：义理、法度。　浃（jiā）：通透。⑯指：通"旨"。要指。　讥：规劝。把：通"抑"，贬抑。⑰左丘明：春秋时鲁国太史。《左氏春秋》，又称《春秋左氏传》《左传》。有人认为，它是左丘明根据《春秋》所编的编年史。但根据近代点者研究，它是战国初期人根据各诸侯国的史料编写而成。它记载了自鲁隐公元年（前722年）至鲁哀公二十七年（前468年）春秋各国的重要史实。

异端：儒家称儒家以外的学说或学派为异端。⑱《铎氏微》：《汉书·艺文志》载《铎氏微》三篇。今已亡。⑲《虞氏春秋》：《史记志疑》案："此与《虞卿传》并言八篇，而《艺文志》是十五篇，又有《虞氏微传》二篇，溢数甚多，疑《史》误。"⑳《吕氏春秋》：一名《吕览》，又名《吕子》。每《览》分八篇，每《论》分六篇，每《纪》分五篇，故细目分为一百六十篇。《有始览》中缺一篇，以《序意》一篇补之。此书旧本题秦吕不韦撰，实则为其宾客所集。㉑荀卿：战国时赵人，名况。著《荀子》三十三篇。　孟子：名轲，邹人。著《孟子》十一篇。事详《孟子荀卿列传》。公孙固：齐闵王时人。《汉书·艺文志》载《公孙固》一篇，十八章。今已亡佚。韩非：战国末韩国诸公子，法家代表人物。著有《韩非子》五十五篇。事详见《老子韩非列传》。捃摭（jùn　zhí）：拾取。㉒张苍：西汉大臣，历算家。汉文帝时任丞相，著《终始五德传》。

太史公曰：儒者断其义，驰说者骋其辞①，不务综其终始；历人取其年月，数家隆于神运②，谱谍独记世谥③，其辞略，欲一观诸要难。于是谱十二诸侯④，自共和讫孔子，表见《春秋》《国语》学者所讥盛衰大指著于篇，为成学治古文者要删焉⑤。

【注释】

①驰说：游说。　骋：施展。②数家：指阴阳数术家。数术也称术数，指天文、历谱、五行、蓍龟、杂占、形法等六种。③世谥：世系和谥号。④谱：编排记录。十二诸侯：司马迁《十二诸侯年表》实际上记载了春秋时代的鲁、齐、晋、秦、楚、宋、卫、陈、蔡、曹、郑、燕、吴等十三个诸侯国的盛衰大事。《索隐》："篇言十二，实叙十三者，贱夷狄不数吴，又霸在后故也。不数而叙之者，阖闾霸盟上国故也。"《史记志疑》："吴为太伯之后，安得以夷狄外之？……且《世家》又奚以首吴耶？"⑤《国语》：相传春秋时左丘明所作。以记西周末年和春秋时期周鲁等国贵族的言论为主。后经西汉刘向考校。今存二十一篇。起自周穆王，终于鲁悼公。　讥：考察，稽考。

	公元前841年	840	839	838
	庚申			
周	共和元年。厉王子居召公宫，是为宣王。王少，大臣共和行政	二	三	四
鲁	真公濞十五年，一云十四年	十六	十七	十八
齐	武公寿十年	十一	十二	十三
晋	靖侯宜臼十八年【注】厉侯之子。唐叔五代孙。	晋禧侯司徒元年【注】靖侯之子。名司徒。	二	三
秦	秦仲四年【注】非子曾孙，公伯之子。周宣王时大夫。	五	六	七
楚	熊勇七年【注】熊延之子，楚国第一代君主熊绎之十一代孙。	八	九	十
宋	禧公十八年【注】厉公之子。微仲六代孙。	十九	二十	二十一
卫	禧侯十四年【注】顷侯之子。唐叔七代孙。	十五	十六	十七
陈	幽公宁十四年【注】慎公之子。	十五	十六	十七
蔡	武侯二十三年【注】厉侯之子。蔡仲五代孙。	二十四	二十五	二十六
曹	夷伯二十四年【注】孝伯之子。振铎六代孙。	二十五	二十六	二十七
郑				
燕	惠侯二十四年	二十五【注】燕召公九代孙。	二十六	二十七
吴				

	837	836	835	834	833	832
	甲子					
周	五	六	七	八	九	十
鲁	十九	二十	二十一	二十二	二十三	二十四
齐	十四	十五	十六	十七	十八	十九
晋	四	五	六	七	八	九
秦	八	九	十	十一	十二	十三
楚	楚熊严元年	二	三	四	五	六
宋	二十二	二十三	二十四	二十五	二十六	二十七
卫	十八	十九	二十	二十一	二十二	二十三
陈	十八	十九	二十	二十一	二十二	二十三
蔡	蔡夷侯元年	二	三	四	五	六
曹	二十八	二十九	三十	曹幽伯强元年	二	三
郑						
燕	二十八	二十九	三十	三十一	三十二	三十三
吴						

831	830	829	828〈至前477〉
十一	十二	十三	十四
宣王即位，共和罢			
二十五	二十六	二十七	二十八
二十	二十一	二十二	二十三
十	十一	十二	十三
十四	十五	十六	十七
七	八	九	十
二十八	宋惠公覸元年	二	三
二十四	二十五	二十六	二十七
陈禧公孝元年	二	三	四
七	八	九	十
四	五	六	七
三十四	三十五	三十六	三十七

六国年表第三

　　太史公读《秦记》①，至犬戎败幽王②，周东徙洛邑③，秦襄公始封为诸侯④，作西畤用事上帝⑤，僭端见矣⑥。《礼》曰："天子祭天地，诸侯祭其域内名山大川⑦。"今秦杂戎翟之俗⑧，先暴戾，后仁义，位在藩臣而胪于郊祀⑨，君子惧焉。及文公逾陇⑩，攘夷狄，尊陈宝⑪，营岐、雍之间⑫，而穆公修政，东竟至河⑬，则与齐桓、晋文中国侯伯侔矣。是后陪臣执政，大夫世禄，六卿擅晋权⑭，征伐会盟，威重于诸侯。及田常杀简公而相齐国，诸侯晏然弗讨，海内争于战功矣⑮。三国终之卒分晋，田和亦灭齐而有之⑯，六国之盛自此始。务在强兵并敌，谋诈用而从横短长之说起⑰。矫称蜂出，誓盟不信，虽置质剖符犹不能约束也⑱。秦始小国僻远，诸夏宾之，比于戎翟，至献公之后常雄诸侯⑲。论秦之德义不如鲁卫之暴戾者⑳，量秦之兵不如三晋之强也，然卒并天下，非必险固便形势利也，盖若天所助焉。

【注释】

　　①《秦记》：即秦国的史记。②犬戎：西戎的别名，古代活动在今陕西凤翔以北的一个部族。幽王：西周的末代国王。前771年，犬戎入侵，杀死幽王于骊山（今陕西省临潼附近）之下，西周遂亡。③洛邑：周公旦经营洛邑，分筑王城和成周城。王城在今河南省洛阳市西部。周幽王被杀后，子平王东迁洛邑的王城。④秦襄公：秦开国君主。因护送周平王东迁洛邑有功，被封为诸侯。前777—前766年在位。⑤畤：祭祀上帝的处所。白帝：指西方之神。神话中的五天帝之一。⑥僭（jiàn）端：越位犯上的迹象。⑦《礼》曰句：见《礼记·曲礼下》。⑧戎翟：泛指我国古代西部及北部的部族。西周覆亡后，西周王都地区为戎翟所占领。秦国在与戎翟的交往中，曾吸收了他们的礼俗及文化，因而被关东诸国看作是戎翟之国。翟，通"狄"。⑨胪（lú）：陈列。郊祀：在

郊外祭天地。谓秦是诸侯国而陈列天子郊祭，是越位犯上的举动。⑩文公：指秦文公。襄公之子。文公击退犬戎后，占有岐山以西之地。陇：指陇坂，在今陕西省陇县西北。⑪陈宝：神名。秦文公十九年（前747年）在陈仓（今陕西省宝鸡东）北陬城获得异石，就在那里筑坛祭祀，故称陈宝。⑫岐：邑名。在今陕西省岐山县东北。雍：邑名。在今陕西省凤翔县南。⑬穆公：指秦穆公。竟：同"境"。⑭陪臣：古代诸侯大夫，对天子自称为陪臣。六卿：指春秋末晋国的六卿，即：韩、赵、魏、范、智、中行氏六家贵族。春秋末晋六卿的势力强大，逐渐掌握了晋国的政权。擅：独揽。⑮田常：齐大臣。曾相简公，后又杀简公，立平公，专制朝政。晏然：平静；平淡。⑯三国：晋国的韩、赵、魏三卿，于前377年瓜分晋国。亦称"三晋"。田和：齐大臣，田常的曾孙。他夺取了齐国的政权。前386年，周安王承认田和称为齐侯。⑰从横：指合纵与连横。⑱质：人质。符：凭信工具。常剖为两半，双方各执其一，用以勘验。⑲诸夏：周王室所分封的诸侯国。这里指中原六国。宾：同"摈"。屏弃，排挤。献公：指秦献公。他迁都栎（yuè）阳（在今陕西省西安市临潼区东），战败韩魏，使秦的势力逐渐向东扩张。⑳崔适《史记探源》说，此句当作"论秦之暴戾不如鲁卫之德义者"。

　　或曰"东方物所始生，西方物之成孰"。夫作事者必于东南，收功实者常于西北。故禹兴于西羌①，汤起于亳②，周之王也以丰镐伐殷③，秦之帝用雍州兴④，汉之兴自蜀汉⑤。

【注释】

　　①西羌：活动于西方的部族。②亳（bó）：地名。此指西北之亳。③丰：一作"酆"。周都。在今陕西省西安市长安区西南沣水以西，周文王伐崇侯虎后自岐迁此。镐（hào）：周武王所都。故址在今陕西省西安市长安区境。④雍州：相传古代分天下为九州，雍州居九州之一。辖今陕东、陕北及甘肃部分地区。⑤蜀：指今四川省成都地区。汉：指今陕西秦岭以南及湖北省西北部地区，项羽曾分封刘邦于此。

　　秦既得意，烧天下《诗》《书》，诸侯史记尤甚，为其有所刺讥也。《诗》《书》所以复见者，多藏人家，而史记独藏周室，以故灭。惜哉，惜哉！

独有《秦记》，又不载日月，其文略不具①。然战国之权变亦有可颇采者，何必上古。秦取天下多暴，然世异变，成功大。传曰"法后王"，②何也？以其近己而俗变相类，议卑而易行也。学者牵于所闻③，见秦在帝位日浅，不察其终始，因举而笑之，不敢道，此与以耳食无异④。悲夫！

【注释】

①具：完全。②法：效法，学习。《荀子·非相》"欲观圣王之迹，则于其粲然者，后王是也"。③牵：拘泥。④耳食：进饮食必须用嘴；耳食，比喻不知味。

余于是因《秦记》，踵《春秋》之后，起周元王，表六国时事，讫二世①，凡二百七十年，著诸所闻兴坏之端。后有君子，以览观焉。

【注释】

①踵：追随。引申为继承、因袭。此表的记载从周元王元年开始，但《春秋》的记载止于周敬王四十一年。讫（qì）：至，到。

秦楚之际月表第四①

太史公读秦楚之际，曰：初作难，发于陈涉；虐戾灭秦，自项氏②；拨乱诛暴，平定海内，卒践帝祚③，成于汉家。五年之间④，号令三嬗⑤，自生民以来，未始有受命若斯之亟也。

【注释】

①《秦楚之际月表》以谱牒的形式胪列了前209（秦二世元年）至前202年（汉高祖五年）间的错综史事。②虐戾（lì）：残暴、凶狠。项氏：指项羽。项羽进入咸阳后，杀秦王子婴，烧秦宫室，以残暴手段灭亡秦朝。③帝祚（zuò）：帝位。④五年之间：由陈涉称王（前209年）至汉五年（前202年）刘邦称帝，实共八年。五年指前206—前202年。⑤号令三嬗（shàn）：指秦末农民起义经过陈胜、项羽、刘邦，建立三次政权，号令演变了三次。 嬗：同"禅"。演变，更替。

昔虞、夏之兴，积善累功数十年，德洽百姓，摄行政事，考之于天，然后在位①。汤、武之王，乃由契、后稷修仁行义十余世②，不期而会孟津八百诸侯，犹以为未可，其后乃放弑③。秦起襄公，章于文、缪、献、孝之后，稍以蚕食六国④，百有余载，至始皇乃能并冠带之伦⑤。以德若彼，用力如此，盖一统若斯之难也。

【注释】

①洽：润泽。 摄：代理。②汤：指商汤。 武：指周武王。 契：商部落的始祖，传十四代至汤。 后稷：周部落的始祖传十五世至武王。③孟津：古黄河津渡名。在今河南省孟津县东北，周武王曾在此大会诸侯，检阅军容；并从这里渡河伐纣。故又名盟津。 放弑：指汤放桀，武王弑纣事。④襄公：指秦襄公，春秋时期秦国的开国之君。他因护送周平王东迁洛邑，有功，被封为诸侯，赐给岐西之地。从此秦日益强盛。

章：同"彰"。彰著显名。　文：指秦文公，秦襄公之子，曾战胜戎翟，扩地至岐山以西之地。　缪（mù）：指秦穆公，名任好。秦秋五霸之一。缪，同"穆"。　献：指秦献公，名师隰（xí）。曾战败韩、魏，使秦国进一步向东扩张至黄河以西地区。　孝：指秦孝公，名渠梁。任用商鞅变法，改革制度，徙都咸阳，国富兵强，使秦国奠定了兼并六国的基础。　蚕食：形容逐渐吞并。⑤冠带：戴冠束带，一般指华夏族装束，这里是指文明程度较高的关东六国。

秦既称帝，患兵革不休，以有诸侯也，于是无尺土之封，堕坏名城①。销锋镝，钼豪杰，维万世之安②。然王迹之兴，起于闾巷，合从讨伐，轶于三代③，乡秦之禁，适足以资贤者为驱除难耳④。故愤发其所为天下雄⑤，安在无土不王⑥。此乃传之所谓大圣乎？岂非天哉，岂非天哉！非大圣孰能当此受命而帝者乎？

【注释】

①无尺寸之封：秦始皇统一天下之后，废除周代以来封国建藩的制度，设置郡县，子弟功臣没有封邑。②销锋镝：销毁兵器。销，熔化。锋，刀口。镝（dí），箭头。锋镝，泛指兵器。　钼：同"锄"。铲除。　维：希望。③起于闾巷：指刘邦起自民间，原为亭长，处于社会底层。　闾巷，街巷，指民间。　轶（yì）：本义为后车超过前车，引申为超过，超越。④乡（xiàng）：通"嚮（向）"。　过去，以前。⑤"故愤发"句：指汉高祖刘邦愤发闾巷成就帝业。⑥"无土不王"：这是古语，没有封地，便不能为王。

汉兴以来诸侯年表第五

太史公曰：殷以前尚矣①。周封五等：公、侯、伯、子、男。然封伯禽、康叔于鲁、卫②，地各四百里，亲亲之义，褒有德也；太公于齐③，兼五侯地，尊勤劳也。武王、成、康所封数百，而同姓五十五④，地上不过百里，下三十里，以辅卫王室。管、蔡、康叔、曹、郑⑤，或过或损。厉、幽之后，王室缺，侯伯强国兴焉，天子微，弗能正⑥。非德不纯，形势弱也。

【注释】

①尚：通"上"。很久以前。②伯禽：周公旦长子，成王时，封于鲁（国都曲阜，在今山东省曲阜市）。康叔：周武王之弟，名封。成王时，封于卫（国都在今河南省淇县）。③太公：指姜太公吕尚。封于齐（国都临菑，在今山东省淄博市东北）。④同姓五十五：《索隐》引《汉书》，认为周初封国有八百，其中同姓五十余。⑤管：指管叔姬鲜。 蔡：指蔡叔姬度。 曹：指曹叔姬铎。 郑：指郑叔姬友。⑥厉：指周厉王。 幽：指周幽王。 正：匡正。一说作"征"，征伐。

汉兴，序二等①。高祖末年，非刘氏而王者，若无功上所不置而侯者，天下共诛之。高祖子弟同姓为王者九国，唯独长沙异姓②，而功臣侯者百余人。自雁门、太原以东至辽阳，为燕、代国③；常山以南，太行左转，度河、济、阿、甄以东薄海，为齐、赵国④；自陈以西，南至九疑，东带江、淮、穀、泗，薄会稽，为梁、楚、淮南、长沙国⑤：皆外接于胡、越⑥。而内地北距山以东尽诸侯地，大者或五六郡，连城数十，置百官宫观，僭于天子。汉独有三河、东郡、颍川、南阳⑦，自江陵以西至蜀，北自云中至陇西，与内史凡十五郡，而公主列侯颇食邑其中⑧。何者？天下初定，骨肉同姓少，故广强庶孽⑨，以镇抚四海，用承卫天子也。

【注释】

①序二等：汉初分王、侯二等封爵。序，排次序。②九国：指楚、

荆、淮南、燕、赵、梁、代、淮阳、齐。长沙：高祖五年置长沙国，封吴芮。③雁门：郡名。辖境约今山西省西北地区。太原：郡名。辖境约当今山西省中部偏东地区。辽阳：县名。故城在今辽宁省辽阳市西北。燕：封国名。燕王为刘邦之子刘建。都蓟（今北京市西南）。代：封国名。代王为高祖之兄刘仲。④常山、太行：均山名。常山即恒山，在今河北曲阳县西。太行山在今山西河北边界上。河：指黄河。济：指济水。阿：指东阿（故城在今山东省东阿县西南）。甄：《读史方舆纪要》作鄄城（故城在今山东省鄄城县北）。齐：封国名。高祖六年，刘邦立其子刘肥为齐王，都临淄（今山东省淄博市东北）。赵：封国名。高祖九年，刘邦立其子刘如意为赵王，都邯郸（今河北省邯郸市）。⑤陈：县名。故城在今河南省淮阳县。九疑：山名。在今湖南省宁远县南。江：指长江。淮：指淮河。穀：指穀水。汴河的支流，经徐州南流入泗水。泗：指泗水，源出今山东省泗水县。会稽：指会稽山，在今浙江省绍兴市东南。梁：封国名。高祖十一年，分梁王彭越故地及东郡地区，立子恢为梁王。都睢阳（今河南省商丘市南）。楚：封国名。高祖六年以楚王韩信故地，及淮河以南的薛郡、东海郡、彭城郡三十六县，立弟交为楚王。都彭城（今江苏省徐州市）。淮南：高祖十一年，以淮南王英布故地，立子长为淮南王。都寿春（今安徽省寿县）。⑥胡：泛指北方或西北方的游牧民族，有时专指匈奴。越：古族名。分布在今浙江、两广、福建一带。因部族众多，号称"百越"或"百粤"。⑦内地：指京都长安周围关中一带。北：疑作"比"，比及等到的意思。距：至。三河：指河内、河东、河南三郡。辖境约当今山西、河南的大部分地区。东郡：辖境约当今山东省西部和河南省东部部分地区。郡治濮阳（今河南濮阳县西南）。颍川：郡名。辖境约在今河南登封：宝丰以东，尉氏、鄢城以西，密县以南，叶县、舞阳以北地区。郡治阳翟（今河南禹县）。南阳：郡名。辖境当今河南省熊耳山以南和湖北省大洪山以北应山、郧县间地。郡治宛（今河南南阳市）⑧江陵：县名。故城在今湖北省江陵县。蜀：郡名。辖境在今四川省西部地区。郡治成都（今四川成都市）。云中：郡名。辖境相当今土默特右旗以东，大青山以南，卓资县以西，黄河南岸及长城以北地区。郡治云中（今内蒙古托克托县东北）。陇西：郡名。辖境相当今甘肃省境内洮河中游、渭河上游、汉水上游及天水市东部地区。郡治狄道（今甘肃临洮县）。内史：政区名。辖境相当今陕西省关中地区。十五郡：指河东、河南、河内、东郡、颍川、南阳、南郡、汉中、巴、蜀、陇西、北地、上郡、云中、内史等。列侯：爵位名。秦爵二十等爵的最高一级，汉沿用。亦称"通侯"、"彻侯"。⑨庶孽：指妾滕之子。

汉定百年之间，亲属益疏，诸侯或骄奢，忕邪臣计谋为淫乱，大者叛逆，小者不轨于法①，以危其命，殒身亡国。天子观于上古，然后加惠，使诸侯得推恩分子弟国邑②，故齐分为七③，赵分为六④，梁分为五⑤，淮南分三⑥，及天子支庶子为王，王子支庶为侯，百有余焉。吴楚时，前后诸侯或以適削地⑦，是以燕、代无北边郡，吴、淮南、长沙无南边郡，齐、赵、梁、楚支郡名山陂海咸纳于汉⑧。诸侯稍微，大国不过十余城，小侯不过数十里，上足以奉贡职，下足以供养祭祀，以蕃辅京师。而汉郡八九十，形错诸侯间，犬牙相临，秉其阨塞地利⑨，强本干，弱枝叶之势，尊卑明而万事各得其所矣。

臣迁谨记高祖以来至太初诸侯，谱其下益损之时，令后世得览，形势虽强，要之以仁义为本。

【注释】

①忕（shì）：习惯，惯于。　轨：遵循。②推恩：推恩惠于他人。元朔二年（前127年），武帝接受主父偃的建议，颁布推恩令，规定除嫡长子继承王位外，其他子弟得分割王国的部分土地为列侯，列侯归郡统辖。王国越分越小，诸侯国被削弱，中央集权因而进一步加强。③齐分为七：齐国分为城阳、济北、济南、菑川、胶西、胶东、齐等七国。文帝前元二年（前178 威海市文登区西北），封朱虚侯章为城阳王，辖境约当今山东省莒县、沂南和蒙阴县东部地区；又封东牟侯兴居为济北王，辖境约当今山东省威海市文登区西北。文帝前元十六年（前164年）封扐侯辟光为济南王，辖境约当今山东省济南市、章丘、济阳、邹平等县地；封武城侯贤为菑川王，辖境约当今山东省淄博市及寿光、益都等县部分地区；封平昌侯卬为胶西王，辖境约当今山东省胶河以西，高密以北地区；封白石侯雄渠为胶东王，辖境约当今山东省平度、莱阳、莱西等县及迤南地带。均见下表。④赵分为六：指赵国分为河间、广川、中山、常山、清河及赵等六国。⑤梁分为五：景帝中元六年（前144年），

分梁国为五，除仍保留梁国外，另封梁孝王子明为济川王，子彭离为济东王，子定为山阳王，子不识为济阴王。均见下表。⑥淮南分三：淮南国分为淮南、庐江、衡山三国。文帝前元十六年（前164年）封淮南厉王子赐为庐江王，又封淮南厉王子勃为衡山王。均见下表。⑦吴楚时：指吴、楚、赵、胶西、胶东、菑川、济南七国为乱之时（前154年）。适：通"谪"，贬谪。⑧燕、代、吴、淮南、长沙五国原来都有边郡。吴楚叛乱前后，这些边郡均收归中央。支郡：诸侯国内由诸侯王自置的郡称支郡，原由诸侯王统辖。吴楚之乱以后，汉朝廷乘势剥夺了各诸侯王国的支郡，由中央直接统辖。　陂（bēi）：池塘。⑨阨（è）：通"厄"。狭隘、险要处。

公元前 206　　　205　　　　　　　　　　　　　　204

高祖元年	二	三
楚	都彭城。　【注】在今江苏徐州市。	
齐	都临淄。	
荆	都吴。　【注】在今江苏省苏州市。	
淮南	都寿春。　【注】在今安徽寿县。	
燕	都蓟。	
赵	都邯郸。	
梁	都淮阳。　【注】应为"睢阳"。在今河南商丘市南。	
淮阳	都陈。　【注】在今河南淮阳县。	
代	十一月初韩王信元年。都马邑。	二
长沙		

203	202	〈至前 101〉
四	五	
	齐王信徙为楚王元年。反，废。	
初王信元年。故相国	二　徙楚。	
十月乙丑，初王英布元年。	二	
	后九月壬子，初王卢绾元年。	
初王张耳元年。薨。	王敖元年。敖，耳子。	
	初王彭越元年	
三	四　降匈奴，国除为郡。	
	二月乙未初王文王吴芮元年。薨。	

高祖功臣侯者年表第六

太史公曰：古者人臣功有五品①，以德立宗庙定社稷曰勋，以言曰劳，用力曰功，明其等曰伐，积日曰阅②。封爵之誓曰："使河如带，泰山若厉③。国以永宁，爰及苗裔④"。始未尝不欲固其根本，而枝叶稍陵夷衰微也⑤。

【注释】

①品：等级。②德：德泽，德政。宗庙：古代开国的皇帝和始封的王侯，即位后就建立宗庙，祭祀祖先。立宗庙的意思，就是创建基业。言：言词。这里指为国事出谋划策。伐：同"阀"。功绩。积日：指计算掌政任事时间的长短。阅：资历。③河：指黄河。带：衣带。厉：同"砺"。磨刀石。④爰（yuán）：乃，于是。苗裔：后代子孙。⑤根本：指中央政权。枝叶：指诸侯王国。陵夷：衰颓。

余读高祖侯功臣，察其首封，所以失之者，曰：异哉所闻！《书》曰："协和万国"①，迁于夏商，或数千岁。盖周封八百，幽厉之后②，见于《春秋》。《尚书》有唐虞之侯伯，历三代千有余载，自全以蕃卫天子，岂非笃于仁义，奉上法哉③？汉兴，功臣受封者百有余人④。天下初定，故大城名都散亡，户口可得而数者十二三，是以大侯不过万家，小者五六百户。后数世，民咸归乡里，户益息，萧、曹、绛、灌之属或至四万，小侯自倍，富厚如之⑤。子孙骄溢，忘其先，淫嬖⑥。至太初百年之间，见侯五，余皆坐法陨命亡国，耗矣⑦。罔亦少密焉，然皆身无兢兢于当世之禁云⑧。

【注释】

①协和万国：见《尚书·尧典》。原文为"百姓昭明，协和万邦"。汉避高祖刘邦讳，改"邦"为"国"。万国，极言远古部落之多。②幽、厉：指周幽王、周厉王。③唐虞：均传说中的远古部落名。唐：即陶唐氏，尧为陶唐氏；虞；即有虞氏，舜为有虞氏。侯、伯：五等爵位中的第二、第

三等爵。自全：自我保全。蕃：同"藩"。篱笆。引申为屏障、卫护。笃：忠厚；忠诚。④受封者百有余人：刘邦分封的功臣有一百三十七人，如加上受封的外戚及王子，共一百四十三人。⑤息：繁育，增长。萧、曹、绛、灌：指萧何、曹参、周勃、灌婴。自倍：增加自己过去受封的户数的一倍。⑥溢：自满。淫嬖（bì）：邪恶放荡。⑦太初：武帝的年号（前104—前101年）。自太初上推至汉朝初建，正为一百来年。见侯五：现在为侯者仅剩下五人，即平阳侯曹宗、曲周侯郦终根、阳阿侯齐仁、戴侯祕蒙、穀陵侯冯偃，均汉初功臣后代。见，同"现"。坐法：因犯法而获罪。　耗：同"耗"。无，没有；穷尽。⑧罔：同"网"。法网。少：稍微。禁：法禁。

居今之世，志古之道，所以自镜也①，未必尽同。帝王者各殊礼而异务，要以成功为统纪，岂可绲乎②？观所以得尊宠及所以废辱，亦当世得失之林也，何必旧闻？于是谨其终始，表见其文，颇有所不尽本末③；著其明，疑者阙之。后有君子，欲推而列之，得以览焉。

【注释】

①志：同"誌"。记住。自镜：自我借鉴。②礼：礼法。务：政务；政署。统纪：准则。绲（gǔn）：缝合。引申为捏合，强求一致。③谨：表示郑重，态度严肃。本末：指事情的原委。

国名	平阳 【注】汉县名，故城在今山西省临汾市西南。
侯功	以中涓从起沛①，至霸上②，侯。以将军入汉，以左丞相③出征齐、魏④，以右丞相为平阳侯，万六百户。 【注释】①中涓：官名，掌传达之官，一说为官中主管卫生之官。沛：汉县名，故城在今江苏省沛县。②霸上：汉地名，指霸水以西的白鹿原，地在今陕西省西安市东。③左丞相：秦朝分左、右丞相，汉初仍沿用秦制。④齐：项羽分齐地为三、中部齐，东部胶东，西北部济北，合称三齐。魏：项羽分封魏豹为魏王，建都平阳。
高祖十二	六年十二月甲申，懿侯曹参元年。 七
孝惠七	五　其二年为相国①。 　六年十月，靖侯窋元年②。 　　【注】①相国：汉高祖十一年更名丞相为相国。　②窋（zhuó 或 kū）： 二　曹参之子，吕后时曾任御史大夫。
高后八	八
孝文二十三	十九 　后元四年，简侯奇元年。 　　【注】后元四年：指孝文帝后元四年（前160年）。 四

孝景十六	三 　　四年，夷侯时元年。 　　　　【注】时：一作畤（zhǐ），又音（zǎ）。《汉书·卫青传》作平阳侯曹寿。 十三
建元至元封六年三十六，太初元年尽后元二年十八。	十 　　元光五年，恭侯襄元年。 元鼎三年，今侯宗元年。 十六
侯第	二
信武 【注】《汉书·地理志》无信武县，当是汉县名，后废。一说为封名号。	清阳 【注】汉县名，故城在今河北省清河县东南。
以中涓起宛朐①，入汉，以骑都尉定三秦②，击项羽，别定江陵③，侯，五千三百户，以车骑将军攻黥布、陈豨④。 【注】①宛朐（yuān qú）：秦县名，故城在今山东省菏泽市西南。　②三秦：指被项羽封于秦国境内的雍王、塞王、翟王。　③江陵：今湖北省江陵县。　④黥布：即英布，六（今安徽省六安市）人，秦时因犯罪黥面，故名。　陈豨：宛朐人，汉初为代国相，因谋反被杀。	以中涓从起丰①，至霸上，为骑郎将②，入汉，以将军击项羽功，侯，三千一百户③。 【注】①丰：汉县名，今江苏省丰县。　②骑郎将：郎分车郎、户郎、骑郎，主管骑郎的长官称骑郎将。　③《汉表》作二千二百户。
六年十二月甲申，肃侯靳歙元年。 　　【注】歙：音 shè，又音 xì。 七	六年十二月甲申，定侯王吸元年。 　　【注】王吸，一作王隆。 七
七	七
五 　　六年，夷侯亭元年。 三	八
十八 　　后元三年，侯亭坐事国人过律，夺侯，国除。	七　元年，哀侯强元年。 十六　八年，孝侯伉元年。
	四 　　五年，哀侯不害元年。 十二
	七 　　元光二年，侯不害薨，无后，国除。
十一	十四

惠景间侯者年表第七

太史公读列封至便侯①，曰：有以也夫②！长沙王者，著令甲③，称其忠焉。昔高祖定天下，功臣非同姓疆土而王者八国④。至孝惠时，唯独长沙全，禅五世，以无嗣绝，竟无过⑤，为藩守职，信矣。故其泽流枝庶⑥，毋功而侯者数人。及孝惠讫孝景间五十载，追修高祖时遗功臣，及从代来，吴楚之劳，诸侯子弟若肺腑，外国归义，封者九十有余。咸表始终，当世仁义成功之著者也。

【注释】

①便（biān）侯：便，县名。故城在今湖南省永兴县，西汉属桂阳郡。长沙王吴芮之子吴浅封为便侯。②以：缘故，因由。③令甲：西汉时决事集诏令三百余篇，令有先有后，所以有令甲、令乙、令丙之序。汉初规定，非刘氏不王。但吴芮因至忠于汉朝，所以著在令甲上，表示褒扬。④疆：划分界限。八国：指汉初分封的八个异姓王国，即齐王韩信、韩王韩信、燕王卢绾、梁王彭越、赵王张耳、淮南王英布、临江王共敖、长沙王吴芮。⑤孝惠：即刘邦的太子刘盈。禅五世：禅，传。吴芮至其玄孙吴产，共传五代。竟：始终。⑥枝庶：旁支庶孽。

国名	便 【注】县名。故城在今湖南省永兴县。	轪（dài） 【注】县名。故城在今河南省罗山县东南。一说在今湖北浠水县西南长江北岸兰溪镇。
侯功	长沙王子，侯，二千户。 【注】高祖五年，徙衡山王吴芮为长沙王，都临湘（今长沙市）。	长沙相，侯，七百户。
孝惠七	元年九月，顷侯吴浅元年。 【注】《汉表》作九月癸卯封。 七	二年四月庚子，侯利仓元年。 【注】《汉书》作轪侯朱仓。其《表》作黎朱仓，姓黎名朱仓。 六
高后八	八t	二 三年，侯豨元年。 六
孝文 二十三	二十二 后七年，恭侯信元年。 一	十五 十六年，侯彭祖元年。 八

孝景 十六	五 　前六年，侯广志元年。 十一	十六
建 元 至 元　　封 六　　年 三十六	二十八 　元鼎五年，侯千秋坐酎金，国除。	三十 　元封元年，侯秩为东海太守，行过不请，擅发卒兵为卫，当斩，会赦，国除。
太 初 已 后		

建元以来侯者年表第八①

太史公曰："匈奴绝和亲，攻当路塞②；闽越擅伐，东瓯请降③。"二夷交侵，当盛汉之隆，以此知功臣受封侔于祖考矣④。何者？自《诗》《书》称三代"戎狄是膺，荆荼是征"⑤，齐桓越燕伐山戎，武灵王以区区赵服单于，秦缪用百里霸西戎，吴楚之君以诸侯役百越⑥。况乃以中国一统，明天子在上，兼文武，席卷四海，内辑亿万之众，岂以晏然不为边境征伐哉⑦！自是后，遂出师北讨强胡，南诛劲越，将卒以次封矣⑧。

【注释】

①《索隐》："七十二国，太史公旧；余四十五国，褚先生补也"。②绝和亲：自高祖至景帝，汉对匈奴实行和亲政策。但匈奴仍不断内侵，所以到武帝时终止了和亲政策，对匈奴发动了大规模的防御反击战争。当路塞：在要路上的关塞。《匈奴列传》苏林注云："直当道之塞。"③闽越：越人的一支，生活在今浙江省南部及福建省北部地区，据传说是越王勾践的后代，秦置闽中郡以统辖之。公元前202年，汉王朝立其首领无诸为闽越王。建元三年（前138年）闽越进攻东瓯。东瓯向汉告急，武帝派严助往救，闽越退兵。东瓯：生活在今浙江省温州市西南东海沿岸的越族。惠帝三年（前193年），汉立闽越君摇为东瓯王。东瓯受闽越攻击时，举国内徙，汉朝廷把他们安置于江淮间，居庐江郡（郡治在今安徽省庐江县西一带）。④二夷：指匈奴与闽越。侔：相当，相等。祖：指父亲以上的长辈。考：称已死的父亲。⑤《诗》指《诗经》，《书》指《尚书》。戎：泛指我国西方的部族。　狄：泛指我国北方的部族。　荆：楚国的别称。荼：同"舒"，国名。活动中心在今安徽省庐江县一带。　膺：打击。　征：同"惩"，惩罚。"戎狄是膺，荆楚是惩"，见《诗经·閟宫》。⑥山戎：或称北戎。是生活在今河北省东北部一带的部族。前664年，齐桓公曾越过燕国讨伐山戎。　武灵王：战国时赵国国君。　单（chán）于：匈奴族的君主。　秦缪：指秦穆公。百里：指百里奚。秦大夫，又称五羖大夫，帮助穆公建立霸业。　西戎：春秋时生活在今陕西省境内的西方戎族。百

越：分布在我国西南的越族。⑦辑：和同。　晏然：和平安定。⑧胡：指匈奴。　诛：讨伐。将卒："卒"字误，当作"率"，同"帅"。

国名	翕 【注】翕（xī）：《汉表》在内黄，即今河南省内黄县北。	持装 【注】《汉表》作"辕"，在南阳郡。疑在今湖北应山县东北。
侯功	匈奴相降，侯。元朔二年，属车骑将军，击匈奴有功，益封。 【注】元朔：汉武帝年号，为前128—前123年。车骑将军：将军名号。为主管城门、北军兵马的最高长官，地位相当于公。	匈奴都尉降侯。 【注】都尉：相当于郡的最高军事长官。
元光	四年七月壬午，侯赵信元年。 【注】按《汉表》作"十月"。是年七月无"壬午"日分，"七"字误。 三【注】指元光六年期间，赵信受封侯有三年。	六年后九月丙寅，侯乐元年。
元朔	五 六年，侯信为前将军击匈奴，遇单于兵，败，信降匈奴，国除。 【注】五：指元朔六年时间，赵信称侯只有五年，第六年国除。以下以此数字类推。	六
元狩		六
元鼎		元年，侯乐死，无后，国除。
元封		
太初已后		

亲阳 【注】《汉表》在舞阴。舞阴西汉属南阳郡。故城在今河南社旗县东南。	若阳 【注】《汉表》在平氏。故城在今河南唐河县东南。	长平 【注】长平，县名，西汉属汝南郡，在今河南西华县东北。
匈奴相降，侯。	匈奴相降，侯。	以元朔二年再以车骑将军击匈奴，取朔方、河南功侯①。元朔五年，以大将军击匈奴②，破右贤王，益封三千户。 【注】①朔方：郡名，郡治在今内蒙古乌拉特前旗南。河南：今内蒙古河套以南地区。②大将军：武官名，为将军的最高称号，始于战国，汉代沿置。
	三　二年十月癸巳，侯猛元年。 五年，侯猛坐亡斩，国除。	
三 二年十月癸巳，侯月氏元年。 五年，侯月氏坐亡斩，国除。		二年三月丙辰，烈侯卫青元年。
		六
		六
		六
		太初元年，今侯伉元年。

国名	侯功	元光	元朔	元狩	元鼎	元封	太初已后
平陵	以都尉从车骑将军青击匈奴功侯。以元朔五年，用游击将军从大将军，益封。		五 二年三月丙辰，侯苏建元年。	六	六 六年，侯建为右将军，与翕侯信俱败，独身脱来归，当斩，赎，国除。		
岸头	以都尉从车骑将军青击匈奴功侯。元朔六年，从大将军，益封。		五 二年六月壬辰，侯张次公元年。	元年，次公坐与淮南王女奸，及受财物罪，国除。			
平津	以丞相诏所褒侯。		四 五年十一月乙丑，献侯公孙弘元年。	二 四 三年，侯庆元年。	六	三 四年，侯庆坐为山阳太守有罪，国除	
涉安	以匈奴单于太子降侯。		一 三年，四月丙子，后，侯于单元年。	五月卒，无后，国除。			
昌武	以匈奴王降侯。以昌武侯从骠骑将军击左贤王功，益封。		三 四年十月庚申，坚侯赵安稽元年。	六	六	一 五 二年，侯充国元年。	太初元年，侯充国薨，亡后，国除。
襄城	以匈奴相国降侯。		三 四年十月庚申，侯无龙元年。	六	六	六	一 二 太初二年，无龙元从涅野侯战死。 ｜ 三 年 侯病已元年。
南奅	以骑将军从大将军青击匈奴得王功侯。太初二年，以丞相封为葛绎侯。		二 五年四月丁未，侯公孙贺元年。	六	四 五年，贺坐酎金，国除，绝，七岁。		十三 太初二年三月丁卯，封葛绎侯。征和二年，贺子敬声有罪，国除。
合骑	以护军都尉三从大将军击匈奴，至右贤王庭，得王功侯。元朔六年益封。		二 五年四月丁未，侯公孙敖元年。	一 二年，侯敖将兵击匈奴，与骠骑将军期，后，畏懦，当斩，赎为庶人，国除。			
乐安	以轻车将军再从大将军青击匈奴得王功侯。		二 五年四月丁未，侯李蔡元年。	四 五年，侯蔡以丞相盗孝景园神道壖地罪，自杀，国除。			

国名	侯功	元光	元朔	元狩	元鼎	元封	太初已后
龙额	以都尉从大将军青击匈奴得王功侯。元鼎六年，以横海将军击东越功，为案道侯。		二 五年四月丁未，侯韩说元年。	六	四 五年，侯说坐酎金，国绝。二岁复侯。	六 元年五月丁卯，案道侯说元年。	十三 征和二年，子长代，有罪，绝。子曾复封为龙额侯。
随成	以校尉三从大将军青击匈奴，攻农吾，先登石累，得王功侯。		二 五年四月乙卯，侯赵不虞元年。	三 三年，侯不虞坐为定襄都尉，匈奴败太守，以闻非实，谩，国除。			
从平	以校尉三从大将军青击匈奴，至右贤王庭，数为雁行上石山先登功侯。		二 五年四月乙卯，公孙戎奴元年。	一 二年，侯戎奴坐为上郡太守发兵击匈奴，不以闻，谩，国除。			
涉轵	以校尉三从大将军击匈奴，至右贤王庭，得王，虏阏氏功侯。		二 五年四月丁未，侯李朔元年。	元年，侯朔有罪，国除。			
宜春	以父大将军青破右贤王功侯。		二 五年四月丁未，侯卫伉元年。	六	元年，侯伉坐矫制不害，国除。		
阴安	以父大将军青破右贤王功侯。		二 五年四月丁未，侯卫不疑元年。	六	四 五年，侯不疑坐酎金，国除。		
发干	以父大将军青破右贤王功侯。		二 五年四月丁未，侯卫登元年。	六	四 五年，侯登坐酎金，国除。		
博望	以校尉从大将军六年击匈奴，知水道，及前使绝域大夏功侯。		一 六年三月甲辰，侯张骞元年。	一 二年，侯骞坐以将军击匈奴畏懦，当斩，赎，国除。			
冠军	以嫖姚校尉再从大将军，六年从大将军击匈奴，斩相国功侯。元狩二年，以骠骑将军击匈奴，至祁连，益封；迎浑邪王，益封；击左右贤王，益封。		一 六年四月壬申，景桓侯霍去病元年。	六	六 元年，哀侯嬗元年。	元年，哀侯嬗薨，无后，国除。	

国名	侯功	元光	元朔	元狩	元鼎	元封	太初已后
众利	以上谷太守四从大将军，六年击匈奴，首虏千级以上功侯。		一 六年五月壬辰，侯郝贤元年。	一 二年，侯贤坐为上谷太守入戍卒财物上计漫罪，国除。			
漯	以匈奴赵王降，侯。			一 元年七月壬午，悼侯赵煖訾元年。二年，煖訾死，无后，国除。			
宜冠	以校尉从骠骑将军二年再出击匈奴功侯。故匈奴归义。			二 二年正月乙亥，侯高不识元年。四年，不识坐击匈奴，增首不以实，当斩，赎罪，国除。			
煇渠	以校尉从骠骑将军二年再出击匈奴，得王功侯。以校尉从骠骑将军二年虏五王功，益封。故匈奴归义。			五 二年二月乙丑，忠侯仆多元年。	三 四年，侯电元年。	六	四
从骠	以司马再从骠骑将军数深入匈奴，得两王子骑将功侯。以匈河将军元封三年击楼兰功，复侯。			五 二年五月丁丑，侯赵破奴元年	四 五年，侯破奴坐酎金，国除。	浞野四 三年，侯破奴元年。	一 二年，侯破奴以浚稽将军击匈奴，失军，为虏所得，国除。
下麾	以匈奴王降侯。			五 二年六月乙亥，侯呼毒尼元年。	四 二 五年，炀侯伊即轩元年。	六	四
漯阴	以匈奴浑邪王将众十万降侯，万户。			四 二年七月壬午，定侯浑邪元年。	六 元年。魏侯苏元年。	五 五年，魏侯苏薨。无后，国除。	
辉渠	以匈奴王降侯。			四 三年七月壬午，悼侯扁訾元年。	一 二年，侯扁訾死，无后，国除。		

国名	侯功	元光	元朔	元狩	元鼎	元封	太初已后
河綦	以匈奴右王与浑邪降侯。			四 三年七月壬午，康侯乌犁元年。	二　　四 三年，余利鞮元年。	六	四
常乐	以匈奴大当户与浑邪降侯。			四 三年七月壬午，肥侯稠雕元年。	六	六	二 太初三年，今侯广汉元年。
符离	以右北平太守从骠骑将军四年击右王，将重会期，首虏二千七百人功侯。			三 四年六月丁卯，侯路博德元年、	六	六	太初元年，侯路博德有罪，国除。
壮	以匈奴归义因淳王从骠骑将军四年击左王，以少破多，捕虏二千一百人功侯。			三 四年六月丁卯，侯复陆支元年	二　　四 三年，今侯偃元年。	六	四
众利	以匈奴归义楼剸王从骠骑将军四年击右王，手自剑合功侯。			三 四年六月丁卯，质侯伊即轩元年。	六	五　　一 六年，今侯当时元年。	四
湘成	以匈奴符离王降侯。			三 四年六月丁卯，侯敞屠洛元年。	四 五年，侯敞屠洛坐酎金，国除。		
义阳	以北地都尉从骠骑将军四年击左王，得王功侯。			三 四年六月丁卯，侯卫山元年。	六	六	四
散	以匈奴都尉降侯。			三 四年六月丁卯，侯董荼吾元年。	六	六	二　　二 太初三年，今侯安汉元年。
臧马	以匈奴王降侯。			一 四年六月丁卯，康侯延年元年。	五年，侯延年死，不得置后，国除。		
周子南君	以周后绍封。				三 四年十一月丁卯，侯姬嘉元年。	三　　三 四年，君买元年。	四

国名	侯功	元光	元朔	元狩	元鼎	元封	太初已后
乐通	以方术侯。				一　四年四月乙巳，侯五利将军栾大元年。　五年，侯大有罪，斩，国除。		
瞭	以匈奴归义王降侯。				一　四年六月丙午，侯次公元年。　五年，侯建德有罪，国除。		
术阳	以南越王兄越高昌侯。				一　四年，侯建德元年。　五年，侯建德有罪，国除。		
龙亢	以校尉摎乐击南越，死事，子侯。				二　五年三月壬午，侯广德元年。	六　六年，侯广德有罪，诛，国除。	
成安	以校尉韩千秋击南越死事，子侯。				二　五年三月壬子，侯延年元年。	六　六年，侯延年有罪，国除。	
昆	以属国大且渠击匈奴功侯。				二　五年五月戊戌，侯渠复累元年。	六	四
骐	以属国骑击匈奴，捕单于兄功侯。				二　五年六月壬子，侯驹几元年。	六	四
梁期	以属国都尉五年间出击匈奴，得复累绨缦等功侯。				二　五年七月辛巳，侯任破胡元年。	六	四
牧丘	以丞相及先人万石积德谨行侯。				二　五年九月丁丑，恪侯石庆元年。	六	二　三年，侯德元年。
瞭	以南越将降侯。				一　六年三月乙酉，侯毕取元年。	六	四

国名	侯功	元光	元朔	元狩	元鼎	元封	太初已后
将梁	以楼船将军击南越，椎锋却敌侯。				一六年三月乙酉，侯杨仆元年。	三四年，侯仆有罪，国除。	
安道	以南越揭阳令闻汉兵至自定降侯。				一六年三月乙酉，侯揭阳令史定元年。	六	四
随桃	以南越苍梧王闻汉兵至降侯。				一六年四月癸亥，侯赵光元年。	六	四
湘成	以南越桂林监闻汉兵破番禺，谕瓯骆兵四十余万降侯。				一六年五月壬申，侯监居翁元年。	六	四
海常	以伏波司马捕得南越王建德功侯。				一六年七月乙酉，庄侯苏弘元年。	六	太初元年，侯弘死，无后，国除。
北石	以故东越衍侯佐繇王斩余善功侯。					六元年正月壬午，侯吴阳元年。	三太初四年，今侯首元年。
下郦	以故瓯骆左将斩西于王功侯。					六元年四月丁酉，侯左将黄同元年。	四
缭嫈	以故校尉从横海将军说击东越功侯。					一元年五月己卯，侯刘福元年。	二年，侯福有罪，国除。
东儿	以军卒斩东越徇北将军功侯。					六元年闰月癸卯，庄侯辕终古元年。	太初元年，终古死，无后，国除。
开陵	以故东越建成侯与繇王共斩东越王余善功侯。					六元年闰月癸卯，侯建成元年。	
临蔡	以故南越郎闻汉兵破番禺，为伏波得南越相吕嘉功侯。					六元年闰月癸卯，侯孙都元年。	
东成	以故东越繇王斩东越王余善功侯，万户。					六元年闰月癸卯，侯居服元年。	

国名	侯功	元光	元朔	元狩	元鼎	元封	太初已后
无锡	以东越将军汉兵至弃军降侯。					六 元年，侯多军元年。	
涉都	以父弃故南海守，汉兵至以城邑降，子侯。					六 元年中，侯嘉元年。	二 太初二年，侯嘉薨，无后，国除。
平州	以朝鲜将汉兵至降侯。					一 二 四月丁卯，侯唊元年。 四年，侯唊薨，无后，国除。	
荻苴	以朝鲜相汉兵至围之降侯。					四 三年四月，侯朝鲜相韩阴元年。	
澅清	以朝鲜尼溪相使人杀其王右渠来降侯。					四 三年六月丙辰，侯朝鲜尼溪相参元年。	
騠兹	以小月氏若苴王将众降侯。					三 四 年十一月丁卯，侯稽谷姑元年。	太初元年，侯稽谷姑薨，无后，国除。
浩	以故中郎将将兵捕得车师王功侯。					一 四 年四月甲申，侯王恢元年。 四年四月，侯坐使酒泉矫制矫害，当死，赎，国除。封凡三月。	
瓡讘	以小月氏王将众千骑降侯。					二 一 四 正月乙酉，侯扜者元年。 六年，侯胜元年。	四

国名	侯功	元光	元朔	元狩	元鼎	元封	太初已后
几	以朝鲜王子汉兵围朝鲜降侯。					三年三月癸未，侯张降义元年。二三四 六年，侯张陆使朝鲜，谋反，死，国除。	
涅阳	以朝鲜相路人，汉兵至，首先降，道死，其子侯。					三四 四年三月壬寅，康侯子最元年。	二 太初二年，侯最死，无后，国除。

右太史公本表[1]

后进好事儒者褚先生曰：太史公记事尽于孝武之事[2]，故复修记孝昭以来功臣侯者，编于左方[3]，令后好事者得览观成败长短绝世之适，得以自戒焉。当世之君子，行权合变，度时施宜，希世用事，以建功有土封侯，立名当世，岂不盛哉！观其持满守成之道，皆不谦让，骄蹇争权，喜扬声誉，知进不知退，终以杀身灭国。以三得之[4]，及身失之，不能传功于后世，令恩德流子孙，岂不悲哉！夫龙雒侯曾为前将军[5]，世俗顺善，厚重谨信，不与政事，退让爱人。其先起于晋六卿之世。有土君国以来，为王侯，子孙相承不绝，历年经世，以至于今，凡百余岁，岂可与功臣及身失之者同日而语之哉？悲夫，后世其诫之！

【段意】

以上褚少孙补后序，全文一段，说明补表内容，武帝一朝为原表，孝昭以后为补表。

【注释】

①右太史公本表：此为褚少孙所补之语，说明以上（即直行的右方）为太史公原表。当涂、蒲、潦阳、富民四封，旧本均列于褚少孙序之前，今改列在序之后。②太史公记事尽于孝武之事：《史记》断限太初四年，为全表大事之终始而附记尽于武帝之末。③编于左方：直行书写则云编于左方，今横行书写则云记载如下。④以三得之：指上文所云"行权合变，度时施宜，希世用事"。⑤龙雒侯：有两龙雒侯，前将军龙雒侯为韩说。韩说为弓高侯韩颓当庶孙。韩颓当为韩王信之子。韩王信为韩襄王庶孙。故下文云"其先起于晋六卿之世"。韩王信追随刘邦入关，封韩王，后

徒王太原，降匈奴。其子韩颓当孝文时降汉封弓高侯。韩氏封王封侯，绵延不绝，故褚少孙引以为论。韩王信，事详《韩信卢绾列传》。

当涂	魏不害，以圉守尉捕淮阳反者公孙勇等侯。
蒲	苏昌，以圉尉史捕淮阳反者公孙勇等侯。
潦阳	江德，以园厩啬夫共捕淮阳反者公孙勇等侯。
富民	田千秋，家在长陵。以故高庙寝郎上书谏孝武曰："子弄父兵，罪当笞。父子之怒，自古有之。蚩尤畔父，黄帝涉江。"上书至意，拜为大鸿胪。征和四年为丞相，封三千户。至昭帝时病死，子顺代立，为虎牙将军，击匈奴，不至质，诛死，国除。
右孝武封国名	
博陆	霍光，家在平阳，以兄骠骑将军故贵。前事武帝，觉捕得侍中谋反者马何罗等功侯，三千户。中辅幼主昭帝，为大将军。谨信，用事擅治，尊为大司马，益封邑万户。后事宣帝，历事三主，天下信乡之，益封二万户。子禹代立，谋反，族灭，国除。
秺	金翁叔名日磾，以匈奴休屠王太子从浑邪王将众五万，降汉归义，侍中，事武帝，觉捕侍中谋反者马何罗等功侯，三千户。中事昭帝，谨厚，益封三千户。子弘代立，为奉车都尉，事宣帝。
安阳	上官桀，家在陇西。以善骑射从军。稍贵，事武帝，为左将军。觉捕斩侍中谋反者马何罗弟重合侯通功侯，三千户。中事昭帝，与大将军霍光争权，因以谋反，族灭，国除。
桑乐	上官安，以父桀为将军故贵，侍中，事昭帝。安女为昭帝夫人，立为皇后故侯，三千户。骄蹇，与大将军霍光争权，因以父子谋反，族灭，国除。
富平	张安世，家在杜陵，以故御史大夫张汤子武帝时给事尚书，为尚书令。事昭帝，谨厚习事，为光禄勋右将军。辅政十三年，无谪过，侯，三千户。及事宣帝，代霍光为大司马，用事，益封万六千户。子延寿代立，为太仆侍中。
义阳	傅介子，家在北地。以从军为郎，为平乐监。昭帝时，刺杀外国王，天子下诏书曰："平乐监傅介子使外国，杀楼兰王，以直报怨，不烦师，有功，其以邑千三百户封介子为义阳侯。"子厉代立，争财相告，有罪，国除。
商利	王山，齐人也。故为丞相史，会骑将军上官安谋反，山说安与俱入丞相，斩安。山以军功为侯，三千户。上书愿治民，为代太守。为人所上书言，系狱当死，会赦，出为庶人，国除。
建平	杜延年，以故御史大夫杜周子给事大将军幕府，发觉谋反者骑将军上官安等罪，封为侯，邑二千七百户，拜为太仆。元年，出为西河太守。五凤三年，入为御史大夫。
弋阳	任宫，以故上林尉捕格谋反者左将军上官桀，杀之便门，封为侯，二千户。后为太常，及行卫尉事。节俭谨信，以寿终，传于子孙。
宜城	燕仓，以故大将军幕府军吏发谋反者骑将军上官安罪有功，封侯，邑二千户。为汝南太守，有能名。
宜春	王䜣，家在齐。本小吏佐史，稍迁至右辅都尉。武帝数幸扶风郡，䜣共置办，拜为右扶风。至孝昭时，代桑弘羊为御史大夫。元凤三年，代田千秋为丞相，封二千户。立二年，为人所上书言暴，自杀，不殊。子代立，为属国都尉。
安平	杨敞，家在华阴。故给事大将军幕府，稍迁至大司农为御史大夫。元凤六年，代王䜣为丞相，封二千户。立二年，病死。子贲代立，十三年病死。子翁君代立，为典属国。三岁，以季父恽故出恶言，系狱当死，得免，为庶人，国除。
右孝昭时所封国名	
阳平	蔡义，家在温。故师受《韩诗》，为博士，给事大将军幕府，为杜城门侯。入侍中，授昭帝《韩诗》，为御史大夫。是时年八十，衰老，常两人扶持乃能行。然公卿大臣议，以为为人主师，当以为相。以元平元年代杨敞为丞相，封二千户。病死，绝无后，国除。

扶阳	韦贤，家在鲁。通《诗》《礼》《尚书》，为博士，授鲁大儒，入侍中，为昭帝师，迁为光禄大夫，大鸿胪，长信少府。以为人主师，本始三年代蔡义为丞相，封扶阳侯，千八百户。为丞相五岁。多恩，不习吏事，免相就第，病死。子玄成代立，为太常。坐祠庙骑，夺爵，为关内侯。
平陵	范明友，家在陇西。以家世习外国事，使护西羌。事昭帝，拜为度辽将军，击乌桓功侯，二千户。取霍光女为妻。地节四年，与诸霍子禹等谋反，族灭，国除。
营平	赵充国，以陇西骑士从军得官，侍中，事武帝。数将兵击匈奴有功，为护军都尉，侍中，事昭帝。昭帝崩，议立宣帝，决疑定策，以安宗庙功侯，封二千五百户。
阳成	田延年，以军吏事昭帝，发觉上官桀谋反事，后留迟不得封，为大司农。本造废昌邑王议立宣帝，决疑定策，以安宗庙功侯，二千七百户。逢昭帝崩，方上事并急，因以盗都内钱三千万。发觉，自杀，国除。
平丘	王迁，家在卫。为尚书郎，习刀笔之文。侍中，事昭帝。帝崩，立宣帝，决疑定策，以安宗庙功侯，二千户。为光禄大夫，秩中二千石。坐受诸侯王金钱财，漏泄中事，诛死，国除。
乐成	霍山，山者，大将军光兄子也。光未死时上书曰："臣兄骠骑将军去病从军有功，病死，赐谥景桓侯，绝无后，臣光愿以所封东武阳邑三千五百户分与山。"天子许之，拜山为侯。后坐谋反，族灭，国除。
冠军	霍云，以大将军兄骠骑将军嫡孙为侯。地节三年，天子下诏书曰："骠骑将军去病击匈奴有功，封为冠军侯。薨卒，子侯代立，病死无后。《春秋》之义，善善及子孙，其以邑三千户封云为冠军侯。"后坐谋反，族灭，国除。
平恩	许广汉，家昌邑。坐事下蚕室，独有一女，嫁之。宣帝未立时，素与广汉出入相通，卜相者言当大贵，以故广汉施恩甚厚。地节三年，封为侯，邑三千户。病死无后，国除。
昌水	田广明。故郎，为司马，稍迁至南郡都尉、淮阳太守、鸿胪、左冯翊。昭帝崩，议废昌邑王，立宣帝，决疑定策，以安宗庙。本始三年，封为侯，邑二千三百户。为御史大夫。后为祁连将军，击匈奴，军不至质，当死，自杀，国除。
高平	魏相，家在济阴。少学《易》，为府卒史，以贤良举为茂陵令，迁河南太守。坐贼杀不辜，系狱，当死，会赦，免为庶人。有诏守茂陵令，为杨州刺史，入为谏议大夫，复为河南太守，迁为大司农、御史大夫。地节三年，谮毁韦贤，代为丞相，封千五百户。病死，长子宾代立，坐祠庙失侯。
博望	许中翁，以平恩侯许广汉弟封为侯，邑二千户。亦故有私恩，为长乐卫尉。死，子延年代立。
乐平	许翁孙，以平恩侯许广汉少弟故为侯，封二千户。拜为强弩将军，击破西羌，还，更拜为大司马、光禄勋。亦故有私恩，故得封。嗜酒好色，以早病死。子汤代立。
将陵	史子回，以宣帝大母家封为侯，二千六百户，与平台侯昆弟行也。子回妻宜君，故成王孙，嫉妒，绞杀侍婢四十余人，盗断妇人初产子臂膝以为媚道。为人所上书言，论弃市。子回以外家故，不失侯。
平台	史子叔，以宣帝大母家封为侯，二千五百户。卫太子时，史氏内一女于太子，嫁一女鲁王，今见鲁王亦史氏外孙也。外家有亲，以故贵，数得赏赐。
乐陵	史子长，以宣帝大母家贵，侍中，重厚忠信，以发觉霍氏谋反事，封三千五百户。
博成	张章，父故颍川人，为长安亭长。失官，之北阙上书，寄宿霍氏第舍，卧马枥间，夜闻养马奴相与语，言诸霍氏子孙欲谋反状，因上书告反，为侯，封三千户。
都成	金安上，先故匈奴。以发觉故大将军霍光子禹等谋反事有功，封侯，二千八百户。安上者，奉车都尉秺侯从群子。行谨善，退让以自持，欲传功德于子孙。
平通	杨恽，家在华阴，故丞相杨敞少子，任为郎。好士，自喜知人，居众人中常与人颜色，以故高昌侯董忠引与屏语，言霍氏谋反状，共发觉告反侯，二千户，为光禄勋。到五凤四年，作为妖言，大逆罪腰斩，国除。

高昌	董忠，父故颍川阳翟人，以习书诣长安。忠有材力，能骑射，用短兵，给事期门。与张章相习知，章告语忠霍禹谋反状，忠以语常侍骑郎杨恽，共发觉告反，侯，二千户。今为枭骑都尉，侍中。坐祠宗庙乘小车，夺百户。
爰戚	赵成，用发觉楚国事侯，二千三百户。地节元年，楚王与广陵王谋反，成发觉反状，天子推恩广德义，下诏书曰"无治广陵王"，广陵不变更。后复坐祝诅灭国。自杀，国除。今帝复立子为广陵王。
鄘	地节三年，天子下诏书曰："朕闻汉之兴，相国萧何功第一，今绝无后，朕甚怜之，其以邑三千户封萧何玄孙建世为鄘侯。"
平昌	王长君，家在赵国，常山广望邑人也。卫太子时，嫁太子家，为太子男史皇孙为配，生子男，绝不闻声问，行且四十余岁，至今元康元年中，诏征，立以为侯，封五千户。宣帝舅父也。
乐昌	王稚君，家在赵国，常山广望邑人也。以宣帝舅父外家封为侯，邑五千户。平昌侯王长君弟也。
邛成	王奉光，家在房陵，以女立为宣帝皇后，故封千五百户。言奉光初生时，夜见光其上，传闻者以为当贵云。后果以女故为侯。
安远	郑吉，家在会稽。以卒伍起从军为郎，使护将弛刑士田渠梨。会匈奴单于死，国乱，相攻，日逐王将众来降汉，先使语吉，吉将吏卒数百人往迎之。众颇有欲还者，斩杀其渠率，遂与俱入汉。以军功侯，二千户。
博阳	邴吉，家在鲁。本以治狱为御史属，给事大将军幕府。常施旧恩宣帝，迁为御史大夫，封侯，二千户。神爵二年，代魏相为丞相。立五岁，病死。子翁孟代立，为将军，侍中。甘露元年，坐祠宗庙不乘大车而骑至庙门，有罪，夺爵，为关内侯。
建成	黄霸，家在阳夏，以役使徙云阳。以廉吏为河内守丞，迁为廷尉监，行丞相长史事。坐见知夏侯胜非诏书大不敬罪，久系狱三岁，从胜学《尚书》。会赦，以贤良举为扬州刺史，颍川太守。善化，男女异路，耕者让畔，赐黄金百斤，秩中二千石。居颍川，入为太子太傅，迁御史大夫。五凤三年，代邴吉为丞相。封千八百户。
西平	于定国，家在东海。本以治狱给事为廷尉史，稍迁御史中丞。上书谏昌邑王，迁为光禄大夫，为廷尉。乃师受《春秋》，变道行化，谨厚爱人。迁为御史大夫，代黄霸为丞相。
右孝宣时所封	
阳平	王稚君，家在魏郡。故丞相史。女为太子妃。太子立为帝，女为皇后，故侯，千二百户。初元以来方盛贵用事，游宦求官于京师者多得其力，未闻其有知略广宣于国家也。

建元以来王子侯者年表第九

制诏御史："诸侯王或欲推私恩分子弟邑者①，令各条上，朕且临定其号名。"

太史公曰："盛哉，天子之德！一人有庆，天下赖之②。"

【注释】

①制诏：皇帝颁发的命令和文书。推私恩：将自己的所爱，推广到他人。元朔二年（前127年），汉武帝接受主父偃的建议，颁布推恩令。目的是削弱诸侯国的地方势力，进一步加强中央集权。②一人有庆，天下赖之：《尚书·吕刑》作"一人有庆，兆民赖之"。一人，指天子。庆，善。赖，利。

国名	王子号	元光	元朔	元狩	元鼎	元封	太初
兹	河间献王子。	二五年正月壬子，侯刘明元年。	二三年，侯明坐谋反杀人，弃市，国除。				
安成	长沙定王子。	一六年七月乙巳，思侯刘苍元年。	六	六	六 元年，今侯自当元年。	六	四
宜春	长沙定王子。	一六年七月乙巳，侯刘成元年。	六	六	四 五年，侯成坐酎金，国除。		
句容	长沙定王子。	一六年七月乙巳，哀侯刘党元年。	元年，哀侯党薨，无后，国除。				

国名	王子号	元光	元朔	元狩	元鼎	元封	太初
句陵	长沙定王子。	一 六年七月乙巳，侯刘福元年。	六	六	四 五年，侯福坐酎金，国除。		
杏山	楚安王子。	一 六年后九月壬戌，侯刘成元年。	六	六	四 五年，侯成坐酎金，国除。		
浮丘	楚安王子。	一 六年后九月壬戌，侯刘不审元年。	六	四　二 五年，侯霸元年。	四 五年，侯霸坐酎金，国除。		
广戚	鲁共王子。		六 元年十月丁酉，节侯刘择元年。	六 元年，侯始元年。	四 五年，侯始坐酎金，国除。		
丹杨	江都易王子。		六 元年十二月甲辰，哀侯敢元年。	元狩元年，侯敢薨，无后，国除。			
盱台	江都易王子。		六 元年十二月甲辰，侯刘象之元年。	六	四 五年，侯象之坐酎金，国除。		
湖孰	江都易王子。		六 元年正月丁卯，顷侯刘胥元年。	六	四　　　二 五年，今侯圣元年。	六	四
秩阳	江都易王子。		六 元年正月丁卯，终侯刘涟元年。	六	三 四年，终侯涟薨，无后，国除。		
睢陵	江都易王子。		六 元年正月丁卯，侯刘定国元年。	六	四 五年，侯定国坐酎金，国除。		
龙丘	江都易王子。		五 二年五月乙巳，侯刘代元年。	六	四 五年，侯代坐酎金，国除。		
张梁	江都易王子。		五 二年五月乙巳，哀侯刘仁元年。	六	二　　　四 三年，今侯顺元年。	六	四
剧	菑川懿王子。		五 二年五月乙巳，原侯刘错元年。	六	一　　　五 二年，孝侯广昌元年。	六	四
壤	菑川懿王子。		五 二年五月乙巳，夷侯刘高遂元年。	六	六 元年，今侯延元年。	六	四

国名	王子号	元光	元朔	元狩	元鼎	元封	太初
平望	菑川懿王子。		五 二年五月乙巳，夷侯刘赏元年。	二　　四 三年，今侯楚人元年。	六	六	四
临原	菑川懿王子。		五 二年五月乙巳，敬侯刘始昌元年。	六	六	六	四
葛魁	菑川懿王子。		五 二年五月乙巳，节侯刘宽元年。	三　三 四年，侯戚元年。	三 三年，侯戚坐杀人，弃市，国除。		
益都	菑川懿王子。		五 二年五月乙巳，侯刘胡元年。	六	六	六	四
平酌	菑川懿王子。		五 二年五月乙巳，戴侯刘强元年。	六	六 元年，思侯中时元年。	六	四
剧魁	菑川懿王子。		五 二年五月乙巳，夷侯刘墨元年。	六	六	三　三 元年，侯昭元年。　四年，侯德元年。	四
寿梁	菑川懿王子。		五 二年五月乙巳，侯刘守元年。	六	四 五年，侯守坐酎金，国除。		
平度	菑川懿王子。		五 二年五月乙巳，侯刘衍元年。	六	六	六	四
宜成	菑川懿王子。		五 二年五月乙巳，康侯刘偃元年。	六	六 元年，侯福元年。	六	元年，侯福坐杀弟，弃市，国除。
临朐	菑川懿王子。		五 二年五月乙巳，哀侯刘奴元年。	六	六	六	四
雷	城阳共王子。		五 二年五月甲戌，侯刘稀元年。	六	五 五年，侯稀坐酎金，国除。		
东莞	城阳共王子。		三 二年五月甲戌，侯刘吉元年。　五年，侯吉有痼疾，不朝，废，国除。				
辟	城阳共王子。		三 二年五月甲戌，节侯刘壮元年。　五年，侯朋元年。	六	四 五年，侯朋坐酎金，国除。		
尉文	赵敬肃王子。		五 二年六月甲午，节侯刘丙元年。	六 元年，侯犊元年。	四 五年，侯犊坐酎金，国除。		

国名	王子号	元光	元朔	元狩	元鼎	元封	太初
封斯	赵敬肃王子。		五 二年六月甲午，共侯刘胡阳元年。	六	六	六	二　二 三年，今侯如意元年。
榆丘	赵敬肃王子。		五 二年六月甲午，侯刘寿福元年。	六	四 五年，侯寿福坐酎金，国除。		
襄嚵	赵敬肃王子。		五 二年六月甲午，侯刘建元年。	六	四 五年，侯建坐酎金，国除。		
邯会	赵敬肃王子。		五 二年六月甲午，侯刘仁元年。	六	六	六	四
朝	赵敬肃王子。		五 二年六月甲午，侯刘义元年。	六	二　四 三年，今侯禄元年。	六	四
东城	赵敬肃王子。		五 二年六月甲午，侯刘遗元年。	六	元年，侯遗有罪，国除。		
阴城	赵敬肃王子。		五 二年六月甲午，侯刘苍元年。	六	六	元年，侯苍有罪，国除。	
广望	中山靖王子。		五 二年六月甲午，侯刘安中元年。	六	六	六	四
将梁	中山靖王子。		五 二年六月甲午，侯刘朝平元年。	六	四 五年，侯朝平坐酎金，国除。		
新馆	中山靖王子。		五 二年六月甲午，侯刘未央元年。	六	四 五年，侯未央坐酎金，国除。		
新处	中山靖王子。		五 二年六月甲午，侯刘嘉元年。	六	四 五年，侯嘉坐酎金，国除。		
陉城	中山靖王子。		五 二年六月甲午，侯刘贞元年。	六	四 五年，侯贞坐酎金，国除。		
蒲领	广川惠王子。		四 三年十月癸酉，侯刘嘉元年。				
西熊	广川惠王子。		四 三年十月癸酉，侯刘明元年。				
枣强	广川惠王子。		四 三年十月癸酉，侯刘晏元年。				

国名	王子号	元光	元朔	元狩	元鼎	元封	太初
毕梁	广川惠王子。		四 三年十月癸酉，侯刘婴元年。	六	六	三 四年，侯婴有罪，国除。	
房光	河间献王子。		四 三年十月癸酉，侯刘殷元年。	六	元年，侯殷有罪，国除。		
距阳	河间献王子。		四 三年十月癸酉，侯刘匄元年。	四 二 五年，侯渡元年。	四 五年，侯渡有罪，国除。		
蒌	河间献王子。		四 三年十月癸酉，侯刘邈元年。	六	六	六 元年，今侯婴元年。	四
阿武	河间献王子。		四 三年十月癸酉，滑侯刘豫元年。	六	六	六	二 二 三年，今侯宽元年。
参户	河间献王子。		四 三年十月癸酉，侯刘勉元年。	六	六	六	四
州乡	河间献王子。		四 三年十月癸酉，节侯刘禁元年。	六	六	五 一 六年，今侯惠元年。	四
成平	河间献王子。		四 三年十月癸酉，侯刘礼元年。	二 三年，侯礼有罪，国除			
广	河间献王子。		四 三年十月癸酉，侯刘顺元年。	六	四 五年，侯顺坐酎金，国除。		
盖胥	河间献王子。		四 三年十月癸酉，侯刘让元年。	六	四 五年，侯让坐酎金，国除。		
陪安	济北贞王子。		四 三年十月癸酉，康侯刘不害元年。	六	一 二 年，哀侯秦客元年。	二 三 年，侯秦客薨，无后，国除。	
荣简	济北贞王子。		四 三年十月癸酉，侯刘骞元年。	二 三年，侯骞有罪，国除。			
周坚	济北贞王子。		四 三年十月癸酉，侯刘何元年。	四 二 五年，侯当时元年。	四 五年，侯当时坐酎金，国除。		
安阳	济北贞王子。		四 三年十月癸酉，侯刘杰元年。	六	六	六	四

国名	王子号	元光	元朔	元狩	元鼎		元封	太初
五椐	济北贞王子。		四 三年十月癸酉，侯刘腜丘元年。	六	四 五年，侯腜丘坐酎金，国除。			
富	济北贞王子。		四 三年十月癸酉，侯刘袭元年。	六	六		六	四
陪	济北贞王子。		四 三年十月癸酉，缪侯刘明元年。	六	二　二 三年，侯邑元年。	五年，侯邑坐酎金，国除。		
丛	济北贞王子。		四 三年十月癸酉，侯刘信元年。	六	四 五年，侯信坐酎金，国除。			
平	济北贞王子。		四 三年十月癸酉，侯刘遂元年。	元年，侯遂有罪，国除。				
羽	济北贞王子。		四 三年十月癸酉，侯刘成元年。	六	六		六	四
胡母	济北贞王子。		四 三年十月癸酉，侯刘楚元年。	六	四 五年，侯楚坐酎金，国除。			
离石	代共王子。		四 三年正月壬戌，侯刘绾元年。	六	六		六	四
邵	代共王子。		四 三年正月壬戌，侯刘慎元年。	六	六		六	四
利昌	代共王子。		四 三年正月壬戌，侯刘嘉元年。	六	六		六	四
蔺	代共王子。		三年正月壬戌，侯刘憙元年。					
临河	代共王子。		三年正月壬戌，侯刘贤元年。					
隰成	代共王子。		三年正月壬戌，侯刘忠元年。					
土军	代共王子。		三年正月壬戌，侯刘郢客元年。		侯郢客坐与人妻奸，弃市。			
皋狼	代共王子。		三年正月壬戌，侯刘迁元年。					
千章	代共王子。		三年正月壬戌，侯刘遇元年。					
博阳	齐孝王子。		四 三年三月乙卯，康侯刘就元年。	六	二　　　二 三年，侯终吉吉元 五年，侯终吉坐酎金，国除。			

国名	王子号	元光	元朔	元狩	元鼎	元封	太初
宁阳	鲁共王子。		四 三年三月乙卯，节侯刘恢元年。	六	六		四
瑕丘	鲁共王子。		四 三年三月乙卯，节侯刘贞元年。	六	六	六	四
公丘	鲁共王子。		四 三年三月乙卯，夷侯刘顺元年。	六	六	六	四
郁狼	鲁共王子。		四 三年三月乙卯，侯刘骑元年。	六	四 五年，侯骑坐酎金，国除。		
西昌	鲁共王子。		四 三年三月乙卯，侯刘敬元年。	六	四 五年，侯敬坐酎金，国除。		
陉城	中山靖王子。		四 三年三月癸酉，侯刘义元年。	六	四 五年，侯义坐酎金，国除。		
邯平	赵敬肃王子。		四 三年四月庚辰，侯刘顺元年。	六	四 五年，侯顺坐酎金，国除。		
武始	赵敬肃王子。		四 三年四月庚辰，侯刘昌元年。	六	六	六	四
象氏	赵敬肃王子。		四 三年四月庚辰，节侯刘贺元年。	六	六	二 四 三年，思侯安德元年。	四
易			四 三年四月庚辰，安侯刘平元年。	六	六	四 二 五年，今侯种元年。	四
洛陵	长沙定王子。		三 四年三月乙丑，侯刘章元年。	一 二年，侯章有罪，国除。			
攸舆	长沙定王子。		三 四年三月乙丑，侯刘则元年。	六	六	六	元年，侯则篡死罪，弃市，国除。
荼陵	长沙定王子。		三 四年三月乙丑，侯刘欣元年。	六	一 五 二年，哀侯阳元年。	六	元年，侯阳薨，无后，国除。
建成	长沙定王子。		三 四年二月乙丑，侯刘拾元年。	五 六年，侯拾坐不朝，不敬，国除。			

国名	王子号	元光	元朔	元狩	元鼎	元封	太初
安众	长沙定王子。		三 四年三月乙丑，康侯刘丹元年。	六	六	五一 六年，今侯山拊元年。	四
叶	长沙定王子。		三 四年三月乙丑，康侯刘嘉元年。	六	四 五年，侯嘉坐酎金，国除。		
利乡	城阳共王子。		三 四年三月乙丑，康侯刘婴元年。	二 三年，侯婴有罪，国除。			
有利	城阳共王子。		三 四年三月乙丑，侯刘钉元年。	元年，侯钉坐遗淮南书称臣，弃市，国除。			
东亚	城阳共王子。		三 四年三月乙丑，侯刘庆元年。	二 三年，侯庆坐与姊妹奸，有罪，国除。			
运平	城阳共王子。		三 四年三月乙丑，侯刘诉元年。	六	四 五年，侯诉坐酎金，国除。		
山州	城阳共王子。		三 四年三月乙丑，侯刘齿元年。	六	四 五年，侯齿坐酎金，国除。		
海常	城阳共王子。		三 四年三月乙丑，侯刘福元年。	六	四 五年，侯福坐酎金，国除。		
钧丘	城阳共王子。		三 四年三月乙丑，侯刘宪元年。	三 三 四年，今侯执德元年。	六	六	四
南城	城阳共王子。		三 四年三月乙丑，侯刘贞元年。	六	六	六	四
广陵	城阳共王子。		三 四年三月乙丑，常侯刘表元年。	四 二 五年，侯成元年。	四 五年，侯成坐酎金，国除。		
庄原	城阳共王子。		三 四年三月乙丑，侯刘皋元年。	六	四 五年，侯皋坐酎金，国除。		
临乐	中山靖王子。		三 四年四月甲午，敦侯刘光元年。	六	六	五 一 六年，今侯建元年。	四
东野	中山靖王子。		三 四年四月甲午，侯刘章元年。	六	六	六	四

国名	王子号	元光	元朔	元狩	元鼎	元封	太初
高平	中山靖王子。		三 四年四月甲午，侯刘嘉元年。	六	四 五年，侯嘉坐酎金，国除。		
广川	中山靖王子。		三 四年四月甲午，侯刘颇元年。	六	四 五年，侯颇坐酎金，国除。		
千钟	河间献王子。		三 四年四月甲午，侯刘摇元年。	一 二年，侯阴不使人为秋请，有罪，国除。			
披阳	齐孝王子。		三 四年四月乙卯，敬侯刘燕元年。	六	四　　　二 五年，今侯隅元年。	六	四
定	齐孝王子。		三 四年四月乙卯，敬侯刘越元年。	六	三　　　三 四年，今侯德元年。	六	四
稻	齐孝王子。		三 四年四月乙卯，夷侯刘定元年。	六	二　　　四 三年，今侯都阳元年。	六	四
山	齐孝王子。		三 四年四月乙卯，侯刘国元年。	六	六	六	四
繁安	齐孝王子。		三 四年四月乙卯，侯刘忠元年。	六	六	六	三　　　一 四年，今侯寿元年
柳	齐孝王子。		三 四年四月乙卯，康侯刘阳元年。	六	三　　　三 四年，侯罢师元年。	四　　　二 五年，今侯自为元年。	四
云	齐孝王子。		三 四年四月乙卯，夷侯刘信元年。	六	五　　　一 六年，今侯岁发元年。	六	四
牟平	齐孝王子。		三 四年四月乙卯，共侯刘渫元年。	二　　　四 三年，今侯奴元年	六	六	四
柴	齐孝王子。		三 四年四月乙卯，原侯刘代元年。	六	六	六	四
柏阳	赵敬肃王子。		二 五年十一月辛酉，侯刘终古元年。	六	六	六	四
鄗	赵敬肃王子。		二 五年十一月辛酉，侯刘延年元年。	六	四 五年，侯延年坐酎金，国除。		

国名	王子号	元光	元朔	元狩	元鼎	元封	太初
桑丘	中山靖王子。		二 五年十一月辛酉，节侯刘洋元年。	六	三　　　三 四年，今侯德元年。	六	四
高丘	中山靖王子。		二 五年三月癸酉，哀侯刘破胡元年。	六	元年，侯破胡薨，无后，国除。		
柳宿	中山靖王子。		二 五年三月癸酉，夷侯刘盖元年。	二　　四 三年，侯苏元年。	四 五年，侯苏坐酎金，国除。		
戎丘	中山靖王子。		二 五年三月癸酉，侯刘让元年。	六	四 五年，侯让坐酎金，国除。		
樊舆	中山靖王子。		二 五年三月癸酉，节侯刘条元年。	六	六	六	四
曲成	中山靖王子。		二 五年三月癸酉，侯刘万岁元年。	六	四 五年，侯万岁坐酎金，国除。		
安郭	中山靖王子。		二 五年三月癸酉，侯刘博元年。	六	六	六	四
安险	中山靖王子。		二 五年三月癸酉，侯刘应元年。	六	四 五年，侯应坐酎金，国除。		
安遥	中山靖王子。		二 五年三月癸酉，侯刘恢元年。	六	四 五年，侯恢坐酎金，国除。		
夫夷	长沙定王子。		二 五年三月癸酉，敬侯刘义元年。	六	四　　六 五年，今侯禹元年。	六	四
春陵	长沙定王子。		二 五年六月壬子，侯刘买元年。	六	六	六	四
都梁	长沙定王子。		二 五年六月壬子，敬侯刘遂元年。	六	六 元年，今侯系元年。	六	四
洮阳	长沙定王子。		二 五年六月壬子，靖侯刘狗彘元年。	五 六年，侯狗彘薨，无后，国除。			
泉陵	长沙定王子。		二 五年六月壬子，节侯刘贤元年。	六	六	六	四

国名	王子号	元光	元朔	元狩	元鼎	元封	太初
终弋	衡山王赐子。		一 六年四月丁丑，侯刘广置元年。	六	四 五年，侯广置坐酎金，国除。		
麦	城阳顷王子。			六 元年四月戊寅，侯刘昌元年。	四 五年，侯昌坐酎金，国除。		
钜合	城阳顷王子。			六 元年四月戊寅，侯刘发元年。	四 五年，侯发坐酎金，国除。		
昌	城阳顷王子。			六 元年四月戊寅，侯刘差元年。	四 五年，侯差坐酎金，国除。		
黄	城阳顷王子。			六 元年四月戊寅，侯刘方元年。	四 五年，侯方坐酎金，国除。		
雩殷	城阳顷王子。			六 元年四月戊寅，康侯刘泽元年。	六		
石洛	城阳顷王子。			六 元年四月戊寅，侯刘敬元年。	六	六	四
扶淇	城阳顷王子。			六 元年四月戊寅，侯刘昆吾元年。	六	六	四
挍	城阳顷王子。			六 元年四月戊寅，侯刘霸元年。	六	六	四
朸	城阳顷王子。			六 元年四月戊寅，侯刘让元年。	六	六	四
父城	城阳顷王子。			六 元年四月戊寅，侯刘光元年。	四 五年，侯光坐酎金，国除。		
庸	城阳顷王子。			六 元年四月戊寅，侯刘谭元年。	六	六	

国名	王子号	元光	元朔	元狩	元鼎	元封	太初
翟	城阳顷王子。			六 元年四月戊寅，侯刘寿元年。	四 五年，侯寿坐酎金，国除。		
鱣	城阳顷王子。			六 元年四月戊寅，侯刘应元年。	四 五年，侯应坐酎金，国除。		
彭	城阳顷王子。			六 元年四月戊寅，侯刘偃元年。	四 五年，侯偃坐酎金，国除。		
瓡	城阳顷王子。			六 元年四月戊寅，侯刘息元年。	六	六	四
虚水	城阳顷王子。			六 元年四月戊寅，侯刘禹元年。	六	六	四
东淮	城阳顷王子。			六 元年四月戊寅，侯刘类元年。	四 五年，侯类坐酎金，国除。		
栒	城阳顷王子。			六 元年四月戊寅，侯刘买元年。	四 五年，侯买坐酎金，国除。		
涓	城阳顷王子。			六 元年四月戊寅，侯刘不疑元年。	四 五年，侯不疑坐酎金，国除。		
陆	菑川靖王子。			六 元年四月戊寅，侯刘何元年。	六	六	四
广饶	菑川靖王子。			六 元年十月辛卯，康侯刘国元年。	六	六	四
鉼	菑川靖王子。			六 元年十月辛卯，侯刘成元年。	六	六	四

国名	王子号	元光	元朔	元狩	元鼎		元封	太初
俞闾	菑川靖王子。			六 元年十月辛卯，侯刘不害元年。	六		六	四
甘井	广川穆王子。			六 元年十月乙酉，侯刘元元年。	六		六	四
襄陵	广川穆王子。			六 元年十月乙酉，侯刘圣元年。	六		六	四
皋虞	胶东康王子。				三 元年五月丙午，侯刘建元年。	三 四年，今侯处元年。	六	四
魏其	胶东康王子。				六 元年五月丙午，畅侯刘昌元年。		六	四
祝兹	胶东康王子。				四 元年五月丙午，侯刘延元年。	五年，延坐弃印绶出国，不敬，国除。		

汉兴以来将相名臣年表第十

		大事记	相位	将位	御史大夫位
公元前206	高皇帝元年	春，沛公为汉王，之南郑。秋，还定雍。	一 丞相萧何守汉中。		御史大夫周苛守荥阳。
205	二	春，定塞、翟、魏、河南、韩、殷国。夏，伐项籍，至彭城。立太子。还据荥阳。	二 守关中。	一 太尉长安侯卢绾。	
204	三	魏豹反。使韩信别定魏，伐赵。楚围我荥阳。	三	二	
203	四	使韩信别定齐及燕，太公自楚归，与楚界洪渠。	四	三 周苛守荥阳死。	御史大夫汾阴侯周昌。
202	五	冬，破楚垓下，杀项籍。春，王践皇帝位定陶。入都关中。	五 罢太尉官。	四 后九月，绾为燕王。	
201	六	尊太公为太上皇。刘仲为代王。立大市。更命咸阳曰长安。	六 封为赞侯。张苍为计相。		
200	七	长乐宫成，自栎阳徙长安。伐匈奴，匈奴围我平城。	七		
199	八	击韩信反房于赵城。贯高作乱，明年觉，诛之。匈奴攻代王，代王弃国亡，废为郃阳侯。	八		

〔说明〕阅读此表，对照《汉书·百官公卿表》。《索隐》注："大事记"：谓诛伐、封建、薨、叛；"相位"：置立丞相、太尉、三公也；"将位"：命将兴师；"御史大夫位"：亚相也。

		大事记	相位	将位	御史大夫位
198	九	未央宫成，置酒前殿，太上皇辇上坐，帝奉玉卮上寿，曰："始常以臣不如仲力，今臣功孰与仲多？"太上皇笑，殿上称万岁。徙齐田，楚昭、屈、景于关中。	九 迁为相国。		御史大夫昌为赵丞相。
197	十	太上皇崩。陈豨反代地。	十		御史大夫江邑侯赵尧。
196	十一	诛淮阴、彭越。黥布反。	十一	周勃为太尉。攻代。后官省。	

		大事记	相位		将 位	御史大夫位
195	十二	冬，击布。还过沛。夏，上崩，葬长陵。	十二			
194	孝惠元年	赵隐王如意死。始作长安城西北方。除诸侯丞相为相。				
193	二	楚元王、齐悼惠王来朝。七月辛未、何薨。	十四 七月，癸巳，齐相平阳侯曹参为相国。			
192	三	初作长安城。蜀湔氏反，击之。	二			
191	四	三月甲子，赦，无所复作。	三			
190	五	为高祖立庙于沛城成，置歌儿一百二十人。八月乙丑，参卒。				
189	六	七月，齐悼惠王薨。立太仓、西市。	十月己巳，安国侯王陵为右丞相。曲逆侯陈平为左丞相。		尧抵罪。	广阿侯任敖为御史大夫。
188	七	上崩。大臣用张辟强计，吕氏权重，以吕台为吕王。立少帝。九月辛巳，葬安陵。	二			
187	高后元年	王孝惠诸子。置孝悌力田。	三 十一月甲子，徙平为右丞相。辟阳侯审食其为左丞相。			
186	二	十二月，吕王台薨，子嘉代立为吕王。行八铢钱。	四 平。	二 食其。		平阳侯曹窋为御史大夫。
185	三		五	三		
184	四	废少帝，更立常山王弘为帝。	六 置太尉官。	四	一 绛侯周勃为太尉。	
183	五	八月，淮阳王薨，以其弟壶关侯武为淮阳王。令戍卒岁更。	七	五	二	
182	六	以吕产为吕王。四月丁酉，赦天下。昼昏。	八	六	三	
181	七	赵王幽死，以吕禄为赵王。梁王徙赵，自杀。	九	七	四	
180	八	七月，高后崩。九月，诛诸吕。后九月，代王至，践皇帝位。后九月，食其免相。	十 七月辛巳，为帝太傅。九月壬戌，复为丞相。	八	五 隆虑侯灶为将军，击南越。	御史大夫苍。
179	孝文元年	除收孥相坐律。立太子。赐民爵。	十一 十一月辛巳，平徙为左丞相。太尉绛侯周勃为右丞相。		六 勃为相，颍阴侯灌婴为太尉。	

		大事记	相 位	将 位	御史大夫位
178	二	除诽谤律。皇子武为代王，参为太原王，揖为梁王。十月，丞相平薨。	一 十一月乙亥，绛侯勃复为丞相。	一	
177	三	徙代王武为淮阳王。上幸太原。济北王反。匈奴大入上郡。以地尽与太原，太原更号代。十一月壬子，勃免相，之国。	一 十二月乙亥，太尉颍阴侯灌婴为丞相。罢太尉官。	二 棘蒲侯陈武为大将军，击济北。昌侯卢卿、共侯卢罢师、宁侯遫、深泽侯将夜，皆为将军，属武祁侯贺，将兵屯荥阳。	
176	四	十二月己巳，婴卒。	一 正月甲午，御史大夫北平侯张苍为丞相。	安丘侯张说为将军，击胡，出代。	关中侯申屠嘉为御史大夫。
175	五	除钱律，民得铸钱。	二		
174	六	废淮南王，迁严道，道死雍。	三		
173	七	四月丙子，初置南陵。	四		
172	八	太仆汝阴侯滕公卒。	五		
171	九	温室钟自鸣。以芷阳乡为霸陵。	六		御史大夫敬。
170	十	诸侯王皆至长安。	七		
169	十一	上幸代。地动。	八		
168	十二	河决东郡金堤。徙淮阳王为梁王。	九		
167	十三	除肉刑及田租税律、戍卒令。	十		
166	十四	匈奴大入萧关，发兵击之，及屯长安旁。	十一	成侯董赤、内史栾布、昌侯卢卿、隆虑侯竈、宁侯遫皆为将军，东阳侯张相如为大将军，皆击匈奴。中尉周舍、郎中令张武皆为将军，屯长安旁。	
165	十五	黄龙见成纪。上始郊见雍五帝。	十二		
164	十六	上始郊见渭阳五帝。	十三		
163	后元年	新垣平诈言方士，觉，诛之。	十四		
162	二	匈奴和亲。地动。八月戊辰，苍免相。	十五 八月庚午，御史大夫申屠嘉为丞相，封故安侯。		御史大夫青。
161	三	置谷口邑。	二		

		大事记	相位	将位	御史大夫位
160	四		三		
159	五	上幸雍。	四		
158	六	匈奴三万人入上郡，二万人入云中。	五	以中大夫令免为车骑将军，军飞狐；故楚相苏意为将军，军句注；将军张武屯北地；河内守周亚夫为将军，军细柳；宗正刘礼军霸上；祝兹侯徐厉军棘门。以备胡。数月，胡去，亦罢。	
157	七	六月己亥，孝文皇帝崩。丁未，太子立。民出临三日，葬霸陵。	六	中尉亚夫为车骑将军，郎中令张武为复土将军，属国捍为将屯将军。詹事戎奴为车骑将军，侍太后。	
156	孝景元年	立孝文皇帝庙，郡国为太宗庙。	七置司徒官司。		
155	二	立皇子德为河间王，阏为临江王，馀为淮阳王，非为汝南王，彭祖为广川王，发为长沙王。四月中，孝文太后崩。嘉卒。	八开封侯陶青为丞相。		御史大夫错。
154	三	吴、楚七国反，发兵击，皆破之。皇子端为胶西王，胜为中山王。	二置太尉官。	中尉条侯周亚夫为太尉，击吴、楚；曲周侯郦寄为将军，击赵；窦婴为大将军，屯荥阳；栾布为将军，击齐。	
153	四	立太子。	三	二 太尉亚夫。	御史大夫蚡。
152	五	置阳陵邑。丞相北平侯张苍卒。	四	三	
151	六	徙广川王彭祖为赵王。	五	四	御史大夫阳陵侯岑迈。
150	七	废太子荣为临江王。四月丁巳，胶东王立为太子。青罢相。	六月乙巳，太尉条侯亚夫为丞相。罢太尉官。	五迁为丞相。	御史大夫舍。
149	中元年				
148	二	皇子越为广川王，寄为胶东王。	三		
147	三	皇子乘为清河王。亚夫免相。	四御史大夫桃侯刘舍为丞相。		御史大夫绾。

		大事记	相　位	将　位	御史大夫位
146	四	临江王征，自杀，葬蓝田，燕数万为衔土置冢上。	二		
145	五	皇子舜为常山王。	三		
144	六	梁孝王武薨。分梁为五国，王诸子：子买为梁王，明为济川王，彭离为济东王，定为山阳王，不识为济阴王。	四		
143	后元年	五月，地动。七月乙巳，日蚀。舍名相。	五 八月壬辰，御史大夫建陵侯卫绾为丞相。		御史大夫不疑。
142	二		二	六月丁丑，御史大夫岑迈卒。	
141	三	正月甲子，孝景皇帝崩。二月丙子，太子立。	三		
140	孝武建元元年	绾免相。	四 魏其侯窦婴为丞相。置太尉。	武安侯田蚡为太尉。	御史大夫抵。
139	二	置茂陵。婴免相。	二月乙未，太常柏至侯许昌为丞相。罢太尉官。蚡免太尉。		御史大夫赵绾。
138	三	东瓯王广武侯望率其众四万余人来降，处卢江郡。	二		
137	四		三		御史大夫青翟。
136	五	行三分钱。	四		
135	六	正月，闽越王反。孝景太后崩。昌免相。	五 六月癸巳，武安侯田蚡为丞相。	青翟为太子太傅。	御史大夫安国。
134	元光元年		二		
133	二	帝初之雍，郊见五畤。	二	夏，御史大夫韩安国为护军将军，卫尉李广为骁骑将军，太仆公孙贺为轻车将军，大行王恢为将屯将军，太中大夫李息为材官将军，篡单于马邑，不合，诛恢。	
132	三	五月丙子，河决于瓠子。	四		

		大事记	相 位	将 位	御史大夫位
131	四	十二月丁亥，地动。蚡卒。	五 平棘侯薛泽为丞相。		御史大夫欧。
130	五	十月，族灌夫家，弃魏其侯市。	二		
129	六	南夷始置邮亭。	三	太中大夫卫青为车骑将军，出上谷；卫尉李广为骁骑将军，出雁门；大中大夫公孙敖为骑将军，出代；太仆公孙贺为轻车将军，出云中：皆击匈奴。	
128	元朔元年	卫夫人立为皇后。	四	车骑将军青出雁门，击匈奴。卫尉韩安国为将屯将军，军代，明年，屯渔阳卒。	
127	二		五	春，车骑将军卫青出云中，至高阙，取河南地。	
126	三	在匈奴杀代太守友。	六		御史大夫弘。
125	四	匈奴入定襄、代、上郡。	七		
124	五	匈奴杀代都尉朱英。泽免相。	八 十一月乙丑，御史大夫公孙弘为丞相，封平津侯。	春，长平侯卫青为大将军，击右贤。卫尉苏建为游击将军，属青。左内史李沮为强弩将军，太仆贺为车骑将军，代相李蔡为轻车将军，岸头侯张次公为将军，大行息为将军：皆属大将军，击匈奴。	
123	六		二	大将军青再出定襄击胡。合骑侯公孙敖为中将军，太仆贺为左将军，郎中令李广为后将军。翕侯赵信为前将军，败降匈奴。卫尉苏建为右将军，败，身脱。左内史沮为强弩将军。皆属青。	

		大事记	相 位	将 位	御史大夫位
122	元狩元年	十月中，淮南王安、衡山王赐谋反，皆自杀，国除。	三		御史大夫蔡。
121	二	匈奴入雁门、代郡。江都王建反。胶东王子庆立弘卒。为六安王。	四 御史大夫乐安侯李蔡为丞相。	冠军侯霍去病为骠骑将军，击胡，至祁连；合骑侯敖为将军，出北地，博望侯张骞、郎中令李广为将军，出右北平。	御史大夫汤。
120	三	匈奴入右北平，定襄。			
119	四		三	大将军青出定襄，郎中令李广为前将军，太仆公孙贺为左将军，主爵赵食其为右将军，平阳侯曹襄为后将军：击单于。	
118	五	蔡坐侵园壖，自杀。	四 太子少傅武强侯庄青翟为丞相。		
117	六	四月乙巳，皇子闳为齐王，旦为燕王，胥为广陵王。	二		
116	元鼎元年		三		
115	二	青翟有罪，自杀。	四 太子太傅高陵侯赵周为丞相。	汤有罪，自杀。	御史大夫庆。
114	三		二		
113	四	立常山宪王子平为真定王，商为泗水王。六月中，河东汾阴得宝鼎。	三		
112	五	三月中，南越相嘉反，杀其王及汉使者。八月，周坐酎金，自杀。	四 九月辛巳，御史大夫石庆为丞相，封牧丘侯。	卫尉路博德为伏波将军，出桂阳；主爵杨仆为楼船将军，出豫章：皆破南越。	
111	六	十二月，东越反。	二	故龙额侯韩说为横海将军，出会稽；楼船将军杨仆出豫章；中尉王温舒出会稽：皆破东越。	御史大夫式。
110	元封元年				御史大夫宽。

	大事记	相位	将位	御史大夫位
109	二		四	秋，楼船将军杨仆、左将军荀彘出辽东，击朝鲜。	
108	三		五		
107	四		六		
106	五		七		
105	六		八		
104	太初元年	改历，以正月为岁首。	九		
103	二	正月戊寅，庆卒。	十 三月丁卯，太仆公孙贺为丞相，封葛绎侯。		
102	三		二		御史大夫延广。
101	四		三		
100	天汉元年		四		御史大夫卿。
99	二		五		
98	三		六		御史大夫周。
97	四		七	春，贰师将军李广利出朔方，至余吾水上；游击将军韩说出五原；因杆将军公孙敖：皆击匈奴。	
96	太始元年		八		
95	二		九		
94	三		十		御史大夫胜之。
93	四		十一		
92	征和元年	冬，贺坐为蛊死。	十二		
91	二	七月壬午，太子发兵，杀游击将军说、使者江充。	三月丁巳，涿郡太守刘屈氂为丞相，封彭城侯。		御史大夫成。
90	三	六月，刘屈氂因蛊斩。	二	春，贰师将军李广利出朔方，以兵降胡。重合侯莽通出酒泉，御史大夫商丘成出河西，击匈奴。	

	大事记	相位	将 位	御史大夫位
89 四		六月丁巳，大鸿胪田千秋为丞相，封富民侯。		
88 后元元年		二		
87 二		三	二月己巳，光禄大夫霍光为大将军，博陆侯；都尉金日磾为车骑将军，秅侯；太仆安阳侯上官桀为大将军。	
86 孝昭始元元年		四 九月，日磾卒。		
85 二		五		
84 三		六		
83 四		七	三月癸酉，卫尉王莽为左将军，骑都尉上官安为车骑将军。	
82 五		八		
81 六		九		
80 元凤元年		十	九月庚午，光禄勋张安世为右将军。	御史大夫诉。
79 二		十一		
78 三		十二	十二月庚寅，中郎将范明友为度辽将军，击乌丸。	
77 四	三月甲戌，千秋卒。	三月乙丑，御史大夫王诉为丞相，封富春侯。		御史大夫杨敞。
76 五	十二月庚戌，诉卒。	二		
75 六		十一月乙丑，御史大夫杨敞为丞相，封安平侯。	九月庚寅，卫尉平陵侯范明友为度辽将军，击乌丸。	
74 元平元年	敞卒。	九月戊戌，御史大夫蔡义为丞相，封阳平侯。	四月甲申，光禄大夫龙额侯韩曽为前将军。五月丁酉，水衡都尉赵充国为后将军，右将军张安世为车骑将军。	御史大夫昌水侯田广明。

		大事记	相位	将位	御史大夫位
73	孝宣本始元年		二		
72	二		三	七月庚寅，御史大夫田广明为祁连将军，龙頟侯韩曾为后将军，营平侯赵充国为蒲类将军，度辽将军平陵侯范明友为云中太守，富民侯田顺为虎牙将军：皆击匈奴。	
71	三	三月戊子，皇后崩。六月丑，义蒻。	六月甲辰，长信少府韦贤为丞相，封扶阳侯。田广明、田顺击胡还，皆自杀。充国夺将军印。		御史大夫魏相。
70	四	十月乙卯，立霍后。	二		
69	地节元年		三		
68	二		四　三月庚午，将军光卒。	二月丁卯，侍中、中郎将霍禹为右将军。	
67	三	立太子。五月甲申，贤老，赐金百斤。	六月壬辰，御史大夫魏相为丞相，封高平侯。	七月，安世为大司马、卫将军。禹为大司马。	御史大夫邴吉。
66	四		二　七月壬寅，禹腰折。		
65	元康元年		三		
64	二		四		
63	三		五		
62	四		六　八月丙寅，安世卒。		
61	神爵元年	上郊甘泉太畤、汾阴后土。	七	四月，乐成侯许延寿为强弩将军。后将军充国击羌。酒泉太守辛武贤为破羌将军。韩曾为大司马、车骑将军。	
60	二	上郊雍五畤。祤祤出宝璧玉器。	八		

		大事记	相 位	将 位	御史大夫位
59	三	三月，相卒。	四月戊戌，御史大夫邴吉为丞相，封博阳侯。		御史大夫望之。
58	四		二		
57	五凤元年		三		
56	二		四 五月巳丑，曾卒。	五月，延寿为大司马、车骑将军。	御史大夫霸。
55	三	正月，吉卒。	三月壬申，御史大夫黄霸为丞相，封建成侯。		御史大夫延年。
54	四		二		
53	甘露元年		三 二月丁未，延寿卒。		
52	二	赦殊死，赐高年及鳏寡孤独帛，女子牛酒。	四		御史大夫定国。
51	三	三月己丑，霸薨，	七月丁巳，御史大夫于定国为丞相，封西平侯。		太仆陈万年为御史大夫。
50	四		二		
49	黄龙元年		三	乐陵侯史子长为大司马、车骑将军。太子太傅萧望之为前将军。	
48	孝元初元元年		四		
47	二		五		
46	三		六	十二月，执金吾冯奉世为右将军。	
45	四		七		
44	五		八	二月丁巳，平恩侯许嘉为左将军。	中少府贡禹为御史大夫。十二月丁未，长信少府薛广德为御史大夫。
43	永光元年	十月戊寅，定国免。	九 七月，子长免，就第。	九月，卫尉平昌侯王接为大司马、车骑将军。二月，广德免。	七月，太子太傅韦玄成为御史大夫。
42	二	三月壬戌朔，日蚀。	二月丁酉，御史大夫韦玄成为丞相，封扶阳侯。丞相贤子。	七月，太常任千秋为奋武将军，击西羌；云中太守韩次君为建威将军，击羌。后不行。	二月丁酉，右扶风郑弘为御史大夫。

		大事记	相位	将位	御史大夫位
41	三		二	右将军平恩侯许嘉为车骑将军，侍中、光禄大夫乐昌侯王商为右将军，右将军冯奉世为左将军。	
40	四		三		
39	五		四		
38	建昭元年		五		
37	二		六	弘免。	光禄勋匡衡为御史大夫。
36	三	六月甲辰、玄成薨。	七月癸亥，御史大夫匡衡为丞相，封乐安侯。		卫尉繁延寿为御史大夫。
35	四		二		
34	五		三		
33	竟宁元年		四	六月己未，卫尉杨平侯王凤为大司马、大将军。延寿卒。	三月丙寅，太子少傅张谭为御史大夫。
32	孝成建始元年		五		
31	二		六		
30	三	十二月丁丑，衡免。	七 八月癸丑，遣光禄勋诏嘉上印绶免，赐金二百斤。	十月，右将军乐昌侯王商为光禄大夫、右将军，执金吾弋阳侯任千秋为右将军。谭免。	廷尉尹忠为御史大夫。
29	四		三月甲申，右将军乐昌侯王商为右丞相。	任千秋为左将军，长乐卫尉史丹为右将军。十月己亥，尹忠自刺杀。	少府张忠为御史大夫。
28	河平元年		二		
27	二		三		
26	三		四	十月辛卯，史丹为左将军，太仆平安侯王章为右将军。	
25	四	四月壬寅，丞相商免。	六月丙午，诸吏散骑光禄大夫张禹为丞相。		

		大事记	相 位	将 位	御史大夫位
24	阳朔元年		二		
23	二		三	张忠卒。	六月，太仆王音为御史大夫。
22	三			九月甲子，御史大夫王音为车骑将军。	十月乙卯，光禄勋于永为御史大夫。
21	四		七月乙丑，右将军光禄勋平安侯王章座。	闰月壬戌，永卒。	
20	鸿嘉元年	三月，禹卒。	四月庚辰，薛宣为丞相。		

礼书第一

　　太史公曰：洋洋美德乎①！宰制万物②，役使群众，岂人力也哉③？余至大行礼官④，观三代损益⑤，乃知缘人情而制礼⑥，依人性而作仪，其所由来尚矣⑦。

【注释】

　　①洋洋：盛大的样子。②宰制：主宰，控制。③岂人力也哉：难道是靠着人们的强制力量吗？意思是说人类社会的维持，不能靠强力的压迫，而必须用礼乐来感化。④大行：大行令。官名。主持礼仪，接待宾客的官。官：官府。⑤三代损益：夏、商、周三代对礼制所做的减增。⑥缘：顺随；顺着。⑦尚：久远。

　　人道经纬万端①，规矩无所不贯②，诱进以仁义，束缚以刑罚，故德厚者位尊，禄重者宠荣③，所以总一海内而整齐万民也④。人体安驾乘，为之金舆错衡以繁其饰⑤；目好五色，为之黼黻文章以表其能⑥；耳乐钟磬⑦，为之调谐八音以荡其心⑧；口甘五味⑨，为之庶羞酸咸以致其美⑩；情好珍善⑪，为之琢磨圭璧以通其意⑫。故大路越席⑬，皮弁布裳⑭，朱弦洞越⑮，大羹玄酒⑯，所以防其淫侈⑰，救其雕敝⑱。是以君臣朝廷尊卑贵贱之序⑲，下及黎庶车舆衣服宫室饮食嫁娶丧祭之分⑳，事有宜适，物有节文㉑。仲尼曰㉒："禘自既灌而往者，吾不欲观之矣㉓！"

【注释】

　　①人道：人类社会活动的道德规范。经纬万端：像织物一样纵横交错，相错贯通。经纬，织物的纵线和横线。②规矩：规则；礼法。③禄：俸禄；禄位（官位）。④总一：合而为一。⑤金舆：装有金饰的车子。错衡：饰有花纹色彩的车辕头上的横木（轭）。错，镶嵌。⑥黼黻（fǔ fú）：古代礼服上所绣的花纹。文章：文采。表其能（tài）：美化他的仪表。

能，通"态"，仪容。⑦乐（lè）：喜爱。钟：古代一种用青铜制作的乐器。磬（qìng）：古代一种用玉石或金属制的乐器。⑧调谐：调合。八音：古代乐器的统称，指金、石、土、革、丝、木、匏、竹八类。荡，涤荡，廓清。⑨甘：觉得甜美。动词。⑩庶羞：多种佳肴。羞，今作馐。⑪珍善：美好的东西。⑫圭（guī）璧：古代贵族常用的玉质礼器。璧，也作美玉的通称。⑬大路：即"大辂（lù）"。古代天子乘坐的一种车。越（huó）席：织蒲草作席。越，通"括"，编结。⑭皮弁（biàn）：国王临朝戴的一种鹿皮做的帽子。⑮朱弦：指琴瑟上用的红色丝弦。洞越（huó）：瑟底开着小孔，使声浊而迟。⑯大羹（tài gēng）：古代祭礼上用的没加调味的肉汤。玄酒：上古没有酒，祭时用白水。后来有了酒，为了遵循古制，祭时也用水，叫作"玄酒""玄尊"。⑰淫侈：过度放纵。⑱雕敝：衰败。⑲朝廷：国君接受朝见和处理政事的地方。序：等第；次序。⑳黎庶：百姓。分（fèn）：名分。㉑节文：节制；修饰。㉒仲尼（前551—前479）：孔丘，字仲尼。春秋时鲁国陬邑（今山东省曲阜市）人，儒家学派的创始者。㉓禘（dì）：祭名。一、天子、诸侯祭祀祖先。分殷祭，三年一次；时祭，每年夏季举行。二、祭天。

　　周衰①，礼废乐坏，大小相逾②，管仲之家③，兼备三归④。循法守正者见侮于世⑤，奢溢僭差者谓之显荣⑥。自子夏⑦，门人之高弟也⑧，犹云："出见纷华盛丽而说⑨，入闻夫子之道而乐⑩，二者心战⑪，未能自决"，而况中庸以下⑫，渐渍于失教⑬，被服于成俗乎⑭？孔子曰："必也正名⑮。"于卫所居不合⑯。仲尼没后⑰，受业之徒沉湮而不举⑱，或适齐、楚⑲，或入河、海⑳，岂不痛哉！

【注释】

　　①周：朝代名。公元前 11 世纪周武王所建立。②大小：各种不同身份的人。逾：超过。③管仲（？—前 645 年）：字夷吾。辅佐齐桓公，在政治经济方面采取了一些改革措施，使齐国富强起来，成为五霸之首。④三归：汉以来有三说：一、藏钱币的府库；二、管仲家里一座台的名称；三、娶了三姓女子。⑤循：遵行。见：被。⑥奢溢：过度。僭差（jiàn cī）：越分。⑦自：即使。⑧门人：弟子；学生。高弟：弟子中的高明的。⑨纷华盛丽：华丽多姿的事物。说（yuè）：通"悦"。⑩夫子：孔门

弟子对孔丘的尊称。⑪心战：几种矛盾想法在思想上交锋。⑫中庸：中等材质的人。⑬渐渍（zì）：沾染。⑭被服：感受。⑮必也正名：首先一宁要辨正名分。⑯不合：不融洽；不投契。⑰没：通殁。死去。⑱受业：跟从师傅学习。沉湮（yīn）：埋没。举：选拔；任用。⑲或：有的人。适：去；往。齐：国名。在今山东省北部。楚：国名。在今长江中游一带。⑳河：黄河。《论语·微子》说，鼓方叔到黄河边去了，少师阳和击磬襄到海滨去了。

至秦有天下①，悉内六国礼仪②，采择其善，虽不合圣制，其尊君抑臣，朝廷济济③，依古以来。至于高祖④，光有四海⑤，叔孙通颇有所增益减损⑥，大抵皆袭秦故⑦。自天子称号下至佐僚及宫室官名⑧，少所变改。孝文即位⑨，有司议欲定仪礼⑩。孝文好道家之学⑪，以为繁礼饰貌，无益于治，躬化谓何耳⑫，故罢去之。孝景时⑬，御史大夫晁错明于世务刑名⑭，数干谏孝景曰："诸侯藩辅⑮，臣子一例，古今之制也。今大国专治异政⑯，不禀京师⑰，恐不可传后。"孝景用其计，而六国畔逆⑱，以错首名，天子诛错以解难⑲。事在《袁盎》语中⑳。是后官者养交安禄而已，莫敢复议。

【注释】

①秦：公元前 221 年，秦王独揽大政统一六国，自称始皇帝，建都咸阳（今陕西省咸阳市东北），建立起我国历史上第一个专制主义中央集权的封建王朝。前 206 年为刘邦领导的农民起义军所灭亡。②内：通"纳"。采纳。六国：指秦以外的韩、赵、魏、齐、楚、燕六国。③济济（jī）：庄严恭敬的样子。指朝廷君臣名分之严。④高祖（前 256—前 195 年）：汉高祖刘邦。⑤光：广阔。四海：古人认为中国四面环海，故以四海代指"天下"。⑥叔孙通：薛（今山东省薛城县）人。刘邦称帝，叔孙通采择古礼，结合秦制，制定朝仪。由博士做到太子太傅。详见《叔孙通列传》。⑦大抵：大都。袭：继承。故：旧例。⑧佐僚：官吏的通称。⑨孝文（前 203—前 157 年）：汉文帝刘恒。刘邦的儿子。前 179—前 157 年在位。⑩有司：古代设官分职，各有专司，因称官吏为有司。⑪道家：先秦的一个学派。以老聃关于"道"学说为中心，政治上主张归真返璞，无为而治。⑫躬化：以自身的模范行为来进行感化。⑬孝景（前 188—前 141 年）：汉景帝刘启。刘恒的儿子。前 156—前 141 年在位。⑭御史大夫：官名。主管弹劾纠察，掌管图书典籍，官位仅次于丞相。晁（cháo）错（前 200—前 154 年）：

颖川（今河南省禹县）人。西汉政论家，得到汉景帝信任，有"智囊"之称。⑮藩辅：古代称分封及臣服的诸侯国。⑯专：专擅。不经请示擅自行事。异政：和朝廷政令相违背的行政措施。⑰京师：首都。⑱六国畔逆：指吴、楚、赵、胶西、胶东、齐、菑川七国之乱。⑲汉景帝采用了晁错逐渐削夺诸侯国封地的建议，以吴王刘濞为首，纠集楚、赵等六国，以诛杀晁错为名，发动武装叛乱。景帝又听信袁盎的谗言，杀了晁错。后来还是派大将周亚夫领兵征讨，叛乱才得平息。⑳事在袁盎语中：此事除载在《袁盎晁错列传》外，还载在《吴王濞列传》。

今上即位①，招致儒术之士②，令共定仪，十余年不就③。或言古者太平，万民和喜，瑞应辨至④，乃采风俗，定制作。上闻之，制诏御史曰⑤："盖受命而王⑥，各有所由兴，殊路而同归，谓因民而作⑦，追俗为制也⑧。议者咸称太古⑨，百姓何望⑩？汉亦一家之事，典法不传⑪，谓子孙何？化隆者闳博⑫，治浅者褊狭⑬，可不勉与⑭！"乃以太初之元改正朔⑮，易服色⑯，封太山⑰，定宗庙百官之仪，以为典常⑱，传之于后云⑲。

【注释】

①今上：现今的皇上。指汉武帝刘彻（前156—前87年）。刘启的儿子。前140—前87年在位。②儒术：儒家的政治理论和学说。③就：成就功业。④瑞应：古代迷信认为上天降赐祥瑞是人君德行的感应。辨：通"遍"。⑤制诏：皇帝的两种文告。这里作动词用。⑥盖：表示下文有所推论的发语词。受命：古代帝王假托神权来巩固自己的统治地位，自称接受了上天的命令。⑦因：顺从。⑧追：追随。⑨太古：上古；远古。⑩望：仰望。这里有"取法"的意思。⑪典法：常法；永远施行的法则。⑫闳（hóng）博：宏大广博。⑬褊（biǎn）狭：狭小。⑭与：通"欤"。⑮太初：汉武帝的年号。为前104—前101年。正（zhēng）朔：指一年的第一天。正：阴历每年的第一个月。朔：阴历的每月初一。汉以前各代的历法各不相同，如夏代以孟春（正月，建寅之月）为正，商代以季冬（十二月，建丑之月）为正，周代以仲冬（十一月，建子之月）为正，秦和汉太初元年以前以孟冬（十月，建亥之月）为正。改正朔，就是改变历法。⑯服色：古代各个王朝所定的车马服饰的颜色。⑰封太山：帝王在泰山上筑坛祭天。⑱典常：常法；常规。⑲云：语助词。无义。

礼由人起①。人生有欲②，欲而不得则不能无忿，忿而无度量则争，争则乱。先王恶其乱，故制礼义以分之养人之欲，给人之求，使欲不穷于物③，物不屈于欲④，二者相待而长，是礼之所起也。故礼者养也。稻粱五味，所以养口也；椒兰芬苾④，所以养鼻也；钟鼓管弦，所以养耳也；刻镂文章⑤，所以养目也；疏房床第几席⑥，所以养体也：故礼者养也。

【注释】

①从本段到篇末，除了中间"治辨之极"至"刑措而不用"是《荀子·议兵》答李斯语外，基本内容出自《荀子·礼论》。②穷：尽。③屈：竭。④苾（zhǐ 或 chǎi）：一种香草。⑤刻镂（lòu）：雕刻。文章：文采；错综华丽的色彩花纹。⑥疏房：通明的房间；或说是有窗的房间。床第(zǐ)：床铺。

君子既得其养，又好其辨也①。所谓辨者，贵贱有等②，长少有差③，贫富轻重皆有称也④。故天子大路越席，所以养体也；侧载臭苾⑤，所以养鼻也；前有错衡，所以养目也；和鸾之声⑥，步中《武》《象》⑦，骤中《韶》《濩》⑧，所以养耳也；龙旂九斿⑨，所以养信也；寝兕持虎⑩，鲛韅弥龙⑪，所以养威也。故大路之马，必信至教顺，然后乘之，所以养安也。孰知夫士出死要节之所以养生也⑫，孰知夫轻费用之所以养财也⑬，孰知夫恭敬辞让之所以养安也，孰知夫礼义文理之所以养情也。

【注释】

①辨：别；差别。②等：等级；次序。③差（chā）：等差；差别。④称（chèn）：适合；相副。⑤臭（xiù）：气味。此指香味。⑥和鸾：古代车马上的铃铛。挂在车前用作扶手的横木（轼）上的叫和，挂在马嚼子（镳）上的叫鸾。鸾，通"銮"。⑦步：缓行。武：乐名。象：周代一种舞名。⑧骤：马奔驰。韶：虞舜时的乐名。濩（huò）：商汤时的乐名。⑨旂（qí）：古代一种绣龙带铃的旗子。斿（liú）：古代旌旗上垂着的装饰物。⑩寝兕（sì）：伏着的兕牛。寝，伏。兕，雌性犀牛。持虎：蹲着的虎。持读作跱（zhì），蹲或坐着。兕、虎，都是画在天子车轮上的装饰。⑪鲛韅（xiǎn）：鲛皮制的马腹带。鲛，鲨鱼。弥（mǐ）龙：车的衡木上雕绘着金龙。⑫孰知：审知。孰，通"熟"。夫（fú）：句中助词。要（yāo）节：成名立节。⑬轻：减少。

人苟生之为见①，若者必死②；苟利之为见，若者必害；怠惰之为安，若者必危；情胜之为安，若者必灭。故圣人一之于礼义，则两得之矣；一之于情性，则两失之矣。故儒者将使人两得之者也③，墨者将使人两失之者也④。是儒墨之分⑤。

【注释】

①苟：如；如果。②若：如若；这样。③儒者：信奉儒家学说的人。④墨者：信奉墨家学说的人。⑤分：分野，差等。

治辨之极也①，强固之本也②，威行之道也③，功名之总也④。王公由之⑤，所以一天下，臣诸侯也⑥；弗由之，所以捐社稷也⑦。故坚革利兵不足以为胜⑧，高城深池不足以为固，严令繁刑不足以为威。由其道则行，不由其道则废。楚人鲛革犀兕⑨，所以为甲，坚如金石；宛之钜铁施⑩，钻如蜂虿⑪，轻利剽遫⑫，卒如熛风⑬。然而兵殆于垂涉⑭，唐眜死焉⑮；庄蹻起⑯，楚分而为四参⑰。是岂无坚革利兵哉⑱？其所以统之者非其道故也。汝、颍以为险⑲，江、汉以为池⑳，阻之以邓林㉑，缘之以方城㉒。然而秦师至，鄢郢举㉓，若振槁㉔。是岂无固塞险阻哉？其所以统之者非其道故也。纣剖比干㉕，囚箕子㉖，为炮格㉗，刑杀无辜㉘，时臣下懔然㉙，莫必其命㉚。然而周师至，而令不行乎下，不能用其民。是岂令不严，刑不陵哉㉛？其所以统之者非其道故也。

【注释】

①治辨：治理国家，辨正名分。极：最高原则。②强国之本：指是"用礼制治国，就能使邻国敬畏，所以是国家强大巩固的根本办法"。③威行之道：意思是"用礼制劝导感化，人民就仰慕悦服，所以是推行威权的有效措施"。④功名之总：意思是"用礼制统治人民，是成就功名事业的总纲"。⑤由：顺着；遵从。⑥臣：使臣服。⑦捐：舍弃；丧失。⑧坚革：坚硬的甲盾。利兵：锋利的兵器。⑨楚：国名。⑩宛（yuān）：楚邑名。即今河南省南阳市。钜铁：刚硬的铁。施：《荀子·议兵》作"铊"。矛。⑪钻：发挥出穿刺力量。虿（chài）：蝎类毒虫。⑫剽（piào）遫：轻捷快速。遫通速。⑬卒：通"猝"。突然。熛（biāo）：疾速。⑭兵殆：兵败。垂涉：楚地名。今地不详。《荀子·议兵》《战国策·楚策》《淮南子·兵略》作垂沙。⑮唐眜：楚将。⑯庄蹻：楚将。楚顷襄王派他西征，

深入到了滇池（今云南省昆明市西南）一带。遇上秦军进攻，被截断了归路，他就在滇称王。⑰楚分而为四参（sān）：楚国因无力抵御邻国的侵犯，曾三次被迫迁都。⑱是：此；这。⑲汝：汝水。在河南境内。颍：颍水。流经河南、安徽两省流入淮水。⑳江汉：指岷江、汉江。池：护城河。㉑邓林：地名。在今湖北省襄阳市襄州区南。㉒方城：春秋时楚国的长城。由今河南省方城县北延至邓州市。㉓鄢郢：楚之别都，即郢，故城今湖北宜城市东南。这里指楚都。举：攻下；占领。被动用法。㉔振：通"震"。动；击。槁：枯叶。㉕纣：商朝最末的君主。比干：纣的叔父。㉖箕子：纣的叔父。因劝谏被囚，为求避祸，假装疯狂。㉗炮（páo）格：即炮烙之刑。商纣用的一种酷刑。用铜器作格，下面烧炭，令犯者在上面赤脚行走，跌下烧死。㉘刑：处罚，杀戮。㉙懔（lǐn）然：恐惧的样子。㉚必：保证，保住。㉛陵：同"峻"。严厉。

　　古者之兵，戈矛弓矢而已，然而敌国不待试而诎①。城郭不集②，沟池不掘，固塞不树，机变不张③，然而国晏然不畏外而固者④，无他故焉，明道而均分之，时使而诚爱之，则下应之如景响⑤。有不由命者，然后俟之以刑⑥，则民知罪矣。故刑一人而天下服。罪人不尤其上⑦，知罪之在己也。是故刑罚省而威行如流，无他故焉，由其道故也。故由其道则行，不由其道则废。古者帝尧之治天下也⑧，盖杀一人刑二人而天下治⑨。传曰⑩："威厉而不试，刑措而不用⑪。"

【注释】

　　①试：用。诎：通"屈"。屈服；降顺。②城郭：内城外城。外城为郭。集：积累。此处有"高筑"的意思。③机变：弓弩上的发射器。④晏然：安逸；平静。⑤如景响：如影的随形，如响的应声，比喻效验很快。⑥俟：待；对待。⑦尤：埋怨。⑧帝尧：远古部落联盟的领袖。⑨杀一人刑二人：意思是刑杀的极少，不是确数。⑩传（zhuàn）：古人称先人的书传、记载，统名之曰"传"。⑪措：设置。

　　天地者，生之本也①；先祖者，类之本也②；君师者，治之本也。无天地，恶生③？无先祖，恶出？无君师，恶治？三者偏亡④，则无安人。故礼，上事天，下事地，尊先祖而隆君师⑤，是礼之三本也。

史 记

【注释】

①生之本：古时认为天地是造物主，世间万物是天地创造的，所以说天地是生命的根本。②类之本：人类的本源。③恶（wū）：怎么。④三者偏亡：三者缺一。⑤隆：尊崇。动词。

故王者天太祖①，诸侯不敢怀，大夫士有常宗②，所以辨贵贱。贵贱治，得之本也③。郊畴乎天子④，社至乎诸侯⑤，函及士大夫⑥，所以辨尊者事尊，卑者事卑，宜巨者巨，宜小者小。故有天下者事七世⑦，有一国者事五世⑧，有五乘之地者事三世⑨，有三乘之地者事二世，有特牲而食者不得立宗庙⑩。所以辨积厚者流泽广⑪，积薄者流泽狭也。

【注释】

①天太祖：以太祖配天。太祖，对开国君主的尊称。②大夫士有常宗：诸侯的庶子（嫡长子以下的儿子）受封，他的后代大夫士就永远尊崇他为始祖。③得：通"德"。④郊：周朝于冬至日在南郊祭天称为"郊"。畴：止。⑤社至乎诸侯：社，祭祀土神的场所。⑥函：包涵；包括。⑦有天下者：指天子。事七世：建立七座宗庙祭祀七代祖先。⑧有一国者：指诸侯。⑨五乘（shèng）之地：能出兵车五乘的土地。古制，纵横十里，其中六十四井（八户叫"井"），出兵车一乘（四马一车）。⑩特牲而食者：用一头熟牲进献鬼神的人。指百姓。⑪积：通"绩"。功业。

大飨上玄尊①俎上腥鱼②，先大羹，贵食饮之本也③。大飨上玄尊而用薄酒④，食先黍稷而饭稻粱⑤，祭哜先大羹而饱庶馐⑥，贵本而亲用也⑦。贵本之谓文，亲用之谓理，两者合而成文，以归太一⑧，是谓大隆。故尊之上玄尊也，俎之上腥鱼也，豆之先大羹⑨，一也⑩。利爵弗啐也⑪，成事俎弗尝也⑫，三侑之弗食也⑬，大昏之未废齐也⑭，大庙之未内尸也⑮，始绝之未小敛⑯，一也。大路之素帱也⑰，郊之麻绖⑱，丧服之先散麻⑲，一也。三年哭之不反也⑳，《清庙》之歌一倡而三叹㉑，县一钟尚拊膈㉒，朱弦而通越，一也。

【注释】

①大飨（xiǎng）：又叫"大袷（xiá）"。古代天子或诸侯一种合祭祖先的祭礼。玄尊：盛玄酒（白水）的器皿，即指玄酒。②俎（zǔ）：古

376

代祭祀时盛食物的器皿。③贵：认为珍贵。动词。食饮之本：先祖原始的饮食。④《荀子·礼论》作"飨上玄尊而用酒醴，"文意较合。⑤饭：把饭给人吃。动词。⑥哜（jì）：尝食物到牙齿。齐，通"跻"，"升"的意思。⑦用：实用。⑧太一：原指天地形成前的混沌元气。这里是指返璞归真到太古原始时的状态。⑨豆：古代盛食物的器皿。⑩一：一样的道理。⑪利爵：祭祀将毕时再次向尸敬酒。古代祭祀祖先，由一活人代表死者受祭，叫"尸"。这段里所说的"啐、尝、食"，都是指尸按照仪式规定的动作。⑫成事：祭祀告成。⑬侑：劝食。根据《荀子·礼论》，"三侑之弗食也"一缺"一也"二字。⑭大昏：帝王的婚礼。⑮大庙：即"太庙"。君主的祖庙。未内尸：祭时，迎尸之前先在室内西南角举行一项仪式。内，通"纳"。使进入。⑯绝：绝气；死。⑰素帱（chóu）：素色车帷。⑱麻绕（miǎn）：麻质的礼帽。绕，同"冕"。⑲散麻：用粗麻布制成的丧服，上下左右不缝。⑳三年哭：指死了父母丧时的哀哭。不反：一恸失声。反，通"返"。㉑《清庙》之歌：《诗经·周颂》有《清庙篇》，说是祭祀周文王的乐章。㉒县："悬"的本字。拊（fǔ）：击；拍。膈：通"隔"。悬钟的支架。

凡礼，始乎脱①，成乎文②，终乎税③。故至备，情文俱尽④；其次，情文代胜⑤；其下，复情以归太一。天地以合，日月以明，四时以序，星辰以行，江河以流，万物以昌，好恶以节，喜怒以当。以为下则顺⑥，以为上则明⑦。

【注释】

①脱：脱略；粗疏。②文：修饰。③税（yuè）：通"悦"。④情：指礼意，如居丧必哀，临祭必敬。⑤代：更代。⑥下：在下者，指臣民。⑦上：在上者，指君主。

太史公曰：至矣哉！立隆以为极①，而天下莫之能益损也。本末相顺，终始相应，至文有以辨②，至察有以说。天下从之者治，不从者乱；从之者安，不从者危。小人不能则也③。

【注释】

①立隆以为极：制定隆重的礼仪，作为事物、行为的最高准则。②有以：《荀子·礼论》作"以有"，义较长。③则：取法。

礼之貌诚深矣①，坚白同异之察②，入焉而弱③；其貌诚大矣，擅作典制褊陋之说，入焉而望④；其貌诚高矣，暴慢恣睢⑤，轻俗以为高之属⑥，入焉而队⑦。故绳诚陈⑧，则不可欺以曲直；衡诚县⑨，则不可欺以轻重；规矩诚错⑩，则不可欺以方员⑪；君子审礼⑫，则不可欺以诈伪。故绳者，直之至也；衡者，平之至也；规矩者，方员之至也；礼者，人道之极也。然而不法礼者不足礼，谓之无方之民；法礼足礼，谓之有方之士。礼之中，能思索，谓之能虑；能虑勿易，谓之能固。能虑能固，加好之焉，圣矣。天者，高之极也；地者，下之极也；日月者，明之极也；无穷者，广大之极也；圣人者，道之极也。

【注释】

①礼之貌：《荀子·礼论》作"礼之理"。②坚白同异：战国时名家公孙龙所创的"离坚白"和惠施所创的"合同异"的学说。③弱：通"溺"。淹没。④望：羞愧。⑤暴慢恣睢（suī）：粗暴强横。⑥属：类；那一类人。⑦队：通"坠"。⑧绳：木工用的墨线。诚：如果。⑨衡：秤。⑩错：通"措"。置备。⑪员：通"圆"。⑫审：认真观察、研究。

以财物为用①，以贵贱为文②，以多少为异③，以隆杀为要④。文貌繁，情欲省，礼之隆也；文貌省，情欲繁，礼之杀也。文貌情欲相为内外表里，并行而杂⑤，礼之中流也⑥。君子上致其隆，下尽其杀，而中处其中。步骤驰骋广鹜不外，是以君子之性守宫庭也⑦。人域是域⑧，士君子也；外是，民也；于是中焉⑨，房皇周浃⑩，曲直得其次序⑪，圣人也。故厚者，礼之积也；大者，礼之广也；高者，礼之隆也；明者，礼之尽也。

【注释】

①根据《荀子·礼论》，此句上面缺"礼者"二字。②以贵贱为文：各种贵贱尊卑的身份，用不同文采装饰的车服旗章来表示。③多少：用财物的多少。④隆：隆盛。杀（shài）：减少；降等。要：要点。这句意思是该隆就隆，该杀就杀。⑤杂：通"集"。会合。⑥中流：适中。⑦君子之性守宫庭：意思是君子常像身处宫廷，守礼不离。⑧人域是域：以人生行为的规范为规范。⑨于：介词。⑩房（páng）皇：即"彷徨"。徘徊；盘旋。周浃（jiā）：周匝；遍及。房皇周浃：意思是周旋进退，言行举止。⑪曲：周遍。

乐书第二①

太史公曰：余每读《虞书》②，至于君臣相敕③，维是几安④，而股肱不良⑤，万事堕坏⑥，未尝不流涕也。成王作《颂》⑦，推己惩艾⑧，悲彼家难，可不谓战战恐惧，善守善终哉⑨？君子不为约则修德⑩，满则弃礼⑪，佚能思初⑫，安能惟始⑬，沐浴膏泽而歌咏勤苦⑭，非大德谁能如斯⑮！《传》曰"治定功成，礼乐乃兴"⑯。海内人道益深⑰，其德益至⑱，所乐者益异。满而不损则溢，盈而不持则倾⑲。凡作乐者，所以节乐。君子以谦退为礼，以损减为乐，乐其如此也。以为州异国殊，情习不同⑳，故博采风俗，协比声律㉑，以补短移化㉒，助流政教㉓。天子躬于明堂临观㉔，而万民咸荡涤邪秽，斟酌饱满㉕，以饰厥性㉖。故云《雅》《颂》之音理而民正㉗，嘄噭之声兴而士奋㉘，郑卫之曲动而心淫㉙。及其调和谐合，鸟兽尽感㉚，而况怀五常㉛，含好恶，自然之势也！

【注释】

①《乐书》：据《史记志疑》考证，《史记》中《乐书》全缺，这是后人取《乐记》穿靴戴帽而成。②《虞书》：《尚书》的一部分，今本共五篇，是记载传说中的唐尧、虞舜、夏禹等人的事迹的书。③敕（chì）：告诫；鼓励。④维是几（jī）安：考虑着如何化险为夷。⑤股肱（gōng）：大腿和胳膊。比喻帝王左右辅助得力的大臣。⑥堕（huī）坏：败坏。堕，通"隳"，毁坏。⑦成王：周成王。姬诵。西周国王。周武王之子。《颂》：指《诗经·周颂》，是古代宗庙祭典时的一种歌舞。周武王死时，成王年幼，由周公旦摄政。⑧推己惩艾：责备告诫自己，吸取失败教训。艾，通"乂"，惩戒，警惕。⑨守：指守礼。⑩约：穷困。⑪满：充足富裕。礼：泛指古代等级制社会的行为法则、道德规范和各种仪式等。⑫佚（yì）：通"逸"。安乐。⑬惟始：想着开始时的危险。⑭膏泽：滋润作物的雨。比喻恩惠、幸福。⑮如斯：如此。⑯《传（zhuàn）》：解释经义的文字。

⑰人道：犹"仁道"。其主要内容指人与人互相亲爱。⑱至：指最高尚。
⑲持：握住。引申为制约。⑳情习：人情习性。㉑协比：排列，组合。
声律：指宫、商、角、徵（zhǐ）、羽五声和黄钟、太簇、姑洗（xiǎn）、
蕤（ruí）宾、夷则、无射（yì）六律，这里泛指音乐。㉒补短：补救短缺。
移化：改变风俗教化。㉓助流：帮助推行。㉔明堂：古代帝王宣明政教
的地方，凡朝会、祭祀、庆赏、选士、教学等大典，都在此举行。㉕斟
酌：取酒饮用。㉖饰：修整。厥：他（们）的。代词。㉗《雅》《颂》：
《诗》篇名，也是古代乐曲的分类名称。雅乐是朝廷的乐曲，颂乐是宗
庙祭祀的乐曲，二者都被古代统治者称为"正乐"。理：演奏。㉘噭嘂
（jiāo jiào）：高亢的声音。㉙郑卫之声：指春秋战国时郑国（在今河南
省中部地区）、卫国（在今河南省北部地区）的民间音乐。㉚鸟兽尽感：
相传尧舜时命夔（kuí）为乐官主持音乐，演奏时乐声和谐动听，曾引得
凤凰来鸣，百兽起舞。㉛五常：又称"五伦"，是儒家所提倡的阶级社
会里的五种伦理关系，即君臣、父子、夫妇、兄弟、朋友。

    治道亏缺而郑音兴起①，封君世辟②，名显邻州，争以相高③。自仲
尼不能与齐优遂容于鲁，虽退正乐以诱世④，作五章以刺时⑤，犹莫之化⑥。
陵迟以至六国⑦，流沔沉佚⑧，遂往不返，卒于丧身灭宗，并国于秦。

【注释】

    ①治道亏缺：指政治败坏。②封君：领受封邑的贵族。世辟：世代
相乘的君主。辟，君主。③高：抬高郑音的地位。使动用法。④正乐：
整理音乐。诱世：劝导世人。⑤五章：《索隐》认为是歌词，即"彼妇
人之口，可以出走；彼妇人之谒，可以死败。优哉游哉，聊以卒岁"。
但与五章之名不符。⑥莫之化：即"莫化之"，没能改变这种风气。⑦
陵迟：衰落。⑧流沔（miǎn）：放纵；沉迷。沔，通"缅"。沉佚：指
沉溺游荡于歌乐而不加节制。

    秦二世尤以为娱。丞相李斯进谏曰："放弃《诗》《书》①，极意声色，
祖伊所以惧也②；轻积细过③，恣心长夜④，纣所以亡也⑤。"赵高曰⑥：
"五帝、三王乐各殊名⑦，示不相袭。上自朝廷，下至人民，得以接欢
喜，合殷勤，非此和说不通⑧，解泽不流⑨，亦各一世之化⑩，度时之乐，

何必华山之骒耳而后行远乎⑪？"
二世然之⑫。

【注释】

①《诗》：即《诗经》。我国最早的诗歌总集，先秦称为《诗》，汉儒尊为经典，始称《诗经》。收西周初年至春秋中叶各国民歌和朝庙乐章三百零五篇，分风、雅、颂三大类。儒家列为经典之一。这些诗歌以四言为主，普遍运用赋、比、兴的手法，生动地反映了当时的社会生活。②祖伊：商纣时贤臣。③轻：蔑视。④长夜：指通宵宴饮。⑤纣（ zhòu)：商代最末的君主。名受，号帝辛。

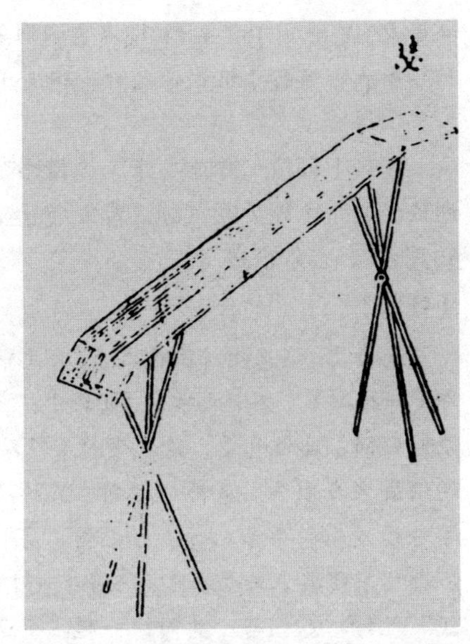

瑟，古代乐器，图选自《十二朝人物演义》。

⑥赵高（？—前207年）：秦时宦官，本赵国人。任中车府令，兼行符玺令事。秦始皇死后，他与李斯伪造遗诏，逼使公子扶苏自杀，立胡亥为皇帝，被任为郎中令。后杀李斯，自任丞相。不久又逼杀二世，立子婴为秦王，终为子婴所杀。⑦五帝：相传为古代五个部落联盟的领袖。⑧说：通"悦"。喜悦。⑨解泽：散布恩泽。⑩一世之化：一个时代的时尚。⑪华（ huà ）山：山名。五岳中的西岳，在今陕西省华阴市南。骒（ lù ）耳：也作"绿耳"。良马名。周穆王的八骏之一。引申为劣马也可以行远。用以比喻郑声虽俗，也可以作为娱乐。⑫然：赞同。动词。

高祖过沛①，诗《三侯之章》②，令小儿歌之。高祖崩，令沛得以四时歌儛宗庙③。孝惠、孝文、孝景无所增更④，于乐府习常肄旧而已⑤。

【注释】

①高祖：即汉高帝刘邦。②诗：作诗。《三侯之章》：即《大风歌》。歌词为："大风起兮云飞扬，威加海内兮归故乡，安得猛士兮守四方。"因诗中有三"兮"，而"兮"与"侯"同为语助词，因此这里称《大风歌》为《三侯之章》。③儛：同"舞"。宗庙：古代天子、诸侯祭典祖先的处所。

④孝惠（？—前188年）：即汉惠帝刘盈。⑤乐府：古代主管音乐的官署。始于秦代，盛行于汉武帝之时。肄（yì）：研习；训练。

至今上即位①，作十九章②，令侍中李延年次序其声③，拜为协律都尉④。通一经之士不能独知其辞，皆集会五经家⑤，相与共讲习读之⑥，乃能通知其意⑦，多尔雅之文⑧。

【注释】

①今上：这里指汉武帝之子。公元前140年至前87年在位。②十九章：即《郊祀歌》（共十九章）。③侍中：官名。侍从于皇帝左右，出入宫廷，应对顾问，地位贵重，是皇帝的亲信人员。李延年（？—约前87年）：西汉著名音乐家。④协律都尉：又称"协律郎"，官名。职掌校正乐律等音乐方面的事务。⑤五经：指《易》《书》《诗》《礼》《春秋》等五部儒家经典。汉武帝建元五年（前135年）置五经博士之职，始有"五经"之称。⑥相与：共同；一起。⑦通知：知晓；完全理解。⑧尔雅：近乎雅正。指文辞典雅纯正。

汉家常以正月上辛祠太一甘泉①，以昏时夜祀，到明而终。常有流星经于祠坛上。使僮男僮女七十人俱歌。春歌《青阳》，夏歌《朱明》，秋歌《西暤》，冬歌《玄冥》②。世多有，故不论。

【注释】

①上辛：上旬的辛日。太一：也指"泰一"。传说中的天神。甘泉：宫名。旧址在今陕西省淳化县西北甘泉山。②《青阳》《朱明》《西暤（hào）》《玄冥》：都是《郊祀歌》中的歌名。以每首歌词中的开头二字命题。

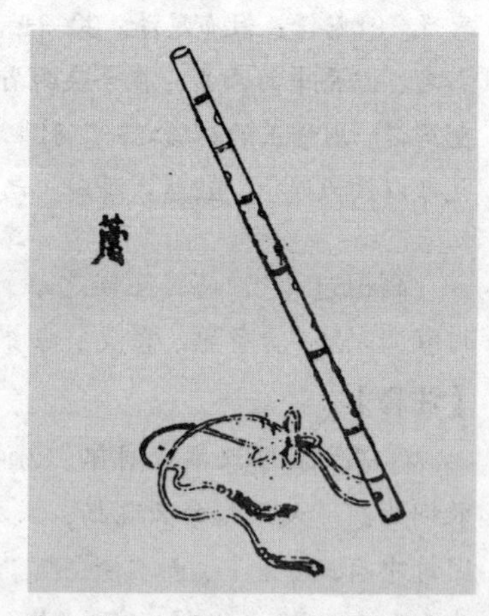

萧，图选自《十二朝人物演义》。

又尝得神马渥洼水中①，复次以为《太一之歌》②。歌曲曰："太一贡兮天马下，沾赤汗兮沫流赭。骋容与兮蹠万里③，今安匹兮龙与友④。"

382

后伐大宛得千里马⑤，马名蒲梢，次作以为歌。歌诗曰："天马来兮从西极⑥，经万里兮归有德⑦。承灵威兮降外国，涉流沙兮四夷服⑧。"中尉汲黯进曰⑨："凡王者作乐，上以承祖宗，下以化兆民⑩。今陛下得马⑪，诗以为歌，协于宗庙⑫，先帝百姓岂能知其音邪⑬？"上默然不说。丞相公孙弘曰⑭："黯诽谤圣制⑮，当族⑯。"

【注释】

①得神马渥（wò）洼水中：汉武帝时南阳郡新野县（今属河南省）人暴利长，因判刑被发配到敦煌（现甘肃省敦煌市附近）屯田，曾得一宝马，献给官府。为了神化此马，说它是从渥洼水（在今甘肃敦煌市西南）中出来的。②次：编次，这里指作诗。③容与：放任。跇（yì）：越过；逾越。④匹：匹配；相比。⑤大宛（yuān）：西域国名。在今苏联中亚费尔干纳盆地，都城在贵山城（今卡散赛），以产汗血马著名。⑥西极：西方极远之处。⑦有德：指有德之人。⑧流沙：指流沙泽。后称居延泽、居延海，因淤积分为二湖，即今内蒙古额济纳旗之嘎顺诺尔与苏古诺尔湖。四夷：即东夷、西戎、南蛮、北狄。是古代统治者对华夏族以外各族的蔑称。⑨中尉：官名。掌管京城治安。汲黯（？—前112年）：濮阳（今河南省濮阳县西南）人。武帝时任东海太守，后召为九卿，敢于直言切谏。⑩兆民：众百姓。⑪陛（bì）下：臣下对帝王的尊称。⑫协：协和音律。引申为演奏。⑬先帝：指当朝已去世的皇帝。邪（yé）：表疑问语气的词，相当于"吗""呢"。⑭公孙弘（前200—前121年）：西汉大臣。菑川（今山东省寿光市南）薛人。先后任御史大夫、丞相，封平津侯。⑮圣制：这里指武帝创作的诗歌。⑯族：灭族。动词。

凡音之起①，由人心生也②。人心之动，物使之然也③。感于物而动，故形于声④；声相应⑤，故生变；变成方⑥，谓之音；比音而乐之⑦，及干戚羽旄⑧，谓之乐也。乐者，音之所由生也，其本在人心感于物也⑨。是故其哀心感者⑩，其声噍以杀⑪；其乐心感者，其声啴以缓⑫；其喜心感者，其声发以散⑬；其怒心感者，其声粗以厉⑭；其敬心感者，其声直以廉⑮；其爱心感者，其声和以柔。六者非性也⑯，感于物而后动，是故先王慎所以感之⑰。故礼以导其志⑱，乐以和其声⑲，政以壹其行⑳，刑以防其奸㉑。礼乐刑政，其极一也㉒，所以同民心而出治道也㉓。

【注释】

①音：该处指的"音"，是与"声""乐"相比而言的一个概念。按：从本段以下至《师乙篇》，都是《乐记》上的话，只是篇次和个别文字略有差异。②心：古人认为，人的思想感情、理智、道德等是由人体内的一个物质器官"心"所统管的，这与现在所说的思维器官是不同的。③物：外界事物和环境。④形：显露；表现。⑤相应：互相应和。⑥方：指一定的组织形式，即构成的音阶、曲调等。⑦比：依次连缀，排列。乐（yuè）：演奏、演唱。用如动词。⑧及：加上；配合上。干（gān）：盾牌。戚：斧头。羽：鸟毛，这里指野鸡毛。旄（máo）：旄牛尾。⑨本：本源。⑩是故：因此；所以。哀心：悲哀的心情。这里的"心"，指心情，感情，下文的"乐心""喜心""怒心""敬心""爱心"类此。⑪噍（jiào）以杀（shài）：忧伤而急促。⑫啴（chán）以缓：宽松舒缓。⑬发以散：奋发而开朗。⑭粗以厉：粗犷而严厉。⑮直以廉：爽直而庄重。⑯性：天性。⑰先王：古代帝王，统指夏、商、周三代开国的禹、汤、文武等帝王。⑱其：指民众。⑲和：调和。当据刘向《说苑》改作"性"。⑳壹：统一。动词。㉑奸：奸诈。㉒极：最终目标。㉓同：齐一。动词。治道：指政治清明、社会安定的太平世道。

凡音者，生人心者也①。情动于中②，故形于声，声成文谓之音③。是故治世之音安以乐，其正和④；乱世之音怨以怒，其正乖⑤；亡国之音哀以思⑥，其民困。声音之道⑦，与正通矣。宫为君，商为臣，角为民，徵为事，羽为物⑧。五者不乱，则无怗懘之音矣⑨。宫乱则荒⑩，其君骄；商乱则搥⑪，其臣坏；角乱则忧，其民怨；徵乱则哀，其事勤⑫；羽乱则危⑬，其财匮⑭。五者皆乱，迭相陵⑮，谓之慢⑯。如此则国之灭亡无日矣⑰。郑卫之音，乱世之音也，比于慢矣⑱。桑间濮上之音⑲，亡国之音也，其政散⑳，其民流㉑，诬上行私而不可止㉒。

【注释】

①生人心者：即"生于人心者"的省文。②中：内心。③文：指交织组成的乐典。④正：通"政"，政治。下文"其正乖""与正通矣"的"正"，同此。和：和顺。指君臣上下和谐协调。⑤乖：背离；不一致。指君臣上下失序，政治混乱。⑥思：哀伤。⑦声音：代指音乐。⑧宫、商、角、徵（zhǐ）、羽：我国古代五声音阶的五个阶名，相当于现在的

do、re、mi、so、la，合称"五音"或"五声"。⑨涟滞（zhān zhì）：同"怗滞"。声音不和谐。⑩荒：迷乱；散漫。⑪揌：当据《礼记·乐记》作"陂"（bì），为不正、邪佞之意。⑫事勤：指劳役繁重。⑬危：恐惧不安。⑭匮（kuì）：贫乏。⑮迭相陵：互相排斥，倾轧。⑯慢：过分放纵。⑰无日：不要多少时间。犹言不久。⑱比：接近。⑲桑间：地名。在古代濮水之滨。濮上：濮水（古代黄河与济水的支流）一带。⑳散：混乱。㉑流：放荡。㉒诬：诽谤。上：在上者。指君主。

　　凡音者，生于人心者也；乐者，通于伦理者也①。是故知声而不知音者，禽兽是也；知音而不知乐者，众庶是也②。唯君子为能知乐。是故审声以知音③，审音以知乐，审乐以知政，而治道备矣④。是故不知声者不可与言音，不知音者不可与言乐。知乐则几于礼矣⑤。礼乐皆得，谓之有德。德者得也。是故乐之隆⑥，非极音也⑦；食飨之礼⑧，非极味也⑨。清庙之瑟⑩，朱弦而疏越⑪，一倡而三叹⑫，有遗音者矣⑬。大飨之礼，尚玄酒而俎腥鱼⑭，大羹不和⑮，有遗味者矣。是故先王之制礼乐也，非以极口腹耳目之欲也，将以教民平好恶而反人道之正也⑯。

【注释】

　　①伦理：事物的条理、秩序，指人与人之间的道德关系。②众庶：百姓；普通老百姓。③审：审察；辨别。④治道：治国的道理。⑤几（jī）：接近；差不多。⑥隆：隆重；盛大。⑦极音：极度满足听觉上的享受。⑧食飨（sì xiǎng）之礼 古代合祭祖先的一种隆重礼仪。⑨极味：极力满足味觉上的享受。⑩清庙：祭祀周文王的宗庙。也可作宗庙的通称。清，肃穆清静的意思。瑟：古代的一种拨弦乐器，形似古琴，通常为二十五弦。⑪朱弦：朱红色的丝弦。疏越（huó）：稀疏的小孔。越，瑟底的孔穴。⑫倡：同"唱"。叹：跟着歌声和唱。"三叹"，形容和唱的人不多。⑬遗音：余音。以上所说的清庙之瑟，底孔疏朗，乐音舒畅，和唱的人也不多，但听完之后，却犹余音在耳，令人久久不忘。这反映了儒家提倡以"温柔敦厚""平和中正"与"淡和"为特色的音乐主张，是其"中庸之道"在音乐观上的体现。⑭尚：通"上"。玄酒：古代祭典时当酒用的水。上古无酒，以水代替；水本无色，但古人习以为玄（黑色），所以称之为："玄酒"。俎（zǔ）：古代祭祀时用以盛放牲口的礼器。这里作动词用，陈设的意思。⑮大（tài）羹：不和五味的肉汁，古代祭祀时用。⑯平：平衡。引申为调节，控制。反：通"返"。

返回；恢复。人道之正：即"人之正道"，指为人的正确规范或准则。

　　人生而静①，天之性也②；感于物而动，性之颂也③。物至知知④，然后好恶形焉。好恶无节于内，知诱于外⑤，不能反己⑥，天理灭矣⑦。夫物之感人无穷，而人之好恶无节，则是物至而人化物也⑧。人化物也者，灭天理而穷人欲者也⑨。于是有悖逆诈伪之心⑩，有淫佚作乱之事⑪。是故强者胁弱⑫，众者暴寡⑬，知者诈愚⑭，勇者苦怯⑮，疾病不养⑯，老幼孤寡不得其所，此大乱之道也。是故先王制礼乐，人为之节：衰麻哭泣⑰，所以节丧纪也⑱；钟鼓干戚⑲，所以和安乐也；婚姻冠笄⑳，所以别男女也；射乡食飨㉑，所以正交接也㉒。礼节民心，乐和民声，政以行之，刑以防之。礼乐刑政四达而不悖㉓，则王道备矣㉔。

【注释】

　　①静：指人的感情、理智和天性、道德等本性未曾表现出来时的状态。②天之性：即天性，天然的品质或特性。③颂（róng）：通"容"。仪容；样子。④知（zhì）知：指通过人的理智去了解外物，认识外物。⑤知诱于外：理智被外物所引诱。⑥反己：指恢复自己原来的天性。反，通"返"。⑦天理：即天性。⑧人化物：指人被外物同化，即失去人的善性而混同于禽兽一般。⑨穷人欲：极力完全满足人的欲望。⑩悖（bèi）逆：违乱忤逆。⑪淫佚（yì）：也作"淫泆"。纵欲放荡。⑫胁：威逼。⑬暴：欺侮；糟蹋。⑭诈：欺骗。⑮苦：使之痛苦。⑯疾病：指患有疾病的人。⑰衰（cuī）麻：麻布制成的丧服。⑱丧纪：丧事。纪，事。⑲钟：乐器名。铜制而中空。古代祭典或宴享时用。悬挂于架上，用木槌击之发声。单独悬挂的称特钟，大小依次成组悬挂的称编钟。⑳冠笄（guàn jī）：古代男子二十岁举行加冠仪式，女子十五岁举行加笄仪式，表示男女已经成年。㉑射：射礼。古代集会练习比武的典礼，有四种：祭祀或选士时举行的为大射，诸侯来朝时举行的为宾射，宴饮时举行的为燕射，卿大夫举士后举行的为乡射。乡：乡饮酒礼。古代地方上为被推荐给朝廷的乡学毕业生举行的送行之礼。食飨：用酒食宴请宾客。㉒正：端正。交接：指人与人的交往。㉓达：通行无阻。指充分发挥作用。㉔王道：用儒家学说的"仁义"治理天下的一种政治主张，与"霸道"相对。

　　乐者为同①，礼者为异②。同则相亲，异则相敬。乐胜则流③，礼胜则离④。合情饰貌者⑤，礼乐之事也。礼义立，则贵贱等矣⑥；乐文同⑦，则上下和矣；好恶著⑧，则贤不肖别矣⑨；刑禁暴，爵举贤⑩，则政均矣⑪。仁以爱之，义以正之⑫，如此则民治行矣⑬。

【注释】

①同：和；调和。动词。②异：区别。③胜：超过；过分。流：放任，放纵；没有节制。④离：隔离；疏远。⑤合情：和符合人们内心的感情。饰貌：端正人们的仪态。⑥等：次序；等级。⑦乐文：乐的形式，指乐曲。⑧著：显明。⑨不肖（xiào）：不贤；不正派。这里指坏人。⑩爵：爵位。国君给贵族封号的等级。⑪均：均匀；公平。指政治清明。⑫正：纠正，引申为教导。⑬民治：治理百姓之事。

乐由中出①，礼自外作②。乐由中出，故静；礼自外作，故文③。大乐必易④，大礼必简⑤。乐至则无怨⑥，礼至则不争。揖让而治天下者⑦，礼乐之谓也。暴民不作⑧，诸侯宾服⑨，兵革不试⑩，五刑不用⑪，百姓无患⑫，天子不怒⑬，如此则乐达矣。〔四海之内〕⑭，合父子之亲，明长幼之序，以敬（四海之内）天子，如此则礼行矣。

【注释】

①中：指内心世界。出：发出；产生。②作：兴起；表现。③文：文饰；文理。指礼仪形式等方面的规章制度。④大乐：伟大、高尚的音乐。易：平易。⑤大礼：伟大、隆重的礼仪。简：简朴。⑥至：到达。这里指深入人心，发挥作用。下句的"至"，同此。⑦揖（yī）让：古代宾主相见表示谦让的一种礼仪，用来比喻文德。⑧暴民：强暴不法的人。⑨宾服：即臣服。指诸侯或边远部落按时向皇帝进贡，表示服从、归顺。⑩兵革：兵器衣甲的总称，泛指武器。不试：不动用。⑪五刑：古代的五种刑罚，即墨（在面额上刺字，染上黑色）、劓（yì。割去鼻子）、剕（fèi。断足）、宫（男子切割生殖器，女子幽闭）、大辟（bì。死刑）。⑫患：忧患；灾祸。⑬不怒：没有生气。⑭〔四海之内〕：相当于"天下"。古代以为中国四周都是海，因此称中国为"四海之内"，简称"海内"，称外国则为"海外"。

大乐与天地同和①，大礼与天地同节②。和，故百物不失；节，故祀天祭地。明则有礼乐③，幽则有鬼神④，如此则四海之内合敬同爱矣。礼者，殊事合敬者也⑤；乐者，异文合爱者也⑥。礼乐之情同⑦，故明王以相沿也[8]。故事与时并[9]，名与功偕[10]。故钟鼓管磬羽籥干戚[11]，乐之器也；诎信俯仰级兆舒疾[12]，乐之文也。簠簋俎豆制度文章[13]，礼之器也[14]；升降上下周旋裼袭[15]，礼之文也。故知礼乐之情者能作，识礼乐之文者能术[16]。作者之谓圣，术者之谓明。明圣者，术作之谓也。

【注释】

①和：指调和万物。②节：调节。③明：与"幽"相反。指人世间。④幽：幽冥。指鬼神世界。⑤殊事：不同的人和事。指不同的礼节规定。⑥异文：不同的乐文，即不同的乐曲形式。⑦情：情理；道理。⑧明王：圣明的君主。⑨事：指所制定的礼乐。并：相比；齐等。引申为符合。⑩名：指乐曲的命名。⑪钟鼓管磬（qìng）：都是古代乐器。⑫诎信（qū shēn）俯仰：指舞蹈时舞者的各种姿势。诎，通"屈"，弯曲；信，通"伸"，伸直。级兆舒疾：指舞蹈时的队列和速度。级，一作"缀"，指行列的位置；兆，界域，范围；舒，徐缓的动作；疾，急速的动作。⑬簠簋（fǔ guǐ）俎豆：都是古代祭祀时用来盛祭品的器具。⑭器：工具。⑮升降上下周旋裼（xī）袭：都是行礼的动作。升降上下指登堂拜退等迎送之礼。裼是敞开外衣，袭是掩上外衣。⑯术：通"述"。阐述。

乐者，天地之和也；礼者，天地之序也。和，故百物皆化[1]；序，故群物皆别。乐由天作[2]，礼以地制[3]。过制则乱[4]，过作则暴[5]。明于天地，然后能兴礼乐也[6]。论伦无患[7]，乐之情也；欣喜欢爱，乐之官也[8]。中正无邪，礼之质也[9]；庄敬恭顺，礼之制也[10]。若夫礼乐之施于金石[11]，越于声音[12]，用于宗庙社稷[13]，事于山川鬼神，则此所以与民同也[14]。

【注释】

①化：融化；融合。②天：指天的道理，即和气化物的功能。③地：指地的道理，即高低贵贱的区别。④过：过错。⑤暴：急，猛；过激放纵。⑥兴：制作。⑦论伦无患：指歌词内容合乎伦理而无害于礼义。⑧官：官能；功用。⑨质：本质。⑩制：体制。⑪若夫：发语词，相当于"至于"。金石：指钟。⑫越：发扬；传播。⑬社稷（jì）：古代帝王、诸侯所祭典的土神和谷神，泛指祭祀祖先鬼神的场所。⑭与民同：指从君主到百姓同样适用。按：以上四段论述礼乐的社会作用及其相互关系，是《乐记》中的《乐论篇》。

王者功成作乐，治定制礼[1]。其功大者其乐备[2]，其治辨者其礼具[3]。

干戚之舞，非备乐也④；亨孰而祀⑤，非达礼也⑥。五帝殊时，不相沿乐；三王异世，不相袭礼。乐极则忧⑦，礼粗则偏矣⑧。及夫敦乐而无忧⑨，礼备而不偏者，其唯大圣乎⑩！天高地下，万物散殊，而礼制行也；流而不息⑪，合同而化⑫，而乐兴也。春作夏长⑬，仁也；秋敛冬藏⑭，义也。仁近于乐，义近于礼。乐者敦和⑮，率神而从天⑯；礼者辨宜⑰，居鬼而从地⑱。故圣人作乐以应天⑲，作礼以配地⑳。礼乐明备㉑，天地官矣㉒。

【注释】

①治：政治；社会秩序。②备：完善。③辨：明察。④干戚之舞，非备乐也：古乐以文德为贵，采用朱弦疏越，因此用干戚为舞，不可以算是完美的音乐。⑤亨（pēng）孰而祀：用丰盛精美的熟食来祭典。⑥达礼：通礼；最隆重的礼仪。古代祭品追求生牲，所以说烹熟而祀不能算是最好的祭礼。⑦极：过分。⑧粗：粗疏；不仔细。偏：偏失。⑨及夫：至于。敦：厚；盛。引申为完善。⑩其：表揣测的副词，相当于"大概"。大圣：至圣。指道德高尚完备、智能超凡的人。⑪流而不息：指天地间的阴阳二气流行不止。⑫化：化育万物。⑬作：兴起；发生。⑭敛：收获。⑮敦和：促进和合。⑯率神：属于神的范围。⑰辨宜：指区分不同的事物。⑱居：处于；属于。⑲应天：顺应天意。⑳配地：配合地道。㉑明备：明达完备。㉒天地官矣：天地的功用就能发挥了。

天尊地卑，君臣定矣。高卑已陈①，贵贱位矣②。动静有常③，小大殊矣④。方以类聚⑤，物以群分，则性命不同矣⑥。在天成象⑦，在地成形⑧，如此则礼者天地之别也。地气上脐⑨，天气下降，阴阳相摩⑩，天地相荡⑪，鼓之以雷霆⑫，奋之以风雨⑬，动之以四时⑭，暖之以日月⑮，而百化兴焉⑯，如此则乐者天地之和也。

【注释】

①陈：陈设；分布。②位：指确定名位。③动静：指天地间阴阳二气的运动与静止状态。常：常规。④小大：指大大小小的事物。⑤方：解释不一，以指不同种族的人一说为妥。⑥性命：指事物的天性、特性。⑦象：指日月星辰发光的现象。⑧形：指山川人物各异的形状。⑨脐（jī）：登；升。⑩摩：摩擦；接触。⑪荡：震动；激荡。⑫鼓：震响。⑬奋：飞动；起落。⑭动：移动变化；交替运转。⑮暖：温暖。⑯百化：百物。兴：兴起；生长。

化不时则不生①，男女无别则乱登②，此天地之情也。及夫礼乐之极乎天而蟠乎地③，行乎阴阳而通乎鬼神，穷高极远而测深厚④，乐著太始而礼居成物⑤。著不息者天也⑥，著不动者地也。一动一静者，天地之间也⑦。故圣人曰"礼云乐云"⑧。

【注释】

①化不时：化育不符合天时。②乱登：指放纵淫乱的行为就会产生。登，造成，发作。③极：至；达到。蟠（pán）：充满。④穷：极；尽。测：测量。⑤著（zhuó）：附着。成物：指地。因为地能使万物生长，所以称"成物"。⑥著：明白；显示。⑦天地之间：指天地之间的万物。⑧礼云乐云：礼所说的和乐所说的。

昔者舜作五弦之琴①，以歌《南风》②；夔始作乐③，以赏诸侯。故天子之为乐也，以赏诸侯之有德者也。德盛而教尊④，五谷时孰⑤，然后赏之以乐。故其治民劳者⑥，其舞行级远⑦；其治民佚者，其舞行级短⑧。故观其舞而知其德，闻其谥而知其行⑨。《大章》⑩，章之也⑪；《咸池》⑫，备也⑬；《韶》⑭，继也⑮；《夏》⑯，大也⑰；殷、周之乐尽也⑱。

【注释】

①舜：相传父系社会后期部落联盟领袖。②《南风》：歌名。③夔（kuí）：传说为舜的臣子，掌管音乐。④德盛：品德高尚。教尊：教化尊严。⑤时孰：按时成熟。指粮食丰收。⑥治民劳者：指诸侯治国使人民劳苦的。⑦舞行（háng）级：舞蹈的行列位置。这里指舞队行列的间隔距离。级，一作"缀"，义同。⑧短：指间隔距离少。⑨谥（shì）：古时君主、贵族、大官僚死后，朝廷根据其生前事迹所给予的表示褒贬的称号。⑩《大章》：乐名。相传是歌颂尧的圣明大德的音乐。⑪章：通"彰"，表彰；显扬。⑫《咸池》：乐名。⑬备：完备。⑭《韶》：乐名。相传为虞舜时所作。⑮继：继承。指舜能继承尧的美德。⑯《夏》：乐名。相传为禹时所作，后成为周代祭祀山川的乐舞。⑰大：光大。指禹能发扬光大尧舜的功德。⑱殷、周之乐：指殷代的《大濩（huò）》（纪念商汤伐桀功绩的乐舞）和周代的《大武》（表现周武王伐纣武功的乐舞）等音乐。

天地之道，寒暑不时则疾①，风雨不节则饥②。教者③，民之寒暑也，教不时则伤世④。事者⑤，民之风雨也，事不节则无功。然则先王之为乐也，以法治也⑥，善则行象德矣⑦。夫豢豕为酒⑧，非以为祸也；而狱讼益烦⑨，则酒之流生祸也⑩。是故先王因为酒礼，一献之礼⑪，宾主百拜⑫，终日饮酒而不得醉焉，此先王之所以备酒祸也⑬。故酒食者，所以合欢也⑭。

【注释】

①不时：不符合时令。疾：发病。动词。②节：节制；调节。饥：发生饥荒。③教：指包括音乐在内的教化。④伤世：不利于社会生活的正常秩序。⑤事：指包括礼在内的政令制度。⑥以法治：取法于天地之道来进行治理。⑦善：指乐的教化得当。⑧夫：发语词。豢豕（shǐ）为酒：指为祭神、宴客而饲养牲畜，酿造酒醴。⑨狱讼：指各种诉讼案件。⑩酒之流：指饮酒无度。⑪献：指进酒。⑫百拜：多次拜礼。⑬备：防备；防止。⑭合欢：联欢。

乐者，所以象德也；礼者，所以闭淫也①。是故先王有大事②，必有礼以哀之；有大福③，必有礼以乐之：哀乐之分④，皆以礼终⑤。

【注释】

①闭：堵塞，制止。②大事：指丧事。③大福：指吉庆之事。④分（fēn）：分寸；限度。⑤以礼终：用礼来加以制约。

乐也者，施也①；礼也者，报也②。乐，乐其所自生③；而礼，反其所自始④。乐章德⑤，礼报情反始也⑥。所谓大路者⑦，天子之舆也⑧；龙旂九旒⑨，天子之旌也⑩；青黑缘者⑪，天子之葆龟也⑫；从之以牛羊之群，则所以赠诸侯也。

【注释】

①施：施予。②报：回报。指统治者以礼制定人们之间的等级关系，有往有来，有恩必报。③乐：快乐。所自生：从人的内心而产生。④反：通"返"。还；回报。所自始：指恩惠所来之处。⑤章德：表彰功德。⑥报情：报答恩情。⑦大路：大车。又称"大辂（lù）"。⑧舆（yú）：车。⑨龙旂：绣有龙形的旗帜，是帝王出行时的仪仗。九旒（liú）：九条穗子。⑩旌（jīng）：旗的通称。⑪缘：边缘。⑫葆龟：即宝龟。古代用龟甲占卜吉凶，所以龟为宝。葆，通"宝"。

乐也者，情之不可变者也①；礼也者，理之不可易者也②。乐统同③，礼别异，礼乐之说贯乎人情矣④。穷本知变⑤，乐之情也⑥；著诚去伪⑦，礼之经也⑧。礼乐见天地之情⑨，达神明之德⑩，降兴上下之神⑪，而凝是精粗之体⑫，领父子君臣之节⑬。

【注释】

①情之不可变：指当感情一定时，乐也一定。②理之不可易：指当事理一定时，礼也一定。③统：统一；总管。④说：道理。⑤穷：寻根究源的意思。⑥情：本性；本质。⑦著：显示；发扬。⑧经：规则；典范。⑨诚：情感；意志。⑩神明：神灵。⑪降兴：下降和上升。⑫凝：形成。精粗之体。⑬领：统管；治理。节：礼节。引申为关系。

是故大人举礼乐①，则天地将为昭焉②。天地欣合③，阴阳相得④，煦妪覆育万物⑤，然后草木茂，区萌达⑥，羽翮奋⑦，角骼生⑧，蛰虫昭苏⑨，羽者妪伏⑩，毛者孕鬻⑪，胎生者不殰，而卵生者不殈⑫，则乐之道归焉耳⑬。

【注释】

①大人：德行高尚的人，即前文所说的圣人。②为昭：因此而显得光明起来。③欣合：欣然相合。④相得：互相得到合适的调节。⑤煦妪（xǔ yù）：天降气以养物叫煦，地赋物以形体叫妪。覆育：天覆盖万物，地生育万物，合称"覆育"。⑥区（gōu）萌：区，指豆类屈曲而生，萌，指谷类竖直而生。区，通"勾"，弯曲。⑦羽翮（hé）：羽翼。代指飞鸟。奋：指鸟类张开翅膀。⑧角骼（gé）：无分枝的角（如牛羊）和有分枝的角（如麋鹿）。⑨蛰（zhé）虫：冬眠在土里的昆虫。昭苏：恢复生机；苏醒。⑩羽者：指鸟类。妪伏：孵卵。⑪毛者：指兽类。鬻（yù）：通"育"。生育。⑫殰（dú）：胎未出生而死，即流产。殈（xù）：鸟卵未孵成而开裂。⑬道：道理。这里指功能。

乐者，非谓黄钟大吕弦歌干扬也①，乐之末节也，故童者舞之；布筵度，陈樽俎②，列笾豆③，以升降为礼者，礼之末节也，故有司掌之④。乐师辩乎声诗⑤，故北面而弦⑥；宗祝辩乎宗庙之礼⑦，故后尸⑧；商祝辩乎丧礼⑨，故后主人⑩。是故德成而上⑪，艺成而下⑫；行成而先⑬，事成而后⑭。是故先王有上有下，有先有后，然后可以有制于天下也⑮。

【注释】

①黄钟、大吕：乐律名。黄钟为六律之首，大吕为六吕之首。干扬：

盾和大斧，泛指舞蹈用的道具。扬，
钺（yuè）的别称，形状像斧头。②樽俎：
同"尊俎"。古代盛酒和盛肉的器皿，
常用为宴席的代称。③笾（biān）豆：
古代举行祭祀或宴会时盛果脯和盛酱
菜等的礼器。④有司：古代设官分职，
各有专司，所以称主管某一职事的官
吏为"有司"。这里指司礼的官吏。
⑤辩：通"辨"。辨别；了解。⑥北
面而弦：坐南向北弹琴奏乐。古代坐
席，以坐北向南为尊，坐南向北为卑。
⑦宗祝：官名。⑧尸：古代祭祀时，
代替死者受祭的人，以臣下或死者的
晚辈充任。后世则逐渐改用神主牌位
或画像代替。⑨商祝：官名。职掌祭
祀、治丧等礼仪。因周代丧礼基本上
承袭商礼，所以称为"商祝"。⑩后主人：指商祝虽懂得丧葬之礼，但
不是发丧之主，他只能处于卑位，站在主人之后唱礼司仪。⑪德成：指
掌握礼乐的精神实质。⑫艺成：指懂得礼乐仪式等技艺。⑬行成：指德
行修养方面的成就。⑭事成：指处理事物方面的成就。⑮有制于天下：
指制礼定乐，推行到整个社会。

孔子访乐苌弘图，讲述孔子向乐
师苌弘请教有关音乐知识之事。

　　乐者，圣人之所乐也①，而可以善民心②，其感人深，其风移俗易，
故先王著其教焉③。

【注释】

　　①乐：喜欢。②善：使之行善。使动用法。③著：立。指设置乐官。
教：指乐教。

　　夫人有血气心知之性①，而无哀乐喜怒之常②，应感起物而动③，然
后心术形焉④。是故志微焦衰之音作⑤，而民思忧；啴缓慢易繁文简节之
音作⑥，而民康乐；粗厉猛起奋末广贲之音作⑦，而民刚毅；廉直经正庄
诚之音作⑧，而民肃敬；宽裕肉好顺成和动之音作⑨，而民慈爱；流辟邪

散狄成涤滥之音作⑩而民淫乱。

【注释】

①血气：本指血液和气息，这里指人的感情。心知：指人的理智。②常：常情；常态。③应感起物：指受到外界事物的刺激感染。④心术：指内在的思想感情。形：显露；表现。⑤志微：志意细小；情调低沉。⑥啴（chǎn）缓：和缓。慢易：舒缓平和。⑦奋末：鼓起四肢的力气。末，四肢。广贲（fèn）：气势旺盛。⑧经正：刚强正直。⑨肉好（hào）：圆润悦耳。顺成和动：流畅和谐，活泼动听。⑩流辟邪散：放荡虚伪，邪恶散乱。辟，通"僻"，不诚实。狄（tì）成：节奏疾速。

是故先王本之情性①，稽之度数②，制之礼义，合生气之和③，道五常之行④，使之阳而不散⑤，阴而不密⑥，刚气不怒，柔气不慑⑦，四畅交于中而发作于外⑧，皆安其位而不相夺也⑨。然后立之学等⑩，广其节奏⑪，省其文采⑫，以绳德厚也⑬。类小大之称⑭，比终始之序⑮，以象事行⑯，使亲疏贵贱长幼男女之理皆形见于乐⑰：故曰"乐观其深矣"。

【注释】

①本：根据。②稽（jī）：考核；审定。度数：即律度，音律的法度标准。③生气：指使万物生长发育的阴阳二气。④道：遵循。五常：指君臣、父子、兄弟、夫妇、朋友之间的五种关系。⑤阳：与"阴"相对，指人的气质。下文的"刚"与"柔"同此。散：散漫。⑥密：缜密；闭塞。⑦慑：畏惧；恐惧。⑧四畅交于中：指阴、阳、刚、柔四种气质在人的内心畅通交流。⑨不相夺：互不侵犯。⑩立之学等：指根据各人气质的差别制定学习的进度。⑪广：扩大。这里指逐步增加。⑫省（xǐng）：审查；研究。⑬绳：衡量。德厚：仁厚。⑭类：法度；标准。⑮比：按次序排列组合。⑯象：象征；表现。事行：指君臣等伦理关系。⑰形见（xiàn）：表现。见，通"现"。

土敝则草木不长①，水烦则鱼鳖不大②，气衰则生物不育③，世乱则礼废而乐淫。是故其声哀而不庄，乐而不安，慢易以犯节④，流湎以忘本⑤。广则容奸⑥，狭则思欲⑦，感涤荡之气而灭平和之德⑧，是以君子贱之也⑨。

【注释】

①敝：疲败。这里指土地贫瘠。②烦：烦扰；搅扰。③气：元气。指自然力。④慢易：简慢草率的意思。⑤流湎（miǎn）：流连沉迷，放

纵无度。忘本：忘了根本，失去归宿。⑥容奸：包藏邪恶。⑦思欲：挑动欲望。⑧感：通"撼"。动摇。⑨贱：轻视；看不起。

凡奸声感人而逆气应之①，逆气成象而淫乐兴焉②。正声感人而顺气应之③，顺气成象而和乐兴焉。倡和有应④，回邪曲直各归其分⑤，而万物之理以类相动也⑥。

【注释】

①奸声：邪恶的声音，与下文的"正声"相对而言。逆气：违乱忤逆之气。②成象：指通过音乐、舞蹈等方式表现出来。③正声：纯正的声音。顺气：平和顺畅之气。④倡和（hè）：一唱一和，互相呼应。⑤回邪：枉曲；不正。⑥以类相动：同类事物互相应和。

是故君子反情以和其志①，比类以成其行②。奸声乱色不留聪明③，淫乐废礼不接于心术④，惰慢邪辟之气不设于身体⑤，使耳目鼻口心知百体皆由顺正⑥，以行其义⑦。然后发以声音⑧，文以琴瑟⑨，动以干戚⑩，饰以羽旄，从以箫管⑪，奋至德之光⑫，动四气之和⑬，以著万物之理⑭。是故清明象天⑮，广大象地⑯，终始象四时⑰，周旋象风雨⑱；五色成文而不乱⑲，八风从律而不奸⑳，百度得数而有常㉑；小大相成㉒，终始相生㉓，倡和清浊，代相为经㉔。故乐行而伦清，耳目聪明，血气和平，移风易俗，天下皆宁。故曰"乐者乐也"㉕。君子乐得其道㉖，小人乐得其欲㉗。以道制欲，则乐而不乱；以欲忘道，则惑而不乐㉘。是故君子反情以和其志，广乐以成其教，乐行而民乡方㉙，可以观德矣。

【注释】

①反情：恢复人的天赋善性，即前文所说的"反人道之正"。反，通"返"。②比：比照；依照。类：事物的类别，这里指正类，好的榜样。成其行：成就自己的德行。③乱色：淫乱之色。聪明：指耳和目。④废礼：邪恶之礼。心术：心灵。⑤惰慢：轻薄下流。邪辟：古怪而不正派。设：存在。这里是沾染的意思。⑥百体：身体的各部分。由：从；随着。⑦行其义：得到正当的发展。义，宜，适当，合理。⑧发：显出；表现。⑨文：交错；修饰。⑩动：舞动。指舞蹈。⑪从：伴随。指伴奏。⑫奋：振作；发扬。至德：最高尚的道德，借指天地之理。⑬动：调度；协调。⑭著：显明；显示。万物之理：即天地万物发展的自然规律。⑮清明象天：

用格调清澈明朗的乐曲来表现天的清明。⑯广大：指格调开阔宏亮的乐曲。⑰终始：指终而复始的乐曲形式。⑱周旋：指反复回旋的舞蹈姿态。⑲五色：统指五音（宫、商、角、徵、羽）及相对应的五行（金、木、水、火、土）。成文：交错组织成曲。⑳八风：统指八音（金、石、丝、竹、匏〔páo〕、土、革、木八类乐器）和八风（炎、滔、熏、巨、凄、飓、厉、寒等八方之风）。从律：合乎音律。奸：干扰；杂乱。㉑百度：即百刻。古代以刻漏计时，一昼夜分为一百刻。㉒小大：泛指包括乐律在内的大小不同的各种事物。㉓终始：泛指包括乐律在内的迭相为终始的事物。㉔代相为经：相互循环交错，形成一定的规律。㉕乐者乐也：语见《论语》。两个"乐"字，前一个指音乐，后一个指快乐。㉖道：指道德修养。㉗欲：指声色等欲望。㉘惑：迷惑；惑乱。㉙乡：通"向"。归向；向往。

　　德者，性之端也①；乐者，德之华也②；金石丝竹③，乐之器也。诗，言其志也；歌，咏其声也；舞，动其容也：三者本乎心④，然后乐气从之⑤。是故情深而文明⑥，气盛而化神⑦，和顺积中而英华发外⑧，唯乐不可以为伪。

【注释】

　　①端：首；根本。②华：同"花"。③金石丝竹：指金、石、丝、竹制成的钟、磬、琴、箫等。④三者：指上文所说的"志""声""容"。⑤乐气：指乐器。一说指诗、歌、舞。⑥文明：文采光明；文德辉煌。⑦化神：变化神妙。⑧积：蓄积；蕴藏。英华：指神采之美。

　　乐者，心之动也；声者，乐之象也①；文采节奏②，声之饰也。君子动其本③，乐其象④，然后治其饰。是故先鼓以警戒⑤，三步以见方⑥，再始以著往⑦，复乱以饬归⑧，奋疾而不拔⑨，极幽而不隐⑩。独乐其志，不厌其道⑪；备举其道⑫，不私其欲。是以情见而义立⑬，乐终而德尊⑭；君子以好善⑮，小人以息过⑯：故曰"生民之道⑰，乐为大焉"。

【注释】

　　①象：表象。②文采节奏：指乐曲的章法结构。饰：修饰。指乐曲的编排组织。③动其本：指作乐以天赋的道德性情为本源。④乐其象：用乐来表现。乐，用如动词。⑤为了论证君子制乐先动其本后治其饰的观点，以下引用反映周武王伐纣的《武乐》为例来加以说明。警戒：指促使注意，做好准备。⑥三步：三次顿足。见方：表示即将开始。方，将要。⑦再始

以著往：再次开始起舞，表示周武王是第二次才正式出兵的。⑧复乱以饬（chì）归：再次奏起尾声，表示周武王第二次伐纣胜利，整装而归。乱，古代乐曲的最后一章，相当于现在歌曲的"尾声"。饬，整顿。⑨奋疾：指舞蹈动作极快。拔：倾倒。⑩幽：指乐曲精深含蓄。⑪独乐其志，不厌其道：指《武乐》表现了周武王既以讨伐暴虐之志为乐，又不厌弃仁义之道的德行。⑫备举：全面推行。⑬义：义理；道德。⑭尊：受到尊敬。⑮好善：注意修养善德。⑯息过：改过。⑰生民：养民。这里指治理民众。

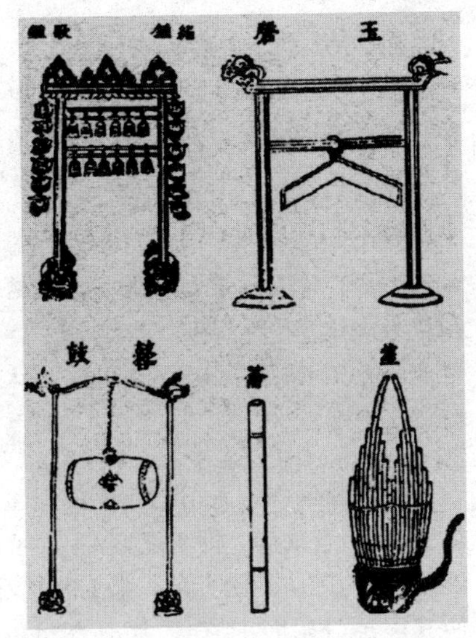

图为古代的乐器

　　君子曰：礼乐不可以斯须去身①。致乐以治心②，则易直子谅之心油然生矣③。易直子谅之心生则乐④，乐则安⑤，安则久⑥，久则天⑦，天则神。天则不言而信⑧，神则不怒而威⑨。致乐，以治心者也；致礼，以治躬者也⑩。治躬则庄敬，庄敬则严威。心中斯须不和不乐，而鄙诈之心入之矣⑪；外貌斯须不庄不敬，而慢易之心入之矣⑫。故乐也者，动于内者也⑬；礼也者，动于外者也。乐极和，礼极顺。内和而外顺，则民瞻其颜色而弗与争也，望其容貌而民不生易慢焉。德辉动乎内而民莫不承听⑭，理发乎外而民莫不承顺，故曰"知礼乐之道⑮，举而错之天下无难矣"⑯。

【注释】

　　①斯须：须臾；片刻。去：离开。②致：求得。引申为审察，研究。③易：平易。直：正直。子（cí）：通"慈"。慈爱。④乐：快乐。⑤安：指内心安定，舒适。⑥久：长久。指长寿。⑦天：和下句的"神"，都借以指人们修养的最高理想境界。⑧信：信用；威信。⑨威：威严。⑩治躬：治理身体。指端正人们的仪表、举止。⑪鄙诈：卑鄙欺诈。⑫慢易：轻忽怠慢。⑬动：变动。引申为影响。⑭德辉：道德1的光辉。承听：接受；服从。⑮道：道理；规律。这里指功效。⑯举而措之：采用并推行。

乐也者，动于内者也；礼也者，动于外者也。故礼主其谦①，乐主其盈②。礼谦而进③，以进为文④；乐盈而反⑤，以反为文。礼谦而不进，则销⑥；乐盈而不反，则放⑦。故礼有报而乐有反⑧。礼得其报则乐，乐得其反则安。礼之报，乐之反，其义一也⑨。

【注释】

①主：注重；着重。谦：谦逊退让。②盈：丰富充实。③进：进取。指努力向前，有所作为。④文：美；善。⑤反：反躬自省。⑥销：通"消"。消散；消沉。⑦放：放任；恣纵。⑧报：通"褒"。有进取的意思。⑨义：意义；道理。

夫乐者乐也，人情之所不能免也。乐必发诸声音①，形于动静②，人道也③。声音动静，性术之变④，尽于此矣。故人不能无乐，乐不能无形。形而不为道⑤，不能无乱。先王恶其乱⑥，故制《雅》《颂》之声以道之，使其声足以乐而不流⑦，使其文足以纶而不息⑧，使其曲直繁省廉肉节奏⑨，足以感动人之善心而已矣，不使放心邪气得接焉⑩，是先王立乐之方也⑪。是故乐在宗庙之中，君臣上下同听之，则莫不和敬；在族长乡里之中⑫，长幼同听之，则莫不和顺；在闺门之内⑬，父子兄弟同听之，则莫不和亲。故乐者，审一以定和⑭，比物以饰节⑮，节奏合以成文⑯，所以合和父子君臣，附亲万民也⑰，是先王立乐之方也。故听其《雅》、《颂》之声，志意得广焉⑱；执其干戚，习其俯仰诎信，容貌得庄焉；行其缀兆⑲，要其节奏⑳，行列得正焉㉑，进退得齐焉。故乐者天地之齐㉒，中和之纪㉓，人情之所不能免也。

【注释】

①发诸声音：通过声音发露出来。②形：表现。③人道：指人的禀性。④性术：指性情和它的表现方式。⑤道：通"导"。疏导；引导。⑥恶（wù）：厌恶；憎恨。⑦乐：使人快乐。⑧文：文辞。指乐章。纶：理丝。引申为有条理。息：止息。引申为死板。⑨曲直：指曲调的曲折与平直。繁省：复杂与简单。廉肉：清淡简约与丰满圆润。节奏：高低与缓急。⑩放心：放纵之心。⑪立乐：制定音乐。方：原则。⑫族长乡里：都是古代地方行政编制单位。⑬闺门：内室之门。借指家庭。⑭审：审定；选择。一：指人们某一高低适中的音。⑮比物：配合上各种乐器。物，指乐器。饰节：体现出节奏。饰，修饰。这里是表现的意思。⑯合以成文：组合而构成乐曲。⑰附亲：依附和亲近。⑱志意：志向和思想。这里指心胸，心境。

⑲缀兆：同"级兆"。⑳要（yāo）：会；合着。㉑行列：和下句的"进退"，都是借指人们的行为举止。㉒齐：和合。㉓中和：调和；和谐。

夫乐者，先王之所以饰喜也①；军旅铁钺者②，先王之所以饰怒也。故先王之喜怒皆得其齐矣③。喜则天下和之④，怒则暴乱者畏之。先王之道礼乐可谓盛矣⑤。

【注释】

①饰：装饰。这里是寄托、表露的意思。②军旅：军队。铁钺（yuè）：古代军法用以杀人的斧子，泛指刑戮。③齐：指同样得到相应的表现。④和（hè）：应和。⑤道：即治世之道。盛：盛大。指体现得非常充分。

魏文侯问于子夏曰①："吾端冕而听古乐则唯恐卧②，听郑卫之音则不知倦。敢问古乐之如彼③，何也？新乐之如此④，何也？"

【注释】

①魏文侯（？—前396年）：魏斯。战国时魏国的建立者。公元前445—前396年在位。②端冕（miǎn）：古代朝服。这里指穿端戴冕，用如动词。端，玄端，是黑色的祭服；冕，大冠，是古代贵族所戴的一种礼帽。穿戴端冕，用以表示庄严、肃敬。古乐：古代帝王祭祀、朝会时奏的音乐。又称"雅乐"，以别于民间音乐。③敢问：冒昧相问。④新乐：这里指与古乐相对的郑卫等国的民间音乐。

子夏答曰："今夫古乐，进旅而退旅①，和正以广，弦匏笙簧合守拊鼓②，始奏以文③，止乱以武④，治乱以相，讯疾以雅⑤。君子于是语⑥，于是道古⑦，修身及家，平均天下⑧：此古乐之发也⑨。今夫新乐，进俯退俯⑩，奸声以淫⑪，溺而不止⑫，及优侏儒⑬，獶杂子女⑭，不知父子。乐终不可以语，不可以道古：此新乐之发也。今君之所问者乐也，所好者音也。夫乐之与音，相近而不同。"

【注释】

①进旅、退旅：舞蹈时众人同进同退，动作整齐划一。旅，共同。②弦匏笙簧：泛指各种乐器。③文：指鼓。④乱：乐曲的结尾。武：指铙。⑤讯疾：迅急。讯，通"迅"。雅：一种打击乐器，外形如竹筒，口小身大，大约二围，长五尺六寸，用羊皮蒙口，筒身刻有图案，系有两根带子。⑥

于是语：在这时发表议论。⑦道古：称颂古代的事迹。⑧修身及家，平均天下：即"修身齐家治国平天下"的意思。⑨发：发表。⑩俯：弯曲；不整齐。⑪淫：过度；放纵。⑫溺：沉迷。⑬优：俳（pái）优；倡优。侏（zhū）儒：身材矮小的人。古代杂技滑稽演员多由身材矮小者充当，所以也称艺人为"侏儒"。⑭獶（náo）杂：同"猱杂"。混杂。子女：男女。

　　文侯曰："敢问如何？"

　　子夏答曰："夫古者天地顺而四时当，民有德而五谷昌，疾疢不作而无祅祥①，此之谓大当②。然后圣人作为父子君臣以为之纪纲③，纪纲既正，天下大定，天下大定，然后正六律④，和五声⑤，弦歌《诗·颂》，此之谓德音⑥，德音之谓乐。《诗》曰：'莫其德音⑦，其德克明⑧，克明克类⑨，克长克君⑩。王此大邦⑪，克顺克俾⑫。俾于文王⑬，其德靡悔⑭。既受帝祉⑮，施于孙子。'⑯此之谓也。今君之所好者，其溺音与⑰？"

【注释】

　　①疾疢（chèn）：疾病。祅（yāo）祥：即妖祥。②大当：完全合适；极得其所。③纪纲：法则；纲领。④六律：六种音律，即黄钟、大簇、姑洗、蕤宾、夷则、无射。⑤五声：即五音。⑥德音：指歌颂崇高美德的音乐。⑦莫：通"寞"。安定，宁静。⑧克明：能够普施光明。克，能够。⑨克类：能够带来好处。类，善。⑩克长：能够为人师长。⑪王（wàng）：称王。引申为统治。用如动词。邦：古代称诸侯的封国，后泛指国家。⑫克顺：能够顺应人心。克俾：能使上下亲近。俾，通"比"，相近，相亲。⑬俾于：至于。⑭靡悔：没有遗憾，即完美无缺的意思。⑮帝祉（zhǐ）：上天的福泽。⑯以上诗句引自《诗·大雅·皇矣》。⑰溺音：使人沉迷惑乱的音乐。

　　文侯曰："敢问溺音者何从出也？"

　　子夏答曰："郑音好滥淫志①，宋音燕女溺志②，卫音趣数烦志③，

子夏像

齐音骜辟骄志④，四者皆淫于色而害于德，是以祭祀不用也。《诗》曰：'肃雍和鸣，先祖是听。'⑤夫肃肃，敬也；雍雍，和也。夫敬以和，何事不行？为人君者，谨其所好恶而已矣。君好之则臣为之，上行之则民从之。《诗》曰'诱民孔易'⑥，此之谓也。然后圣人作为鞉鼓椌楬埙篪⑦，此六者，德音之音也⑧。然后钟磬竽瑟以和之⑨，干戚旄狄以舞之⑩。此所以祭先王之庙也，所以献酬酳酢也⑪，所以官序贵贱各得其宜也⑫，此所以示后世有尊卑长幼序也。钟声铿⑬，铿以立号⑭，号以立横⑮，横以立武⑯。君子听钟声则思武臣。石声硁⑰，硁以立别⑱，别以致死⑲。君子听磬声则思死封疆之臣⑳。丝声哀，哀以立廉，廉以立志。君子听琴瑟之声则思志义之臣。竹声滥㉑，滥以立会，会以聚众。君子听竽笙箫管之声则思畜聚之臣㉒。鼓鼙之声讙㉓，讙以立动，动以进众㉔。君子听鼓鼙之声则思将帅之臣。君子之听音，非听其铿鎗而已也㉕，彼亦有所合之也㉖"。

【注释】

①好滥淫志：形容音调十分放荡，使人心志惑乱。②燕女溺志：形容音调安逸柔媚，使人心志沉溺。③趣数（cù sù）烦志：形容音调急促多变，使人心志烦躁。④骜辟骄志：形容音调傲慢怪僻，使人心志骄纵。骜，通"傲"。辟，通"僻"，偏颇，不实在。⑤和（hè）鸣：指鸣声相应。按：这两句诗引自《诗·周颂·有瞽》。《有瞽》是周成王时的一首祭祀乐歌。⑥诱：诱导；教导。孔：甚；很。按：这句诗引自《诗·大雅·板》。⑦鞉（táo）：乐器名。一种有柄的小鼓，用手摇动发声，类似现在的拨浪鼓。椌（qiāng）：即"柷"（zhù）。乐器名。木制，外形像方斗，上宽下窄，一面正中开圆孔，中间插有椎柄，用小椎敲击左右发声。楬（qià）：即"敔"（yǔ）。乐器名。木制，外形像伏虎，背上有二十七道锯齿状突起物，用木棒敲击发声。柷和敔都用于雅乐演奏，开始时击柷，结束时击敔。埙（xūn）乐器名。陶制，也有用石、骨或象牙制成的。大如鹅蛋，外形像秤锤，上尖下平中空。顶上一孔为吹口，前面四孔，后面二孔。篪（chí）：乐器名。竹制，外形像笛，单管横吹。埙和篪都是吹奏乐器，合奏时声音相应，十分和谐。⑧德音之音：发出德音的乐器。后"音"字，指乐器。⑨竽：乐器名。外形像笙而稍大，有三十六支簧管。⑩狄（dí）：通"翟"。野鸡尾巴上的长羽，文舞时用作舞具。⑪献酬酳酢（yìn zuò）：泛指宴饮宾客的各种礼仪。献酬，指饮酒时相酬劝。酳，宴会时食毕用酒漱口的一种礼节。酢，客人以酒回敬主人的一种礼节。⑫序贵贱：古代作乐时，乐器和

舞列的多少，都按照尊卑贵贱等级有一定的规定，所以演奏古乐可以"序贵贱"。⑬铿：象声词。形容钟声洪亮。⑭立号：作为号令。⑮横：充满。这里形容气势雄壮。⑯立武：指成就用武之事。⑰石：乐器名。指石制的磬。硁（kēng）：象声词。形容击石声坚定强劲。⑱别：区分。⑲致死：舍弃生命，为正义而死。⑳死封疆之臣：为国死守疆土的忠臣良将。㉑滥：广泛，会合。㉒畜聚之臣：指爱抚百姓，体恤民情的官吏。㉓鼓鼙（pí）：大鼓和小鼓，古代军中常用的乐器。讙（huān）：通"欢"。喜悦。㉔进众：指挥兵众前进。㉕铿锵（qiāng）：象声词。形容金石声响亮和谐。"锵"，同"锵"。㉖有所合之：指能从乐声中听到与自己志趣相契合的东西。

宾牟贾侍坐于孔子①，孔子与之言，及乐②，曰："夫《武》之备戒之已久③，何也？"

【注释】

①宾牟贾（móu gǔ）：人名。②及乐：谈到音乐方面的事情。③《武》：即《大武》。周代六舞之一。以反映周武王伐纣的武功为内容，带有戏剧性。

答曰："病不得其众也。"①

【注释】

①病：忧虑。不得其众：武王伐纣时，担心得不到士众拥护，酝酿、准备了很长时间才正式出兵。

"永叹之①，淫液之②，何也？"

【注释】

①永叹：长声歌唱。永，通"咏"，曼声长吟。②淫液：形容乐声连绵不绝，拖得很长。

答曰："恐不逮事也①。"

【注释】

①不逮事：赶不上战机。逮，及，赶上。事，指战事。

"发扬蹈厉之已蚤①，何也？"

【注释】

①发扬蹈厉：举手以示奋发，顿足以示猛厉。已蚤：指演出一开始就举手顿足，针对上文的"已久"而言。蚤，通"早"。

答曰："及时事也①。"

【注释】

①及时事：把握时机，进行战事。

"《武》坐致右宪左①，何也？"

【注释】

①《武》：这里指表演《武舞》的演员。坐：跪。致右：右膝着地。致，至，达到。宪（xiàn），通"轩"。提起。

答曰："非《武》坐也①。"

【注释】

①非《武》坐：《武舞》要表现激战情景，其动作猛烈急速，所以宾牟贾说这种动作不是《武舞》所应有的。

"声淫及商①，何也？"

【注释】

①声淫及商：淫，即"淫液"。这种声音的寓意，当时有人解释为象征周武王贪图商纣的政权，故孔丘以此发问。

答曰："非《武》音也①。"

【注释】

①非《武》音：宾牟贾认为周武王伐纣除暴是顺应天意民心，不得已而为之，并非贪图权力，所以他认为这不是《武乐》所应有的。

子曰："若非《武》音，则何音也？"

答曰："有司失其传也①。如非有司失其传，则武王之志荒矣②。"

【注释】

①有司：指乐官、乐师。②荒：迷乱；糊涂。

子曰："唯丘之闻诸苌弘[1]，亦若吾子之言是也[2]。"

【注释】

①唯：语助词。用在句首，无实在意义。苌（cháng）弘：周景王、敬王时的大夫。②吾子：对人的爱称。

宾牟贾起，免席而请曰[1]："夫《武》之备戒之已久，则既闻命矣[2]。敢问迟之迟而又久[3]，何也？"

【注释】

①免席：避席；离席。古人席地而坐，离席而起，表示恭敬。②闻命：遵命领教。指自己的回答得到了孔丘的肯定。③迟（zhí）之迟而又久：指演出时站在舞位上久久不动。迟（zhí），等待。

子曰："居[1]，吾语汝[2]。夫乐者，象成者也[3]。总干而山立[4]，武王之事也[5]；发扬蹈厉，太公之志也[6]；《武》乱皆坐[7]，周召之治也[8]。且夫《武》[9]，始而北出[10]，再成而灭商[11]，三成而南[12]，四成而南国是疆[13]，五成而分陕[14]，周公左，召公右，六成复缀[15]，以崇天子，夹振之而四伐[16]，盛威于中国也[17]。分夹而进，事蚤济也。久立于缀，以待诸侯之至也。且夫女独未闻牧野之语乎[18]？武王克殷反商[19]，未及下车，而封黄帝之后于蓟[20]，封帝尧之后于祝[21]，封帝舜之后于陈[22]；下车而封夏后氏之后于杞[23]，封殷之后于宋[24]，封王子比干之墓[25]，释箕子之囚[26]，使之行商容而复其位[27]。庶民弛政[28]，庶士倍禄[29]。济河而西[30]，马散华山之阳而弗复乘[31]；牛散桃林之野而不复服[32]；车甲弢而藏之府库而弗复用[33]；倒载干戈[34]，苞之以虎皮[35]；将率之士，使为诸侯，名之曰'建櫜'[36]：然后天下知武王之不复用兵也。散军而郊射[37]，左射《狸首》[38]，右射《驺虞》[39]，而贯革之射息也[40]；裨冕搢笏[41]，而虎贲之士税剑也[42]；祀乎明堂，而民知孝[43]；朝觐[44]，然后诸侯知所以臣[45]；耕藉[46]，然后诸侯知所以敬：五者天下之大教也。食三老五更于太学[47]，天子袒而割牲[48]，执酱而馈[49]，执爵而酳[50]，冕而总干[51]，所以教诸侯之悌也[52]。若此，则周道四达[53]，礼乐交通[54]，则夫《武》之迟久，不亦宜乎？"

【注释】

①居：坐下。②语（yù）：告诉。汝：你（们）。③象成：表现已经成功的事迹。④总：持；拿着。干：盾牌。山立：立定如山。⑤武王之事：象征武王伐纣时持盾而立，指挥各路诸侯兵马。⑥太公：姜姓，吕氏，名

尚，字子牙，号太公望，俗称姜太公。⑦《武》乱：指《武》舞将要结束时。⑧周：指周公姬旦。周武王弟。因采邑在周（今陕西省岐山县东北）而称为"周公"。曾辅佐武王灭纣。召（shào）：指召公姬奭（shì）。因采邑在召（今陕西省岐山县西南）而称为召公或召伯。曾辅佐周武王灭商。成王时与周公分治陕地（今河南省陕县）西东。后封于燕（今河北省北部）。这里所说的"周召之治"，指息武修文的统治。⑨且夫：语助词。用在句首，表示推进一层或另提一事。⑩始：指《武舞》的第一段。下文的再、三、四、五、六都是指舞的段数。北出：指表现周武王出师北上，讨伐商纣的情形。⑪成：古代称乐曲的段落。"再成"即第二段。⑫南：指表现周武王灭纣胜利南还镐京的情形。⑬南国是疆：指表现南方各族都来归服周朝，这些地方因而成了周的疆土的史事。⑭分陕：指舞队分成左右两队，表示周公、召公分陕而治。⑮复缀：回到原来的舞位。缀，指表演者所处的位置。⑯夹振：指舞队两边有人夹着舞者摇动金铎（古代用来传布命令的大铃），以表示周武王伐纣时鼓动士气的情节。四伐：指舞者按铎声的节奏向四方击刺，以表示周武王东讨西伐，南征北战，威震四方。伐，一刺一击叫一伐。⑰盛威于中国：向全国显示军威的强盛。中国，上古时代，我国华夏族建国于黄河流域一带，以为居天下之中，因而自称"中国"，而称周围各族所居之地为"四方"。⑱汝（rǔ）：通"汝"，你。牧野之语：指关于牧野之事的传说。⑲殷：指殷纣。商朝自从盘庚迁都殷以后时期很长，因此也称殷朝。反："及"的误字。商：指商朝都城。⑳黄帝：传说中中原各族的共同祖先。姓姬，号轩辕氏。蓟（jì）：地名。在今北京市西南。非今天津蓟县。㉑祝：国名。在今山东省济南市长清区东北。㉒陈：国名。在今河南省淮阳县与安徽省亳县一带。相传周武王封虞舜后代妫满于此。㉓夏后氏：上古部落名，后指夏朝。杞（qǐ）：国名。在今河南省杞县。相传周武王封夏禹后代东楼公于此。㉔宋：国名。在今河南省商丘市。相传周武王封殷纣庶兄微子启于此。㉕封：堆土筑坟。王子比干：殷纣的叔伯父（一说为庶兄）。任少师。㉖箕（jī）子：殷纣的叔伯父（一说为庶兄）。任太师，封于箕（今山西省太谷县东北）。传说曾因规劝纣而遭囚禁。后被周武王释放留镐京。㉗行：巡视。引申为察访。商容：商代贵族，任礼乐官。㉘弛政：指废除殷纣的暴政。㉙倍禄：成倍地增加俸禄。㉚济河：指周武王灭商之后，率军南渡黄河，西还镐京。济，渡。河，黄河。㉛华（huà）山：山名。在今陕西省华阴市南。阳：古代称山的南面或水的北面。㉜桃林：地名。约在今陕西省潼关一带与河南省灵宝市之间。㉝车甲：战车和铠甲。

弢（tāo）：弓套。用作动词，有蒙盖、包裹的意思。府库：官府储存财物兵甲的仓库。㉞倒（dào）载干戈：把兵器的锋刃向内或向下放置。㉟苞：通“包”。包裹。㊱建櫜（gāo）：将兵器包裹收藏。建，通“键”，锁闭。櫜，古代收藏衣甲或弓箭的袋子。按：“名之曰‘建櫜’”似当接在“苞之以虎皮”一句之下，文意才顺。㊲散军：解散军队。郊射：指帝王在郊外祭天，并在射宫练习射箭以选拔贤士的典礼。㊳左：指东郊的射宫。下句的“右”，指西郊的射宫。《狸首》：逸诗篇名。行射礼时，诸侯演奏此诗。㊴《驺虞》：《诗·召南》篇名。行射礼时帝王演奏此诗。㊵贯革：穿透革制的铠甲。息：停止。㊶裨（pí）冕：古代臣下朝见帝王时穿戴的礼服和礼帽。这里指穿戴这种礼服礼帽，用如动词。搢笏（jìn hù）：指将笏板插在礼服外面的腰带上。搢，插。笏，古代君臣朝见时手中所执的狭长板子，用来记事，以备遗忘。帝王、诸侯、大夫等按地位尊卑分执玉笏、象牙笏和竹笏。㊷虎贲（bēn）之士：勇猛的武士。㊸明堂：这里指周文王的庙。㊹朝觐（jìn）：诸侯朝见帝王。春季来朝为“朝”，秋季来朝为“觐”。㊺臣：指为臣之道。㊻耕藉：指举行耕藉之礼。古代帝王、诸侯都有征用民力来耕种公田，称为“籍田”，也作“藉田”。每逢春耕之前，由帝王或诸侯率领群臣用犁具在籍田上来回推几次，表示重视农业或敬仰祖先（亲自耕作，以供奉祭祖的谷物），称为“藉礼”。㊼食（sì）：通“饲”。拿食物给人吃。㊽袒：解开上衣，露出左臂；或脱去外衣，露出短衣。牲：指供食用的牲畜。天子袒衣，亲自切割牲肉，是古代敬老、养老的一种礼节。㊾馈（kuì）：进献食物。㊿爵：酒器名。青铜制，有三足，用以温酒和盛酒，盛行于商代及西周。(51)冕：戴帽。用如动词。(52)悌（tì）：敬爱兄长；顺从长上。(53)周道：周朝的治道、教化。(54)交通：彼此相通。

子贡见师乙而问焉①，曰：“赐闻声歌各有宜也②，如赐者宜何歌也？”

【注释】

①子贡：孔丘弟子。姓端木，名赐，字子贡。卫国人。善于经商，富至千金。师：乐官。乙：人名。②各有宜：指适合各自的性情。

师乙曰：“乙，贱工也，何足以问所宜。请诵其所闻①，而吾子自执焉②。宽而静，柔而正者宜歌《颂》；广大而静③，疏达而信者宜歌《大雅》④；恭俭而好礼者宜歌《小雅》⑤；正直清廉而谦者宜歌《风》⑥；肆直而慈爱者宜歌《商》⑦；温良而能断者宜歌《齐》⑧。夫歌者，直己而陈德⑨；动己而天地应焉⑩，四时和焉，星辰理焉⑪，万物育焉。故《商》者，五

帝之遗声也，商人志之[12]，故谓
之《商》；《齐》者，三代之遗
声也，齐人志之，故谓之《齐》。
明乎《商》之诗者，临事而屡断；
明乎《齐》之诗者，见利而让也。
临事而屡断，勇也；见利而让，
义也。有勇有义，非歌孰能保
此[13]？故歌者，上如抗，下如队[14]，
曲如折[15]，止如槁木[16]，居中矩[17]，
句中钩[18]，累累乎殷如贯珠[19]。
故歌之为言也[20]，长言之也[21]。说
之[22]，故言之；言之不足，故长
言之；长言之不足，故嗟叹之；
嗟叹之不足，故不知手之舞之足
之蹈之。"

子贡像，选自清·陈洪绶《博古叶子》。
子贡，孔子的弟子，复姓端木，名赐。

【注释】

①诵：述说。其：代指师乙
自己。②自执：自己斟酌决定。③广大：指性格开朗。④疏达：通明畅达。
信：诚实。《大雅》：《诗》组成部分之一。共三十一篇。⑤恭俭：谦恭
谨慎。《小雅》：《诗》组成部分之一。共七十四篇。大部分是西周后期
及东周初期贵族宴会的乐歌，小部分是批评当时朝政过失或抒发怨愤的民
间歌谣。⑥《风》：《诗》组成部分之一。包括十五国风，共一百六十篇。
大约为周初至春秋中叶的各国民歌，较为广阔地反映了当时的社会生活面
貌。⑦肆直：爽直；坦率。《商》：指《诗·商颂》，共五篇。⑧《齐》：
指《诗·齐风》共十一篇。⑨直己：率直地表白自己的心意。陈德：表现
出一定的德性。⑩动己：激发自己的情感、德性。⑪理：有条理。指星辰
运行有序。⑫志：记录。⑬孰：怎么。⑭队（zhuì）：通"坠"。低沉压抑。
⑮曲：转折。折：形容声调转折像折断东西一样干脆利落。⑯槁木：枯木。
⑰居：通"倨"。微曲。中（zhòng）：适合；合乎。矩：古代画方形或
直角的用具，如同现在的曲尺。⑱句（gōu）：同"勾"。弯曲。钩，古
代画圆的用具，如同现在的圆规。以上两句都是形容声调的曲折变化合乎
规矩。⑲累累：形容接连不断，联贯成串的样子。乎：助词。大致相当于

“的”“地”。殷：丰富；充实。贯珠：成串的珠子。⑳言：言词；说话。
㉑长言：拖着长声说话。㉒说（yuè）：通“悦”。

凡音由于人心①，天之与人有以相通，如景之象形②，响之应声③。
故为善者天报之以福，为恶者天与之以殃，其自然者也④。

【注释】

①由于：发自；产生于。②景（yǐng）：通“影”。影子。③响：回声。
④自然：指天然的道理。

故舜弹五弦之琴，歌《南风》之诗而天下治；纣为《朝歌》《北鄙》
之音①，身死国亡。舜之道何弘也②？纣之道何隘也③？夫《南风》之诗
者生长之音也，舜乐好之④，乐与天地同意，得万国之欢心⑤，故天下治也。
夫“朝歌”者不时也⑥，北者败也⑦，鄙者陋也⑧，纣乐好之，与万国殊心，
诸侯不附，百姓不亲，天下畔之，故身死国亡。

【注释】

①《朝（zhāo）歌》：乐歌名。《北鄙》：乐歌名。②弘：通“宏”。
宏大。③隘：狭小。④乐好（yào hào）：爱好；喜欢。⑤万国：相传上
古时有诸侯国上万。这里泛指诸侯国。⑥不时：不是时候。⑦败：衰落；
腐败。⑧陋：僻陋；粗劣。

而卫灵公之时①，将之晋②，至于濮水之上舍③。夜半时闻鼓琴声，问
左右，皆对曰“不闻”。乃召师涓曰④：“吾闻鼓琴音，问左右，皆不闻。
其状似鬼神，为我听而写之。”师涓曰：“诺。”因端坐援琴⑤，听而写之。
明日，曰：“臣得之矣，然未习也⑥，请宿习之。”灵公曰：“可。”因复宿。
明日，报曰：“习矣。”即去之晋⑦，见晋平公⑧。平公置酒于施惠之台⑨。
酒酣，灵公曰：“今者来，闻新声，请奏之。”平公曰：“可。”即令师
涓坐师旷旁⑩，援琴鼓之。未终，师旷抚而止之曰：“此亡国之声也，不
可遂⑪。”平公曰：“何道出？”师旷曰：“师延所作也⑫。与纣为靡靡之乐，
武王伐纣，师延东走，自投濮水之中，故闻此声必于濮水之上，先闻此声
者国削。”平公曰：“寡人所好者音也，愿遂闻之。”师涓鼓而终之。

【注释】

①卫灵公：姬元。春秋时卫国国君。公元前 534—前 493 年在位。

②之：前往；去到。动词。晋：国名。开国君主为周成王弟姬叔虞。春秋时据有今山西省大部与河北省西南地区，地跨黄河两岸。这时的晋国是大国，都新绛（今山西省曲沃县西北）。③舍：住宿；止宿。④师涓：乐官，名涓。⑤援：持；操。⑥习：熟悉。⑦去：离开。⑧晋平公：姬彪。⑨施惠：即"虒（sī）祁"。宫殿名。晋平公所建。故址在今山西省侯马市附近。⑩师旷：春秋时晋国乐师名旷。字子野。⑪遂：终；竟。指弹奏完毕。⑫师延：乐官，名延。

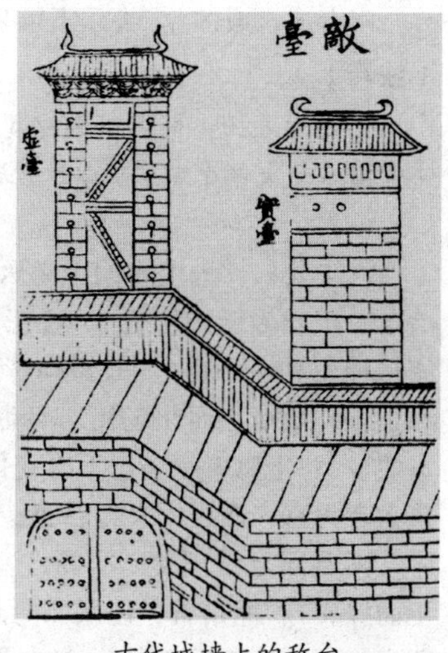

古代城墙上的敌台

平公曰："音无此最悲乎①？"师旷曰："有。"平公曰："可得闻乎？"师旷曰："君德义薄，不可以听之。"平公曰："寡人所好者音也，愿闻之。"师旷不得已，援琴而鼓之。一奏之，有玄鹤二八集乎廊门②；再奏之，延颈而鸣③，舒翼而舞④。

【注释】

①最：极。这里是更的意思。悲：指感染力。②玄鹤：黑鹤。廊门：走廊通往室内的门。③延颈：伸长脖子。④舒翼：展开翅膀。

平公大喜，起而为师旷寿①。反坐②，问曰："音无此最悲乎？"师旷曰："有。昔者黄帝以大合鬼神③，今君德义薄，不足以听之，听之将败④。"平公曰："寡人老矣，所好者音也，愿遂闻之。"师旷不得已，援琴而鼓之。一奏之，有白云从西北起；再奏之，大风至而雨随之，飞廊瓦⑤，左右皆奔走。平公恐惧，伏于廊屋之间。晋国大旱，赤地三年⑥。

【注释】

①寿：祝寿；祝福。②反坐：返回席位坐下。反，通"返"。③合：汇集。④败：使国家招致衰败之祸。⑤飞：刮走。使动用法。⑥赤地：形容旱灾严重，地上寸草不生。

听者或吉或凶①。夫乐不可妄兴也②。

【注释】

①或吉或凶：同是听到这支乐曲，黄帝可用它来大会鬼神，平公却使晋国遭受大旱之祸，所以这里说"听者或吉或凶"。②妄：胡乱；随便。

太史公曰：夫上古明王举乐者，非以娱心自乐，快意恣欲，将欲为治也。正教者皆始于音①，音正而行正。故音乐者，所以动荡血脉，通流精神而和正心也②。故宫动脾而和正圣，商动肺而和正义，角动肝而和正仁，徵动心而和正礼，羽动肾而和正智。故乐所以内辅正心而外异贵贱也③；上以事宗庙，下以变化黎庶也④。琴长八尺一寸⑤，正度也⑥。弦大者为宫，而居中央，君也。商张右傍⑦，其余大小相次⑧，不失其次序，则君臣之位正矣。故闻宫音，使人温舒而广大⑨；闻商音，使人方正而好义⑩；闻角音，使人恻隐而爱人；闻徵音，使人乐善而好施⑪；闻羽音，使人整齐而好礼⑫。夫礼由外入，乐自内出。故君子不可须臾离礼，须臾离礼则暴慢之行穷外⑬；不可须臾离乐，须臾离乐则奸邪之行穷内。故乐音者⑭，君子之所养义也。夫古者，天子诸侯听钟磬未尝离于庭⑮，卿大夫听琴瑟之音未尝离于前⑯，所以养行义而防淫佚也。夫淫佚生于无礼，故圣王使人耳闻《雅》《颂》之音，目视威仪之礼，足行恭敬之容⑰，口言仁义之道。故君子终日言而邪辟无由入也⑱。

【注释】

①正教：端正教化。②和正：调和修养。③异：分别；区分。④变化：转变感化。⑤八尺一寸：这是黄钟律管十倍的长度。古代的尺寸要比现代的短。⑥正度：标准的尺度。⑦商：指能发出商音的弦。⑧相次：指五音依次排列。⑨温舒：平和舒畅。⑩方正：端方正直。⑪善：行善；做好事。施：施舍财物，接济别人。⑫整齐：指衣饰整齐，仪表端庄。⑬暴慢：凶恶傲慢。穷：侵蚀；腐蚀。⑭乐音：即音乐。⑮钟磬：指钟磬之音。庭：厅堂。下句的"前"同此。⑯卿：官名。后来成为一般官员的称呼。⑰容：仪容。这里指合乎法度的仪表举止。⑱无由：无从；没有门径，没有机会。

律书第三①

王者制事立法②，物度轨则③，壹禀于六律④，六律为万事根本焉。

【注释】

①律书：此是论述军事的专文。律指音律，古时军出皆听律声，所以《律书》即《兵书》。但它实际上还包括乐律、星象、气象等多方面的内容。②王者：指最高统治者，即创立制度的所谓圣王。③物度（duó）：测量。物，估量；度，估计。轨则：事物的规律法则。④壹：皆，都。禀（bǐng）：承受，来自于。六律：指阴阳各六共十二个音律。十二个音律为：黄钟、大吕、太簇（cù）、夹钟、姑洗（xiǎn）、仲吕、蕤（ruí）宾、林钟、夷则、南吕、无射（yì）、应钟。

其于兵械尤所重①，故云"望敌知吉凶②，闻声效胜负③"，百王不易之道也④。

【注释】

①兵械：指兵器。②望敌知吉凶：古人认为两军相敌，双方阵地上皆有云气，观察敌阵上空云气的颜色和形状能推知战争胜负。③闻声效胜负：指出军时听律声可预知战争胜负。古代兵书说，作战前，乐师吹律，商声相应则军事张强，角声相应则军扰多变，宫声相应则将士同心，徵（zhǐ）声相应则将急兵疲，羽声相应则兵弱少威。④百王：历代帝王。百，泛指多数。

夏桀像

武王伐纣①，吹律听声②，推孟春以至于季冬③，杀气相并④，而音尚宫⑤。同声相从⑥，物之自然，何足怪哉！

【注释】

①武王：周武王姬发，文王姬昌之子。②吹律听声：指武王出军之日，令乐师吹律以预测战争胜负。③推孟春以至于季冬：指十二个律管都吹听。④杀气相并：指律管中吹出的音反映出北方寒气。寒气充满杀机，故名杀气。并，合。⑤而音尚宫：指乐师吹律，律管中发出宫音为主。宫音意味着武王将士同心。尚，主。指律管声以宫音为主。⑥同声相从：指武王出军吉利与律声相适应。

兵者①，圣人所以讨强暴，平乱世，夷险阻②，救危殆③。自含齿戴角之兽见犯则校④，而况于人怀好恶喜怒之气？喜则爱心生，怒则毒螫加，情性之理也。

【注释】

①兵：兵器。引申指军队或战争。②夷：平定。险阻：山川艰险阻塞处。③危殆（dài）：危险；危难。④自：虽；纵然。含齿戴角之兽：指生有锐利牙齿、长着犄角的野兽。校（jiào）：计较；报复。这里比喻杀伐。

昔黄帝有涿鹿之战①，以定火灾②；颛顼有共工之陈③，以平水害；成汤有南巢之伐④，以殄夏乱⑤。递兴递废⑥，胜者用事⑦，所受于天也⑧。

【注释】

①黄帝：为前26世纪时中国原始社会里（约在今陕西省中部一带）一个部族的领袖。②以定火灾：相传姜姓炎帝族以火德王（wàng），黄帝败炎帝族榆罔于阪泉，故谓"以定火灾"。涿鹿之战为黄帝败蚩尤处，非黄帝败炎帝处，疑此文有误。③颛顼（zhuān xū）：相传为黄帝之孙，号高阳氏。共工：相传为少昊（hào）金天氏（在今山东省曲阜）部族的水官。陈：同"阵"。这里指讨伐。④成汤：相传为契（xiè）的后裔。舜封契于商，赐姓子氏。夏王朝末年，汤为商部族领袖。南巢之伐：前17世纪左右，成汤领导商部族讨伐夏王朝君主桀，败桀于鸣条（今山西省夏县西北），汤流放桀到南巢（今安徽省巢县东北），遂灭亡了夏王朝，建立了商王朝。所谓"南巢之伐"，即指此事。⑤殄（tiǎn）：灭绝。⑥递：顺次。⑦用事：当权。⑧天：天意；天命。

　　自是之后①，名士迭兴②，晋用咎犯③，而齐用王子④，吴用孙武⑤，申明军约，赏罚必信，卒伯诸侯⑥，兼列邦土⑦，虽不及三代之诰誓⑧；然身宠君尊⑨，当世显扬，可不谓荣焉！岂与世儒暗于大较⑩，不权轻重⑪，猥云德化⑫，不当用兵，大至君辱失守，小乃侵犯削弱，遂执不移等哉！故教笞不可废于家⑬，刑罚不可捐于国⑭，诛伐不可偃于天下，用之有巧拙，行之有逆顺耳。

【注释】

　　①自是：自此，从此。②迭（dié）：屡次，多次。③晋：春秋时期的诸侯国，姬姓。④齐：春秋时的诸侯国，姜姓。周武王封姜尚于齐，都营丘（今山东省淄博市东北），据有今山东省北部及河北省一部，是为齐建国之始。至春秋齐桓公时，齐国成为强大的诸侯国。至战国初，齐政权被其大夫田氏夺取，成为田姓齐国。王子：王子城父，齐国大夫。曾大败狄人，由此显名。⑤吴：周文王之伯父太伯居吴，是为吴建国之始。传至夫差（fū chā），为越国所灭（前475年）。详见《吴太伯世家》。孙武：春秋末期齐国人。后来投奔吴国，经伍子胥推荐与吴王阖闾，遂被起用为将，在吴国破楚入郢的作战中起过重大作用。⑥卒：终于。伯：同"霸"。指为诸侯国的盟主。诸侯：指当时列国君主。⑦兼列邦土：指兼并或分裂其他诸侯国之土地。兼，并，并吞。列，通"裂"，分裂。⑧三代：指夏、商、周三代。诰（gào）誓：夏商周三代之王发布的一种告诫性质的文辞。⑨身宠君尊：谓上述名士自身受到宠幸，其国君得到尊荣。⑩世儒：指世俗庸儒。暗：糊涂；不明白。大较：大法；根本法则。⑪权：衡量。⑫猥（wěi）云：滥说。⑬教笞（chī）：教训和鞭挞。家：指卿大夫领地。⑭捐：弃。

　　夏桀、殷纣手搏豺狼①，足追四马②，勇非微也；百战克胜，诸侯慑服③，权非轻也。秦二世宿军无用之地④，连兵于边陲⑤，力非弱也；结怨匈奴⑥，绁祸於越⑦，势非寡也。及其威尽势极，闾巷之人为敌国⑧。咎生穷武之不知足⑨，甘得之心不息也⑩。

【注释】

　　①夏桀（jié）：夏代最末一个君主，残暴昏庸，前17世纪左右为商汤所推翻。殷纣：即商纣王。因商代自盘庚迁殷（今河南省安阳小屯村）定都时间较长，后人因此亦称商代为殷代，或商殷、殷商连称。②四马：即驷马。古时一车配四马。此处指驷马快车。③慑（shè）服：使人恐

惧而服从。④秦二世：秦始皇之少子嬴胡亥。宿（sù）军：屯兵；驻军。无用之地：即下文所谓"连兵于边陲"。⑤连兵：结集兵队。边陲（chuí）：边疆。以上二句指秦二世沿袭秦始皇的部署，将三十万军队驻守长城，五十万军队戍守五岭。所谓"无用之地"，也就是指这些地方。⑥匈奴：战国、秦、汉时期活动于我国北方长城以北的一个游牧民族，一名胡。当时匈奴常南下中原骚扰掳掠，成为秦、汉王朝的严重边患。⑦绁（guà）祸：有所碍而得祸。於越：原为春秋时期越国的别称，这里指南越。⑧闾（lú）巷之人：指平民百姓。闾巷，里巷。⑨咎：过失。穷武：无限制地轻率用兵。⑩甘得：贪得无厌。甘，嗜。

高祖有天下[1]，三边外畔[2]；大国之王虽称蕃辅，臣节未尽[3]。会高祖厌苦军事，亦有萧、张之谋[4]，故偃武一休息，羁縻不备[5]。

【注释】

①高祖：汉高祖刘邦。②三边：指北边匈奴、东边朝鲜、南边南越。③以上二句指燕王臧荼、楚王韩信、韩王韩信、梁王彭越、淮南王英布、燕王卢绾等人先后谋叛事。蕃辅：指诸侯王国是中央王朝的屏藩辅佐。④有：恃有。萧：指萧何。张：指张良。⑤羁縻（jī mí）：笼络，拉拢。不备：不设边备。

历至孝文即位[1]，将军陈武等议曰[2]："南越、朝鲜自全秦时内属为臣子[3]，后且拥兵阻厄[4]，选蠕观望[5]。高祖时天下新定，人民小安，未可复兴兵。今陛下仁惠抚百姓[6]，恩泽加海内[7]，宜及士民乐用，征讨逆党[8]，以一封疆[9]。"孝文曰："朕能任衣冠[10]，念不到此。会吕氏之乱[11]，功臣宗室共不羞耻[12]，误居正位[13]，常战战栗栗，恐事之不终。且兵凶器，虽克所愿[14]，动亦耗病，谓百姓远方何？又先帝知劳民不可烦，故不以为意。朕岂自谓能？今匈奴内侵，军吏无功，边民父子荷兵日久[15]，朕常为动心伤痛，无日忘之。今未能销距[16]，愿且坚边设候[17]，结和通使，休宁北陲，为功多矣。且无议军"。故百姓无内外之繇[18]，得息肩于田亩[19]，天下殷富[20]，粟至十余钱，鸣鸡吠狗，烟火万里，可谓和乐者乎！

【注释】

①历：经过。孝文：汉文帝刘恒。详见《孝文本纪》。②陈武：又名柴武、柴唐。高祖时曾斩叛将韩王信，后参与拥立文帝，为大将军，后为将军，

封棘蒲侯。③南越：又称南粤，古国名，在今两广、越南北部一带。朝鲜：古国名。④阻厄（è）：山川险要处。⑤选蠕（rú）：同"选懦"。柔弱不果断。选，同"巽"，顺从。⑥陛（bì）下：臣下对君主的尊称。陛，本是宫殿的台阶。臣下对君主说话不敢直指，婉言对台阶下的执事人员说，由他们转达。⑦海内：四海之内，指全国。⑧逆党：指当时的南越、朝鲜等。⑨封疆：疆界。⑩朕（zhèn）：秦以前泛指"我的"或"我"。自秦始皇起，规定为皇帝自称。衣冠：此指帝王穿戴的衣冠，借喻皇帝位。⑪吕氏之乱：指吕后死后诸吕的篡权叛乱活动。⑫功臣：指周勃、陈平等。宗室：皇族。不羞耻：文帝谦谓功臣宗室拥立自己而不感到羞耻。⑬正位：指皇帝位。⑭克：成。⑮荷（hè）：背；扛。⑯销距：消除敌对状态。销，除去。距，通"拒"。⑰边：指边防设施。⑱繇：通"徭"。徭役。⑲息肩：休息。⑳殷富：殷实；富足。

太史公曰：文帝时，会天下新去汤火①，人民乐业，因其欲然②，能不扰乱，故百姓遂安。自年六七十翁亦未尝至市井③，游敖嬉戏如小儿状④。孔子所称有德君子者邪！

【注释】

①汤火：沸汤烈火。比喻战争灾难。②因：从；顺。③自：虽。市井：城市。因上古无市，人们早晨汲水时于井边进行交易，后世因称街市为市井。④游敖（áo）：漫游。敖，同"遨"。

兵书与宝剑

《书》曰"七正"①，二十八舍②。律历③，天所以通五行八正之气④，天所以成孰万物也⑤。舍者，日月所舍。舍者，舒气也⑥。

【注释】

①《书》：指《尚书·尧典》尧典，文见今本《尚书·舜典》。七正：指日、月及金、木、水、火、土五大行星。正，同政。②二十八舍：即二十八宿（xiù）。古人将黄道（人们想象的太阳周年运行的轨道）、赤道（地球赤道在天球上的投影）附近的恒星划分为二十八个星官（即

星区），以作为坐标观察日月五星的运行。③律历：音律与历法的合称。古人认为历以数始，数自律生，二者关系密切。④天：大自然。也有人认为是天帝。五行：指金、木、水、火、土五种物质或它们的属性。八正：即八节。指立春、春分、立夏、夏至、立秋、秋分、立冬、冬至。⑤"天所以"三字涉上文而衍，应删。⑥舒：舒展。

不周风居西北①，主杀生②。东壁居不周风东③，主辟生气而东之④。至于营室⑤。营室者，主营胎阳气而产之⑥。东至于危⑦。危，垝也⑧。言阳气之垝，故曰危⑨。十月也，律中应钟⑩。应钟者，阳气之应，不用事也⑪。其于十二子为亥⑫。亥者，该也⑬。言阳气藏于下，故该也。

【注释】

①不周风：西北风。古人认为八正之气产生八方之风。八风之名各说略有不同，本篇名称为：不周风、广莫风、条风、明庶风、清明风、景风、凉风、阊阖风。下文即分论八风。②主杀生：《易传·说卦》"战乎乾（qián）。乾，西北之卦也，言阴阳相薄也"。③东壁：即壁宿。为北方玄武七宿之末宿，有二星，分属飞马座和仙女座。不周风至，在立冬日奎宿五度，所以说"东壁居不周风东"。④辟：开拓；开辟。之：往。⑤营室：即室宿。为北方玄武七宿之第六宿，有二星，属飞马座。⑥营胎：孕育。胎，一作"含"。⑦危：为北方玄武七宿之第五宿，有三星，分属宝瓶座和飞马座。不周风至大雪未到危宿止，凡四十五日。凡八风日期都为四十五日。⑧垝（guǐ）：毁坏；坍塌。⑨危：不周风至危宿是十一月中旬，意味阳气之垝。⑩律中（zhòng）：律应。⑪阳气之应不用事也：《白虎通·五行》："十月谓之应钟何？应着，应也；钟者，动也。言万物应阳而动下藏也。"此即"阳气之应不用事"的意思。⑫十二子：即十二地支，子、丑、寅、卯、辰、巳、午、未、申、酉、戌、亥。本篇以十天干为母，十二地支为子。⑬该：塞藏；闭藏。

广莫风居北方①。广莫者，言阳气在下，阴莫阳广大也，故曰广莫。东至于虚②。虚者，能实能虚，言阳气冬则宛藏于虚③。日冬至则一阴下藏，一阳上舒，故曰虚。东至于须女④。言万物变动其所，阴阳气未相离，尚相胥如也⑤，故曰须女⑥。十一月也，律中黄钟⑦。黄钟者，阳气踵黄泉而出也⑧。其于十二子为子。子者，滋也；滋者，言万物滋于下也。其于十母为壬癸⑨。

壬之为言任也⑩，言阳气任养万物于下也。癸之为言揆也⑪，言万物可揆度，故曰癸。东至牵牛⑫。牵牛者，言阳气牵引万物出之也。牛者，冒也⑬，言地虽冻，能冒而生也。牛者，耕植种万物也。东至于建星⑭。建星者，建诸生也⑮。十二月也，律中大吕⑯。大吕者。其于十二子为丑⑰。

【注释】

①广莫风：北风。②虚：虚宿。为北方玄武七宿之第四宿，有二星，分属宝瓶座和飞马座。③宛（yùn）藏：蕴藏。宛，通"蕴"。④须女：即女宿。为北方玄武七宿之第三宿，有四星，属宝瓶座。⑤相胥如：相待。张文虎谓"如"疑为衍文。⑥须：通"胥"。⑦黄钟：十二律之一，其他十一律与黄钟关系密切。⑧踵（zhǒng）：跟随。黄泉：深地下之泉，又为地下的代称。⑨十母：指十天干，即：甲、乙、丙、丁、戊、己、庚、辛、壬、癸。⑩任：同"妊"。孕育。⑪揆（kuí）：揆度；估量；揣测。⑫牵牛：即牛宿（今天一般所谓牵牛，乃河鼓别名）。⑬冒：往外透；往上升。⑭建星：包含六颗星，在牛宿东，斗宿北。按建星不在二十八宿之内。本篇对二十八宿缺叙斗、觜、井、鬼四宿，而用建、罚、狼、弧、四星官代。⑮建：生成；形成。⑯大吕：十二律之一。《白虎通·五行》说"吕"是"拒"的意思。"阳气欲出阴不许"，故名"大吕"。⑰"大吕者"以下有缺文。一本"丑"下有"丑者，纽也。言阳气在上未降，万物厄纽未敢出也"一段文字。

条风居东北①，主出万物。条之言条治万物而出之，故曰条风。南至于箕②。箕者，言万物根棋③，故曰箕。正月也，律中泰蔟④。泰蔟者，言万物蔟生也⑤，故曰泰蔟。其于十二子为寅。寅言万物始生螾然也⑥，故曰寅。南至于尾⑦，言万物始生如尾也⑧。南至于心⑨，言万物始生有华心也⑩。南至于房⑪。房者，言万物门户也，至于门则出矣。

【注释】

①条风：东北风。也有名炎风、融风、调风的。条风至，在立春日斗宿十二度。②箕：箕宿。③棋（jī）：根柢，一说通"基"。④泰蔟（còu）：十二律之一。泰，又作"太""大"；蔟，又作"簇""族"。⑤蔟（cù）生：聚生；丛生。⑥螾：同"蚓"。⑦尾：尾宿。东方苍龙七宿之第六宿，有九星，属天蝎座。⑧尾：通"微"。弱小。⑨心：心宿。东方苍龙七宿之第五宿，有三星，属天蝎座。⑩华心：一作"荂心"，指植物中心部分，

这里当作嫩芽讲。⑪房：房宿。东方苍龙七宿之第四宿，有四星，属天蝎座。

明庶风居东方①。明庶者②，明众物尽出也。二月也，律中夹钟③。夹钟者，言阴阳相夹厕也④。其于十二子为卯。卯之为言茂也，言万物茂也。其于十母为甲乙。甲者，言万物剖符甲而出也⑤；乙者，言万物生轧轧也⑥。南至于氐⑦。氐者，言万物皆至也。南至于亢⑧。亢者，言万物亢见也⑨。南至于角⑩。角者，言万物皆有枝格如角也。三月也，律中姑洗⑪。姑洗者，言万物洗生。其于十二子为辰。辰者，言万物之蜄也⑫。

【注释】

①明庶风：东风。②庶：众多。③夹钟：十二律之一。《白虎通·五行》说"夹"为"孚甲""万物孚甲，种类分"，故名"夹钟"。④厕：同"侧"。⑤符甲：即"孚甲"，米粒的外皮。孚，假借为"稃"。⑥轧（yà）轧：万物齐生貌。⑦氐（dī）：氐宿。为东方苍龙七宿之第三宿，有四星，属天秤座。⑧亢：东方苍龙七宿之第二宿，有四星，属室女座。⑨亢见（xiàn）：形容各类植物长得很高。亢，高。⑩角：东方苍龙七宿之第一宿，有二星，属室女座。⑪姑洗（xiǎn）：十二律之一。⑫蜄（zhèn）：震动。

清明风居东南维①，主风吹万物而西之。至于轸②。轸者，言万物益大而轸轸然③。西至于翼④。翼者，言万物皆有羽翼也。四月也，律中中吕⑤。中吕者，言万物尽旅而西行也。其于十二子为巳。巳者，言阳气之已尽也。西至于七星⑥。七星者，阳数成于七，故曰七星。西至于张⑦。张者，言万物皆张也。西至于注⑧。注者，言万物之始衰，阳气下注，故曰注。五月也，律中蕤宾⑨。蕤宾者，言阴气幼少，故曰蕤；痿阳不用事⑩，故曰宾。

【注释】

①清明风：东南风。②轸（zhěn）：南方朱雀七宿之末宿。有四星，属乌鸦座。③轸轸：旺盛貌。④翼：南方朱雀七宿之第六宿，有二十二星，属巨爵座和长蛇座，为二十八宿中星数最多者。⑤中吕：十二律之一，又名"仲吕"。⑥七星：即星宿。⑦张：张宿。⑧注：即柳宿。南方朱雀七宿之第三宿，有八星，属长蛇座。⑨蕤（ruí）宾：十二律之一。⑩痿（wěi）：萎缩而失去运动机能。

景风居南方①。景者，言阳气道竟②，故曰景风。其于十二子为午。

午者③，阴阳交，故曰午。其于十母为丙丁。丙者，言阳道著明，故曰丙；丁者，言万物之丁壮也④，故曰丁。西至于弧⑤。弧者，言万物之吴落且就死也⑥。西至于狼⑦。狼者，言万物可度量⑧，断万物，故曰狼。

【注释】

①景风：南风。夏至景风至。②阳气道竟：阳气到了极限。竟，极限。③午：纵横交错。④丁壮：能担任力役的男子。此处指强壮。⑤弧（hú）：弧矢星团，有九星，在天狼星东南。⑥吴落：凋落。⑦狼：天狼星，在井宿东南，属大犬座。⑧量：与"狼"为谐音。

凉风居西南维①，主地。地者，沉夺万物气也②。六月也，律中林钟③。林钟者，言万物就死气林林然④。其于十二子为未。未者，言万物皆成，有滋味也⑤。北至于罚⑥。罚者，言万物气夺可伐也。北至于参⑦。参言万物可参也⑧，故曰参。七月也，律中夷则⑨。夷则，言阴气之贼万物也⑩。其于十二子为申。申者，言阴用事，申贼万物⑪，故曰申。北至于浊⑫。浊者，触也，言万物皆触死也，故曰浊。北至于留⑬。留者，言阳气之稽留也，故曰留。八月也，律中南吕⑭。南吕者，言阳气之旅入藏也⑮。其于十二子为酉。酉者，万物之老也，故曰酉。

【注释】

①凉风：西南风。凉风至在立秋日。②沉夺万物气：西南坤方主地，于奇门遁甲（术数之一种）为死门，万物就死气，故言"沉夺万物气"。沉，一作"洗"。③林钟：十二律之一。《白虎通·五行》说："林者，众也。万物成熟，种类众多也。"④林林：盛多貌。⑤《史记志疑》按：此独不言"其于十母为戊己"者，缺文也。⑥罚：罚星，又叫伐星，在参宿南。实际上罚星夹厕于参宿中，所以《史记志疑》说"分罚参为二宿，亦不可解"。⑦参（shēn）：西方白虎七宿之末宿，有七星，属猎户座，位于伐星北，合称参伐。⑧可参（cān）：可以参验。⑨夷则：十二律之一。⑩贼：损伤；毁坏；杀害。⑪申贼：约束和伤害。⑫浊：毕宿。西方白虎七宿之第五宿，有八星，属金牛座。⑬留：即昴（mǎo）宿。西方白虎七宿之第四宿，有七星，属金牛座，俗名七姊妹星团。⑭南吕：十二律之一。《白虎通·五行》："南者，任也。言阳气尚有任生荠麦也，故阴拒之也。"⑮旅入：进入。

阊阖风居西方①。阊者，倡也②；阖者，藏也。言阳气道万物，阖黄泉也。

其于十母为庚辛。庚者，言阴气庚万物[3]，故曰庚；辛者，言万物之辛生[4]，故曰辛。北至于胃[5]。胃者，言阳气就藏，皆胃胃也[6]。北至于娄[7]。娄者，呼万物且内之也[8]。北至于奎[9]。奎者，主毒螫杀万物也，奎而藏之[10]。九月也，律中无射[11]。无射者，阴气盛用事，阳气无余也，故曰无射。其于十二子为戌。戌者，言万物尽灭，故曰戌[12]。

【注释】

①阊阖（chāng hé）风：西风。阊阖风至，在秋分日。②倡：开始发动。③更：变更。④辛：新。⑤胃：胃宿。西方白虎七宿之第三宿，有三星，属白羊座。⑥胃胃：入胃。前"胃"字为动词。⑦娄（lóu）：娄宿。西方白虎七宿之第二宿，有三星，属白羊座。⑧内：同"纳"。⑨奎：奎宿。西方白虎七宿之第一宿，有十六星，分属仙女座和双鱼座。⑩奎：通"胯"。包举；收容。⑪无射（yì）：十二律之一。言万物随阳而终，当复随阴而起，无有终已。⑫戌：《说文》："戌，灭也。"

律数[1]：

九九八十一以为宫[2]。三分去一，五十四以为徵[3]。三分益一，七十二以为商[4]。三分去一，四十八以为羽。三分益一，六十四以为角。

【注释】

①律数：指有关律管长度的数目。②九九八十一以为宫：九是古人所谓纯阳之数，象征天统，为万物元始，所以用它的自乘积八十一来作为黄钟律管的长度。用这种律管吹出来的音作为宫声。③这是说把八十一分长的律管减去三分之一，成为五十四分长的律管，用它吹出来的音作为徵声。④这是说把五十四分长的律管加长三分之一，成为七十二分长的律管，用它吹出来的音作为商声。以下两项类推。

黄钟长八寸（七）〔十〕分一，宫[1]。大吕长七寸五分三分一[2]。太蔟长七寸七分二角[3]。夹钟长六寸一分三分一[4]。姑洗长六寸七分四，羽[5]。仲吕长五寸九分三分二徵[6]。蕤宾长五寸六分三分一。林钟长五寸七分四角[7]。夷则长五寸四分三分二，商[8]。南吕长四寸七分八，徵[9]。无射长四寸四分三分二。应钟长四寸二分三分二，羽[10]。

【注释】

①〔十〕分一：指上单位"寸"的尾数，即一寸的十分之一，实际上

420

就是一分。按十二律与五声的关系，乃是音调与一组音阶的关系。宫、商、角、徵、羽相当于西乐中的 do、re、mi、so、la 五个音（还有相当于 fa 的变徵和相当于 si 的变宫，这里没有提到）。如定黄钟律为宫声则名黄钟宫（或称"均"），如定大吕律为宫声则名大吕宫（均）。大吕宫比黄钟宫音调要高。宫声定了，则其他各声用何律即可随之而定。②此指大吕律管长为？分。？分是约数，指超过？分而言，以下同。③此指太蔟律管长 72 分，是角音。④此指夹钟律管长？分。？分也是约数，指不及？分而言，以下同。⑤《淮南子·天文》说"姑洗为角"，上文也说"六十四以为角"，此处作"羽"误，当作"角"。⑥《淮南子·天文》说"林钟为徵"，上文也说"五十四以为徵"，此处"徵"为衍文，当删。⑦"角"误，当作"徵"。⑧"商"为衍文，删。⑨《淮南子·天文》说"南吕为羽"，上文也说"四十八以为羽"，此处作"徵"误，当作"羽"。⑩"羽"为衍文，删。

生钟分①：

子一分②。丑三分二③。寅九分八④。卯二十七分十六⑤。辰八十一分六十四⑥。巳二百四十三分一百二十八⑦。午七百二十九分五百一十二⑧。未二千一百八十七分一千二十四⑨。申六千五百六十一分四千九十六⑩。酉一万九千六百八十三分八千一百九十二⑪。戌五万九千四十九分三万二千七百六十八⑫。亥十七万七千一百四十七分六万五千五百三十六⑬。

【注释】

①生钟分（fèn）：指计算黄钟与其他各律的比例的方法。钟，指钟律，即音律。分，指比例。②子一分：定黄钟基数为一。子，指代黄钟。分，衍文，当删。这段文字以子丑等十二辰指代十二律，音律以黄钟为本，故以子代黄钟定为一。③丑三分二：指林钟长为黄钟的 $\frac{2}{3}$。式为 $1 \times \frac{2}{3} = \frac{2}{3}$。④寅九分八：指太蔟长度为黄钟的 $\frac{8}{9}$，即以林钟的比例 $\frac{2}{3}$ 再增加 $\frac{1}{3}$（乘以 $\frac{4}{3}$）。式为 $\frac{2}{3} \times \frac{4}{3} = \frac{8}{9}$。⑤此指南吕长度为黄钟

黄钟图，古代的音律产生于钟。

的 $\frac{16}{27}$，即以太蔟比例 $\frac{8}{9}$ 减去 $\frac{2}{3}$（乘以 ¥）。式为 $\frac{8}{9} \times \frac{2}{3} = \frac{16}{27}$。⑥此指姑洗长度为黄钟的 $\frac{64}{81}$。⑦此指应钟长度为黄钟的 $\frac{128}{243}$。⑧此指蕤宾长度为黄钟的 $\frac{512}{729}$。⑨此指大吕长度比例为黄钟的 $\frac{2048}{2187}$。按"一千二十四"误，当作"二千四十八"。⑩此指夷则长度为黄钟的 $\frac{4096}{6561}$。⑪此指夹钟长度为黄钟的 $\frac{16384}{19683}$。按"八千一百九十二"误，当作"一万六千三百八十四"。⑫此指无射长度为黄钟的 $\frac{32768}{59049}$。⑬此指仲吕长度为黄钟的 $\frac{131072}{177147}$。

生黄钟术曰①：以下生者②，倍其实③，三其法④。以上生者⑤，四其实，三其法⑥。上九，商八，羽七，角六，宫五，徵九⑦。置一而九三之以为法⑧。实如法⑨，得长一寸⑩。凡得九寸⑪，命曰"黄钟之宫"。故曰音始于宫，穷于角⑫；数始于一，终于十，成于三⑬；气始于冬至，周而复生⑭。

【注释】

①生黄钟术：指十二律产生的方法。"黄"为衍文，当删。②下生：指一个律管减去？的长度而产生新律管，这种方法叫"下生"。如黄钟81分减去？得54分为林钟是。③倍其实：指将产生下生之律的原律加倍。如黄钟下生林钟，先将黄钟81分用2去乘。实，指加倍前的原律，如黄钟81分。④三其法：指将加倍后的虚律用3去除。如黄钟下生林钟，便将81分乘以2得162分再除以3得54分是。⑤上生：指一个律管增加？的长度而产生新律管，这种方法叫"上生"。如林钟54分增加？得72分为太蔟是。⑥四其实三其法：指求上生之律，便将原律乘以4除以3。⑦上九，商八，羽七，角六，宫五，徵九：《索隐》认为五声之数也是按三分损益之法求得。故宫下生徵，徵上生商，商下生羽，羽上生角。此处数字有误。泷川资言《史记会注考证》说此十二字与生钟术无干涉，恐错简；并说钱大昕《廿二史考异》引其族子根据《太玄》与《淮南·天文》所做的解释是附会。⑧置一：确定黄钟长度比例为一。九三之：指上述一乘以九个三。式为？。以为法：指作为除数，或作为分母。⑨实如法：指作为律长的分子与作为除数的分母相等。实，分子数。如，一样，相同，相等。法，分母数。具体指？。⑩得长一寸："长""寸"为衍文，当删。⑪凡得九寸：据《汉书·律历志》，在"置一而九三之以为法"句下尚有"十一三之以为实"句。如此则式为：？。此9即九寸，即所谓"黄钟之宫"。⑫音始于宫，穷于角：指上文"宫下生徵，徵上生商，商下生羽，羽上生角"的全过程。穷，终。⑬数始于一，终于十：谓数目从一开始，满十进位。成于三：指三生万物。即所谓太易（一）生阴阳二气（二），二气激荡产

生和气（三），于是生成万物。⑭气始于冬至，周而复生："冬至一阳生"，一年生气开始萌发，如此一年一个周期，循环往复。

神生于无①，形成于有②，形然后数，形而成声③，故曰神使气，气就形④。形理如类有可类⑤。或未形而未类⑥，或同形而同类，类而可班⑦，类而可识。圣人知天地识之别⑧，故从有以至未有⑨，以得细若气⑩，微若声⑪。然圣人因神而存之⑫，虽妙必效情⑬，核其华道者明矣⑭。非有圣心以乘聪明⑮，孰能存天地之神而成形之情哉⑯？神者，物受之而不能知其去来，故圣人畏而欲存之。唯欲存之，神之亦存⑰。其欲存之者⑱，故莫贵焉⑲。

【注释】

①神：精神意识的主宰。古人认为神为万物之始，神在万物中。无：指天地形成前的太易（太一）气。②有：指有形的天地。③形然后数，形而成声：万物有形后才有数的概念产生，才形成宫商角徵羽五声。④使：支配。就：体现；依附。⑤形理如类有可类：《史记会注考证》引张文虎说，此七字不可解，当有脱误。⑥或未形而未类：未，当作"异"。（从《史记会注考证》引王元启说）谓万物有不同形状，从而有不同种类。⑦班：分辨；区别。⑧圣人：指品德能力超越常人的极高明的人物。识，疑倒，当在下句"故"下。⑨从有：指万物之形质。未有：指天地未形成时的无有。⑩得：获得。⑪声：指五声。⑫存：问；探索。⑬妙：微妙。效：呈现；显露。⑭核：核实；考查核实。华道：神妙之道。⑮乘：驾驭。⑯孰：何；怎。疑问词。⑰存：存在。⑱其：指一般平凡人。⑲莫：大。

太史公曰①：在旋玑玉衡以齐七政②，即天地二十八宿③。十母，十二子，钟律调自上古。建律运历造日度④，可据而度也。合符节⑤，通道德⑥，即从斯之谓也⑦。

【注释】

①太史公曰：有人认为此为后人所增（见《史记会注考证》）。②在：察。旋玑玉衡：上古观察天象的仪器，即后世的浑天仪。齐：正；调整。七政：有两说：一说指春、夏、秋、冬、天文、地理、人道；一说指日月五星。③即：或。④日度：日行度数。如分周天为365度，太阳一日行一度。⑤合符节：谓准确无差错。符，为古时朝廷传达命令或征调兵将用的凭信，双方各执一半，合符以验真假。节，为古代使者所持以作凭证。⑥道：指事物的本质或普遍规律。德：指事物的特性或特殊规律。⑦斯：这。指上述律制。

历书第四[1]

昔自在古历[2]，建正作于孟春[3]。于时冰泮发蛰[4]，百草奋兴[5]，秭鴂先澡[6]。物乃岁具[7]，生于东[8]，次顺四时[9]，卒于冬分[10]。时鸡三号[11]，卒明[12]。抚十二月节[13]，卒于丑[14]。日月成，故明也[15]。明者孟也[16]，幽者幼也[17]，幽明者雌雄也[18]。雌雄代兴，而顺至正之统也[19]。日归于西，起明于东；月归于东，起明于西[20]。正不率天[21]，又不由人[22]，则凡事易坏而难成矣[23]。

【注释】

①历书：记述古代历法的专文。②古历：指传说中的《上元太初历》等。③建正（zhēng）：北斗星斗柄所指叫作斗建或建。斗柄旋转所指的十二辰叫作十二月建，如夏历正月叫建寅，二月叫建卯……十一月叫建子，十二月叫建丑。又一年的第一个月叫正月。因此在历法上决定把哪一个月作为一年的第一个月就叫作建正。夏代把建寅的月份作为正月，商代把建丑的月份作为正月，周代把建子的月份作为正月，秦代和汉代初期把建亥的月份作为正月。自从汉武帝太初改历以后，我国历法一直沿用夏历的正月，这就是现在兼用的阴阳历。作（zhà）：始；起。④冰泮（pàn）：冰融，解冻。发蛰（zhé）：潜伏在泥土中或洞穴中不食不动的动物都活动起来了。⑤百草：泛指一切草木。奋兴：蓬蓬勃勃地萌发生长。⑥秭鴂（zǐguī）：今作"子规"。杜鹃鸟的别称。澡（háo）：通"嚎（háo）"。鸣；叫。⑦物乃岁具：万物和岁时一道发展。具，通"俱"，偕，同，动词。⑧东：借指春季。⑨四时：四季。⑩卒：终了；尽。冬分：冬尽春回；冬去春来。⑪号（háo）：鸣；叫。⑫卒明：平明。这里指正月一日平明，新的一年开始了。⑬抚：循着；沿着。⑭丑：指夏历十二月。⑮日月成，故明也：太阳、月亮互相交替，所以能够经常产生光明。⑯明：光明。指白昼。孟：长（zhǎng）；尊。⑰幽：昏暗。⑱雌雄：本义是指鸟母和鸟父，借以指阴和阳、负和正、柔和刚、弱和强、败和胜等一对互相矛盾的概念。⑲统：系统；体系。⑳日归于西，起明于东；

月归于东，起明于西：太阳到晚边落下，从早上产生光明；月亮到早上落下，从晚边产生光明。西，借指夕、晚；东，借指朝、早。这是古人对太阳、月亮和地球的运行规律不了解而硬把月亮和太阳简单地对立起来的想法。㉑率天：遵循天道。㉒由人：顺从人事，就是顺从农业生产的需要。㉓上面这段话出于《大戴礼记·诰志》，原是孔丘称赞周太史的话，字句有改动错乱。

王者易姓受命①，必慎始初②，改正朔③，易服色④，推本天元⑤，顺承厥意⑥。

【注释】

①易姓：古代帝王把国家作为一人一姓的私产，一姓被推翻，朝代就随着更换，所以把改朝换代叫作易姓。受命：古代帝王假托神权来巩固自己的统治地位，自称接受了上天的命令。②慎：谨慎；小心。始初：开端；开头。③改正朔：古时改朝换代，新王朝为了表示所谓"应天承运"，常要改定正朔。因此正朔便通指帝王新颁行的历法。正朔，指一年的最初起点。④易服色：改变车马、祭牲的颜色。⑤推：推步；推算。本：本源；根据。天元：上天的正道；上天元气的运行规律。⑥厥：其。

太史公曰：神农以前尚矣①。盖黄帝考定星历②，建立五行③，起消息④，正闰余⑤，于是有天地神祇物类之官⑥，是谓五官⑦。各司其序⑧，不相乱也。民是以能有信，神是以能有明德⑨。民神异业⑩，敬而不渎⑪，故神降之嘉生⑫，民以物享⑬，灾祸不生，所求不匮⑭。

【注释】

①神农：又称炎帝、烈山氏。传说中原始社会的领袖人物，是农业和医药的发明者。②盖：表示提起的连词。黄帝：传说中我国中原各族的共同祖先。③五行：古代称

神农像，出自明·天然撰《历代古人像赞》。

构成各种物质的五种元素，就是水、火、木、金、土。④消息：事物一生一灭，互相交替。⑤正闰余：规定闰月来处理每年十二个月以外的剩余时间，从而订正寒暑季节的差错。按：我国古代一直采用阴阳历，它是把朔望月的长度作为一个月的平均值，全年十二个月，比回归年短少约十日二十一时，所以要设置闰月（每三年闰一个月，五年闰两个月，十九年闰七个月，作为一个周期）来纠正寒暑季节的颠倒错乱。⑥神祇（qí）：天神称神，地神称祇。⑦五官：五种官职。传说黄帝时用五色云彩作为官名：青云氏、缙（jìn。浅赤色）云氏、白云氏、黑云氏、黄云氏。⑧司：主持；掌管。序：次序；职责。⑨民是以能有信，神是以能有明德：人民因此能够岁时祭祀天地神祇，做到诚实不欺；天地神祇因此能够调和阴阳，赐福人民，显示完美的德性。⑩业：职司；职责。⑪敬而不渎（dú）：严肃而不马虎。⑫嘉生：嘉禾；好庄稼。⑬物：指供祭祀用的牲畜等。享：祭献；上供。⑭匮（kuì）：空乏；穷尽。

少暭氏之衰也①，九黎乱德②，民神杂扰③，不可放物④，祸灾荐至⑤，莫尽其气⑥。颛顼受之⑦，乃命南正重司天以属神⑧，命火正黎司地以属民⑨，使复旧常⑩，无相侵渎⑪。

【注释】

①少暭（hào）氏：也作"少昊（hào）"，号金天氏。传说中古代东夷族的首领，有的旧史书说他是黄帝的儿子。②九黎：黎，古代南方部族名。九，泛指多数。③民神杂扰：人和神杂乱纷扰。意思是人不相信神，神也不给人赐福。④放（fāng）物：也作"方物"。辨别名分。⑤荐：接连；屡次。⑥莫尽其气：没有人能够享尽天年。莫，无指代词。气，指生命或寿命。⑦颛顼（zhuān xū）：传说中古代部族首领，号高阳氏。之：指天命或帝位。⑧南正：官名。也称木正。重：人名。属（zhǔ）神：托付祭祀神祇的事宜。⑨火正：官名。也称北正。黎：人名。属（zhǔ）民：托付治理人民的事宜。⑩旧常：先例；老规矩。⑪无：莫；不要。禁戒副词。侵渎：欺压，冒犯。

其后三苗服九黎之德①，故二官咸废所职②，而闰余乖次③，孟陬殄灭④，摄提无纪⑤，历数失序⑥。尧复遂重、黎之后不忘旧者⑦，使复典之⑧，而立羲、和之官⑨。明时正度⑩，则阴阳调⑪，风雨节⑫，茂气至⑬，民无夭疫⑭。年耆禅舜⑮，申戒文祖⑯，云"天之历数在尔躬"⑰。舜亦以命

426

禹[18]。由是观之，王者所重也。

【注释】

①三苗：古代部族名。也称有苗。在长江中游一带。指九黎的叛乱行动。②咸：皆；都。职：执掌；掌管。动词。③乖：背离；错乱。次：古代把黄道带分成十二个部分，叫作十二次。它们是按照赤道经度等分的，并和二十四节气相联系，如星纪次的起点是大雪，中点是冬至，其余依次类推。④孟陬（zōu）殄（tiǎn）灭：意思是说，闰月设置错了，就使得作为岁首的正月不成其为岁首了。孟陬，夏历正月的别称。⑤摄提无纪：摄提星乱了套。摄提，星名，随着斗柄所指，建十二月，表明岁末。无，不是，不合，动词。纪，指岁、日、月、星辰、历数。⑥历数：推算岁时节候的次序。⑦尧：传说中父系氏族社会后期部落联盟领袖。陶唐氏，名放勋，史书上称为唐尧。曾经设置官吏掌管时令，制定历法。选定舜作继承人，对舜进行三年考察后，派舜摄位行政。他死后，由舜继位。详见《五帝本纪》。遂：培养，提拔。⑧典：执掌；主管。⑨羲、和：羲氏、和氏，两个掌管天地四时的官名。⑩明时正度：阐明天时的变化，符合客观规律。⑪阴阳调：寒暑调和。⑫节：适度。⑬茂气：古人想象中天地间的壮旺之气，它能够促进人们的身心健康发展。⑭无：不。否定副词。夭（yāo）：夭折；早死。疫：瘟疫。动词。⑮耆（qí）：老。禅（shàn）：禅让。把皇帝职位让给别人。舜：传说中父系氏族社会后期部落联盟领袖。⑯申戒：说明，警戒。文祖：有文德的祖宗。本是古代帝王对祖宗的美称。这里有人认为是指唐尧的太祖庙，有人认为是指唐尧的五帝庙。⑰天之历数在尔躬：这句话出于《尚书·大禹谟》，意思是说：制定历法来决定政治活动和农业生产进程的大权掌握在你的手里了。⑱禹：传说中古代部落联盟领袖。姓姒（sì），名文命，也称为大禹、夏禹。

夏正以正月①，殷正以十二月②，周正以十一月③。盖三王之正若循环④，穷则反本⑤。天下有道⑥，则不失纪序⑦；无道，则正朔不行于诸侯⑧。

【注释】

①夏：我国历史上第一个朝代。以：用。动词。正月：就是现在兼用的阴阳历的正月，把地球公转到黄经三百度到三百三十度之间的朔日作为元旦。这种历法相传是夏代创始的，因此被称为夏历。下文所有的数字纪月，除了有特别交代的以外，都是按照夏历计算的。②殷：朝代名。商汤灭亡

夏朝以后建立起商朝，建都亳（bó。今山东省曹县南），后来曾经多次迁移。③周：朝代名。公元前十一世纪周武王灭亡商朝后所建立，建都镐（hào。今陕西省西安市西南）。前770年周平王迁都到洛邑（今河南省洛阳市）。④盖：表示承接关系的连词。三王：夏禹、商汤、周文王、武王。也指夏、商、周三代。若：如；象。动词。循环：顺着环形的轨道旋转。比喻事物周而复始的运动。⑤穷则反本：到了终点又回到了起点。⑥天下有道：国家政治清明。⑦纪序：岁时节候的常规。⑧正朔不行于诸侯：古代帝王每年冬季把明年十二个月的朔日和每月的政务、农业生产活动等颁发诸侯。在全国政局稳定的时期，诸侯各国都得遵照执行，否则就各行其是。

　　幽、厉之后①，周室微②，陪臣执政③，史不记时，君不告朔④，故畴人子弟分散⑤，或在诸夏⑥，或在夷狄⑦，是以其禨祥废而不统⑧。周襄王二十六年闰三月，而《春秋》非之⑨。先王之正时也⑩，履端于始⑪，举正于中⑫，归邪于终⑬。履端于始，序则不愆⑭；举正于中，民则不惑⑮；归邪于终，事则不悖⑯。

【注释】

①幽、厉：周厉王，公元前878—前842年在位。周幽王，厉王的孙子，公元前781—前771年在位。②周室：周王族；周王朝。微：衰弱。③陪臣执政：诸侯国的大夫掌握政权。④君：指诸侯。告（gù）朔：诸侯在每年冬季接受了中央王朝颁发的行政历以后，就把它收存在祖庙里，再在每月初一举行祭祀启用行政历，叫作告朔。⑤畴人：历算家。⑥或：有的。虚指代词。诸夏：原指周王朝所分封的各国，后用来泛称中国。⑦夷狄：古代统治阶级对四方外族的称谓。夷，原来主要指东方各族；狄，原来主要指北方各族。⑧禨（jī）祥：一、祈祷鬼神求福。二、吉凶的先兆。⑨周襄王二十六年闰三月，而《春秋》非之：周朝自从平王东迁以后，政令不能够推行到全国，因此再没有按期向全国颁发行政历，各诸侯国有的自制历法，参差不齐。⑩先王：古代贤明的帝王。⑪履端于始：推算年历的起点在一年的开始。⑫举正于中：检验校正历法在一年的中途。⑬归邪（yú）于终：归并剩余的时间到闰月里。邪，通"余"；终，指闰月。⑭序则不愆（qiān）：时序就不至于失误。⑮民则不惑：人民进行活动就不至于迷惑。⑯事则不悖（bèi）：事功就不至于荒谬。

其后战国并争[1]，在于强国禽敌[2]，救急解纷而已[3]，岂遑念斯哉[4]！是时独有邹衍[5]，明于五德之传[6]，而散消息之分[7]，以显诸侯[8]。而亦因秦灭六国[9]，兵戎极烦[10]，又升至尊之日浅[11]，未暇遑也[12]。而亦颇推五胜[13]，而自以为获水德之瑞[14]，更名河曰"德水"[15]，而正以十月，色上黑[16]。然历度闰余[17]，未能睹其真也[18]。

【注释】

①战国：时代名。②强：强大。使动用法。禽：通"擒"。捉。③解纷：解决纷争。④遑（huáng）：暇；空闲。念：考虑。⑤邹衍（约公元前 305—前 240 年）：战国末期齐国人，阴阳家的代表人物。⑥五德之传（zhuǎn）：传，虚"转"，转移。就是所谓"五德终始"，指水、火、木、金、土五种物质的德性相生相克和周而复始的循环变化，用来说明王朝兴废的原因，虚构了一个"五德终始"的历史循环论体系，论证在政治上为了适应"五行配列"，必须制定一套相应的制度，如改正朔、易服色一类的把戏。⑦散：宣布；传播。消息：新陈代谢。分（fèn）：分际。指事物的本质和事物相互之间的关系。⑧显：显扬。这句话的下文有残缺，语意接不下去。⑨秦：朝代名。⑩兵戎：军事；战争。⑪升：登上。至尊：至高无上的地位。古代多指皇位或皇帝。浅：经过的时间不久。⑫暇遑：余裕；空闲。动词。⑬推：推算；推究。五胜：五行相胜（克）。⑭自以为获水德之瑞：秦始皇相信当时流行的周朝是靠火德建立王朝的迷信传说，因此自己认为要靠水德来建立新王朝，以便用水德去战胜火德。瑞，瑞应，就是上天赐降的吉祥征兆。⑮河：黄河。⑯色上黑：因为水德是跟黑色配合的，所以要崇尚黑色。⑰历：指历法。就是推算天象来制定岁时的方法。⑱睹：察看；观测。真：指设置闰月的原理原则。

汉兴[1]，高祖曰"北畤待我而起"[2]，亦自以为获水德之瑞。虽明习历及张苍等[3]，咸以为然[4]。是时天下初定，方纲纪大基[5]，高后女主[6]，皆未遑，故袭秦正朔服色[7]。

【注释】

①汉：朝代名。②高祖（公元前 256—前 195 年）：指汉高帝刘邦。泗水郡沛县人。北畤（zhì）：畤是古代祭祀天地五帝的坛址。秦代先后建有四畤，分别祭祀白帝、青帝、黄帝、赤帝；汉高帝建立北畤，祭祀黑帝。地址在今陕西省凤翔县南。③明习历：通晓历法。及：至；至于。

张苍（公元前 256—前 152 年）：三川郡阳武县（今河南省原阳县东南）人。跟随刘邦起兵，立有战功，封北平侯。④然：是；对。⑤纲纪：规划，经营。动词。大基：国家政权的根本制度。⑥高后（公元前 241—前 180 年）：吕雉。汉高帝的皇后。高帝死后，她的儿子汉惠帝（刘盈）即位，她掌握了政权。惠帝死后，她临朝称制，并分封吕家兄弟子侄为王侯，控制南北军。她死后，诸吕想要发动叛乱，被太尉周勃等平定。⑦袭：承袭；继承。

至孝文时①，鲁人公孙臣以终始五德上书②，言"汉得土德③，宜更元④，改正朔，易服色。当有瑞，瑞黄龙见⑤。"事下丞相张苍，张苍亦学律历⑥，以为非是⑦，罢之⑧。其后黄龙见成纪⑨，张苍自黜⑩，所欲论著不成。而新垣平以望气见⑪，颇言正历服色事⑫，贵幸⑬，后作乱，故孝文帝废不复问。

【注释】

①孝文（公元前 203—前 157 年）：指汉文帝刘恒。②鲁：古国名。公元前十一世纪周朝分封的诸侯国，姬姓，开国君主是周公的儿子伯禽。公孙臣：姓公孙，名臣。阴阳家。③汉得土德：根据"五德终始"的迷信，对于汉王朝的建国，当时有人说是靠土德，有人说是靠水德，更流行的说法则是靠火德，反正是鬼话连篇。④更（gēng）元：改元。⑤瑞黄龙见（xiàn）：这种祥瑞就是黄龙出现。"瑞"是主语，"黄龙见"是主谓结构作谓语。见，同"现"。⑥律历：乐理和历法。⑦非是：不对。⑧罢：停止；压制。⑨成纪：县名。今甘肃省秦安县北。⑩自黜（chù）：自请退职。⑪新垣平：姓新垣，名平。赵国（今河北省南部）人。望气：古代迷信占卜法。观察天空云气，附会人事，预告吉凶。见：引见；接见。被动用法。⑫正：考定，订正。⑬贵幸：尊显，宠爱。被动用法。

至今上即位①，招致方士唐都②，分其天部③；而巴落下闳运算转历④，然后日辰之度与夏正同⑤。乃改元⑥，更官号，封泰山⑦。因诏御史曰⑧："乃者⑨，有司言星度之未定也⑩，广延宣问⑪，以理星度⑫，未能詹也⑬。盖闻昔者黄帝合而不死⑭，名察度验⑮，定清浊⑯，起五部⑰，建气物分数⑱。然盖尚矣⑲。书缺乐弛⑳，朕甚闵焉㉑。朕唯未能循明也㉒，䌷绩日分㉓，率应水德之胜㉔。今日顺夏至㉕，黄钟为宫㉖，林钟为徵，太蔟为商，南吕为羽，姑洗为角。自是以后，气复正㉗，羽声复清㉘，名复正变[29]，以至子日当冬至[30]，则阴阳离合之道行焉[31]。十一月甲子朔旦冬至已詹[32]，其更以七年为太初元年[33]。年名'焉逢摄提格'[34]，月名'毕聚'[35]，日得甲子，夜半朔旦冬至[36]。"

【注释】

①今上：当今皇上。这里指汉武帝。即位：君主登位。②招致；招引：收罗。唐都：人名。③分其天部：测算二十八宿的距度（各宿所占天区的赤经广度，它们有大有小，如井宿占三十多度，觜〈zī〉宿只占一度多）。④巴：郡名。地在今四川省东部，治所在江州（今重庆市北）。落下闳（hóng）：落下，也作"洛下"，地名。闳，人名。转历：根据浑天学说转动浑天仪器而制定的历法。⑤日辰之度：日月交会的时刻。特指太初元年前冬十一月甲子夜半朔旦冬至日月五星聚会的现象。⑥乃改元：指把元封七年改为太初元年，同时改用建寅的月份作为正月。⑦封：在泰山上建筑土坛祭天，叫作封。泰山：山名。在今山东泰安北，长约200公里，主峰玉皇顶，海拔1500多米。古时称为"东岳"，也叫岱山、岱宗。⑧因：就；便。副词。诏：帝王颁发的命令文告。这里作动词用。御史：官名。春秋、战国时各国多设置御史，掌管文书和记事。秦代派遣御史监察各郡，于是兼有弹劾纠察的职权。汉代御史因为职务的不同而有侍御史、符玺御史、治书御史、监军御史等名称。⑨乃者：往日；从前。⑩有司：官吏。古代设官分职，各有专司，因此称为有司。星度：天体（主要指五星、二十八宿等）的位置和运行规律。⑪广延宣问：广泛招集人才，公开征求意见。⑫理：考校。⑬詹：当作"雠"（chóu）。⑭盖：表示提起的连词。黄帝合而不死：有两种解释：一、黄帝制作历法，终而复始，无穷无尽。合，制作；不死，指历法循环不止。二、黄帝制作历法，冬至和朔旦吻合，后来他终于登仙升天了。合，吻合；不死，指黄帝长生不死。⑮名察：五星、二十八宿的名称分辨清楚。度验：日、月、星的位置和运行规律验证准确。⑯清浊：指声音的清浊，如五声从宫到羽，十二律从黄钟到应钟，都是由浊到清的变化过程。⑰五部：一、指五行。二、指五声。⑱气：二十四节（中）气。物：指物候。古代历法根据动植物的生长、发育、活动规律和非生物的变化对节候的反应，定五天为一候。分数：指节气物候推移变化在时间和空间上的界限。⑲盖：传疑副词。⑳书缺乐弛：书记（文字记载）缺乏，乐律废弛。㉑朕（zhèn）：古人自称。从秦始皇起，专用作皇帝的自称。焉：于是；对此。兼词。

㉒唯：通"惟"。思考；谋虑。循明：当作"修明"。整理，昌明。循，应根据《汉书·律历志》和《史记志疑》改作"修"。㉓绌（chōu）绩：抽引，缀集；研究，编组。日分：指余日和余分。各种历法对余分的测算结果不一致。㉔率应：遵循，适应。水德之胜：指能够克胜水德的土德。㉕今日顺夏至：现在太阳运行正当夏至。《太初历》在太初元年（公元前104年）五月正式颁布实行，所以这样说。㉖黄钟为宫：用黄钟律作为宫声。㉗气复正：二十四节（中）气恢复正常。㉘羽声复清：羽声恢复清越的音调。㉙名：指日、月、五星、二十八宿的位置、出没和盈亏等。正变：正常和变异。变，指各种有规律的周期性的变异。㉚子日：指逢子的日期。㉛阴阳离合之道：指日、月、五星聚会之后，它们的运行有快有慢各不相同的现象。㉜十一月：指太初改历那年的前冬十一月，按照《太初历》推算，这应该说是先年的十一月。甲子：用干支纪日的日期。㉝其：应当。祈使副词。七年：指汉武帝元封七年。汉武帝为了庆祝这次修改历法的成功，把年号改为"太初"。㉞焉逢（péng）摄提格：用岁阳、岁阴纪年的年名。古代首先用岁阳（它们的名称是：焉逢、端蒙、游兆、强梧、徒维、祝黎、商横、昭阳、横艾、尚章）和岁阴（它们的名称是：困敦、赤奋若、摄提格、单阏（chán yān）、执徐、大荒落、敦牂（zāng）、协洽、涒（tūn）滩、作噩（è）、淹茂、大渊献）配合（焉逢困敦、端蒙赤奋若……横艾淹茂、尚章大渊献）纪年。后来为了简化，便也用干支纪年，于是岁阳、岁阴的名目便成了干支纪年的别称。㉟毕聚：也作"毕陬（zōu）"。逢甲的正月。㊱夜半朔旦冬至：古代历法把冬至作为一年的开始，朔日作为一月的开始，夜半作为一天的开始，把冬至遇到朔日夜半的一天作为历元，根据它来推算以后每年的节气和每月的朔望。

历术《甲子篇》[1]

【注释】

①历术：历法。

太初元年，岁名"焉逢摄提格"[1]，月名"毕聚"，日得甲子，夜半朔旦冬至。

正北[2]。

【注释】

①岁名"焉逢摄提格"：武帝于改元之始，使用以甲寅为历元的四分历，表示与秦的取乙卯为历元的颛顼历已有区别。②正北：古代历法，把十九年作为一章，四章作为一蔀(pǒu)；把冬至在朔日的那年作为章首，冬至在朔日子时的那年作为蔀首。蔀首的冬至在子时，子时代表正北；第二章首的冬至在酉时，酉时代表正西；第三章首的冬至在午时，午时代表正南；第四章首的冬至在卯时，卯时代表正东。

十二①——无大余，无小余②；无大余，无小余③——焉逢摄提格太初元年④。

【注释】

①十二：十二个月。②无大余，无小余：没有剩余的日子，没有多余的分数。这是指依照朔法推算的结果。③无大余，无小余：没有剩余的日数，没有剩余的分数。④焉逢摄提格太初元年：焉逢摄提格相当于甲寅，依照后世的推算，太初元年是丁丑，前后距甲寅都很远。

十二——大余五十四，小余三百四十八①；大余五，小余八②——端蒙单阏二年③。

【注释】

①大余五十四，小余三百四十八：按照朔法测算，没有闰月的年是三百五十四又九百四十分之三百四十八日，减去五甲（三百日），剩余的五十四日叫作大余，三百四十八分叫作小余。②大余五，小余八：按照至法推算，每年都是三百六十五又三十二分之八日，减去六甲（三百六十日），剩余的五日叫作大余，八分叫作小余。③端蒙单阏：相当于乙卯。

闰十三①——大余四十八，小余六百九十六②；大余十，小余十六③——游兆执徐三年④。

【注释】

①闰十三：闰年十三个月。②大余四十八，小余六百九十六：上年的大余五十四日，加本年的五十四日，减去一甲，得大余四十八日；上年的小余三百四十八分，加本年的三百四十八分，得小余六百九十六分（如果超过九百四十分，要进位增加大余数）。下文类推。③大余十，小余

十六：上年的大余五日，加本年的五日，得大余十日（如果满了一甲，就要减去）；上年的小余八分，加本年的八分，得小余十六分（如果超过三十二分，也要进位增加大余数）。下文类推。④游兆执徐：相当于丙辰。

十二——大余十二，小余六百三[①]；大余十五，小余二十四——强梧大荒落四年[②]。

【注释】

①大余十二，小余六百三：上年的大余四十八日和闰月二十九日加本年的五十四日和小余的进数一日，减去二甲，得大余十二日；上年的小余六百九十六分和闰余四百九十九分，加本年的三百四十八分，进位一日（九百四十分），得小余六百零三分。②强梧大荒落：相当于丁巳。

十二——大余七，小余十一；大余二十一，无小余——徒维敦牂天汉元年[①]。

【注释】

①徒维敦牂：相当于戊午。

闰十三——大余一，小余三百五十九；大余二十六，小余八——祝犁协洽二年[①]。

【注释】

①祝犁协洽：相当于己未。

十二——大余二十五，小余二百六十六；大余三十一，小余十六——商横涒滩三年[①]。

【注释】

①商横涒滩：相当于庚申。

十二——大余十九，小余六百一十四；大余三十六，小余二十四——昭阳作鄂四年[①]。

【注释】

①昭阳作鄂：相当于辛酉。

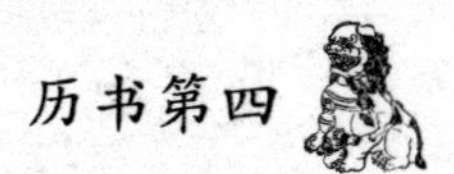

　　闰十三——大余十四，小余二十二；大余四十二，无小余——横艾淹茂太始元年①。

【注释】

　　①横艾淹茂：相当于壬戌。太始元年：公元前96年。太始（前96——前93年），汉武帝的年号。

　　十二——大余三十七，小余八百六十九；大余四十七，小余八——尚章大渊献二年①。

【注释】

　　①尚章大渊献：相当于癸亥。

　　闰十三——大余三十二，小余二百七十七；大余五十二，小余一十六——焉逢困敦三年①。

【注释】

　　①焉逢困敦：相当于甲子。

　　十二——大余五十六，小余一百八十四；大余五十七，小余二十四——端蒙赤奋若四年①。

【注释】

　　①端蒙赤奋若：相当于乙丑。

　　十二——大余五十，小余五百三十二；大余三，无小余——游兆摄提格征和元年①。

【注释】

　　①游兆摄提格：相当于丙寅。

　　闰十三——大余四十四，小余八百八十；大余八，小余八——强梧单阏二年①。

【注释】

　　①强梧单阏：相当于丁卯。

十二——大余八，小余七百八十七；大余十三，小余十六——徒维
执徐三年①。

【注释】

①徒维执徐：相当于戊辰。

十二——大余三，小余一百九十五；大余十八，小余二十四——祝
犁大芒落四年①。

【注释】

①祝犁大荒落：相当于己巳。荒，一作芒。

闰十三——大余五十七，小余五百四十三；大余二十四，无小余——
商横敦牂后元元年①。

【注释】

①商横敦牂：相当于庚午。

十二——大余二十一，小余四百五十；大余二十九，小余八——昭
阳汁洽二年①。

【注释】

①昭阳汁（xié）洽：相当于辛未。

闰十三——大余十五，小余七百九十八；大余三十四，小余
十六——横艾涒滩始元元年①。

【注释】

①横艾涒滩：相当于壬申。始元元年：公元前86年。

十二——大余三十九，小余七百五；大余三十九，小余二十四——
尚章作噩二年①。

【注释】

①尚章作噩：相当于癸酉。

十二——大余三十四，小余一百一十三；大余四十五，无小余——

焉逢淹茂三年①。

【注释】

①焉逢淹茂：相当于甲戌。

闰十三——大余二十八，小余四百六十一；大余五十，小余八——端蒙大渊献四年①。

【注释】

①端蒙大渊献：相当于乙亥。

十二——大余五十二，小余三百六十八；大余五十五，小余十六——游兆困敦五年①。

【注释】

①游兆困敦：相当于丙子。

十二——大余四十六，小余七百一十六；无大余，小余二十四——强梧赤奋若六年①。

【注释】

①强梧赤奋若：相当于丁丑。

闰十三——大余四十一，小余一百二十四；大余六，无小余——徒维摄提格元凤元年①。

【注释】

①徒维摄提格：相当于戊寅。元凤元年：公元前80年。元凤（前80—前75年），汉昭帝的年号。

十二——大余五，小余三十一；大余十一，小余八——祝犁单阏二年①。

【注释】

①祝犁单阏：相当于己卯。

十二——大余五十九，小余三百七十九；大余十六，小余十六——

商横执徐三年①。

【注释】

①商横执徐：相当于庚辰。

闰十三——大余五十三，小余七百二十七；大余二十一，小余二十四——昭阳大荒落四年①。

【注释】

①昭阳大荒落：相当于辛巳。

十二——大余十七，小余六百三十四；大余二十七，无小余——横艾敦牂五年①。

【注释】

①横艾敦牂（zāng）：相当于壬午。

闰十三——大余十二，小余四十二；大余三十二，小余八——尚章汁洽六年①。

【注释】

①尚章汁洽：相当于癸未。

十二——大余三十五，小余八百八十九；大余三十七，小余十六——焉逢涒滩元平元年①。

【注释】

①焉逢涒滩：相当于甲申。

十二——大余三十，小余二百九十七；大余四十二，小余二十四——端蒙作噩本始元年①。

【注释】

①端蒙作噩：相当于乙酉。本始元年：公元前73年。本始（前73——前70年），汉宣帝刘询的年号。

闰十三——大余二十四，小余六百四十五；大余四十八，无小余——

游兆阉茂二年①。

【注释】

①游兆阉茂：相当于丙戌。

十二——大余四十八，小余五百五十二；大余五十三，小余八——
彊梧大渊献三年①。

【注释】

①彊梧大渊献：相当于丁亥。

十二——大余四十二，小余九百；大余五十八，小余十六——徒维
困敦四年①。

【注释】

①徒维困敦：相当于戊子。

闰十三——大余三十七，小余三百八；大余三，小余二十四——祝
犁赤奋若地节元年①。

【注释】

①祝犁赤奋若：相当于己丑。地节元年：公元前 69 年。

十二——大余一，小余二百一十五；大余九，无小余——商横摄提
格二年①。

【注释】

①商横摄提格：相当于庚寅。

闰十三——大余五十五，小余五百六十三；大余十四，小余八——
昭阳单阏三年①。

【注释】

①昭阳单阏：相当于辛卯。

十二——大余十九，小余四百七十；大余十九，小余十六——横艾
执徐四年①。

【注释】

　①横艾执徐：相当于壬辰。

　十二——大余十三，小余八百一十八；大余二十四，小余二十四——尚章大荒落元康元年①。

【注释】

　①尚章大荒落：相当于癸巳。元康元年：公元前65年。元康（前65——前62年），汉宣帝的年号。

　闰十三——大余八，小余二百二十六；大余三十，无小余——焉逢敦牂二年①。

【注释】

　①焉逢敦牂：相当于甲午。

　十二——大余三十二，小余一百三十三；大余三十五，小余八——端蒙协洽三年①。

【注释】

　①端蒙协洽：相当于乙未。

　十二——大余二十六，小余四百八十一；大余四十，小余十六——游兆涒滩四年①。

【注释】

　①游兆涒滩：相当于丙申。

　闰十三——大余二十，小余八百二十九；大余四十五，小余二十四——强梧作噩神雀元年①。

【注释】

　①强梧作噩：相当于丁酉。神雀元年：公元前61年。神雀（前61——前58年），汉宣帝的年号。

　十二——大余四十四，小余七百三十六；大余五十一，无小余——

徒维淹茂二年①。

【注释】

①徒维淹茂：相当于戊戌。

十二——大余三十九，小余一百四十四；大余五十六，小余八——祝犁大渊献三年①。

【注释】

①祝犁大渊献：相当于己亥。

闰十三——大余三十二，小余四百九十二；大余一，小余十六——商横困敦四年①。

【注释】

①商横困敦：相当于庚子。

十二——大余五十七，小余三百九十九；大余六，小余二十四——昭阳赤奋若五凤元年①。

【注释】

①昭阳赤奋若：相当于辛丑。五凤元年：公元前 57 年。

闰十三——大余五十一，小余七百四十七；大余十二，无小余——横艾摄提格二年①。

【注释】

①横艾摄提格：相当于壬寅。

十二——大余十五，小余六百五十四；大余十七，小余八——尚章单阏三年①。

【注释】

①尚章单阏：相当于癸卯。

十二——大余十，小余六十二；大余二十二，小余十六——焉逢执徐四年①。

史 记

【注释】

①焉逢执徐：相当于甲辰。

闰十三——大余四，小余四百一十；大余二十七，小余二十四——端蒙大荒落甘露元年①。

【注释】

①端蒙大荒落：相当于乙巳。甘露元年：公元前53年。

十二——大余二十八，小余三百一十七；大余三十三，无小余——游兆敦牂二年①。

【注释】

①游兆敦牂：相当于丙午。

十二——大余二十二，小余六百六十五；大余三十八，小余八——强梧协洽三年①。

【注释】

①强梧协洽：相当于丁未。

闰十三——大余十七，小余七十三；大余四十三，小余十六——徒维涒滩四年①。

【注释】

①徒维涒滩：相当于戊申。

十二——大余四十，小余九百二十；大余四十八，小余二十四——祝犁作噩黄龙元年①。

【注释】

①祝犁作噩：相当于己酉。黄龙元年：公元前49年。

闰十三——大余三十五，小余三百二十八；大余五十四，无小余——商横淹茂初元元年①。

【注释】

①商横淹茂：相当于庚戌。初元元年：公元前48年。初元（前

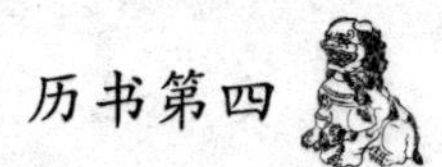

48——前 44 年），汉元帝刘奭（shì）的年号。

正东

十二——大余五十九，小余二百三十五；大余五十九，小余八——昭阳大渊献二年[1]。

【注释】

①昭阳大渊献：相当于辛亥。

十二——大余五十三，小余五百八十三；大余四，小余十六——横艾困敦三年[1]。

【注释】

①横艾困敦：相当于壬子。

闰十三——大余四十七，小余九百三十一；大余九，小余二十四——尚章赤奋若四年[1]。

【注释】

①尚章赤奋若：相当于癸丑。

十二——大余十一，小余八百三十八；大余十五，无小余——焉逢摄提格五年。

十二——大余六，小余二百四十六；大余二十，小余八——端蒙单阏永光元年[1]。

【注释】

①永光元年：公元前 43 年。

闰十三——无大余，小余五百九十四；大余二十五，小余十六——游兆执徐二年。

十二——大余二十四，小余五百一；大余三十，小余二十四——强梧大荒落三年。

十二——大余十八，小余八百四十九；大余三十六，无小余——徒维敦牂四年。

闰十三——大余十三，小余二百五十七；大余四十一，小余八——祝犁协洽五年。

十二——大余三十七，小余一百六十四；大余四十六，小余十六——商横涒滩建昭元年[1]。

【注释】

[1]建昭元年：公元前38年。建昭（前38—前34年），汉元帝的年号。

闰十三——大余三十一，小余五百一十二；大余五十一，小余二十四——昭阳作噩二年。

十二——大余五十五，小余四百一十九；大余五十七，无小余——横艾阉茂三年。

十二——大余四十九，小余七百六十七；大余二，小余八——尚章大渊献四年。

闰十三——大余四十四，小余一百七十五；大余七，小余十六——焉逢困敦五年。

十二——大余八，小余八十二；大余十二，小余二十四——端蒙赤奋若竟宁元年[1]。

【注释】

[1]竟宁元年：公元前33年。竟宁，汉元帝的年号。

十二——大余二，小余四百三十；大余十八，无小余——游兆摄提格建始元年[1]。

【注释】

[1]建始元年：公元前32年。

闰十三——大余五十六，小余七百七十八；大余二十三，小余八——强梧单阏二年。

十二——大余二十，小余六百八十五；大余二十八，小余十六——徒维执徐三年。

闰十三——大余十五，小余九十三；大余三十三，小余二十四——祝犁大荒落四年[1]。

【注释】

①四年：指建始四年，时当公元前29年，上距司马迁之死大约六十年，而且在太初制历的时候，怎么能够预知汉昭帝、宣帝、元帝、成帝的年号呢，所以《史记探源》径直定为赝鼎，是有道理的。

右《历书》①：大余者，日也。小余者，月也②。端蒙者，年名也③。支：丑名赤奋若，寅名摄提格。干：丙名游兆。正北，冬至加子时④；正西，加酉时；正南，加午时；正东，加卯时。

【注释】

①右：右边。过去书写方式直写左行，就是每行从上到下，每页从右到左，所以所谓"右"相当于"以上"的意思。②月：当据张文虎《校刊札记》改作"分"。③年名：此处例举年名，举岁阳而不举岁阴，举"端蒙"而不举"焉逢"，显得不伦不类。④加：居，在。按照四分法推算，每章的首年，地球公转达到冬至点，分别在子、卯、午、酉四时。

天官书第五[1]

中宫天极星[2]，其一明者，太一常居也[3]；旁三星三公[4]，或曰子属[5]。后句四星[6]，末大星正妃[7]，余三星后宫之属也[8]。环之匡卫十二星[9]，藩臣[10]。皆曰紫宫[11]。

【注释】

①天官书：讲述古代天文学的专著，但是其中夹杂着很多占星、望气、候岁之类的占卜术，使得精华与糟粕混杂，披沙拣金，读者须得深思。②中宫：古代把北极星所在的天区看作天空的正中，所以把北极星当作天空的中官。宫，当据《索隐》和王念孙《读书杂志》改作"官"，后文的"东宫""南宫""西宫""北宫"与这里相同。天极星：就是北极星，又叫北辰，包括五颗星，属于紫微垣。现代所称的北极星是指勾陈一星，跟古代所指不同。③太一：天帝的别名，是最尊贵的天神。④三星三公：三颗星象征人世间的三公。周代把太师、太傅、太保称为三公，西汉把丞相、御史大夫、太尉称作三公。⑤子属：指帝王的太子，庶子。属，种类，等辈。⑥句（gōu）：通"勾"。弯曲。动词。四星：据《星经》说，这四颗星叫作四辅。⑦正妃：帝王的正妻。⑧后宫：宫中妃嫔（pín）居住的地方。借指妃嫔、姬妾。⑨匡卫：辅助，保卫。⑩藩臣：保卫帝王的诸侯。⑪紫宫：就是紫微宫或紫微垣。既是星官名，又是天区名。这里指星官。

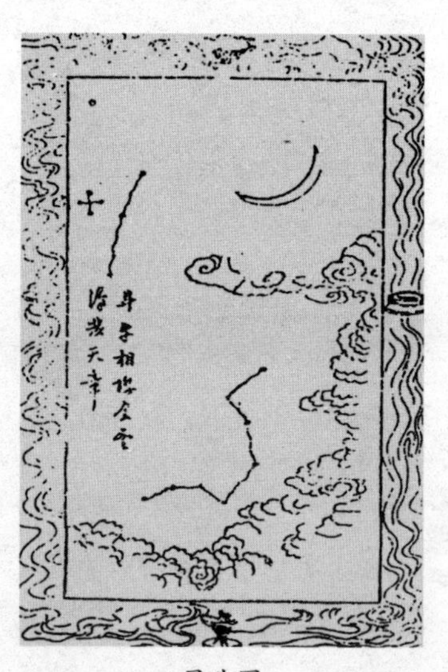

星斗图

前列直斗口三星[1]，随北端兑[2]，若见若不[3]，曰阴德[4]，或曰天一[5]。

紫宫左三星曰天枪[6]，右五星曰天桲[7]，后六星绝汉抵营室[8]，曰阁道[9]。

【注释】

①直：通"值"。挡。斗口：北斗星的开口。②随：当据《索隐》《史记志疑》改作"隋"，通"堕"（duò），下垂。端：尖端；前端。兑（ruì）：通"锐"，尖锐。③若：如；像。动词。见（xiàn）：显现。不（fǒu）：通"否"。表示对上文的否定。④阴德：星官名。⑤天一：阴德的另一名称。⑥左：据清代方苞《史记注补正》说，应当跟下句的"右"字互换。天枪（chēng）：星官名。⑦天桲（bàng）：星官名。桲，同"棒"。⑧绝：度过；跨越。汉：指天汉。就是银河，俗称天河。营室：星官名。原来包括室宿和壁宿，后来专指室宿。室宿是二十八宿之一，北方七宿的第六宿，包括两颗星，现在属于飞马座。壁宿又叫东壁，也是二十八宿之一，北方七宿的第七宿，包括两颗星，现在分属于飞马座和仙女座。⑨阁道：星官名。包括六颗星。

北斗七星[1]，所谓"旋玑、玉衡以齐七政[2]"。杓携龙角[3]，衡殷南斗[4]，魁枕参首[5]。用昏建者杓[6]；杓，自华以西南[7]。夜半建者衡[8]；衡，殷中州河、济之间[9]。平旦建者魁[10]；魁，海岱以东北也[11]。斗为帝车[12]，运于中央[13]，临制四乡[14]。分阴阳[15]，建四时[16]，均五行[17]，移节度[18]，定诸纪[19]，皆系于斗[20]。

【注释】

①北斗：星官名。在北天排斗形的七颗亮星。②旋玑：又作"璇玑"。北斗星的这一部分象征浑天仪或浑天仪的横筒。玉衡：象征浑天仪的横筒或圆形外壳。③杓：指北斗星的柄。携：连接。龙角：星官名。就是角宿。④衡：指北斗星的斗中央。殷：居中；当于。南斗：星官名。就是斗宿，亦名北斗（非指北斗七星）。二十八宿之一，北方七宿的第一宿，包括六颗星，现在属于人马座。⑤魁：指北斗星的第一星。枕（zhèn）：临；靠近。参（shēn）：星官名。二十八宿之一，西方七宿的第七宿，包括七颗星，现在属于猎户座。⑥用：以；于。昏：黄昏。指戌时。相当于现在的十九点至二十一点。建：北斗星的斗柄（或斗魁、或斗衡）所指叫作建，并以建寅（指向东偏北方向）作为基点。杓：指北斗星的第七星。⑦华（huà）：山名。在陕西省东部，属于秦岭山脉东段。⑧夜半：指子时。相当于现在的 23 时至 1 时。衡：指北斗星的第五星。⑨中州：

古代豫州位置处在九州的中央,称为中州。有时也泛指黄河中游地区。河:古代黄河的专名。济(jǐ):水名。发源于河南省济源市王屋山,古代分为黄河南、北两部分,下游河道变化很多。⑩平旦:指寅时。相当于现在的三时至五时。⑪海岱(dài):指东海(今渤海)和泰山之间的地区,就是古代的青州,现在的山东省一带。岱,泰山的别名。⑫帝:天帝。也可象征皇帝。⑬运:运转;转动。中央:天空的正中。⑭临制:统制。临,站在上面俯看下面。四乡:四方。⑮阴阳:昼夜。⑯建:制定。四时:四季。⑰均:调和;调节。五行:指水、火、木、金、土,古代称构成各种物质的五种元素。⑱移:改变。节度:节序度数。⑲诸纪:指岁、日、月、星辰、历数。⑳系:联属依附。

斗魁戴匡六星曰文昌宫①:一曰上将②,二曰次将,三曰贵相,四曰司命,五曰司中,六曰司禄。在斗魁中③,贵人之牢。魁下六星,两两相比者④,名曰三能⑤。三能色齐⑥,君臣和;不齐,为乖戾⑦。辅星明近⑧,辅臣亲强⑨;斥小⑩,疏弱⑪。

【注释】

①匡:通"筐"。文昌宫的六颗星排列成为筐形。文昌宫:星官名。②上将:星名。下文的次将、贵相、司命、司中、司禄都是星名。③在斗魁中:指天理四星。这句上面有缺文。④比(bì):并列;靠近。动词。⑤三能(tái):星官名。就是三台。⑥色齐(jì):颜色平和。指亮度正常稳定。⑦乖戾(lì):抵触,不一致。⑧辅星:星名。靠近开阳星的伴星。明近:明亮而接近观测者。⑨辅臣:辅佐皇帝的大臣。⑩斥小:远离观测者而微小。⑪疏弱:疏远而无能。

杓端有两星:一内为矛①,招摇;一外为盾②,天锋。有句圜十五星③,属杓④,曰贱人之牢。其牢中星实则囚多⑤,虚则开出⑥。

【注释】

①内:接近。矛:天矛星。②外:远离。盾:天盾星。又叫天锋星。③句圜(yuán)十五星:句指七公星,包括七颗星;圜指贯索星,包括九颗星,但其中正北的一颗星一般隐而不见,因此在观测者看来总计有十五颗星。它们排列成为连环形。句,通"勾";圜,通"圆"。④属(zhǔ):接连。⑤其:那。指示代词。实:充满。⑥开出:开放;释放。

天一、枪、棓、矛、盾动摇，角大[1]，兵起[2]。

【注释】

①角：芒角；光芒。②兵：军事；战争。

东宫苍龙[1]，房、心[2]。心为明堂[3]，大星天王[4]，前后星子属。不欲直[5]，直则天王失计[6]。房为府[7]，曰天驷。其阴[8]，右骖[9]。旁有两星曰钤[10]；北一星曰舝[11]。东北曲十二星曰旗[12]。旗中四星曰天市[13]；中六星曰市楼[14]。市中星众者实[15]；其虚则耗[16]。房南众星曰骑官[17]。

【注释】

①东宫：当作"东官"。②房：房宿。星官名。又叫天驷。二十八宿之一，东方七宿的第四宿，包括四颗星，现在属于天蝎座。心：心宿。星官名。又叫商星。二十八宿之一，东方七宿的第五宿，包括三颗星，现在属于天蝎座。③明堂：古代君王宣明政教的大会堂，所有朝会、祭祀、庆赏等盛大典礼都在这里举行。④天王：春秋时代称周天子为天王，后世泛指皇帝。⑤直：三星排列直线。⑥失计：失策；⑦府：当据《索隐》和《史记志疑》补作"天府"。⑧阴：北边。⑨右骖（cān）：当据《史记志疑》作"左、右骖"。左骖、右骖都是星名。⑩钤（qián）：当据《索隐》《正义》作"钩钤"。钩、钤皆星名。⑪舝（xiá）：同"辖"。星名。⑫旗：天旗。星官名。⑬天市：星官名。⑭市楼：星官名。⑮实：经济繁荣。⑯耗：经济枯竭。⑰骑官：星官名。

左角[1]，李[2]；右角，将。大角者[3]，天王帝廷[4]。其两旁各有三星，鼎足句之[5]，曰摄提[6]。摄提者，直斗杓所指，以建时节[7]，故曰"摄提格"[8]。亢为疏庙[9]，主疾。其南北两大星，曰南门[10]。氐为天根[11]，主疫。

【注释】

①角：角宿。星官名。二十八宿之一，东方七宿的第一宿，包括两颗星，现在属于室女座。②李：通"理"。法官。③大角：星名。④帝廷：朝廷，朝见的地方。⑤鼎足：比喻三方并立。鼎，古代炊煮用的器具，有三只脚。⑥摄提：星官名。包括六颗星。⑦时节：四季的次序。⑧摄提格：摄提星随着斗柄指向寅位是一年的开始。格，起始。⑨亢：亢宿。星官名。二十八宿之一，东方七宿的第二宿，包括四颗星，现在属于室女座。疏庙：外朝。天帝处理政事的地方。⑩南门：星官名。⑪氐（dī）：氐宿。星官名。

二十八宿之一，东方七宿的第三宿，包括四颗星，现在属于天秤座。天根：它是角、亢两宿的根柢。

　　尾为九子①，曰君臣；斥绝②，不和。箕为敖客③，曰口舌④。

【注释】

　　①尾：尾宿。星官名。二十八宿之一，东方七宿的第六宿，包括九颗星，现在属于天蝎座。②斥绝：相距很遥远。③箕：箕宿。星官名。二十八宿之一，东方七宿的第七宿，包括四颗星，现在属于人马座。敖（áo）客：挑拨是非的人。④口舌：口角；争吵。

　　火犯守角①，则有战。房、心②，王者恶之也③。

【注释】

　　①火：火星。又叫荧惑。犯守：古人观测天象时的术语。甲星从下往上光芒接触到乙星的光芒，叫作甲星犯乙星；甲星停留在乙星通常所在的位置上，叫作甲星守乙星。②房、心：紧承上句，省略了主语和谓语"火犯守"。③恶（wù）：憎恨；厌恶。

　　南宫朱鸟，权、衡①。衡，太微，三光之廷②。匡卫十二星，藩臣：西，将；东，相；南四星，执法③——中，端门④；门左右，掖门⑤——门内六星，诸侯⑥。其内五星，五帝坐⑦。后聚一十五星，蔚然⑧，曰郎位⑨；傍一大星⑩，将位也⑪。月、五星顺入⑫，轨道，司其出⑬，所守⑭，天子所诛也。其逆入⑮，若不轨道⑯，以所犯命之⑰；中坐⑱，成形⑲，皆群下从谋也⑳。金、火尤甚㉑。廷藩西有隋星五㉒，曰少微㉓，士大夫。权，轩辕。轩辕，黄龙体㉔。前大星，女主象㉕；旁小星，御者后宫属㉖。月、五星守犯者，如衡占㉗。

【注释】

　　①南宫：当作"南宫"。权、衡：都是星官名。权，又叫轩辕，包括十七颗星。衡，又叫太微，包括十颗星。②三光：指日、月、五星。③执法：官名。跟上两句的将、相一样，可以看成这些星辰的职务，也可以看作它们的名称。④端门：正门。天空门名。⑤掖门：旁门。天空门名。⑥诸侯：星官名。⑦五帝坐：星官名（坐，通"座"）。它们的名称是：中央黄帝坐，神名含枢纽；东方苍帝坐，神名灵威仰；南方赤帝坐，神名赤熛（biāo）怒；西方白帝坐，神名白昭矩；北方黑帝坐，

神名叶（xié）光纪。⑧蔚然：密密麻麻的样子。⑨郎位：星官名。⑩傍（páng）：通"旁"。⑪将位：星名。⑫五星：五大行星。顺入：从西方进入太微廷。⑬司（sì）：通"伺"。等候，观察。出：从太微廷经过五帝坐向东运行。⑭所守：指被月或五星侵占了位置的星辰所象征的大官员。⑮其：倘若；如果。假设连词。逆入：从东方进入太微廷。⑯若：或；或者。选择连词。⑰以：根据；针对。所犯：指被月或五星侵犯了的星辰所象征的大官员。命：给定罪名。⑱中坐：有两种解释：一是侵犯或侵占五帝坐。中（zhòng），冲击。二是指五帝坐的中央黄帝坐。⑲成形：有两解：一是灾祸已经明显地表现出来。二是一定会要施以刑罚。形，通"刑"。⑳从（zōng）谋：勾结起来图谋犯上作乱。㉑金：金星。又叫太白、启明、长庚。㉒廷藩：指作为太微廷的藩臣的各个星官。隋（duò）：通"堕"。下垂。㉓少（shào）微：星官名。㉔黄龙体：比喻轩辕星的形状。㉕女主：指皇后。象：象征；形象。㉖御者：指宫内侍女。㉗占：看兆头以预知吉凶。

东井为水事①。其西曲星曰钺②。钺北，北河③；南，南河④；两河、天阙间为关梁⑤。舆鬼⑥，鬼祠事⑦；中白者为质⑧。火守南、北河，兵起，谷不登⑨。故德成衡⑩，观成潢⑪，伤成钺⑫，祸成井⑬，诛成质⑭。

【注释】

①东井：就是井宿。星官名。二十八宿之一，南方七宿的第一宿，包括八颗星，现在属于双子座。为水事：掌握法令制度的准则。水最平，可以作为制法和执法者的榜样。②钺（yuè）：星名。③北河：星官名。包括三颗星。④南河：星官名。包括三颗星。⑤两河：指北河星、南河星。天阙（què）：星官名。包括两颗星。关梁：关卡和桥梁。比喻交通要冲。⑥舆鬼：就是鬼宿。星官名。二十八宿之一，南方七宿的第二宿，包括四颗星，现在属于巨蟹座。⑦鬼：当据《正义》、《史记志疑》改作"主"，或依王先谦说作"为"。⑧质：鬼宿四星中央有一个附座星官，名叫质，又叫积尸气或鬼星团。⑨登：成熟。⑩德成衡：帝王施行德政，就会预先从衡星表现出征兆。⑪观成潢（huáng）：帝王外出游览，就会预先从潢星表现出征兆。潢星是天帝的车舍，因此可以看出帝王车马的行踪。潢，又叫天潢或天横，星官名，包括八颗星。⑫伤成钺：帝王胡作非为，就会预先从钺星表现出征兆。⑬祸成井：帝王有灾祸，就会预先从井宿表现出征兆。井宿主水事，有帝王的征象。⑭诛成质：帝王执行诛杀，

就会预先从质星表现出征兆。

　　柳为鸟注[①]，主木草。七星[②]，颈，为员官[③]，主急事。张[④]，素[⑤]，为厨，主觞客[⑥]。翼为羽翮[⑦]，主远客。

【注释】

　　①柳：柳宿。星官名。二十八宿之一，南方七宿的第三宿，包括八颗星，现在属于长蛇座。注（zhòu）：通"咮（zhòu）"。鸟口；鸟嘴。②七星：就是星宿。星官名。二十八宿之一，南方七宿的第四宿，包括七颗星，现在属于长蛇座。③员官：喉咙。员，通"圆"。④张：张宿。又叫鹑尾。星官名。二十八宿之一，南方七宿的第五宿，包括六颗星，现在属于长蛇座。⑤素：通"嗉（sù）"。嗉囊。⑥觞（shāng）：盛酒器。敬酒或喝酒。⑦翼：翼宿。星官名。二十八宿之一，南方七宿的第六宿，包括二十二颗星，现在分属巨爵座和长蛇座。

　　轸为车[①]，主风。其旁有一小星，曰长沙[②]，星星不欲明[③]；明与四星等，若五星入轸星中，兵大起。轸南众星曰天库、楼[④]；库有五车[⑤]。车星角[⑥]，若益众，及不具[⑦]，无处车马[⑧]。

【注释】

　　①轸（zhěn）：轸宿。星官名。二十八宿之一，南方七宿的第七宿，包括四颗星，现在属于乌鸦座。②长沙：星名。③星星：细小。④天库：星官名。包括六颗星。楼：天楼。星官名。包括四颗星。⑤五车：星名。⑥角：光芒。动词。⑦不具：隐而不见。⑧无处（chǔ）：没法安排。

　　西宫咸池[①]，曰天五潢[②]。五潢，五帝车舍。火入，旱；金，兵；水[③]，水。中有三柱[④]；柱不具，兵起。

【注释】

　　①西宫：当作"西官"。咸池：星官名。②"曰"上面疑有缺文。③水：水星。又叫辰星。④三柱：星官名。

　　奎曰封豕[①]，为沟渎[②]。娄为聚众[③]。胃为天仓[④]。其南众星曰廥积[⑤]。

【注释】

　　①奎（kuí）：奎宿。又叫天豕、封豕。星官名。二十八宿之一，西方

452

七宿的第一宿，包括十六颗星，现在分属仙女座和双鱼座。②沟渎（dú）：
沟渠。③娄：娄宿。星官名。二十八宿之一，西方七宿的第二宿，包括三颗星，
现在属于白羊座。④胃：胃宿。星官名。二十八宿之一，西方七宿的第三宿，
包括三颗星，现在属于白羊座。⑤庈（kuài）积：星官名。包括六颗星。

昴曰髦头[1]，胡星也[2]，为白衣会[3]。毕曰罕车[4]，为边兵，主弋猎[5]。
其大星旁小星为附耳[6]。附耳摇动，有谗乱臣在侧[7]。昴、毕间为天街[8]。
其阴，阴国[9]；阳[10]，阳国[11]。

【注释】

①昴（mǎo）：昴宿。星官名。二十八宿之一，西方七宿的第四宿。
昴宿是一个星团，又叫髦头、昴星团，有七颗较亮的星，现在属于金牛
座。②胡星：象征胡人的星辰。③白衣会：古代占卜说是丧事的征兆。
白衣，丧服。会，吉凶的遭遇。④毕：毕宿。又叫天浊、罕车。星官名。
二十八宿之一，西方七宿的第五宿，包括八颗星，现在属于金牛座。⑤
弋（yì）：用绳子系着箭发射。⑥附耳：星名。⑦谗乱：颠倒是非，进
行捣乱。⑧天街：星官名。包括两颗星。⑨阴国：指野蛮落后的外族国家。
⑩阳：南边。⑪阳国：指文明先进的华夏族国家。

参为白虎[1]。三星直者，是为衡石[2]。下有三星，兑，曰罚[3]，为斩艾
事[4]。其外四星，左右肩股也。小三星隅置[5]，曰觜觿[6]，为虎首，主葆旅事[7]。
其南有四星，曰天厕[8]。厕下一星，曰天矢[9]。矢黄则吉；青、白、黑，凶。其
西有句曲九星，三处罗[10]：一曰天旗[11]，二曰天苑[12]，三曰九游[13]。其东有大
星曰狼[14]。狼角变色，多盗贼。下有四星曰弧[15]，直狼。狼比地有大星[16]，
曰南极老人[17]。老人见，治安；不见，兵起。常以秋分时候之于南郊[18]。

【注释】

①参（shēn）：参宿。星官名。②衡石：衡，秤杆，秤；石，古代重
量单位，等于四钧、一百二十斤。③罚：也作"伐"。星官名。④艾（yì）：
通"刈"。割；杀。⑤隅（yú）置：排列在角落里。⑥觜觿（zī xī）：就
是觜宿。星官名。二十八宿之一，西方七宿的第六宿，包括三颗星，现在
属于猎户座。⑦葆旅：两解：一是保护军需运输。二是收取野生食物。⑧
天厕：星官名。⑨天矢：星名。矢，通"屎"。⑩罗：分布；排列。⑪天
旗：星官名。⑫天苑：星官名。⑬九游（liú）：星官名。据《正义》说，

天旗星包括九颗星，天苑星包括十六颗星，九游星包括九颗星，跟上句"九星"不合。⑭狼：天狼。星名。天空最亮的恒星，现在属于大犬座。⑮弧：星官名。⑯狼：衍文。当据《汉书·天文志》和《史记志疑》删。⑰南极老人：星名。又叫寿星。天空次亮的恒星，现在属于船底座。⑱以：于；在。候之于南郊：南极星只出现在南天地平线附近，我国中部地区很难见到。

附耳入毕中，兵起①。

【注释】

①这两句话应当移到前文"附耳"句下面。

北宫玄武①，虚、危②。危为盖屋；虚为哭泣之事。

【注释】

①北宫，当作"北官"。玄武：指龟或龟蛇合体的形象。武，龟蛇身有鳞甲，有勇武象。②虚：虚宿。星官名。二十八宿之一，北方七宿的第四宿，包括两颗星，现在分属宝瓶座和小马座。危：危宿。星官名。

其南有众星，曰羽林天军①。军西为垒②，或曰钺。旁有一大星为北落③。北落若微亡④，军星动角益希⑤，及五星犯北落，入军，军起。火、金、水尤甚。火，军忧；水患；木、土⑥，军吉。危东六星，两两相比，曰司空⑦。

【注释】

①羽林天军：星官名。②垒：又叫钺。星官名。③北落：星名。④微亡：隐而不见。微，隐蔽，藏匿；亡，消失。⑤希：通"稀"。稀疏；稀少。⑥木：木星。又叫岁星。土：土星。又叫填（zhèn）星、镇星。⑦司空：星官名。

营室为清庙①，曰离宫阁道②。汉中四星，曰天驷③。旁一星，曰王良④。王良策马⑤，车骑满野⑥。旁有八星，绝汉，曰天潢。天潢旁，江星⑦。江星动，人涉水。

【注释】

①清庙：帝王诸侯祭祀祖宗的祠庙。②离宫：帝王临时居住的宫殿。③天驷：星官名。与房宿的别名"天驷"是两码事。④王良：星名。本是春秋时晋国的一个善于驭马的人。⑤策：星名。策本是马鞭或鞭打的意思，这里借星名作动词用，语意双关。⑥车骑（jì）：车和驾车的马。

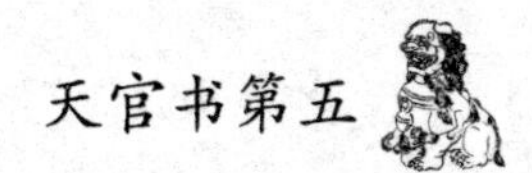

⑦江星：又叫天江。星官名。

杵臼四星①，在危南。匏瓜②，有青黑星守之③，鱼盐贵。

【注释】

①杵臼：星官名。②匏瓜：星官名。包括五颗星。③青黑星：指天空中新出现的客星。

南斗为庙①，其北建星②。建星者，旗也。牵牛为牺牲③。其北河鼓④。河鼓大星，上将；左右⑤，左右将。婺女⑥，其北织女⑦。织女，天女孙也⑧。

【注释】

①南斗：就是斗宿。星官名。二十八宿之一，北方七宿的第一宿，包括六颗星，现在属于人马座。②建星：星官名。包括六颗星。也叫天旗，跟房宿的"天旗"是两码事。③牵牛：就是牛宿。星官名。二十八宿之一，北方七宿的第二宿，包括六颗星，现在属于摩羯（jié）座。牺牲：古代供祭祀用的牲畜的通称。④河鼓：星官名。包括三颗星，现在属于天鹰座。古代天文书籍大都称牛宿为牵牛星，而在诗文中常常称河鼓星为牵牛星，一般人称它为牛郎星。⑤左右：分别指大星南边和北边的星。⑥婺（wù）女：就是女宿。星官名。二十八宿之一，北方七宿的第三宿，包括四颗星，现在属于宝瓶座。⑦织女：星官名。包括三颗星，现在属于天琴座。⑧天女孙：晋代以后的天文书籍中多作"天女"，在诗文中常简称"天女"或"天孙"。

察日、月之行以揆岁星顺逆①。曰东方木②，主春③，日甲、乙④。义失者，罚出岁星⑤。岁星赢缩⑥，以其舍命国⑦。所在国不可伐，可以罚人⑧。其趋舍而前曰赢⑨，退舍曰缩⑩。赢，其国有兵，不复⑪；缩，其国有忧，将亡⑫，国倾败⑬。其所在，五星皆从而聚于一舍⑭，其下之国可以义致天下⑮。

【注释】

①揆（kuí）：测度；度量。顺逆：顺入或逆入。五大行星围绕太阳运行的轨道是椭圆的，跟黄道斜交。②东方木：根据五行说，把五行跟五方配合：东方木，南方火，西方金，北方水，中央土。③主春：根据五行说，把五行跟四季配合：木主春，火主夏，金主秋，水主冬；还剩下土怎么办呢？于是就从一年四季的中间划出季夏来跟它配合：土主季

夏。④日甲、乙：根据五行说，把五行跟纪日的十干配合：甲乙木，丙丁火，戊己土，庚辛金，壬癸水。⑤义失者，罚出岁星：本文把五行跟道德规范或政治措施配合：木主义，火主礼，土主德，金主杀，水主刑。⑥赢缩：五大行星出现得早叫作赢，出现得晚叫作缩。赢缩就是进退的意思。⑦舍：就是"宿"，侧重指天空区划。命：命名；起名。⑧罚：通"伐"。⑨趋舍：超过正常达到的天区。⑩退舍：落后于正常达到的天区。⑪复：兴复；恢复。⑫将（jiàng）：将帅。⑬倾败：危险，灭亡。⑭五星皆从而聚于一舍：指五大行星同时出现于同一天区，古代称为"五星聚"或"五星连珠"。⑮致：招致；招来。

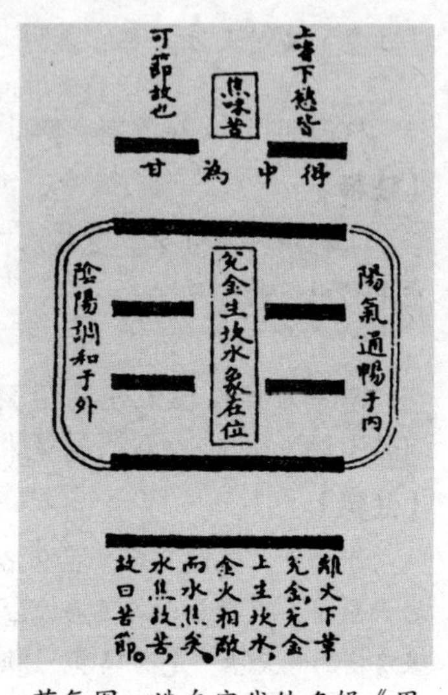

节气图，选自宋代佚名辑《周易周》。

　　以摄提格岁①：岁阴左行在寅②，岁星右转居丑③。正月，与斗、牵牛晨出东方，名曰监德④。色苍苍有光⑤。其失次⑥，有应见柳⑦。岁早⑧，水；晚，旱。

【注释】

　　①摄提格：万物秉承阳气兴起。古代用岁阴的名目纪年，它们的名称是：摄提格、单阏（chán yān）、执徐、大荒落、敦牂（zāng）、协洽、涒（tūn）滩、作噩、阉茂、大渊献、困敦、赤奋若。分别相当于十二支的寅、卯、辰、巳、午、未、申、酉、戌、亥、子、丑。②岁阴：古代天文学中假设的天体名称，又叫太岁或太阴。③右转：从西向东运行。④监德：给正月间每天早晨出现在东方的木星起的特定名称。下文的"降入"、"青章"等名称跟这相类似。⑤苍苍：深青色。⑥次：也称星次。古代为了测量日、月、五星的位置和运动，把黄道带分成十二个部分，叫作十二次。但因为它们是按赤道经度等分的，所以跟现代的黄道十二宫有出入。⑦应：效应；占验。⑧岁早：指一年的前半段；下面的"晚"指后半段。

　　岁星出，东行十二度，百日而止，反逆行①；逆行八度，百日，复东行。岁行三十度十六分度之七②，率日行十二分度之一③，十二岁而周天④。出常东方，以晨；入于西方，用昏。

【注释】

　　①反：通"返"。②三十度十六分度之七：就是三十又十六分之七度。③率：大概；通常。④十二岁而周天：根据现代实测，木星的公转周期是 11.86 年。古代把周天分为三百六十五又四分之一度，现在分为三百六十度。这里作动词用，是绕天一周的意思。

　　单阏岁①：岁阴在卯，星居子②。以二月与婺女、虚、危晨出，曰降入。大有光。其失次，有应见张。名曰降入。其岁大水。

【注释】

　　①单阏：阴气尽止，阳气推动万物兴起。②星：承上文，指岁星。

　　执徐岁①：岁阴在辰，星居亥。以三月居与营室、东壁晨出，曰青章。青青甚章②。其失次，有应见轸。曰青章。岁早，旱；晚，水。

【注释】

　　①执徐：蛰伏的动物缓慢地开始活动。②章：通"彰"。明显，显著。

　　大荒骆岁①：岁阴在巳，星居戌。以四月与奎、娄胃、昴晨出，曰跰踵②。熊熊赤色③，有光。其失次，有应见亢。

【注释】

　　①大荒骆：万物都勃然兴起，十分活跃。②跰（pián）踵：星名。一曰路嶂。③熊熊：火焰旺盛的样子。

　　敦牂岁①：岁阴在午，星居酉。以五月与胃、昴、毕晨出，曰开明。炎炎有光。偃兵②；唯利公王③，不利治兵④。其失次，有应见房。岁早，旱；晚，水。

【注释】

　　①敦牂：万物壮盛。②偃（yǎn）：止息；停止。③公王：指太平盛世的帝王诸侯。④治兵：练兵；用兵。

叶洽岁①：岁阴在未，星居申。以六月与觜觿、参晨出，曰长列。昭昭有光②。利行兵。其失次，有应见箕。

【注释】

①叶（xié）洽：阳气化生，万物和合。叶，也作"协"。②昭昭：明亮；清朗。

涒滩岁①：岁阴在申，星居未。以七月与东井、舆鬼晨出，曰天音。昭昭白。其失次，有应见牵牛。

【注释】

①涒滩：万物成熟。

作鄂岁①：岁阴在酉，星居午。以八月与柳、七星、张晨出，曰为长王。作作有芒②。国其昌③，熟谷。其失次，有应见危。曰大章有旱而昌，有女丧，民疾。

【注释】

①作鄂：植物芒角尖锐。②作作：形容光芒四射。③其：将要。

阉茂岁①：岁阴在戌，星居巳。以九月与翼、轸晨出，曰天睢②。白色大明。其失次，有应见东壁。岁水，女丧。

【注释】

①阉茂：万物都隐蔽起来。②睢（huī）：抬眼看。

大渊献岁①：岁阴在亥，星居辰。以十月与角、亢晨出，曰大章。苍苍然，星若跃而阴出旦②，是谓"正平"。起师旅③，其率必武④；其国有德，将有四海⑤。其失次，有应见娄。

【注释】

①大渊献：万物大量深藏。②阴：暗淡；隐约。③师旅：军队；战争。④率：通"帅"。⑤有：取得；占有。四海：天下。

困敦岁①：岁阴在子，星居卯。以十一月与氐、房、心晨出，曰天泉。玄色甚明②。江池其昌，不利起兵。其失次，有应见昂。

【注释】

①困敦：万物刚刚萌发，处于混沌状态。②玄色：天青色；浅黑色。

赤奋若岁①：岁阴在丑，星居寅。以十二月与尾、箕晨出，曰天晧②。嚪然黑色甚明③。其失次，有应见参。

【注释】

①赤奋若：阳气振起万物，顺应它们的天性。②晧（hào）：光明。③嚪（yān）：黑色的样子。

当居不居①，居之又左右摇，未当去去之②，与他星会，其国凶。所居久，国有德厚③。其角动，乍小乍大，若色数变④，人主有忧。

【注释】

①居：停留。②去：离开。③德厚：道德高厚。④数（shuò）：屡次；频繁。

其失次舍以下①，进而东北，三月生天棓，长四丈，末兑。进而东南，三月生彗星②，长二丈，类彗③。退而西北，三月生天槜④，长四丈，末兑。退而西南，三月生天枪，长数丈，两头兑。谨视其所见之国，不可举事用兵⑤。其出如浮如沉，其国有土功⑥；如沉如浮，其野亡⑦。色赤而有角，其所居国昌。迎角而战者⑧，不胜。星色赤黄而沉，所居野大穰⑨。色青白而赤灰，所居野有忧。岁星入月⑩，其野有逐相；与太白斗⑪，其野有破军。

【注释】

①次舍：行星运行过程中一定时期在十二次和二十八舍（宿）的位置。②彗星：绕太阳运行的一种天体。形状很特别，远离太阳时，是一个云雾状小斑点；接近太阳时，由彗头和彗尾两部分组成，彗尾像扫帚，所以通常叫扫帚星。③类：相似。④天槜（chán）：星名。它和上文的天棓、下文的天枪都是彗星一类的天体。⑤举事：兴办国家大事。⑥土功：土木水利等建筑工程。⑦野：指分野。古代天文学说，把天上星宿的位置跟地上州、国的位置相对应。就天文说，称分星；就地域说，称分野。⑧迎：正对着。⑨穰（ráng）：丰收；繁荣。⑩岁星入月：当木星运行到跟月亮、地球成为一直线时，观测者的视线被月球遮断，看不见木星。

这种现象古人叫作月食星。⑪斗：斗争。意谓两星的光芒相接触。

　　岁星一曰摄提，曰重华，曰应星，曰纪星。营室为清庙，岁星庙也①。
【注释】

　　①庙：宫室；朝堂。

　　察刚气以处荧惑①。曰南方火，主夏，日丙、丁。礼失②，罚出荧惑，
荧惑失行是也③。出则有兵④，入则兵散⑤。以其舍命国。荧惑为勃乱⑥，
残贼、疾、丧、饥、兵⑦。反道二舍以上⑧，居之，三月有殃，五月受兵，
七月半亡地，九月太半亡地⑨。因与俱出入⑩，国绝祀⑪。居之，殃还
至⑫，虽大当小；久而至，当小反大。其南为丈夫丧⑬，北为女子丧。若
角动绕环之，及乍前乍后，左右⑭，殃益大。与他星斗，光相逮⑮，为害；
不相逮，不害。五星皆从而聚于一舍，其下国可以礼致天下。
【注释】

　　①刚气：刚毅之气。因为古人认为火星象征执法者，所以这样说。
处（chǔ）：位置；判断位置。动词。②礼：规定社会行为的法则、规范、
仪式的总称。③失行：火星在天空中运行，时隐时现时东时西，情况复杂。
④出：出现；显现。⑤入：隐没。⑥勃（bèi）：通"悖"。违反；迷惑。
⑦残贼：凶杀，暴乱。疾：疾病；瘟疫。丧（sàng）：死亡；灾祸。⑧
反道：回转轨道运行。⑨太半：大半；多半。⑩因与俱出入：承上文而言，
意思是说：到了九个月以后，仍然在那里时而出现，时而隐没。⑪绝祀：
断绝祭祀。指国家（王朝）灭亡。⑫还（xuán）：通"旋"。随即；不久。
⑬丈夫：男子。⑭左右：乍左乍右。状语。⑮逮：及；到。

　　法①，出东行十六舍而止；逆行二舍；六旬②，复东行，自所止数十舍，
十月而入西方；伏行五月③，出东方。其出西方曰"反明"，主命者恶之④。
东行急，一日行一度半。
【注释】

　　①法：法则；常规。②旬：十日。③伏行：潜伏运行。④主命者：
发号施令的人。指帝王诸侯。

　　其行东、西、南、北疾也①。兵各聚其下；用战②，顺之胜③，逆之

败。荧惑从太白，军忧；离之，军却④。出太白阴，有分军⑤；行其阳，有偏将战⑥。当其行，太白逮之，破军杀将。其入守犯太微、轩辕、营室，主命恶之⑦。心为明堂，荧惑庙也。谨候此⑧。

【注释】

①疾：快速。②用：需要。③顺之：顺着火星运行的方向行进。④却：倒退；退却。⑤分军：别部；奇兵。⑥偏将战：敌对双方约定时间和地点，各据一面，正式交战。⑦主命：就是主命者。⑧候：占验星象。依据天象的变化来预测吉凶。

历斗之会以定填星之位①。曰中央土，主季夏②，日戊、己，黄帝③，主德，女主象也。岁填一宿④，其所居国吉。未当居而居，若已去而复还，还居之，其国得土，不⑤，乃得女。若当居而不居，既已居之，又西东去，其国失土，不，乃失女，不可举事用兵。其居久，其国福厚；易⑥，福薄。

【注释】

①历：跟踪观测。斗：指斗宿。会：聚合；汇合。②季夏：夏季的最后一个月。③黄帝：指中央天帝。④岁填（zhèn）一宿：土星约二十八年运行一周天（根据现代实测，土星的公转周期是 29.46 年），每年行程大概相当于一宿的天区。⑤不：通"否"。不然。⑥易：随便；迅速。

其一名曰地侯①，主岁②。岁行十三度百十二分度之五，日行二十八分度之一，二十八岁周天。其所居，五星皆从而聚于一舍，其下之国可重致天下③。礼、德、义、杀、刑尽失④，而填星乃为之动摇。

【注释】

①地侯：也是土星的别名。②岁：年景；一年的收成。③重：庄严质朴的品行。④杀：杀伐；征战。

赢，为王不宁；其缩，有军不复①。填星，其色黄，九芒，音曰黄钟宫②。其失次上二三宿曰赢，有主命不成③，不，乃大水。失次下二三宿曰缩，有后戚④，其岁不复⑤，不，乃天裂若地动。

【注释】

①复：还转；返回。②黄钟宫：黄钟律，十二律的第一律；宫声，五声的第一声。③主命不成：君主的命令不能够贯彻执行。④后戚：王

后忧伤。⑤不复：阴阳不调和。

斗为文太室①，填星庙，天子之星也。

【注释】

①文太室：有文采的帝王祖庙的中室。

木星与土合①，为内乱，饥，主勿用战②，败；水则变谋而更事③；火为旱；金为白衣会若木。金在南曰牝牡④，年谷熟。金在北，岁偏无⑤。火与水合为焠⑥，与金合为铄⑦，为丧，皆不可举事，用兵大败。土为忧，主孽卿⑧；大饥，战败，为北军⑨，军困，举事大败。土与水合，穰而拥阏⑩，有覆军⑪，其国不可举事。出，亡地；入，得地。金为疾，为内兵⑫，亡地。三星若合，其宿地国外内有兵与丧，改立公王。四星合，兵丧并起，君子忧⑬，小人流⑭。五星合，是为易行⑮，有德，受庆，改立大人⑯，掩有四方⑰，子孙蕃昌⑱；无德，受殃若亡。五星皆大，其事亦大⑲；皆小，事亦小。

【注释】

①木星与土合：当据《汉书·天文志》和《史记志疑》作"凡五星，术与土合"。②主：注重；着重。③更（gēng）事：更改工作。④金在南曰牝（pìn）牡：木星代表阳，金星代表阴。牝，雌性，阴；牡，雄性，阳。⑤偏：特别；意外。⑥焠（cuì）：通"淬（cuì）"。锻炼；磨炼。⑦铄（shuò）：熔化；销熔。⑧孽（niè）卿：普通人担任大臣的。⑨北军：战败的军队。⑩拥阏（è）：阻塞；不流畅。⑪覆军：覆灭的军队。⑫内兵：内战；内部变乱。⑬君子：古时指统治阶级，后用以称有才德的人。⑭小人：古时指劳动人民，后用以称无才德的人。⑮易行：改变了正常的行程。⑯大人：指帝王。⑰掩：通"奄（yǎn）"。覆盖；包括。⑱蕃（fán）昌：繁荣昌盛。⑲其事：指吉庆或灾祸。

蚤出者为赢①，赢者为客。晚出者为缩②，缩者为主人。必有天应见于杓星。同舍为合。相陵为斗③，七寸以内必之矣④。

【注释】

①蚤出：指超舍而前的现象。②晚出：指退舍以下的现象。③陵：遮掩；冒过。④七寸以内：指观测者所看到的相斗两星间的距离。

五星色白圜，为丧旱；赤圜，则中不平，为兵；青圜，为忧水；黑圜，为疾，多死；黄圜，则吉。赤角犯我城①，黄角地之争，白角哭泣之声，青角有兵忧，黑角则水。意行穷兵之所终②。五星同色，天下偃兵，百姓宁昌。春风秋雨，冬寒夏暑。动摇常以此③。

【注释】

①赤角：发出红色光芒。②意行穷兵之所终：《史记三书正讹》和《史记志疑》认为是衍文。③动摇常以此：跟上下文不相衔接，当是脱文。

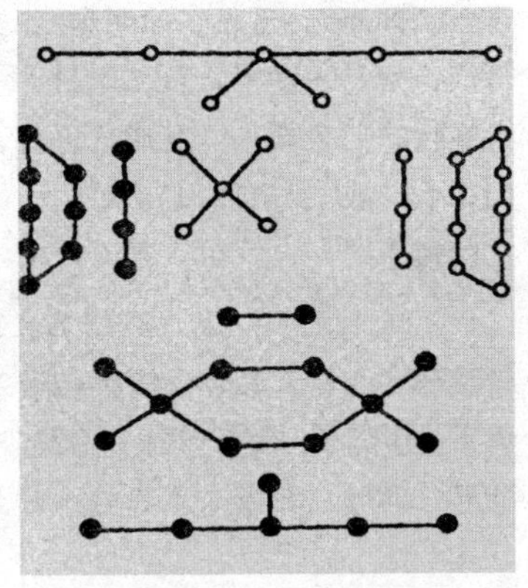

天地之数图，选自宋代刘牧《易数钩隐图》。表述了天地万物的运动与阴阳相互作用的关系。

填星出百二十日而逆西行，西行百二十日反东行。见三百三十日而入，入三十日复出东方。太岁在甲寅，镇星在东壁，故在营室①。

【注释】

①这一段应该放到前面有关填星的那段。

察日行以处位太白①。曰西方②，秋司兵月行及天氐，庚、辛、主杀。杀失者，罚出太白。太白失行，以其舍命国。其出行十八舍二百四十日而入。入东方，伏行十一舍百三十日；其入西方，伏行三舍十六日而出。当出不出，当入不入，是谓失舍，不有破军，必有国君之篡③。

【注释】

①处（chǔ）位：定位；判断位置。②曰西方：根据五行说，此下缺"金"字。③国君之篡：国君被夺权。

其纪《上元》①，以摄提格之岁，与营室晨出东方，至角而入；与营室夕出西方，至角而入；与角晨出，入毕；与角夕出，入毕；与毕晨出，入箕；与毕夕出，入箕；与箕晨出，入柳；与箕夕出，入柳；与柳晨出，入营室；与柳夕出，入营室。凡出入东西各五，为八岁二百二十日，复与营室晨出东方。其大率②，岁一周天③。其始出东方，行迟，率日半度，一百二十日，必逆行一二舍；上极而反，东行，行日一度半④，一百二十日入。其庳⑤，近日，曰明星⑥，柔；高，远日，曰大器，刚。其始出西，行疾，率日一度半，百二十日；上极而行迟，日半度，百二十日，旦入，必逆行一二舍而入。其庳，近日，曰太白，柔；高，远日，曰大相，刚。出以辰、戌⑦，入以丑、未⑧。

【注释】

①《上元》：古代历法名。②大率：大约；大概。③岁一周天：根据现代实测，金星的公转周期是 225 日。④行：衍文，当删。⑤庳（bēi）：低下。⑥明星：金星的特定名称。⑦辰：辰时。相当于现在的七时至九时。⑧丑：丑时。相当于现在的一时至三时。

当出不出，未当入而入，天下偃兵，兵在外，入。未当出而出，当入而不入，天下起兵，有破国。其当期出也，其国昌。其出东为东①，入东为北方；出西为西，入西为南方。所居久，其乡利②；易，其乡凶。

出西至东，正西国吉。出东至西，正东国吉。其出不经天③；经天，天下革政④。

【注释】

①其出东为东：它在东方出现，占验在东方。以下三句类推。②乡：处所；方位。③经天：指金星最亮时白昼当空出现。④革政：改变政权。指改朝换代。

小以角动①，兵起。始出大，后小，兵弱；出小，后大，兵强。出高，用兵深吉②，浅凶③；庳，浅吉，深凶。日方南金居其南④，日方北金居其北⑤，曰赢，侯王不宁⑥，用兵进吉退凶。日方南金居其北，日方北金居其南，曰缩，侯王有忧，用兵退吉进凶。用兵象太白⑦：太白行疾，疾行；迟⑧，迟行。角，敢战。动摇躁⑨，躁。圜以静，静。顺角所指，吉；反之，皆凶。出则出兵，入则入兵⑩。赤角，有战；白角，有丧，黑圜角，忧，有水事⑪；青圜小角，忧，有木事⑫；黄圜和角，有土事⑬，有年⑭。其已出三日而复有微入⑮，入三日乃复盛出⑯，是谓奂⑰，其下国有军败将北⑱。其已入三日又复微出，出三日而复盛入，其下国有忧：师有粮食兵革⑲，遗人用之⑳；卒虽众㉑，将为人虏㉒。其出西失行，外国败；其出东失行，中国败。其色大圜黄滜㉓，可为好事㉔；其圜大赤，兵盛不战。

【注释】

①以：通“而”。承接连词。②深：周密深入。③浅：冒失轻进。④日方南：指夏至过后，太阳直射光线向南移动。⑤日方北：指冬至过后，太阳直射光线向北移动。⑥侯王：帝王诸侯。⑦象：取法；效法。⑧迟：慢行；缓慢。⑨躁：急躁；不安静。⑩入兵：退兵；收兵。⑪水事：治水之事。⑫木事：斫木的事。⑬土事：动土之事。⑭年：年成；五谷成熟。⑮有：衍文。微入：逐渐隐没。⑯盛出：突然出现。⑰耎（ruǎn）：软弱；退缩。⑱将北：将帅败亡。⑲兵革：兵器和盔甲。泛指武器装备。⑳遗（wèi）：致送；留给。㉑卒：步兵；士兵。㉒将为人虏：两解：一是将要被人家俘虏。二是将要做人家的俘虏。㉓泽（zé）：通“泽”。光润。㉔好事：指各国和平交往的事。

太白白，比狼①；赤，比心②；黄，比参左肩③；苍，比参右肩④；黑，比奎大星⑤。五星皆从太白而聚乎一舍⑥，其下之国可以兵从天下⑦。居实⑧，有得也；居虚⑨，无得也。行胜色⑩，色胜位⑪，有位胜无位，有色胜无色，行得尽胜之。出而留桑榆间⑫，疾其下国⑬。上而疾，未尽其日过参天⑭，疾其对国⑮。上复下，下复上，有反将。其入月⑯，将僇⑰。金、木星合⑱，光⑲，其下战不合⑳，兵虽起而不斗；合相毁㉑，野有破军。出西方，昏而出阴，阴兵强㉒；暮食出㉓，小弱；夜半出，中弱；鸡鸣出㉔，大弱：是谓阴陷于阳㉕。其在东方，乘明而出阳，阳兵之强㉖；鸡鸣出，小弱；夜半出，中弱；昏出，大弱：是谓阳陷于阴。太白伏也㉗，以出兵，兵有殃。其出卯南㉘，南胜北方；出卯北，北胜南方；正在卯，东国利。出酉北，北胜南方；出酉南，南胜北方；正在酉，西国胜。

【注释】

①比：比拟，类似。②心：指心宿的商星。③参左肩：指参宿三颗亮星的左侧一星。④参右肩：指参宿三颗亮星的右侧一星。⑤奎大星：指奎宿的西南大星，古代称作天豕目。⑥乎：通“于”。介词。⑦从：服从；归顺。⑧居实：处在正常出现的天区。⑨居虚：处在非正常出现的天区。⑩行：指运行的方向（顺行或逆行）或速度（正常或超舍、退舍）。色：指光色的变化和季节的对应关系（春苍、夏赤、季夏黄、秋白、冬黑）。⑪位：指所在次舍。⑫出而留桑榆间：傍晚正常出现应当在视平线上，而停留在桑树、榆树的顶端，是出现得太早了。⑬疾：损害。⑭参（sān）天：

三分之一的天空。参，通"三"。⑮疾：《汉书·天文志》作"病"。对国：正对着的国家。⑯其入月：指月食金星。⑰僇（lù）：通"戮"。杀。⑱木：当据《史记三书正讹》《史记志疑》改作"水"。⑲光：有光。两星会合，但水星的光辉并没有被遮掩。⑳战不合：敌对双方对阵而不交战。㉑合相毁：两星会合，金星遮掩了水星的光辉。㉒阴兵：奇兵；秘密偷袭的军队。㉓暮食：就是日入。指酉时。㉔鸡鸣：指丑时。㉕陷：沦陷。㉖阳兵：正兵；公开宣战的军队。比照上文"阴兵强"可以推知。㉗伏也：隐没到了地平线以下。㉘卯：古代用十二支代表方位：子正北，午正南，卯正东，酉正西，以此类推。

其与列星相犯①，小战；五星，大战。其相犯，太白出其南，南国败；出其北，北国败。行疾，武；不行，文。色白五芒，出蚤为月蚀②，晚为天夭及彗星③，将发其国④。出东为德，举事左之迎之⑤，吉。出西为刑，举事右之背之⑥，吉。反之皆凶。太白光见景⑦，战胜。昼见而经天，是谓争明，强国弱，小国强，女主昌。

【注释】

①列星：众星。②蚀（shí）：侵蚀；污损。③天夭：古人把不是正常出现的天体如彗星等统称为妖星。④发：震动。⑤迎之：面对着它。⑥背之：背向着它。⑦太白光见景（yǐng）：金星的亮度仅次于太阳和月亮，它的光辉照在地物上，有时可以现出影子。

亢为疏庙，太白庙也。太白，大臣也，其号上公①。其他名殷星、太正、营星、观星、宫星、明星、大衰、大泽、终星、大相、天浩、序星、月纬。大司马位谨候此②。

【注释】

①上公：周代官制，三公（太师、太傅、太保）中有特殊功德者，加荣衔称上公。②大司马：周代官制，有大司马掌管庶政。秦代和汉代初期，设太尉掌管军事，为三公之一。到汉武帝时，废太尉，改设大司马，作为权力最大的将军的加衔。

察日、辰之会，以治辰星之位①。曰北方水，太阴之精②，主冬，日壬、癸。刑失者，罚出辰星，以其宿命国③。

【注释】

①日辰之会：指太阳和列宿的会合。治：研究；确定。②太阴：极

盛的阴气。③宿：就是"舍"。也是指所停留的天区。

是正四时①：仲春春分②，夕出郊奎、娄、胃东五舍③，为齐④；仲夏夏至⑤，夕出郊东井、舆鬼、柳东七舍，为楚⑥；仲秋秋分⑦，夕出郊角、亢、氐、房东四舍，为汉⑧；仲冬冬至⑨，晨出郊东方，与尾、箕、斗、牵牛俱西⑩，为中国⑪。其出入常以辰、戌、丑、未。

【注释】

①是正：审定；校正。②仲春：春季的中间一个月。③出郊：出现。郊，当据清代钱大昕《廿二史考异》和《史记志疑》改作"效"。东：东行。动词。下文两"东"字都相同。④齐：指战国时代的齐国地区，约当今山东省。⑤仲夏：夏季的中间一个月。⑥楚：指战国时代的楚国地区，约当今湖北省、湖南省、江西省、安徽省一带。⑦仲秋：秋季的中间一个月。秋分：二十四节气之一。约在阳历九月二十三日前后，这时太阳到达黄经一百八十度，阳光直射赤道。⑧汉：指汉朝京都长安附近的三辅地区，约当今陕西省。⑨仲冬：冬季的中间一个月。⑩俱：偕同。西：西行。动词。⑪中国：指中原地区，约当今河南省。

其蚤为月蚀，晚为彗星及天夭。其时宜效不效为失①，追兵在外不战。一时不出②，其时不和③；四时不出，天下大饥。其当效而出也，色白为旱，黄为五谷熟④，赤为兵，黑为水。出东方，大而白，有兵于外，解⑤。常在东方，其赤，中国胜⑥；其西而赤，外国利。无兵于外而赤，兵起。其与太白俱出东方，皆赤而角，外国大败，中国胜；其与太白俱出西方，皆赤而角，外国利。五星分天之中，积于东方⑦，中国利；积于西方，外国用者利。五星皆从辰星而聚于一舍，其所舍之国可以法致天下⑧。辰星不出，太白为客；其出，太白为主。出而与太白不相从，野虽有军，不战。出东方，太白出西方；若出西方，太白出东方，为格⑨，野虽有兵，不战。失其时而出，为当寒反温，当温反寒。当出不出，是谓击卒⑩，兵大起。其入太白中而上出⑪，破军杀将，客军胜；下出，客亡地。辰星来抵太白⑫，太白不去，将死。正旗上出，破军杀将，客胜；下出，客亡地⑬。视旗所指，以命破军。其绕环太白，若与斗，大战，客胜。兔过大白⑭，间可槭剑⑮，小战，客胜。兔居太白前，军罢；出太白左，小战；摩太白⑯，有数万人战，主人吏死⑰；出太白右，去三尺，军急约

战⑱。青角，兵忧；黑角，水。赤行穷兵之所终⑲。

【注释】

①效：显现。②时：季节。③不和：晴雨寒暑不调和。④五谷：五种谷物。⑤解：消弭；罢退。⑥中国：指华夏族各国或它的统一王朝。现代"中国"的名称，就是这样起源的。⑦积：聚集；集合。⑧法：法制。⑨格：抗拒；抵触。⑩击卒：斩杀士兵。⑪其入太白中：指水星被金星遮掩。⑫抵：靠近。⑬正旗上出……客亡地：跟上文重复，根据《史记志疑》怀疑是衍文，当是。⑭兔：兔星。水星的又一别名。⑮间（jiàn）：距离。械（hán）：通"含"。容纳。⑯摩：接近；迫近。⑰主人吏：指主方的将校。⑱约战：预先挑战。⑲赤行穷兵之所终：衍文，据《史记三书正讹》《史记志疑》当删。

兔七命①，曰小正、辰星、天槐、安周星、细爽、能星、钩星。其色黄而小，出而易处②，天下之文变而不善矣③。兔五色，青圜忧，白圜丧，赤圜中不平，黑圜吉。赤角犯我城，黄角地之争，白角号泣之声④。

【注释】

①命：名称。②易处：移动位置。③文：礼乐制度。④号（háo）泣：哭泣。

其出东方，行四舍四十八日，其数二十日而反①，入于东方；其出西方，行四舍四十八日，其数二十日而反，入于西方。其一候之营室、角、毕、箕、柳②。出房、心间，地动。

【注释】

①其数：概率；约数。②其一：其他一种情况。

辰星之色：春，青黄；夏，赤白；秋，青白，而岁熟；冬，黄而不明。即变其色①，其时不昌。春不见，大风，秋则不实②。夏不见，有六十日之旱，月蚀。秋不见，有兵，春则不生③。冬不见，阴雨六十日，有流邑④，夏则不长⑤。

【注释】

①即：假若；如果。假设连词。②不实：谷物不成熟。③春：指第二年春季。④流邑：被冲刷的城邑。⑤夏：指第二年夏季。

角、亢、氐，兖州①。房、心，豫州②。尾、箕，幽州③。斗，江、湖④。牵牛、婺女，扬州⑤。虚、危，青州⑥。营室至东壁，并州⑦。奎、娄、胃，徐州⑧。昴、毕，冀州⑨。觜觹、参，益州⑩。东井、舆鬼，雍州⑪。柳、七星、张，三河⑫。翼、轸，荆州。

【注释】

①本节记载的是分星、分野的对应关系，应该移至第一大段"五官"末了。②豫州：古州名。汉代豫州约现在河南省东部和安徽省北部。③幽州：古州名。汉代幽州约现在河北省北部、辽宁省大部和朝鲜大同江流域。④江：指长江下游地区。湖：指太湖流域一带。⑤扬州：古州名。汉代扬州约当今安徽省南部、江苏省南部和江西省、浙江省、福建省一带。⑥青州：古州名。汉代青州约当今山东省中部和东部、北

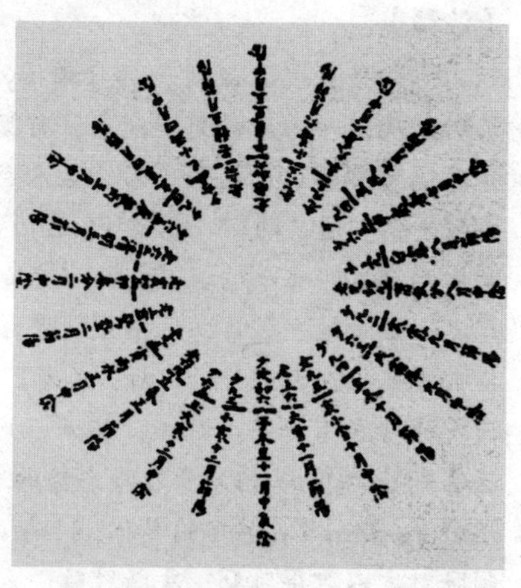

天道以节气相交图，选自宋代朱震《汉上易传·卦图》。

部。⑦并（bīng）州：古州名。汉代并州约当今山西省大部、河北省西部和内蒙古自治区东南部。⑧徐州：古州名。汉代徐州约当今江苏省北部和山东省东南部。⑨冀州：古州名。汉代冀州约当今河北省中南部和山东省西端、河南省北端地区。⑩益州：汉代州名，约当今四川省东部、甘肃省南端、陕西省南部、湖北省西北部和贵州省大部。⑪雍州：古州名。⑫三河：指河东、河内、河南三郡，约当今山西省西南部和河南省大部。

七星为员官①，辰星庙，蛮夷星也②。

【注释】

①官：当作"宫"。②蛮夷：古时华夏族统治者对四方外族的贬称。

两军相当①，日晕晕等②，力钧③；厚长大，有胜；薄短小，无胜。重、抱、大、破、无④。抱为和，背为不和⑤，为分离相去。直为自立⑥，立侯王；指晕若曰杀将。负且戴⑦，有喜。围在中⑧，中胜⑨；在外⑩，外胜⑪。青外赤中，

以和相去；赤外青中，以恶相去。气晕先至而后去[12]，居军胜[13]；先至先去，前利后病[14]；后至后去，前病后利；后至先去，前后皆病，居军不胜。见而去，其发疾，虽胜无功。见半日以上，功大。白虹屈短[15]，上下兑，有者下大流血。日晕制胜[16]，近期三十日，远期六十日。

【注释】

①相当：相互敌对。②日晕（yùn）：太阳光线经过云层中冰晶的折射或反射而形成的光学现象，常见的是围绕太阳内红外紫的彩色光环和通过太阳的白色光带（后者古人称为"白虹贯日"）。③力钧：势均力敌。钧，通"均"。④重（chóng）、抱、大、破、无：指日晕形成、变化和消失的整个过程。⑤背：云气的光芒不是向着太阳，而是向着周围。⑥直：光带笔直。自立：指分裂势力或反对势力宣告独立。⑦负：背着。指云气发生在太阳背后。戴：顶着。指云气发生在太阳顶上。⑧围在中：云气的外层有光芒。⑨中：指处于内线态势的军队。⑩在外：云气的内层有光芒。⑪外：指处于外线态势的军队。⑫气晕：指日晕时出现的光环、光带等。⑬居军：驻守的军队。⑭病：困难；不顺利。⑮屈：弯曲。⑯制胜：制服对方以取得胜利；决断胜败。

其食①，食所不利；复生②，生所利；而食益尽③，为主位④。以其直及日所宿⑤，加以日时⑥，用命其国也。

【注释】

①其食：指日食。②复生：指食甚以后生光或增光。③而食益尽：《史记三书正讹》《史记志疑》认为"而""益"二字是衍文，当删。④为主位：占验在帝王或诸侯身上。⑤其直：日食部位所当。古人认为地球是天球的中心，太阳围绕地球运行，观测者向着哪个天区看到太阳，就认为太阳经过哪个天区。再根据太阳所在的星次或列宿来确定分野，如星纪次应在扬州，角宿、亢宿、氐宿都应在兖州之类。⑥日时：日食发生的日期（甲、乙……）和时辰（子、丑……），它们都各跟一定的地区对应，如甲应在齐地、乙应在东夷、子应在周地、丑应在北狄之类。

月行中道①，安宁和平。阴间②，多水，阴事③。外北三尺④，阴星⑤。北三尺，太阴⑥，大水，兵。阳间⑦，骄恣⑧。阳星⑨，多暴狱。太阳⑩，大旱丧也。角天门⑪，十月为四月⑫，十一月为五月，十二月为六月，水发，近三尺，远五尺。犯四辅^⑬，辅臣诛。行南、北河，以阴阳言^⑭，旱、水、兵、丧。

【注释】

①中道：运行线路的名称。指房宿四星的中间。②阴间：指房宿北二星的中间。③阴事：秘密的事情；变乱的事情。④外北：指房宿最北一星的北边。⑤阴星：指房宿最北一星的北边三尺处。⑥太阴：极盛的阴气。不是指月球。⑦阳间：指房宿南二星的中间。⑧骄恣（zì）：骄傲，放纵。⑨阳星：指房宿最南一星的南边三尺处。⑩太阳：极盛的阳气。不是指日球。路线在阳星道以南三尺。⑪角天门：角宿二星是天关，二星的中间是天门。⑫四月：指第二年四月。下文的"五月""六月"以此类推。⑬四辅：房宿四星是心宿的四个辅佐。⑭阴阳：指北河星以北和南河星以南。

月蚀岁星^①，其宿地^②，饥若亡。荧惑也乱^③，填星也下犯上，太白也强国以战败，辰星也女乱^④。蚀大角，主命者恶之；心，则为内贼乱也^⑤；列星，其宿地忧。

【注释】

①蚀：《汉书·天文志》都作"食"，可以互通。②宿地：指分野。③荧惑：与上句相连，省略了主谓结构"月蚀"。下几句类推。④女乱：指由于帝王宠信后妃或女主掌握政权而导致的动乱。⑤内贼乱：指统治集团内部的变乱。

月食始日^①，五月者六^②，六月者五，五月复六，六月者一，而五月者凡五百一十三月而复始^③。故月蚀，常也；日蚀，为不臧也^④。甲、乙，四海之外，日月不占^⑤。丙、丁，江、淮、海岱也^⑥。戊、己，中州、河、济也。庚、辛，华山以西。壬、癸，恒山以北^⑦。日蚀，国君；月蚀，将相当之。

【注释】

①月食始日：指某种历法（如《太初历》）开始出现月食的那天。②五月者六：每过五个月出现月食，如此连续六次。以下四句类推。③凡百一十三月而复始：根据上文合计，应当是一百二十一月，数目有错误。根据现代测算，日月食的周期是十八年十一日（或十日），一个周期内平均出现日食四十三次，月食二十八次。④不臧（zāng）：不好。⑤日

月不占：日食月食不能预测，因为灾祥无法验证。⑥淮：淮河。起源于河南省桐柏山，东流经安徽省到江苏省汇入洪泽湖，洪泽湖以下分道流入长江。⑦恒山：古山名。在今河北省曲阳县西北，古时称为"北岳"。

国皇星①，大而赤，状类南极②。所出，其下起兵，兵强；其冲不利③。

【注释】

①国皇星：星名。②南极：就是南极老人。③冲（chòng）：指相互对立的方向。

昭明星①，大而白，无角，乍上乍下。所出国，起兵，多变。

【注释】

①昭明星：星名。又称笔星。

五残星①，出正东东方之野。其星状类辰星，去地可六丈②。

【注释】

①五残星：星名。②可：大约。副词。

大贼星①，出正南南方之野。星去地可六丈，大而赤，数动，有光。

【注释】

①大贼星：星名。

司危星①，出正西西方之野。星去地可六丈，大而白，类太白。

【注释】

①司危星：星名。

狱汉星①，出正北北方之野。星去地可六丈，大而赤，数动，察之中青。此四野星所出②，出非其方，其下有兵，冲不利。

【注释】

①狱汉（zhèn）星：星名。又名咸汉星。②四野星：指五残星、大贼星、司危星、狱汉星。

四填星①，所出四隅②，去地可四丈。

【注释】

①四填星：星名。填通"镇"。②四隅：指东南、西南、东北、西北四个方位。

地维咸光①，亦出四隅，去地可三丈，若月始出。所见下，有乱乱者亡②，有德者昌。

【注释】

①地维：星名。咸光：当从《汉书·天文志》《史记志疑》改作"臧（cáng）光"，隐藏着光芒。②乱乱：下"乱"字为衍文，根据同上当删。

烛星①，状如太白，其出也不行，见则灭。所烛者②，城邑乱③。

【注释】

①烛星：星名。②烛：照。动词。③城邑：城市。借指有中心城市的政区或国家。

如星非星，如云非云，命曰归邪①。归邪出，必有归国者②。

【注释】

①归邪（音蛇）：与彗星相似的天体名称。②归国者：有两种解释：一、回到本国的。指逃亡的国君或大臣而言。二、投降本国的。

星者，金之散气，其本曰火①。星众，国吉；少则凶。

【注释】

①星者，金之散气，其本曰火：星球是金属的液态或气态，它的实质是热能。

汉者，亦金之散气，其本曰水①。汉，星多，多水，少则旱，其大经也②。

【注释】

①其本曰水：它的本质是水蒸气。这是古代对银河的初步认识。现在对银河的认识，究竟是天体的投影还是密集的天体，似乎还没有定论。②大经：大法；常规。

天鼓①，有音如雷非雷，音在地而下及地②。其所往者，兵发其下。

【注释】

①天鼓：星名。②上"地"字当依据清代张文虎《校刊札记》改作"天"。

天狗①，状如大奔星②，有声，其下止地，类狗。所堕及炎火③，望之如火光炎炎冲天。其下圜如数顷田处，上兑者则有黄色，千里破军杀将。

【注释】

①天狗：实际上是陨星。②奔星：流星。③堕：落下。

格泽星者①，如炎火之状，黄白，起地而上，下大上兑。其见也，不种而获；不有土功，必有大害②。

【注释】

①格泽星：星名。②大害：依据《汉书·天文志》和《史记志疑》作"大客"，大客是周代称大诸侯国派出的卿一级的使臣，后来用作对宾客的尊称。

蚩尤之旗①，类彗而后曲，象旗。见则王者征伐四方②。

【注释】

①蚩（chī）尤之旗：星名。蚩尤，相传东方九黎族的首领，神通广大，后来跟黄帝交战，失败被杀。②征伐：用军事手段惩治有罪者。

旬始①，出于北斗旁，状如雄鸡。其怒②，青黑，象伏鳖。

【注释】

①旬始：星名。②怒：光芒四射。

枉矢①，类大流星，蛇行而仓黑②，望之如有毛羽然。

【注释】

①枉矢：星名。②蛇行：蜿蜒曲折地行进。仓：通"苍"。

长庚①，如一匹布著天②。此星见，兵起。

【注释】

①长庚：星名。不是指金星。②著（zhuó）天：挂在天空。著，通"着"，附着。

星坠至地①，则石也。河、济之间，时有坠星。

【注释】

①星坠：星体陨落。

天精而见景星①。景星者，德星也。其状无常，常出于有道之国。

【注释】

①精：清亮；明朗。景星：也叫瑞星、德星。

凡望云气①，仰而望之，三四百里；平望，在桑榆上，余二千里；登高而望之，下属地者三千里。云气有兽居上者，胜。

【注释】

①望云气：观察云气，与人间万事相附，预测吉凶。这是一种迷信占卜方法。

自华以南，气下黑上赤。嵩高、三河之郊①，气正赤。恒山之北，气下黑上青。勃、碣、海、岱之间②，气皆黑。江、淮之间，气皆白。

【注释】

①嵩高：山名。也叫嵩山。在河南省登封市北。②勃：勃海。就是渤海。碣（jié）：碣石。山名。在河北省昌黎县西北。

徒气白①。土功气黄②。车气乍高乍下③，往往而聚。骑气卑而布④。卒气抟⑤。前卑而后高者，疾；前方而高⑥；后兑而卑者却。其气平者其行徐⑦。前高而后卑者，不止而反。气相遇者⑧，卑胜高，兑胜方。气来卑而循车通者⑨，不过三四日，去之五六里见⑩。气来高七八尺者，不过五六日，去之十余二十余里里见。气来高丈余二丈者，不过三四十日，去之五六十里见。

【注释】

①徒气：预兆备战的气。②土功气：预测修筑防御工事的气。③车气：预兆车战的气。④骑气：预测骑战的气。⑤卒气：预兆步战的气。卒，步兵。抟（tuán）：收拢；团聚。⑥方：形状平正。⑦徐：缓慢。⑧相遇（ǒu）：互相对抗。遇，通"偶"，对等，对立。⑨通：当据《汉书·天文志》和《史记志疑》改作"道"。⑩不过三四日，去之五六里见：意指，在出现这种

气的三四天时间内，在距离这种气的五六里范围内预兆的事件会出现。

稍云精白者①，其将悍，其士怯。其大根而前绝远者②，当战。青白，其前低者，战胜；其前赤而仰者，战不胜。阵云如立垣③。杼云类杼④。轴云抟⑤，两端兑。杓云如绳者⑥，居前亘天⑦，其半半天⑧。其蜺者⑨，类阙旗⑩，故〔兑〕⑪。钩云句曲⑫。诸此云见，以五色合占⑬。而泽抟密，其见动人⑭，乃有占；兵必起，合斗其直⑮。

【注释】

①稍云精白：依据《汉书·天文志》和《史记志疑》作"捎云青白"。捎云，飘拂的云。②天根：云的基部大。③阵云：形状似战阵的云。立垣：高耸的城墙。④杼（zhù）云：形状像织梭的云。杼，织布的梭子。⑤轴云：形状像滚筒的云。⑥杓（sháo）云：形状像杓子的云。杓，舀取液体的器具，像半球形，有柄。⑦亘（gèn）：横贯；从这端直到那端。⑧半天：绵延半个天空。半，占了一半，动词。⑨蜺（niè）者：形状像虹的云。⑩阙旗：当从《汉书·天文志》和《史记志疑》作"斗旗"，按阙、蜺（斗）形似而讹。⑪〔兑〕：原本缺文，根据同上补。⑫钩云：形状像钩的云。⑬合：衍文，当据《汉书·天文志》和《史记志疑》删。⑭动人：引人注意；打动人心。⑮合斗：交战。

王朔所候①，决于日旁。日旁云气，人主象②。皆如其形以占。

【注释】

①王朔：汉武帝时擅长望气的人。②人主象：帝王的征兆。

故北夷之气如群畜穹闾①，南夷之气类舟船幡旗②。大水处，败军场，破国之虚③，下有积钱金宝④，之上皆有气⑤，不可不察。海旁蜃气像楼台⑥，广野气成宫阙然⑦。云气各像其山川人民所聚积⑧。

【注释】

①北夷：古时对北方外族的称呼，含有轻贬的意味。穹（qióng）闾：游牧民族的帐篷。②幡（fān）旗：直着挂的长方形旗子。这里指帆。③虚：通"墟"。废址。④下：指地底下。⑤之：衍文，当据《汉书·天文志》和《史记志疑》删。⑥蜃（shèn）气：蜃景。⑦宫阙（què）：指宫殿。阙，宫门外两侧的牌楼。⑧所聚积：指山川的形势和百姓的气质。聚积，

指这些特征的形成和获得的过程。

故候息秖者①，入国邑②，视封疆田畴之正治③，城郭室屋门户之润泽④，次至车服畜产精华⑤。实息者⑥，吉；虚秖者⑦，凶。

【注释】

①息秖（juàn）：情况的好坏。②国邑：国家和行政区域。古时从居民点到封国都可以称邑。③封疆：边界。田畴：耕种的田地。种谷地称田，种麻地称畴。正治：疆界明确，田地耕作得好。④城郭：内城和外城。⑤车服：车马，服饰。精华：华美。指车服的华美和牲畜的肥壮。⑥实息：充实，繁荣。⑦虚秖：空虚，消耗。

若烟非烟，若云非云，郁郁纷纷①，萧索轮囷②，是谓卿云③。卿云，喜气也。若雾非雾，衣冠而不濡④，见则其域被甲而趋⑤。

【注释】

①郁郁：文采明盛的样子。②萧索：云气散开的样子。轮囷（qūn）：弯曲的样子。③卿云：一种彩云。④濡（rú）：沾湿。⑤被（pī）甲而趋：披着铠甲奔走。被，通"披"。

夫雷电、虾虹、辟历、夜明者①，阳气之动者也，春夏则发，秋冬则藏，故候者无不司之。

【注释】

①夫（fú）：指示代词。虾（xiá）虹：虹霓。虾，通"霞"。辟历：同"霹雳"。惊雷。夜明：就是夜气辉。

天开县物①，地动坼绝②。山崩及徙，川塞溪坍③；水澹地长④，泽竭见象⑤。城郭门闾⑥，闺臬槁枯⑦；宫庙邸第⑧，人民所次⑨。谣俗车服⑩，观民饮食。五谷草木，观其所属⑪。仓府厩库⑫，四通之路。六畜禽兽⑬，所产去就⑭；鱼鳖鸟鼠，观其所处⑮。鬼哭若呼，其人逢俉⑯。化言⑰，诚然⑱。

【注释】

①天开县（xuán）物：天空裂开，出现悬空的物象。②坼（chè）绝：断裂。③坍（fú）：堵塞。④水澹（dàn）：波浪起伏，流水回旋。⑤泽竭：湖沼干涸。象：征兆；迹象。⑥闾：里巷的大门。⑦闺臬：当据《汉

书·天文志》和《史记志疑》作"润泽"，潮湿的意思。⑧宫：古代是房屋的通称，秦、汉以后专指君主居住的房屋。邸（dǐ）：封国王侯在京城的住所。⑨次：止宿；居住。⑩谣俗：风俗。谣，民间歌谣，歌谣可以反映百姓的风俗习惯。⑪属（zhǔ）：聚会；汇集。⑫府：储藏财物的地方。库：储藏武器战车的地方。⑬六畜：指牛、马、羊、猪、狗、鸡。⑭去就：去或留；退或进。⑮处（chǔ）：居止；栖息。⑯逢牾（wù）：意外相逢，感到惊怪。牾，通"迕（wù）"，偶然相遇。⑰化言：讹言。"化"为"讹"之误。讹言，即谣言；妖言。⑱诚：真是；的确。

凡候岁美恶①，谨候岁始。岁始或冬至日②，产气始萌③；腊明日④，人众卒岁⑤，一会饮食⑥，发阳气，故曰初岁；正月旦⑦，王者岁首；立春日⑧，四时之始也。四始者⑨，候之日。

【注释】

①候岁：占卜年岁的吉凶。②或：有。动词。③产气：生气。萌：开始；萌生。④腊（là）明日：腊祭的次日，古人称为小岁，举行庆贺。⑤卒岁：过年。卒，终止，结束，动词。⑥一会：一齐集合。⑦正月旦：正月一日。⑧立春：二十四节气之一。⑨四始：指冬至日、腊明日、正月旦、立春日。

而汉魏鲜集腊明、正月旦决八风①。风从南方来，大旱；西南，小旱；西方，有兵；西北，戎菽为②，小雨③，趣兵④；北方，为中岁⑤；东北，为上岁⑥；东方，大水；东南，民有疾疫，岁恶。故八风各与其冲对⑦，课多者为胜⑧。多胜少，久胜亟⑨，疾胜徐。旦至食⑩，为麦；食至日昳⑪，为稷⑫；昳至𫗦⑬，为黍；𫗦至下𫗦⑭，为菽；下𫗦至日入⑮，为麻。欲终日有云⑯，有风，有日，日当其时者⑰，深而多实；无云，有风日，当其时，浅而多实；有云风，无日，当其时，深而少实；有日，无云，不风，当其时者稼有败⑱。如食顷⑲，小败；熟五斗米顷⑳，大败。则风复起㉑，有云，其稼复起。各以其时用云色占种所宜㉒。其雨雪若寒，岁恶。

【注释】

①魏鲜：汉代善于占候星象的人。八风：八个方面的风。②戎菽：大豆；豌豆；蚕豆。为：成熟。③小雨：衍文，据《史记三书正讹》、《史记志疑》当删。④趣（cù）兵：迅速发生战争。⑤中岁：中等年成。⑥上岁：上等年成。⑦对：敌对，抵消。⑧课：考察；比较。⑨亟（jí）

迅速、快速；短暂。⑩旦：平旦。指寅时。食：食时。指辰时。相当于现在的七时至九时。⑪日昳（dié）：指未时，午后日偏斜。⑫稷（jì）：古代常用的粮食作物，黍的一个变种；有时也作为粟或粱的别名。⑬铺（bū）：铺时。也作"晡（bū）时"。指申时。相当于现在的十五时至十七时。⑭下铺：申时过后五刻。相当于现在的十八时过后。⑮日入：指酉时。⑯欲：欲望。⑰日：衍文，当据《汉书·天文志》和《史记志疑》删。当其时者：意思是说，希望整天三有，那就五谷丰登。不然的话，哪一段时间三有，相应的那种作物就能够丰收。如平旦至食时三有，麦子就能够丰收。以下三句类推。⑱稼：庄稼；作物。有：助词。败：歉收。⑲食顷：吃一顿饭的时间。形容时间较短。⑳熟五斗米顷：煮熟五斗米的时间。㉑则：假如；如果。㉒种：指五谷中的某一种。

　　是日光明①，听都邑人民之声②。声宫③，则岁善，吉；商，则有兵；徵，旱；羽，水；角，岁恶。

【注释】

　　①是日：指正月一日。②都邑：都市，集镇。声：指乐声和歌声。③宫：古乐五声音阶的名称依次是：宫、商、角、徵（zhǐ）、羽。

　　或从正月旦比数雨①。率日食一升，至七升而极②；过之，不占。数至十二日，日直其月，占水旱③。为其环域千里内占④，则为天下候，竟正月⑤。月所离列宿⑥，日、风、云，占其国。然必察太岁所在。在金⑦，穰；水，毁；木，饥；火，旱。此其大经也。

【注释】

　　①比（bì）：排列；接连。数（shǔ）：计算。②率（lǜ）日食一升，至七升而极：计算正月开初一天下雨，百姓会有一升粮食；二天下雨，会有二升粮食……到七日为止，假如天天有雨，会有七升粮食，这就达到了最高限度。③数至十二日，日直其月，占水旱：数到十二日，日期应在跟它相当的月份，占候水旱。就是正月一日下了雨，正月有雨水，否则干旱；二日下了雨，二月有雨水，否则干旱；以下数到十二日为止。④环域：环绕国境；周围。⑤竟：自始至终。⑥离：经历。⑦金：指西方。

　　正月上甲①，风从东方，宜蚕；风从西方，若旦黄云，恶。

【注释】

①上甲：上旬的甲日。

冬至短极，县土炭①，炭动，鹿解角②，兰根出，泉水跃，略以知日至③，要决晷景④。岁星所在，五谷逢昌⑤。其对为冲⑥，岁乃有殃。

【注释】

①县土炭：在平衡器的两端，分别悬挂土和炭，让它们平衡轻重。②鹿解角：牡鹿的角，每年初春脱落，到春末复生。解，脱落。③日至：太阳运行到达极南或极北的地方，即指太阳直射南回归线即往北运行，直射北回归线即往南运行。④要：总；总要。晷（guǐ）：日规。测量日影以判定时刻的仪器。⑤逢昌：大丰收。逢，大。⑥其对为冲：跟木星所在的星次相对的星次叫作冲。例如：木星在星纪次，鹑首次就是冲；木星在玄枵（xiāo）次，鹑火次就是冲。在这种情况下，鹑首次和鹑火次的分野就有灾殃。

太史公曰：自初生民以来①，世主曷尝不历日月星辰②？及至五家、三代③，绍而明之④，内冠带⑤，外夷狄⑥，分中国为十有二州⑦，仰则观象于天⑧，俯则法类于地⑨。天则有日月，地则有阴阳⑩。天有五星，地有五行。天则有列宿，地则有州域⑪。三光者⑫，阴阳之精，气本在地，而圣人统理之⑬。

【注释】

①生民：人类；出现人类。②世主：君主。星辰：有两解：一、众星的总称。二、星指五星，辰指二十八宿。③五家：就是五帝。④绍：继承。⑤内：亲近。动词。冠带：礼帽和腰带。⑥外：疏远。动词。夷狄：古代对西方外族的贬称，夷，主要指东方外族；狄，主要指北方外族。⑦十有（yòu）二州：《书·尧典》有"肇十有二州"的话，但并没有记载州名，后人根据《书·禹贡》《周礼·职方》《尔雅·释地》三种"九州"名称，拼凑成为冀、幽、并、兖、青、营、徐、扬、荆、豫、梁、雍十二州名。有，通"又"，用在整数和零数之间。⑧观象：观察天象（如日月星辰的运行等）。⑨法类：取法各种事物。⑩阴阳：一种中国古代的哲学思想。⑪州域：州界。⑫三光：指日、月、星。⑬统理：统一调理。

幽、厉以往①，尚矣②。所见天变③，皆国殊窟穴④，家占物怪⑤，以合时应⑥，其文图籍機祥不法⑦。是以孔子论《六经》⑧，纪异而说不书。至天道命⑨，不传；传其人⑩，不待告；告非其人，虽言不著⑪。

【注释】

①幽、厉：周厉王，公元前878—前842年在位。周幽王，厉王的孙子，公元前781—前771年在位。以往：以后；以下。②尚：久远。③天变：天象的变化，指日月食、地震之类。④殊：异；不同。窟穴：洞穴。借指灾异现象和它的遗迹。⑤物怪：怪异的事物。⑥合时应：符合当时的应验。⑦文图籍：文字图画的书籍。機（jī）祥：一、祈祷鬼神求福。二、吉凶的征兆。不法：不可以作为法则。⑧孔子（前551—前479年）：孔丘。春秋末期鲁国陬（zōu）邑（今山东省曲阜市）人。我国历史上伟大的思想家、教育家，儒家学派的创始者。⑨命：天命。就是天神的意旨。⑩其人：指懂得天道、天命的哲人。⑪著：明白；通晓。

昔之传天数者①：高辛之前②，重、黎③；于唐、虞④，羲、和⑤；有夏⑥，昆吾⑦；殷商⑧，巫咸⑨；周室⑩，史佚、苌弘⑪；于宋⑫，子韦⑬；郑则裨灶⑭；在齐⑮，甘公⑯；楚⑰，唐眜⑱，赵⑲，尹皋⑳，魏㉑，石申㉒。

【注释】

①天数：天文历法。②高辛：传说中古代部族领袖帝喾的国号。③重：人名。黎：人名。④唐：陶唐氏，帝尧的国号。虞：有虞氏，帝舜的国号。⑤羲、和：羲氏，和氏，两个掌管天地四时的官名。⑥有夏：夏代，我国历史上第一个朝代，约当公元前21世纪至前16世纪左右。有，用在名词之前的助词。⑦昆吾：夏代部落名。这里指它的君长己樊。⑧殷商：指商、殷、商殷朝代。约当公元前16世纪至前11世纪。⑨巫咸：殷中宗时吴地人。⑩周室：周朝。公元前11世纪建立，建都镐（hào）京（今陕西省西安市西南），前770年迁都洛邑（今河南省洛阳市），前256年灭亡。历史上称建都镐京时期为西周，迁都洛邑以后为东周，东周又分为春秋、战国两个时期。⑪史佚（yì）：周武王时的太史尹佚。苌（cháng）弘：周敬王时的大夫，在晋国大夫内讧中帮助了范氏，因此被杀。⑫宋：古国名。公元前11世纪周朝分封的诸侯国，现在河南省东部和山东省、江苏省、安徽省交界地区，前286年被齐国灭亡。⑬子韦：宋景公时人，天文历算家。⑭郑：古国名。公元前806年周朝分封的诸侯国，地在今河南省境，前375年消亡。裨（pí）灶：郑国的大夫。⑮齐：古国名。公元前11世

纪周朝分封的姜姓诸侯国，春秋末年大臣田和夺取了政权，仍沿用齐国号，前221年灭亡。⑯甘公：甘德。战国末人。⑰楚：古国名。西周时开始建国，前223年灭亡。⑱唐眛（mò）：人名。⑲赵：国名。战国初年建国，现在河北省西南部、山西省中北部和内蒙古自治区河套地区，前222年灭亡。⑳尹皋（gāo）：人名。㉑魏：国名。战国初年建国，地在今河南省中北部和山西省、陕西省交界地区，前225年消亡。㉒石申：战国末人。

　　夫天运①，三十岁一小变，百年中变，五百载大变②；三大变一纪，三纪而大备③：此其大数也④。为国者必贵三五⑤，上下各千岁，然后天人之际续备⑥。

【注释】

　　①夫：提起连词。②载（zǎi）：年。唐、虞时代称载，夏代称岁，商代称祀，周代称年。③大备：经过四千五百年，经历了一切变化。④大数：自然的分限。气数，命运。⑤三五：统指三十年至四千五百年这些变化周期。⑥天人之际：天道和人事的相互关系。

　　太史公推古天变①，未有可考于今者②。盖略以春秋二百四十二年之间③，日蚀三十六，彗星三见，宋襄公时星陨如雨④。天子微⑤，诸侯力政⑥，五伯代兴⑦，更为主命⑧。自是之后，众暴寡⑨，大并小⑩。秦、楚、吴、越⑪，夷狄也，为强伯。田氏篡齐⑫，三家分晋⑬，并为战国⑭。争于攻取，兵革更起⑮，城邑数屠⑯，因以饥馑疾疫焦苦⑰，臣主共忧患，其察机祥候星气尤急⑱。近世十二诸侯七国相王⑲，言从衡者继踵⑳，而皋、唐、甘、石因时务论其书传㉑，故其占验凌杂米盐㉒。

【注释】

　　①推：推测。②考：验证；占验。③盖：表示推原的承接连词。春秋：时代名。根据鲁国编年史《春秋》得名。④宋襄公时星陨如雨：《春秋》记载陨星事有两次：一次是鲁庄公七年发生在鲁国，这时是宋闵公五年，原文为"夜中星陨如雨"。一次是鲁僖公十六年发生在宋国，这时是宋襄公七年，原文为"陨石于宋五"。⑤天子微：指周王朝势力减弱。⑥力政（zhēng）：用武力征伐。政，通"征"。⑦五伯（bà）：就是五霸。伯，通"霸"。指春秋时期先后称霸的五个诸侯，有三说：一、齐桓公、晋文公、秦穆公、宋襄公、楚庄王。二、齐桓公、晋文公、秦穆公、楚

庄王、吴王阖（hé）闾。三、齐桓公、晋文公、楚庄王、吴王阖闾、越
王勾践。⑧更（gēng）：连续；交替。⑨暴：欺侮；糟蹋。⑩并：兼并；
并吞。⑪秦：古国名。西周时开始建国，现在陕西省和甘肃省、四川省
一带，前221年秦始皇统一中国，建立秦朝。吴：古国名。西周初年开
始建国，地在今江苏省和安徽省、浙江省的一部分，前473年灭亡。越：
古国名。传说于夏代开始建国，地在今浙江省北部和江苏省、安徽省、
江西省交界地区，约前306年灭亡。⑫田氏篡齐：齐国国君原来姓姜，
前672年田完从陈国逃奔到齐国，以后他的子孙世代担任齐国的大臣，
逐渐夺得齐国政权，前386年田和正式自立为齐君。⑬三家分晋：晋国
原有六家大臣，经过长期的争夺兼并剩下了三家，前387年，魏斯、韩虔、
赵籍三人最后瓜分晋国，分别建立魏国、韩国、赵国。⑭战国：时代名。
⑮兵革：借指战争。⑯屠：宰杀牲畜；杀害人命。⑰因：连接。动词。
饥馑（jǐn）：灾荒。饥，五谷不成熟；馑，蔬菜不成熟。⑱星气：星象
和云气。⑲十二诸侯：指春秋时期的鲁、齐、晋、秦、楚、宋、卫、陈、蔡、
曹、郑、燕十二个诸侯国。七国：指战国时期的秦、楚、齐、燕、韩、赵、
魏七个强国，通称"七雄"。相王（wàng）：互相尊称为王。王，动词。
⑳从（zōng）衡：同"纵横"。指合纵连横的外交斗争。继踵：前后相接。
㉑因：就；针对。介词。时务：当时的各种事物。常指国家社会的形势。
书传（zhuàn）：文书典籍。这里指占候的书籍。㉒米盐：比喻微小琐碎。

　　二十八舍主十二州①，斗秉兼之②，所从来久矣。秦之疆也③，候在太白，
占于狼、弧。吴、楚之疆，候在荧惑，占于鸟、衡④。燕、齐之疆⑤，候
在辰星，占于虚、危。宋、郑之疆，候在岁星，占于房、心。晋之疆⑥，
亦候在辰星，占于参、罚。

【注释】

　　①十二州：联系前文关于分星、分野的记载来看，本文的所指十二
州是：兖、豫、幽、扬、青、并、徐、冀、益、雍、三河、荆。这跟汉
代学者关于古代十二州的看法和汉代的政区实际都有较大的出入。②斗
秉：指北斗星。秉，通"柄"。③疆：国界；国土。④鸟：指柳宿。⑤
燕（yān）：古国名。⑥晋：古国名。

　　及秦并吞三晋、燕、代①，自河山以南者中国②。中国于四海内则在
东南，为阳；阳则日、岁星、荧惑、填星；占于街南③，毕主之。其西

北则胡、貉、月氏诸衣旃裘引弓之民④，为阴；阴则月、太白、辰星；占于街北，昴主之。故中国山川东北流，其维⑤，首在陇、蜀⑥，尾没于勃、碣⑦。是以秦、晋好用兵，复占太白，太白主中国；而胡、貉数侵掠，独占辰星，辰星出入躁疾⑧，常主夷狄：其大经也。此更为客、主人。荧惑为孛⑨，外则理兵⑩，内则理政。故曰"虽有明天子，必视荧惑所在"⑪。诸侯更强，时灾异记，无可录者。

【注释】

①代：战国时国名。现在河北省蔚（yù）县一带，后来归属赵国。这里指后者。②河：指黄河。山：指秦岭山系。一说指华山。③街：指天街星。④貉（mò）：也作"貊（mò）"。古代对东北部族的贬称。月氏（zhī）：也作"月支"。衣（yì）：穿（衣）。动词。旃（zhān）裘：也作"毡裘"。引弓之民：指以射猎为生的民族。引弓，开弓。⑤维：系统；脉络。⑥陇：陇山。古代称为陇坂，就是六盘山的南段，绵延于陕西省、甘肃省边境地区，因而称这个地区为陇。蜀：古国名。现在四川省中西部，后来称为蜀。⑦没（mò）：沉入水中。⑧躁疾：急躁，快速。⑨孛（bó）：星球光芒四向扫射的现象，也就用作彗星的别称。⑩理：治理；主宰。⑪从"荧惑为孛"起这两句话，根据《汉书·天文志》和《史记志疑》应当移到前面"荧惑"节的末了。

秦始皇之时，十五年彗星四见，久者八十日，长或竟天。其后秦遂以兵灭六王①，并中国，外攘四夷②，死人如乱麻，因以张楚并起③，三十年之间兵相骀藉④，不可胜数⑤。自蚩尤以来，未尝若斯也。

【注释】

①六王：韩王韩安、赵王赵迁、魏王魏假、楚王熊负刍、燕王姬喜、齐王田建。②攘（rǎng）：排斥；排除。四夷：古代对华夏族以外四方各民族的统称。分开来说，就称为东夷、西戎、南蛮、北狄。③张楚：秦代末年农民起义领袖陈胜于公元前 209 年在陈县（今河南省淮阳县）建立楚政权，号为张楚。④骀藉（tái jiè）：践踏。⑤胜（shēng）：尽。

项羽救巨鹿①，枉矢西流，山东遂合从诸侯②，西坑秦人③，诛屠咸阳④。

【注释】

①项羽（前232—前202年）：名籍，字羽。泗水郡下相县（今江

苏省宿迁市西南）人。②山东：战国、秦、汉时代，通称崤（xiáo）山或华山以东为山东，一般专指黄河流域，有时也泛指战国时秦国以外的六国领土。合从（zōng）：也作"合纵"。联合从南到北的许多势力。③西坑秦人：项羽在巨鹿之战中摧毁了秦军主力，章邯率余部投降。项羽率领诸侯联军和投降的秦军西进到达新安（今河南省渑〈miǎn〉池县东），秦军谋划暴乱。项羽命令楚军夜袭秦军，坑杀秦军士兵二十多万人。坑，活埋。④诛屠：杀戮。咸阳：秦朝的都城，在今陕西省咸阳市东北。

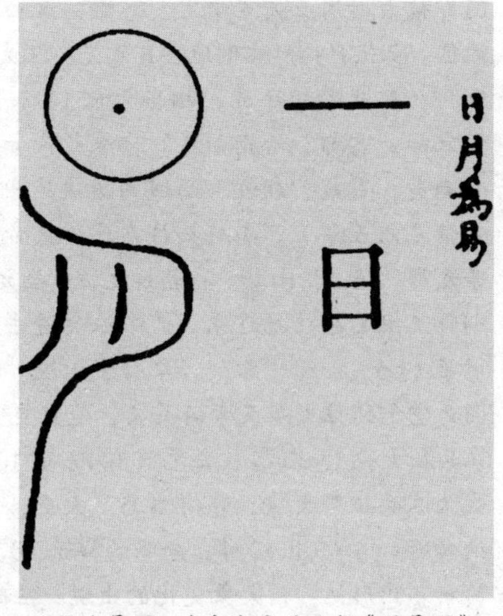

日月为易图，选自宋代佚名辑《周易图》。

汉之兴，五星聚于东井。平城之围[1]，月晕参、毕七重[2]。诸吕作乱[3]，日蚀，昼晦[4]。吴、楚七国叛逆[5]，彗星数丈，天狗过梁野[6]；及兵起，遂伏尸流血其下[7]。元光、元狩[8]，蚩尤之旗再见，长则半天[9]。其后京师师四出[10]，诛夷狄者数十年[11]，而伐胡尤甚。越之亡[12]，荧惑守斗；朝鲜之拔[13]，星茀于河戍[14]；兵征大宛[15]，星茀招摇：此其荦荦大者[16]。若至委曲小变[17]，不可胜道。由是观之，未有不先形见而应随之者也[18]。

【注释】

①平城之围：公元前 200 年（汉高帝七年），刘邦亲自率领大军出击匈奴，刚到平城（今山西省大同市东北），被匈奴突击部队围困在白登山（在今大同市东北），七天才突围。②月晕：现象和原理都同日晕。③诸吕作乱：公元前 180 年（汉高后八年），吕雉死后，她的侄儿吕产、吕禄等企图夺取政权，被太尉周勃等平定。④昼晦：白天昏暗。⑤吴、楚七国叛逆：公元前 154 年（汉景帝前元三年），吴王刘濞（bì）联合楚王刘戊、赵王刘遂、胶西王刘卬（áng）、胶东王刘雄渠、济南王刘辟光、菑（zī）川王刘贤，为了反对朝廷的"削藩"政策，发动大规模动乱，

随即被太尉周亚夫等平定。⑥梁：汉初封国，现在河南省、安徽省交界地区。⑦伏尸：尸体倒地。⑧元光：汉武帝的年号，当前134—前129年。元狩：汉武帝的年号，相当于前122—前117年。⑨则：乃至；竟达。⑩京师：首都。借指朝廷。⑪诛夷狄者数十年：指汉武帝时期对匈奴、西南夷、百越、朝鲜、西域的历次战争。⑫越之亡：公元前112年（汉武帝元鼎五年），南越相吕嘉反，武帝派兵征讨，平定南越，设置南海等九郡。越，指南越。⑬朝鲜之拔：公元前109年（汉武帝元封二年），朝鲜王卫右渠攻掠辽东，武帝派兵进击，平定朝鲜，设置乐浪等四郡。⑭茀（bó）：通"孛"。象彗星出现。河戌：河，指南河星、北河星。因为它们的位置是天帝的关梁，是需要守卫的交通要冲，所以称为河戌。⑮兵征大宛（yuān）：公元前104—前101年（汉武帝太初元年至四年），武帝派兵征服大宛，夺得名马。大宛，西域国名，在今苏联中亚费尔干纳盆地。⑯荦（luò）荦：分明的样子。⑰委曲：隐微曲折。委，微末；曲，曲折。⑱形见：指天象变化的出现。应随：指人间灾祸的发生。

夫自汉之为天数者，星则唐都①，气则王朔，占岁则魏鲜。故甘、石历五星法，唯独荧惑有反逆行；逆行所守，及他星逆行，日月薄蚀②，皆以为占。

【注释】

①唐都：汉武帝时方士，通晓天文。②薄（bó）：太阳或月亮被观测不到的高空云气遮挡，因而昏暗无光。

余观史记①，考行事②，百年之中，五星无出而不反逆行，反逆行，尝盛大而变色③；日月薄蚀，行南北有时④：此其大度也⑤。故紫宫、房心、权衡、咸池、虚危列宿部星⑥，此天之五官坐位也⑦，为经⑧，不移徙⑨，大小有差⑩，阔狭有常⑪。水、火、金、木、填星，此五星者，天之五佐，为纬⑫，见伏有时⑬，所过行赢缩有度⑭。

【注释】

①史记：泛指古代史书。②考：稽考；考查。行（xíng）事：事迹；事实。③盛大：光辉强烈闪耀。④南北：指天球黄道的南北。⑤大度：一般规律。⑥列宿：分出星空区划；划分星座。部星：分区管辖众星。⑦五官：中官、东官、南官、西官、北官。坐：通"座"。⑧经：经星。

⑨不移徙：相对位置不移动。⑩差（cī）：次序；等级。⑪阔狭：宽窄。⑫纬：纬星。就是行星。⑬见伏：出现和隐没。⑭过（guò）行：运行；经过。

日变修德①，月变省刑②，星变结和③。凡天变，过度乃占④。国君强大有德者昌，弱小饰诈者亡⑤。太上修德，其次修政⑥，其次修救⑦，其次修禳⑧，正下无之⑨。夫常星之变希见⑩，而三光之占亟用⑪。日月晕适⑫，云风，此天之客气⑬，其发见亦有大运⑭。然其与政事俯仰⑮，最近天人之符⑯。此五者，天之感动。为天数者，必通三五⑰，终始古今⑱，深观时变⑲，察其精粗⑳，则天官备矣㉑。

【注释】

①修德：修养品德。②省刑：减省刑罚。③结和：团结起来，实现和睦。④过度：指天变的程度严重或出现次数多。⑤饰诈：虚伪欺骗。⑥修政：修明政治。⑦修救：采取补救措施。⑧修禳（ráng）：祈祷鬼神。⑨正下：最下。无：无视。之：指天变。⑩常星：恒星。⑪亟（qì）：一再；多次。⑫适（zhé）：通"谪"。变异现象。指日食、月蚀。⑬客气：指非常见的自然力量。⑭大运：就是天运。⑮俯仰：上下变化。⑯天人之符：天道和人事的同一性。⑰三五：有两解：一、指天运的变化周期。二、指三光和五星。⑱终始：从头至尾贯通。⑲时变：时势的变迁。⑳精粗：精髓和皮毛。㉑天官：指天文学的理论体系。

苍帝行德，天门为之开。赤帝行德，天牢为之空。黄帝行德，天夭为之起。风从西北来，必以庚、辛。一秋中五至，大赦；三至，小赦。白帝行德。以正月二十日、二十一日，月晕围，常大赦。载，谓有太阳也。一曰：白帝行德，毕、昂为之围。围三暮，德乃成；不三暮及围不合，德不成。二曰：以辰围，不出其旬。黑帝行德，天关为之动。天行德，天子更立年；不德，风雨破石。三能、三。衡者，天廷也。客星出天廷，有奇令。

【注释】

以上字句是一些残简，在长期的传抄、转刻过程中积存下来了。字句错杂，事理紊乱，不好理解。《史记三书正讹》曾经作过一番校对和解说，以下解释供读者参考。

"苍帝行德，天门为之开；赤帝行德，天牢为之空；黄帝行德，天（夭）〔矢〕为之起；〔白帝行德，毕、昂为之围；〕〔黑帝行德，天关为之动。〕"

这十句应该移到上文末节"此五者，天之感动"的前面，分别说明五方星官发出明亮光辉的不同影响。意指：东方星官发出明亮的光辉，天门因此开启；南方星官发出明亮的光辉，天牢因此空虚；中央星官发出明亮的光辉，天矢因此兴起；西方星官发出明亮的光辉，毕宿、昴宿天区因此月晕环绕；北方星官发出明亮的光辉，天关因此开闭。

"风从西北来，必以庚、辛。一秋中五至，大赦；三至，小赦。"这几句应当移到上文"候岁"段中，但跟魏鲜的说法不同。意指：风从西北吹来，一定在庚日或辛日。一个秋季里出现五次，会宣布大赦；出现三次，会宣布局部赦免。

"白帝行德"一句是衍文。

"以正月二十日、二十一日，月晕围，（常）〔当〕大赦。"这两句是"白帝行德，毕、昴为之围"的旁注，后人误入正文。

"载"字是衍文。

"谓有太阳也。"这一句是"候岁"段中的旁注。

"一曰：围三暮，德乃成；不三暮及围不合，德不成。二曰：以辰围，不出其旬。"这几句是别的占星家的异说。

"白帝行德，毕、昴为之围。""黑帝行德，天关为之动。"这四句移至前面。

"天行德，天子更立年；不德，风雨破石。"这四句说明全天星官都发出明亮的光辉，皇帝应当改定年号；如果都发光暗淡，那就会发生巨大的灾害。

"三能、三……"下面有缺文。

"衡者，天廷也。客星出天廷，有奇令。"这三句申述上文"南官朱鸟"段的一层意思。

封禅书第六^①

自古受命帝王^②，曷尝不封禅^③？盖有无其应而用事者矣^④，未有睹符瑞见而不臻乎泰山者也^⑤。虽受命而功不至^⑥，至梁父矣而德不洽^⑦，洽矣而日有不暇给^⑧，是以即事用希^⑨。《传》曰^⑩："三年不为礼^⑪，礼必废；三年不为乐^⑫，乐必坏。"每世之隆^⑬，则封禅答焉^⑭，及衰而息。厥旷远者千有余载^⑮，近者数百载，故其仪阙然堙灭^⑯，其详不可得而记闻。

【注释】

①封禅书：古代君王即位后，在泰山上筑土为坛以祭天，表示报答上天之功，叫作封；在泰山下面小山梁父上划定地区以祭地，表示报地之功，叫作禅。②受命：接受天命。③曷（hé）：何。④盖：推原之词。应（yìng）：感应；灵应。者矣：表示已然的语助词。⑤符瑞：古代以所谓祥瑞征兆，附会为君主获得上天赐予符命的象征。见（xiàn）：同"现"，显露。臻（zhēn）：至；及。⑥功：事有成效叫做功。⑦梁父（fǔ）：一作"梁甫"。泰山支脉，在今山东省泰安市东南。洽：和协；周遍。⑧日有（yòu）不暇给：指事务繁多没有空闲时间。有，通"又"。暇，空闲。⑨即事：当前的事。这里指当前封禅之事。用：施行；举行。⑩《传》（zhuàn）：古时典籍都称"传"，此处指《论语·阳货》。⑪礼：泛指古代贵族等级社会中的一切礼仪法度，道德规范。如婚姻之礼，乡饮之礼，丧祭之礼，朝觐（jìn）之礼等。⑫乐（yuè）：音乐。古代五声（宫、商、角、徵、羽）、八音（金、石、丝、竹、匏、土、革、木）的总称。⑬隆：兴隆旺盛。⑭答：报答。⑮厥：其。旷：空阔。⑯仪：仪式。阙：空缺。堙（yīn）：埋没。

《尚书》曰^①，舜在璇玑玉衡^②，以齐七政^③。遂类于上帝^④，禋于六宗^⑤，望山川^⑥，遍群神。辑五瑞^⑦，择吉月日^⑧，见四岳诸牧^⑨，还瑞^⑩。岁二月，东巡狩^⑪，至于岱宗^⑫。岱宗，泰山也。柴，望秩于山川^⑬。遂觐东后^⑭。东后者，诸侯也。合时月正日^⑮，同律度量衡^⑯，修五礼^⑰，五

玉三帛二生一死贽[18]。五月，巡狩至南岳。南岳，衡山也[19]。八月，巡狩至西岳。西岳，华山也[20]。十一月，巡狩至北岳。北岳，恒山也[21]。皆如岱宗之礼。中岳，嵩高也[22]。五载一巡狩。

【注释】

①《尚书》：儒家经典之一。尚，上古。由于其记载为上古典、谟、训、诰之文，所以称《尚书》。②舜：传说中古代部落联盟首领。受尧禅为共主，建都蒲阪（今山西省永济市境），死后禅位于禹。详见《五帝本纪》。在：停留；观察。璇（xuán）：美玉。玑（jī）：古代观测天象的仪器，可以运转，汉代以来叫浑天仪。③七政：日、月五星。古代认为观察天象吉凶，可知政治得失，故曰七政。④类：通"禷（lèi）"。祭天。一说指有大事临时举行的祭祀。上帝：天帝；天神。⑤禋（yīn）：烟。升烟祭祀，使气上达神灵，为古代祭神之礼。六宗：指六种尊崇之神，各家说法不一：一说指四时、寒暑、水旱、日、月、星；一说指水、火、雷、风、山、泽；一说指天上日、月、星，地上河、海、岱；一说指天、地、春、夏、秋、冬。⑥望山川：遥望祭祀九州名山大山。⑦辑：聚集；验视。⑧择：挑选。⑨四岳：古代分管四季四方的长官。牧：一州的长官。⑩还瑞：指舜验视诸侯所奉之圭璧后，再赐还之；以示瑞物虽受之于尧，经舜验视赐还，今后即为舜臣。⑪巡狩（shòu）：古时天子视察诸侯叫巡狩，意谓巡视诸侯守土之责。狩，通"守"。⑫岱宗：泰山别称岱。⑬柴：祭祀的一种。秩：按次序而祭。⑭觐（jìn）：朝见；接受朝见。⑮合时月正日：谓四时气节，月份大小，日子的变动，都能配合齐整。时，四时；月，十二月；日，三百六十日。⑯同：统一。律：音律。一说指法制。⑰修：整治。五礼：指吉礼（祭祀）、凶礼（丧葬）、宾礼（朝会）、军礼（军事）、嘉礼（婚冠）。⑱五玉：即五瑞。三帛：三公述职所持的礼物。二生：指活的羔羊与雁，是卿、大夫所持的礼物。一死：一只死雉，是士所持的礼物。贽（zhì）：古代会见时所送的礼物，也可指这种会见。⑲南岳衡山：此指今安徽霍山县西南之天柱山。⑳西岳华山：在今陕西省华阴市南。㉑北岳恒山：在今河北省曲阳县西北，不是现在山西的恒山。㉒中岳嵩高：即嵩山，亦作崧山，又名太室山。现在河南省登封市北。

禹遵之[1]。后十四世，至帝孔甲[2]，淫德好神[3]，神渎[4]，二龙去之[5]。其后三世，汤伐桀[6]，欲迁夏社，不可，作《夏社》[7]。后八世[8]，至帝太戊⑨，有桑穀生于廷⑩，一暮大拱⑪，惧。伊陟曰⑫："妖不胜德⑬。"太戊修德，桑穀死。伊陟赞巫咸⑭，巫咸之兴自此始⑮。后十四世，帝武丁得傅说为相⑯，殷复兴焉，称高宗。有雉登鼎耳雊⑰，武丁惧。祖己曰⑱："修德。"武丁从之，位以永宁。后五世，帝武乙慢神而震死⑲。后三世，帝纣淫乱⑳，武王伐之㉑。由此观之，始未尝不肃祇㉒，后稍怠慢也。

【注释】

①禹：传说中古代部落联盟首领。姓姒，名文命，也称大禹、夏禹。②孔甲：夏朝第十四代国君，在位三十一年。③淫：邪恶。④渎（dú）：怠慢；不敬。⑤二龙去之，相传孔甲在位，天赐二龙，与之骑乘，后因孔甲对神怠慢不敬，二龙飞去，夏廷遂衰。⑥汤：又名成汤。商代开国君主。子姓，名履，一名天乙。⑦夏社：上文指夏代国家土神祠，下文《夏社》，《尚书》篇名，今已亡逸。⑧后八世：指商汤以后第八世。⑨太戊：商代第十代国君，在位时任用贤臣伊陟辅政，国事日治。⑩桑穀（gǔ）：桑树和楮树。⑪拱：两手合围。⑫伊陟（zhì）：太戊臣，伊尹之子。⑬胜：占优势。⑭赞：陈说；告诉。巫咸：殷臣，主管祈神消灾之事。⑮巫咸：指祈祷神灵消除灾祸的事情。⑯武丁：即殷高宗。用傅说为相，殷政复兴，在位五十九年。傅说（yuè）殷高宗贤相。初隐居傅岩（今山西省平陆县东），从事版筑操作，高宗梦说，访得之，举以为相，国事大治。⑰雉：野鸡。鼎：古代炊器，金属制成，三足两耳。相传夏禹铸九鼎，作为传国重器。雊（gòu）：野鸡叫。⑱祖己：殷代贤臣，曾进谏武丁治理民事要兢兢业业，用德化民，祭祀有常，不丰不薄。⑲武乙：在位四年，昏乱无道。慢：同"嫚"。轻侮；傲慢。⑳纣：商末代君主，名受辛，字受德。㉑武王：姓姬，名发，周文王子。㉒肃祇（zhī）：恭敬；谨慎；兢兢业业。

《周官》曰①，冬日至②，祀天于南郊③，迎长日之至④；夏日至⑤，祭地祇⑥。皆用乐舞⑦，而神乃可得而礼也⑧。天子祭天下名山大川，五岳视三公⑨，四渎视诸侯⑩，诸侯祭其疆内名山大川⑪。四渎者，江、河、淮、济也。天子曰明堂、辟雍⑫，诸侯曰泮宫。

【注释】

①《周官》：即《周礼》。儒家经典之一。周朝官制和战国时代各国制度的汇编。②冬日至：即"冬至"。③南郊：古时每年冬至日，于南郊建圜丘，即天坛，大祀皇天，所以也称南郊大祀。④长日：指冬至

以后，白天一天比一天长，故称长日。⑤夏日至：指"夏至"。⑥地祇（qí）：地神。⑦乐舞：依据乐曲节拍而起舞。⑧礼：致敬献礼于神灵。动词。⑨五岳：指东岳泰山、南岳衡山、北岳恒山、西岳华山、中岳嵩山。三公：周朝太师、太傅、太保称三公。⑩四渎：古人当时对四条入海的大川的总称，即长江、黄河、淮水、济水。诸侯：这里特指仅次于三公而具有侯爵称号的诸侯，不是泛指五等诸侯。⑪疆：疆界。⑫明堂：古代阐明政教的厅堂。凡祭祀、朝会、敬老、尊贤等大典，都在这里举行。辟雍：周朝所设大学的名称。

周公既相成王①，郊祀后稷以配天②，宗祀文王于明堂以配上帝③。自禹兴而修社祀④，后稷稼穑，故有稷祠，郊社所从来尚矣⑤。

【注释】

①周公：西周初期政治家。姓姬，名旦。相（xiàng）：辅助。成王：西周君主，姬诵。武王儿子。年幼即位，由叔父周公旦摄政。亲政后，继续分封诸侯，加强对地方的控制，奠定了西周统治的基础。②郊祀：在郊外祭祀。③宗祀：在宗庙祭祀。后凡祭祀祖宗，统称宗祀。文王：商末时周族领袖。姓姬，名昌。④社祀：祭土神。⑤郊社：冬至祭天叫"郊"，夏至祭地叫"社"。也泛指祭天地。尚：久远。

自周克殷后十四世①，世益衰，礼乐废，诸侯恣行②，而幽王为犬戎所败③，周东徙雒邑④。秦襄公攻戎救周，始列为诸侯⑤。秦襄公既侯，居西垂⑥，自以为主少皞之神⑦，作西畤⑧，祠白帝⑨，其牲用骝驹黄牛羝羊各一云⑩。其后十六年，秦文公东猎汧渭之间⑪，卜居之而吉⑫。文公梦黄蛇自天下属地⑬，其口止于鄜衍⑭。文公问史敦⑮，敦曰："此上帝之征，君其祠之。"于是作鄜畤⑯，用三牲郊祭白帝焉⑰。

【注释】

①周：朝代名。公元前11世纪，周武王灭商后建立，定都镐京。平王东迁以前称西周，东迁以后称东周。公元前256年为秦所灭。殷：朝代名。商王盘庚从奄（今山东省曲阜市境）迁到殷（今河南省安阳市西北的小屯村），因而商也称殷。从盘庚迁殷到纣亡国，一般称为殷，又整个商代也称商殷、殷商。②恣：放纵；没有约束。③幽王：西周国王，姬宫涅（shēng）。犬戎：古代西戎种族名。④雒（luò）邑：都邑

名。周成王为了巩固对东方殷故土的统治，在周公主持下所筑。⑤秦襄公：春秋时秦国君主。姓嬴。前777—前766年在位。西周消亡时，护送周平王东迁，被封为诸侯，赐给岐（今陕西省岐山县）以西地。⑥垂：同"陲"，边境。⑦少暤（hào）：亦作"少昊"。传说中古代东夷族首领，名挚。国号金天氏。⑧西畤（zhì）：祭祀坛址的名称。畤，祭祀天地五帝的坛址。⑨白帝：神话中的西方天帝，神名白招拒。⑩骝（liú，也作"骝"）驹：赤身黑鬣的少壮马。羝（dī）羊：公羊。⑪秦文公：东周初年秦国君主。

傅说像，出自明·天然撰《历代古人像赞》。

前765—前716年在位，建都于汧。汧（qiān）：邑名。⑫卜居：用占卜选择居地。⑬黄蛇：古多以蛇神为白帝。属（zhǔ）：连接；附着。⑭鄜（fū）：古地名，反设县。现在陕西省，改名富县。衍：山坡低平之处。⑮史敦：秦之太史，名敦。⑯鄜畤：坛址名称。⑰三牲：牛、羊、豕。

　　自未作鄜畤也，而雍旁故有吴阳武畤①，雍东有好畤②，皆废无祠。或曰："自古以雍州积高③，神明之隩④，故立畤郊上帝，诸神祠皆聚云。盖黄帝时尝用事⑤，虽晚周亦郊焉。"其语不经见⑥，缙绅者不道⑦。

【注释】

　　①雍（yōng）：邑名。秦德公建都于此。治所在今陕西省凤翔县南。吴阳：地名。在雍邑附近。武畤：秦时所建祭地神的处所。②好畤：祭天的地方。③雍州：古九州之一。现在陕西省北部、甘肃省西北部及青海省部分地区。④隩（yù又读ào）：通"墺"。四方之中可居之地。⑤黄帝：传说为上古中原各族共同的祖先。⑥经：正常；时常。⑦缙（jìn）绅：同"搢绅""荐绅"。搢，插。绅，大带。意谓插笏于绅。将笏插于大带与革带之间，官吏的装束。

作鄜畤后九年，文公获若石云①，于陈仓北阪城祠之②。其神或岁不至，或岁数来，来也常以夜，光辉若流星，从东南来集于祠城，则若雄鸡，其声殷云③，野鸡夜雊。以一牢祠④，命曰陈宝⑤。

【注释】

①若石：指其质像玉石。②陈仓：山名。现在陕西省宝鸡市东。阪（bǎn）：山坡；斜坡。③其神：指雄雉之神叶君，每一、二岁来与雌雉之神宝夫人会合，来时天空发出殷殷雷鸣之声，雌雉高声长鸣。④一牢：牛羊猪一套。⑤命：称名；称呼。

作鄜畤后七十八年，秦德公既立①，卜居雍，后子孙饮马于河，遂都雍②。雍之诸祠自此兴。用三百牢于鄜畤③。作伏祠④。磔狗邑四门⑤，以御蛊灾⑥。

【注释】

①秦德公：前677—前676年在位，建都于雍。②都：定都；建都。动词。③百："即白"。祭西帝少昊之神，牲畜贵用白色，且按礼，祭郊不用三百牢。④伏祠：伏日祭祀的祠庙。夏至到立秋有三伏，即初伏、中伏、末伏。⑤磔（zhé）：分裂牲畜肢体以祭神。邑：城邑。⑥蛊（gǔ）：极毒之虫。聚集百虫于器皿中，半年打开看，别的虫都被一虫食尽。这种虫极毒，名之曰蛊。

德公立二年卒。其后四年，秦宣公作密畤于渭南①，祭青帝②。

【注释】

①秦宣公：前675—前664年在位。密畤：祭祀坛址的名称。②青帝：神话中的东方天帝，神名灵威仰。一说即太昊氏。

其后十四年，秦缪公立①，病卧五日不寤②；寤，乃言梦见上帝，上帝命缪公平晋乱③。史书而记藏之府④。而后世皆曰秦缪公上天。

【注释】

①秦缪公：春秋时秦国君，姓嬴名任好。前659——前621年在位。任用百里奚、蹇叔为谋臣，称霸西戎。缪，通"穆"。②寤（wù）：睡醒。③晋：国名。公元前11世纪周朝分封的诸侯国。晋乱：晋献公宠幸骊姬，杀太子申生。死后群公子争立，相互残杀，致使晋国陷于混乱。④史：

494

官名。在君王左右掌管祭典和记事等。
府：古代国家收藏财物、图书的处所。

秦缪公即位九年，齐桓公既霸[1]，会诸侯于葵丘[2]，而欲封禅。管仲曰[3]："古者封泰山禅梁父者七十二家[4]，而夷吾所记者十有二焉[5]。昔无怀氏封泰山，禅云云[6]；虙羲封泰山[7]，禅云云；神农封泰山[8]，禅云云；炎帝封泰山[9]，禅云云；黄帝封泰山，禅亭亭[10]；颛顼封泰山[11]，禅云云；帝俈封泰山[12]，禅云云；尧封泰山[13]，禅云云；舜封泰山，禅云云；禹封泰山，禅会稽[14]；汤封泰山，禅云云；周成王封泰山，禅社

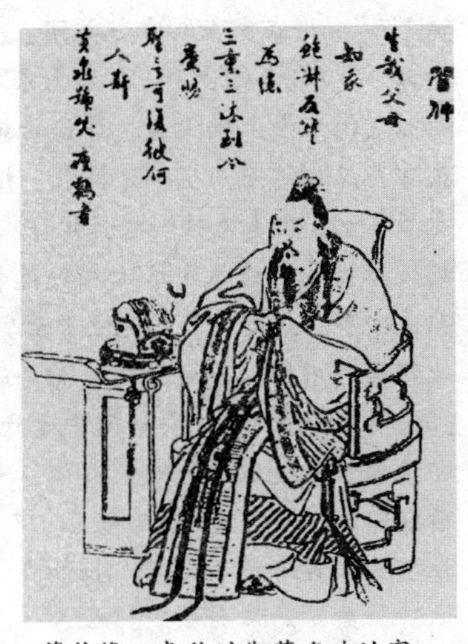
管仲像，春秋时期著名政治家。

首[15]：皆受命然后得封禅。"桓公曰："寡人北伐山戎[16]，过孤竹[17]，西伐大夏[18]，涉流沙[19]，束马悬车[20]，上卑耳之山[21]；南伐至召陵[22]，登熊耳山以望江、汉[23]。兵车之会三[24]，而乘车之会六[25]，九合诸侯[26]，一匡天下[27]，诸侯莫违我。昔三代受命[28]，亦何以异乎？"于是管仲睹桓公不可穷以辞[29]，因设之以事，曰："古之封禅，鄗上之黍[30]，北里之禾[31]，所以为盛[32]；江、淮之间[33]，一茅三脊[34]，所以为藉也[35]。东海致比目之鱼[36]，西海致比翼之鸟[37]，然后物有不召而自至者十有五焉。今凤皇麒麟不来[38]，嘉谷不生，而蓬蒿藜莠茂[39]，鸱枭数至[40]，而欲封禅，毋乃不可乎[41]？"于是桓公乃止。是岁。秦缪公内晋君夷吾[42]。其后三置晋国之君[43]，平其乱。缪公立三十九年而卒。

【注释】

①齐桓公（？—前643年）：春秋时齐国君主，姜小白。前685—前643年在位。②葵丘：邑名。现在河南省兰考县东北。齐桓公于公元前651年，邀集鲁、宋、卫、郑、许、曹等国诸侯，在这里结盟，倡导尊贤育才，选拔贤能，永结盟好，借以巩固政权。③管仲（？—前645年）：即管敬仲，名夷吾，字仲。春秋初期政治家，由鲍叔牙推荐，被齐桓公任命为卿。④七十二家：指孔子登泰山，考察古代新建王朝前来泰山祭天的有七十多个，其他曾来泰山祀天而无从查考者，不可胜数。⑤有：

通"又"。用在整数与零数之间。⑥无怀氏：古帝号，在太昊氏（伏羲）前。云云：山名。泰山支脉，在今山东省泰安县东南。一说在今山东省蒙阴县。⑦虙（fú）羲：即伏羲。神话传说中人类的始祖。相传人类由他和女娲氏即兄妹相婚而产生。⑧神农：相传我国远古时代农业和医药的发明者。生于姜水，以姜为姓。起于烈山，又号烈山氏（一作厉山氏）。以火德王，故又称炎帝。传说中远古人民过着渔猎、采集生活。他教民用木制作耒耜，从事农业生产。又说他曾亲尝百草，发现药材，教民治病。⑨炎帝：此指传说中神农氏之后代。⑩亭亭：泰山支脉。在今山东省泰安县西。⑪颛顼（zhuān xū）：传说中古代部族首领。号高阳氏。⑫帝喾（kù）：即帝夋。传说中古代部族首领，号高辛氏。⑬尧：传说中父系氏族社会后期部落联盟首领。称陶唐氏，名放勋，史称唐尧。⑭会（kuài）稽：山名。在今浙江省绍兴市南，本名防山、茅山、苗山。相传夏禹曾在此大会诸侯，计功封爵，始名会稽。⑮社首：山名。在今山东省泰安县西南。一说在巨平（今山东省宁阳县境）。⑯山戎：亦称北戎，即鲜卑族。现在今河北省迁安市一带，春秋时常为齐、郑、燕的祸患。⑰孤竹：国名。姓墨胎氏。在今河北省卢龙县。⑱大夏：古并州晋阳。在今山西太原市西南。⑲流沙：在今山西境，平陆县东。⑳束马悬车：包裹马脚，挂牢车辆，以防跌滑。㉑卑耳山：即辟耳山。在今山西省平陆县西北。㉒召（shào）陵：地名。在今河南省郾城县东。齐桓公率诸侯伐楚，楚使屈完来盟于此。㉓熊耳山：在河南省西部卢氏县南，秦岭东段支脉，主峰名全宝山。㉔兵车之会三：指鲁庄公十三年（前681年），齐桓公会盟鲁、宋、陈、蔡、邾等国于北杏（今山东省东阿县北），平定宋动乱；鲁僖公四年（前656年），齐桓公率领诸侯之师，进军蔡国（今河南省新蔡县），蔡军溃败，又乘胜讨伐楚；鲁僖公六年（前654年），齐桓公会宋、陈、卫、曹等国伐郑。㉕乘车之会六：鲁庄公十四年（前680年）冬，桓公与鲁公、宋公、卫侯、郑伯会盟于鄄（今山东省鄄城县北）；十五年（前679年）又会盟于鄄；十六年（前678年）冬，桓公与鲁、宋、陈、卫、郑、许、滑、滕等国诸侯会盟于幽（今河北省北部及辽宁省一带）；僖公五年（前655年），桓公率鲁、宋、陈、卫、郑、许、曹等国诸侯，会于首止（今河南省睢县东南），确定周惠王长子襄王的继承权；僖公八年（前652年），桓公与鲁、宋、卫、许、曹、陈等国诸侯会盟于洮（今山东省鄄城县西），表示效忠周王朝；僖公九年，会于葵丘。㉖九合：指三次兵车会，六次乘车会。㉗一匡天下：有两说，一、概括地说，拯救了天下；二、具体指确定周襄王的继承权。

㉘三代：指夏、商、周。㉙穷：穷尽。动词，指使感到理屈词穷。㉚鄗（hào）上：山名。现在河南省荥阳市有鄗山，疑即指此。又地名，在今河北省高邑县东。黍：黍子。子粒叫黄米，可供食用及酿酒。㉛北里：地名。今不详。禾：粮食作物总称。又专指粟。㉜盛（chéng）：装进祭器的粮食祭品。㉝江淮：长江、淮河。㉞茅：草名。有白茅、黄茅、青茅等几种。三脊：指茅草秆有三条稜，古称灵茅。㉟藉（jiè）：以物衬垫。㊱东海：古代泛指东方极远的海域。比目鱼：鲽形目鱼类的总称。此处指两鱼各有一目，比合才得游行之鱼，如版鱼之类。㊲西海：古代泛称西方极远的海域。比翼鸟：传说中的鸟名。一目一翼，互相辅助而飞。㊳凤皇：相传祥瑞之鸟。雄曰凤，雌曰凰。皇，通作"凰"。麒麟：传说中的神兽。似鹿而大，有一角，牛尾马蹄，腹毛黄，背毛五彩，不践生草，不食生物。㊴蓬（péng）：草名。秋枯根拔，随风飘卷，故称飞蓬。蒿：草名。藜：一年生草本植物。莠（yǒu）。恶草的通称。蓬、蒿、藜、莠，皆秽恶之草。㊵鸱（chī）：鹞鹰；猫头鹰之类。枭（xiāo）：通"鸮"。鸱鸮科鸟类的通称。㊶毋乃：岂不。疑问副词。㊷内：通"纳"。纳入。夷吾：即晋惠公。㊸三置晋国之君：指秦穆公相继安置晋惠公、晋怀公、晋文公为君。

其后百有余年，而孔子论述六艺①，传略言易姓而王②，封泰山禅乎梁父者七十余王矣③，其俎豆之礼不章④，盖难言之。或问禘之说⑤，孔子曰："不知。知禘之说，其于天下也视其掌。"诗云纣在位⑥，文王受命，政不及泰山。武王克殷二年，天下未宁而崩⑦。爰周德之洽维成王⑧，成王之封禅则近之矣。及后陪臣执政⑨，季氏旅于泰山⑩，仲尼讥之。

【注释】

①孔子（前551—前479年）：名丘，字仲尼。鲁国陬邑（今山东省曲阜市）人。②传（zhuàn）：阐述儒家经义的文字。一般文字记载也可称传。略：记载事迹大略的文字。③乎：通"于"。④章：彰明。⑤禘（dì）：祭名。有时禘、殷禘、大禘三种。时禘，宗庙四时祭祀的一种。殷禘，帝王诸侯宗庙的大祭。大禘，帝王祭天，并以始祖和远祖配享。⑥诗：疑为衍文。⑦崩旧称帝王死叫崩。⑧爰：于是；因此。维：为；是。⑨陪臣：诸侯的大夫对天子自称陪臣，大夫的家臣也叫陪臣。⑩季氏：春秋鲁国季孙氏为鲁庄公弟季友后代，子孙世为鲁大夫，把持国政，权势很大。这里指季桓子。

是时苌弘以方事周灵王①，诸侯莫朝周，周力少，苌弘乃明鬼神事，设射狸首②。狸首者，诸侯之不来者。依物怪欲以致诸侯③。诸侯不从，而晋人执杀苌弘④。周人之言方怪者自苌弘。

【注释】

①苌弘：周大夫，有方术，能招致神异。方：方术。指卜筮、星占等。周灵王：姬泄心。前 571—前 545 年在位。②狸首：本为逸诗篇名。狸，一名"不来"；首，先。③物怪：奇异的动物。④晋人执杀苌弘：周晋王时晋大夫范吉射、中行寅作乱，事情牵涉苌弘。晋人因此兴师进犯周室，周杀苌弘。

其后百余年，秦灵公作吴阳上畤①，祭黄帝②；作下畤③，祭炎帝④。

【注释】

①秦灵公：前 421—前 415 年在位。②黄帝：神话中的中央天帝，神名含枢纽。③下畤：祭祀坛址的名称。④炎帝：神话中的南方天帝，神名赤熛怒，一说即神农炎帝。

后四十八年，周太史儋见秦献公曰①："秦始与周合②，合而离③，五百岁当复合④，合十七年而霸王出焉⑤。"栎阳雨金⑥，秦献公自以为得金瑞，故作畦畤栎阳而祀白帝⑦。

【注释】

①太史：西周春秋时期管理起草文书，策命诸侯卿大夫，记载史事，编写史书，掌管国家典籍、天文、历法、祭祀等职的官。儋（dān）：人名。秦献公：嬴师隰。前 384—前 362 年在位。②秦始与周合：谓周、秦同为黄帝之后，在周朝别封非子于秦之前这段时间为合。③合而离：谓周别封非子于秦为其附庸国之后，周秦分离。④五百岁当复合：谓自非子封于秦，至秦孝公二年周显王分赠祭肉，周秦相亲，是为复合。⑤合十七年而霸王出：指自秦孝公三年至十九年，周显王封秦孝公为霸王，则为霸者出现；至惠文王称王，则为王者出现。⑥栎阳：地名。秦献公建都于此。现在陕西省西安市临潼区东北。动词。⑦畦（qí）畤：祭祀坛址的名称。

其后百二十岁而秦灭周，周之九鼎入于秦①。或曰宋太丘社亡②，而鼎没于泗水彭城下③。

【注释】

①九鼎：传说夏禹铸了九只鼎，象征九州，三代时奉为传国之宝。秦灭周取了九鼎，其中一只沉于泗水，其余无考。②太丘：地名。现在河南永城市西北。③泗水：在山东省中部，源出泗水县东蒙山南麓。彭城：县名。在今江苏省徐州市。

其后百一十五年而秦并天下。

秦始皇既并天下而帝，或曰："黄帝得土德，黄龙地螾现①。夏得木德，青龙止于郊②，草木畅茂。殷得金德，银自山溢。周得火德，有赤乌之符③。今秦变周，水德之时。昔秦文公出猎，获黑龙，此其水德之瑞。"于是秦更命河曰"德水"④，以冬十月为年首，色上黑⑤，度以六为名⑥，音上大吕⑦，事统上法⑧。

【注释】

①地螾（yǐn）：蚯蚓。见（xiàn）：同"现"。出现。②止：居住；栖息。③赤乌之符：相传周武王时有火从天而降，形如赤乌。④更（gēng）命：改名。河：指黄河。⑤上：通"尚"。崇尚。⑥度：度制。以六为名：如符规定为方六寸，长度规定为六尺为一步之类。⑦大吕：十二律之一。⑧事：国家一切政事。

即帝位三年，东巡郡县，祠驺峄山①，颂秦功业。于是征从齐、鲁之儒生博士七十人②，至乎泰山下，诸儒生或议曰："古者封禅为蒲车③，恶伤山之土石草木；扫地而祭，席用葅秸④，言其易遵也。"始皇闻此议各乖异⑤，难施用，由此绌儒生⑥。而遂除车道⑦，上自泰山阳至巅⑧，立石颂秦始皇帝德，明其得封也。从阴道下⑨，禅于梁父。其礼颇采太祝之祀雍上帝所用⑩，而封藏皆秘之⑪，世不得而记也。

【注释】

①驺峄山：山名。又名驺山或峄山。现在山东省邹县东南。②齐：国名。前11世纪周分封的诸侯国。姜姓。现在山东省北部。③蒲车：用蒲草裹着车轮的车子。这种车子常用于祭告天地或者迎接贤士。④葅（zū）：同"菹"。枯草。秸：农作物的茎秆，去皮可以做席。⑤乖异：违背；不和睦。⑥绌（chù）：通"黜"。贬退；排除。⑦除：修治；修建。⑧阳：山的南面，水的北面。⑨阴：山的北面，水的南面。⑩太祝：官名。⑪秘：隐秘。

　　始皇之上泰山，中阪遇暴风雨[1]，休于大树下。诸儒生既绌，不得与用于封事之礼[2]，闻始皇遇风雨，则讥之。

【注释】

　　[1]中阪：山坡中段。[2]与（yù）：参与。

　　于是始皇遂东游海上，行礼祠名山大川及八神，求仙人羡门之属[1]。八神将自古而有之，或曰太公以来作之[2]。齐所以为齐，以天齐也。其祀绝，莫知起时。八神：一曰天主，祠天齐。天齐渊水[3]，居临菑南郊山下者[4]。二曰地主，祠泰山梁父。盖天好阴，祠之必于高山之下，小山之上，命曰"畤"；地贵阳，祭之必于泽中圜丘云[5]。三曰兵主，祠蚩尤[6]。蚩尤在东平陆监乡[7]，齐之西境也。四曰阴主，祠三山[8]。五曰阳主，祠之罘[9]。六曰月主，祠之莱山[10]。皆在齐北，并勃海[11]。七曰日主，祠成山[12]。成山斗入海[13]，最居齐东北隅[14]，以迎日出云。八曰四时主，祠琅邪[15]。琅邪在齐东方，盖岁之所始。皆各用一牢具祠[16]，而巫祝所损益[17]，珪币杂异焉[18]。

【注释】

　　[1]羡门：古时仙人，名子高。[2]太公：指姜太公。[3]天齐渊水：泉水名。在临菑城南。[4]临菑：都邑名。亦作"临淄"。齐国国都。在今山东省淄博市东北。[5]圜丘：圆形高坛。[6]蚩（chī）尤：相传为黄帝时诸侯，好兵喜乱，被黄帝所杀，其冢在东平陆监乡。[7]东平陆：县名。在今山东省东平县东。监乡：乡名。[8]三山：即参山。汉时在东莱郡曲成县境。在今山东莱州市北。[9]之罘（fú）：山名。也作芝罘。现在山东省烟台市北。[10]莱山：在今山东省龙口市东南。[11]并（bàng）：通"傍"。挨着。[12]成山：现在山东省荣成县东北。[13]斗：通"陡"。[14]隅：角落。[15]琅邪：山名。在山东省胶南市西南。[16]牢具：指盛在器皿中的牲畜。[17]巫祝：祠庙中司祭礼的人。[18]珪币：祭祀用的玉和帛。

　　自齐威、宣之时[1]，驺子之徒论著终始五德之运[2]，及秦帝而齐人奏之[3]，故始皇采用之。而宋毋忌、正伯侨、充尚、羡门高最后[4]，皆燕人，为方仙道[5]，形解销化[6]，依于鬼神之事。驺衍以阴阳主运显于诸侯[7]，而燕齐海上之方士传其术不能通[8]，然则怪迂阿谀苟合之徒自此兴[9]，不可胜数也[10]。

【注释】

①齐威、宣：指齐威王、齐宣王。②驺（zōu）子：即驺衍。驺，亦作"邹"。战国时的阴阳五行家。③秦帝：秦国统一天下称帝。帝，动词。④宋毋忌、正伯侨、充尚、羡门高：都是所谓仙人的名字。⑤方：通"仿"。比拟；模仿。⑥形解销化：古代方士说修道可以成仙，把死叫作"形解"，亦作"尸解"。意指解脱形体。⑦阴阳主运：邹衍把古代关于"阴阳交替"的朴素辩证法思想和"天人感应"说结合起来，用它来比附新旧王朝的变更，说它可以主宰一个王朝的命运。⑧方士：古代通晓神仙方术的人。⑨怪迂：奇异脱离实际。苟合：无原则地附和。⑩胜数（shēng shǔ）：尽数。

自威、宣、燕昭使人入海求蓬莱、方丈、瀛洲①。此三神山者，其傅在勃海中②，去人不远，患且至，则船风引而去。盖尝有至者，诸仙人及不死之药皆在焉。其物禽兽尽白，而黄金银为宫阙。未至，望之如云；及到，三神山反居水下。临之，风辄引去，终莫能至云。世主莫不甘心焉③。及至秦始皇并天下，至海上，则方士言之不可胜数。始皇自以为至海上而恐不及矣，使人乃赍童男女入海求之④。船交海中⑤，皆以风为解，曰未能至，望见之焉。其明年，始皇复游海上，至琅邪，过恒山，从上党归⑥。后三年，游碣石⑦，考入海方士，从上郡归⑧。后五年，始皇南至湘山⑨，遂登会稽，并海上，冀遇海中三神山之奇药⑩。不得，还至沙丘崩⑪。

【注释】

①燕昭：指战国时期的燕昭王。蓬莱、方丈、瀛洲：古代传说东海中有此三山，为神仙所居，总称"三神山"。②傅：《汉书·郊祀志》作"传"。③甘心：羡慕。④赍（jī）：携带。⑤交：开始进入。⑥上党：郡名。治所在壶关（现在山西省长治市北），辖境相当今山西省东南部。⑦碣石：山名。在河北省昌黎县北。⑧上郡：郡名。治所在肤施（今陕西省榆林县东南），地在今陕西省北部和内蒙古南端。⑨湘山：一名君山，又名洞庭山。在湖南省岳阳县西洞庭湖中。⑩冀：希望。⑪沙丘：在今河北省广宗县西北大平台。

二世元年①，东巡碣石，并海南，历泰山，至会稽，皆礼祠之，而刻勒始皇所立石书旁，以章始皇之功德②。其秋，诸侯畔秦。三年而二世弑死[3]。

【注释】

①二世：指秦二世嬴胡亥。二世元年，前 209 年②章：表彰；表扬。③弑：古代称子杀父、臣杀君为"弑"。此处指秦二世被赵高所杀。

始皇封禅之后十二岁，秦亡。诸儒生疾秦焚《诗》《书》[1]，诛僇文学[2]，百姓怨其法，天下畔之，皆讹曰："始皇上泰山，为暴风雨所击，不得封禅。"此岂所谓无其德而用事者邪？

【注释】

①疾：厌恶；憎恶。②僇（lù）：通"戮"。杀戮。

昔三代之居皆在河、洛之间[1]，故嵩高为中岳，而四岳各如其方，四渎咸在山东[2]。至秦称帝，都咸阳[3]，则五岳、四渎皆并在东方。自五帝以至秦[4]，轶兴轶衰[5]，名山大川或在诸侯，或在天子，其礼损益世殊，不可胜记。及秦并天下，令祠官所常奉天地名山大川鬼神可得而序也[6]。

【注释】

①河、洛：指黄河、洛河。②山东：战国、秦、汉时称崤山或华山以东为山东，也指战国时秦以外的六国地域。③咸阳：都邑名。战国时秦孝公开始建都于此。现在陕西省咸阳市东北。④五帝：相传中的中国原始社会末期部落或部落联盟的领袖。指黄帝、颛顼、帝喾、唐尧、虞舜。⑤轶（dié）：通"迭"。交替地；轮流地。⑥序：依次序排列。

于是自殽以东[1]，名山五，大川祠二。曰太室。太室，嵩高也。恒山，泰山，会稽，湘山。水曰济，曰淮。春以脯酒为岁祠[2]，因泮冻[3]，秋涸冻[4]，冬塞祷祠[5]。其牲用牛犊各一，牢具珪币各异。

【注释】

①殽（yáo）：即崤山。现在河南省西部。主峰干山在灵宝市东南。②脯（fǔ）：干肉。岁：一年的农事收成。③泮（pàn）：解；散。④涸（hé）冻：结冻。涸，凝结。⑤塞（sài）：通"赛"。祷：祷告；祈求神保佑。

自华以西，名山七，名川四。曰华山，薄山[1]。薄山者，衰山也。岳山[2]，岐山[3]，吴岳[4]，鸿冢[5]，渎山[6]。渎山，蜀之汶山[7]。水曰河，祠临晋[8]；沔[9]，祠汉中[10]；湫渊[11]，祠朝那[12]；江水[13]，祠蜀[14]。亦春秋泮涸祷塞，如东方名山川；而牲牛犊牢具珪币各异。而四大冢鸿、岐、吴、岳[15]，皆有尝禾[16]。

【注释】

①薄山：即襄山。在今山西永济市南。②岳山：山名。在陕西省武功县境。③岐山：山名。在陕西省岐山县东北。④吴岳：又名吴山。在陕西省陇县西南。⑤鸿冢：山名。现在陕西省凤翔县东。⑥渎山：即四川岷山。⑦汶，通"岷"。⑧临晋：县名。现在陕西省大荔县东。⑨沔（miǎn）：水名。源头出自陕西省略阳县，是汉水的上游。⑩汉中：郡名。这里指郡治南郑（今陕西省汉中市东）。⑪湫（jiǎo）渊：湖名。现在宁夏回族自治区固原市原州区。⑫朝（zhū）那（nuó）：县名。现在宁夏回族自治区固原市原州区东南。⑬江水：指长江。⑭蜀：郡名。这里指郡治成都。⑮冢：山顶。指高大的山。⑯尝禾：用新谷举行祭祀。尝，祭名。

陈宝节来祠。其河加有尝醪[1]。此皆在雍州之域[2]，近天子之都，故加车一乘，骝驹四。

【注释】

①醪（láo）：汁滓混合的酒，即酒酿。②雍州：古九州之一。地域约当今陕西、甘肃、宁夏、青海等省区。

霸、产、长水、沣、涝、泾、渭皆非大川[1]，以近咸阳，尽得比山川祠，而无诸加。

【注释】

①霸：霸水，古滋水。现在陕西省西安市东入渭水。产：浐水。源出自陕西蓝田县西南山谷中，至西安市东南合霸水入渭。长水：源出陕西省蓝田县境，至西安市长安区东南流入浐水。沣：水名。源出陕西户县东南终南山，北流至咸阳市东南入渭河。涝：水名。源出自陕西省户县西南，流入浐水后再入渭河。泾：水名。源出宁夏固原市原州区南六盘山，往东南流至陕西高陵县入渭河。

汧、洛二渊[1]，鸣泽、蒲山、岳嶻山之属[2]，为小山川，亦皆岁祷塞泮涸祠，礼不必同。

 史 记

【注释】

①洛：洛水有二：一、今名北洛河。在陕西省北部，发源于定边县南梁山，流入渭河。二、今名洛河，本名雒水。在河南省西部，源出自陕西省华山，流入黄河，这里可能是指前者。②鸣泽：泽名。在河北省涿州市北。蒲山：山名。无考。岳嵍（xū）山：山名。在华山西。

而雍有日、月、参、辰、南北斗、荧惑、太白、岁星、填星、辰星、二十八宿、风伯、雨师、四海、九臣、十四臣、诸布、诸严、诸逑之属①，百有余庙。西亦有数十祠②。于湖有周天子祠③。于下邽有天神④。沣、滈有昭明、天子辟池⑤。于杜、亳有三社主之祠、寿星祠⑥；而雍菅庙亦有杜主⑦。杜主，故周之右将军，其在秦中⑧，最小鬼之神者。各以岁时奉祠。

【注释】

①参（shēn）：星官名。二十八宿之一。辰：即心宿。二十八宿之一。南北斗：南斗、北斗，都是斗宿的别名，二十八宿之一。荧（yíng）惑：即火星。太白：即金星。岁星：即木星。填（zhèn）星：即土星。辰星：即水星。②西：县名。现在甘肃省天水市西南。③湖：县名。在今河南灵宝市境。④下邽（guī）：县名。在今陕西省渭南县东北。天神：古人所想象的天上日、月、星辰、风雨的主宰。⑤滈（hào）：水名。在陕西省西安市西。今已废绝。昭明：火星的又一别名。辟池：即滈池。⑥杜：县名。现在陕西省西安市东南。亳（bó）：亭名。在杜县境。社主：《汉书·郊祀志》作"杜主"，照应下文以"杜主"为是。寿星：南极老人星。⑦菅（jiān）：茅草。杜主：杜伯，周宣王的大夫，封于杜地，无罪被杀，人以为神。⑧秦中：地区名。现在陕西省中部，因春秋、战国时为秦国而得名。

唯雍四畤上帝为尊①，其光景动人民唯陈宝。故雍四畤，春以为岁祷，因泮冻，秋涸冻，冬塞祠，五月尝驹②，及四仲之月月祠③，若陈宝节来一祠。春夏用骍④，秋冬用骝。骝驹四匹，木禺龙栾车一驷⑤，木禺车马一驷⑥，各如其帝色。黄犊羔各四⑦，珪币各有数，皆生瘗埋⑧，无俎豆之具⑨。三年一郊。秦以冬十月为岁首，故常以十月上宿郊见⑩，通权火⑪，拜于咸阳之旁，而衣上白，其用如经祠云⑫。西畤、畦畤，祠如其故，上不亲往。

【注释】

①四畤上帝：在鄜畤祭典白帝，在密畤祭典青帝，在吴阳上畤祭典黄

帝，在吴阳下畤祭典炎帝（赤帝）。鄜畤在咸阳东，其他三鄜畤在咸阳西。
②尝驹：用少壮的骏马举行祭祀。③四仲之月：四季的中间一个月，即二、五、
八、十一月。④骍（xīn）：赤色马。⑤木禺（ǒu）龙：木头雕的龙。栾（luán）
车：有铃的车。栾，通"銮"。车辆的马铃。⑥驷（sì）：古代四马一车，
因以称一车所驾之四马或驾四马之车。这里指四条龙。⑦羔：小羊。⑧瘗
（yì）：埋葬。⑨俎（zǔ）豆：祭祀宴享的祭品。俎，祭祀时用以盛祭品
的礼器，青铜制，也有木制漆饰的。豆，盛干肉一类食物的器皿。⑩上宿：
皇上斋戒，以示崇敬。⑪权火：烽火。⑫经：经常。指常行的仪式。

诸此祠皆太祝常主，以岁时奉祠之。至如他名山川诸鬼及八神之属，
上过则祠，去则已[1]。郡县远方神祠者，民各自奉祠，不领于天子之祝官[2]。
祝官有秘祝[3]，即有灾祥[4]，辄祝祠移过于下[5]。

【注释】

①已：停止。②祝官：主管祭祀
的官员。③秘祝：官名。④灾祥：灾
异和吉祥。这里指灾异。⑤辄：就；总是。

汉兴，高祖之微时[1]，尝杀大蛇。
有物曰[2]："蛇，白帝子也，而杀者赤
帝子[3]。"高祖初起，祷丰枌榆社[4]。
徇沛[5]，为沛公，则祠蚩尤，衅鼓旗[6]。
遂以十月至灞上[7]，与诸侯平咸阳[8]，
立为汉王。因以十月为年首，而色上赤。

【注释】

①高祖：汉高帝刘邦的庙号。微：
卑贱。②物：指鬼神。③赤帝：神话
中的南方天帝。④丰枌榆社：指汉高帝故乡丰邑枌榆乡的土地神。⑤徇
（xùn）：攻取；巡行。沛（pèi）：现在江苏省沛县。⑥衅（xìn）：古
代新制器物成功，杀牲以祭，用血涂缝隙之称。⑦灞（bà）上：地名。
现在陕西省西安市东南。⑧平：平定。

汉高祖斩白蛇图

二年，东击项籍而还入关[1]，问："故秦时上帝祠何帝也？"对曰：

“四帝，有白、青、黄、赤帝之祠。”高祖曰：“吾闻天有五帝，而有四，何也？”莫知其说。于是高祖曰：“吾知之矣，乃待我而具五也。”乃立黑帝祠②，命曰北畤③。有司进祠，上不亲往。悉召故秦祝官，复置太祝、太宰④，如其故仪礼。因令县为公社⑤。下诏曰：“吾甚重祠而敬祭。今上帝之祭及山川诸神当祠者，各以其时礼祠之如故。”

【注释】

①二年：汉王二年，前205年。项籍（前232—前202年）：名籍，字羽。秦末农民起义军首领。下相（今江苏省宿迁市西南）人。②黑帝：神话传说中的北方天帝，神名汁光纪。一说即颛顼。③北畤：祭祀坛址的名称。④太宰：官名。掌管祭祀贡享。⑤公社：官府祭典天地神鬼的地方。

后四岁，天下已定，诏御史①，令丰谨治枌榆社，常以四时春以羊彘祠之②。令祝官立蚩尤之祠于长安。长安置祠祝官、女巫。其梁巫③，祠天、地、天社、天水、房中、堂上之属④；晋巫⑤，祠五帝、东君、云中君、司命、巫社、巫祠、族人、先炊之属⑥；秦巫⑦，祠社主、巫保、族累之属⑧；荆巫⑨，祠堂下、巫先、司命、施糜之属⑩；九天巫⑪，祠九天；皆以岁时祠宫中。其河巫祠河于临晋⑫，而南山巫祠南山秦中⑬。秦中者，二世皇帝。各有时日。

【注释】

①御史：官名。秦以前本为史官。②彘（zhì）：猪。③梁：指战国时的魏地。因魏国从惠王以后一直建都大梁，故又别称梁国。④天社、天水、房中、堂上：都是神名。⑤晋：指春秋时的晋地。⑥东君：日神。云中君：云神。司命、巫社、巫祠、族人、先炊：都是神名。⑦秦：指战国时的秦地。⑧社主：仍以作“杜主”为宜。巫保、族累：神名。⑨荆：指春秋战国时的楚地。楚国建国于荆山一带，故又别称荆。⑩堂下、巫先、施糜：都是神名。⑪九天巫：专管祭祀九天的巫师。九天，指中央和八方之天。⑫河巫：专管祭典黄河的巫师。⑬南山：山名。现在秦岭终南山。秦中：这里借指秦二世。因他被赵高所杀，魂魄变成了厉鬼。

其后二岁，或曰周兴而邰邰①，立后稷之祠，至今血食天下②。于是高祖制诏御史③：“其令郡国县立灵星祠④，常以岁时祠以牛。”

【注释】

①邰（tái）：一作“斄”。邑名。现在陕西省武功县西南。②血食：

享受祭祀。因祭祀宰牲牢。③制诏：汉代皇帝文告的两种形式：制书命令三公，传达州郡；诏书布告臣民。④郡国：汉初，郡和王国同为地方高级行政区划。

高祖十年春，有司请令县常以春二月及腊祠社稷以羊豕①，民里社各自财以祠②。制曰："可。"

【注释】

①有司：主管官吏。腊：夏历十二月祭名，因借以指十二月。社稷：古代帝王、诸侯所祭祀的土神和谷神。②里社：古时里中供奉土地神的处所。

其后十八年，孝文帝即位①。即位十三年，下诏曰："今秘祝移过于下，朕甚不取②。自今除之。"

【注释】

①孝文帝：刘恒。前179—前158年在位。②朕（zhèn）：从秦始皇起专用为皇帝的自称。

始名山大川在诸侯，诸侯祝各自奉祠，天子官不领①。及齐、淮南国废②，令太祝尽以岁时致礼如故。

【注释】

①领：管领。②齐：汉初封国名。始王为汉高帝长子刘肥。再传至刘则，死后无子，封国被废除。境内有泰山。淮南国：汉初封国名。

是岁①，制曰："朕即位十三年于今，赖宗庙之灵，社稷之福，方内艾安②，民人靡疾③。间者比年登④，朕之不德，何以飨此⑤？皆上帝诸神之赐也。盖闻古者飨其德必报其功，欲有增诸神祠。有司议增雍五畤路车各一乘⑥，驾被具⑦；西畤畦畤禹车各一乘，禹马四匹，驾被具；其河、湫、汉水加玉各二⑧；及诸祠，各增广坛场，珪币俎豆以差加之⑨。而祝釐者归福于朕⑩，百姓不与焉⑪。自今祝致敬，毋有所祈⑫。"

【注释】

①是：此；这。②方内：四境之内；国内。艾（yì）安：一作"义安"。太平安定。③靡：无；不。④间者：近来。登：庄稼成熟。⑤飨（xiǎng）：通"享"。享受。⑥路车：亦作"辂车"。帝王诸侯乘坐的车子。⑦被：

通"披"。⑧汉水：即汉江。发源于陕西省西南部宁强县，东南流经陕西省南部，湖北省西北部和中部，在武汉市汇入长江。⑨以：按照。⑩釐（xī）：通"禧"。福。⑪与（yù）：在其中。⑫毋：莫；不要。

鲁人公孙臣上书曰①："始秦得水德，今汉受之，推终始传，则汉当土德，土德之应黄龙见。宜改正朔②，易服色③，色上黄。"是时丞相张苍好律历④，以为汉乃水德之始⑤，故河决金堤⑥，其符也⑦。年始冬十月，色外黑内赤，与德相应。如公孙臣言，非也。罢之。后三岁，黄龙见成纪⑧。文帝乃召公孙臣，拜为博士，与诸生草改历服色事⑨。其夏，下诏曰："异物之神见于成纪，无害于民，岁以有年。朕祈郊上帝诸神，礼官议，无讳以劳朕⑩。"有司皆曰"古者天子夏亲郊，祀上帝于郊，故曰郊"。于是夏四月，文帝始郊见雍五畤祠，衣皆上赤。

【注释】

①鲁：指春秋时的鲁地，现在山东省泰山以南地区。公孙臣：方士。②正（zhēng）朔：指每年的第一天。我国古代夏历以孟春之月（建寅之月）为岁首，商、周两代各向上推一月，即商以季冬之月（建丑之月，夏历十二月）为岁首，周以仲冬之月（建子之月，夏历十一月）为岁首，秦代改以夏历十月（孟冬之月，建亥之月）为岁首，汉初沿用秦历。正，阴历每年的第一个月。朔，每月的初一。③易：改变。服色：古时每一朝代所定的车马祭祀的颜色。如夏尚黑色，商尚白色，周尚赤色，各代以其所崇尚之色为正色。④丞相：官名。始于战国时，是百官之长。张苍：阳武（今河南省原阳县东南）人。秦时为御史，后归汉。精通律历，历任御史大夫、丞相，封北平侯。⑤乃：是；就是。⑥决：冲破堤岸。金堤：指修筑得很坚固的江河堤塘。这里指西汉时东郡一带黄河两岸石筑的金堤。⑦符：符应。⑧成纪：县名。即今甘肃省秦安县北。⑨草：草拟；起稿。⑩讳：隐瞒；忌讳。

其明年，赵人新垣平以望气见上①，言"长安东北有神气，成五采，若人冠绕焉②。或曰东北神明之舍，西方神明之墓也。天瑞下③，宜立祠上帝，以合符应"。于是作渭阳五帝庙④，同宇，帝一殿，面各五门，各如其帝色⑤。祠所用及仪亦如雍五畤。

【注释】

①赵：指战国时的赵地。新垣平：方士。姓新垣，名平。②冠绕（miǎn）：

官吏所戴的帽子。绕，同"冕"。③天瑞：天降吉祥。④渭阳五帝庙：旧址在今咸阳市东北。⑤各如其帝色：东方青色，南方赤色，西方白色，北方黑色，中央黄色。

夏四月，文帝亲拜霸、渭之会①，以郊见渭阳五帝。五帝庙南临渭，北穿蒲池沟水②，权火举而祠，若光辉然属天焉③。于是贵平上大夫④，赐累千金。而使博士诸生刺《六经》中作《王制》⑤，谋议巡狩封禅事。

【注释】

①霸：霸水。渭：渭水。会：汇合口。②蒲池：可能就是秦始皇修建的人工湖——兰池，旧址在今咸阳市东北。③属：连接。④贵：尊宠，宠信。使动用法。上大夫：官名。⑤刺：采取。《王制》：书名。

文帝出长门①，若见五人于道北，遂因其直北立五帝坛②，祠以五牢具。

【注释】

①长门：亭名。今西安市临潼区。②因：根据；就着。直：通"值"。当其处。

其明年，新垣平使人持玉杯，上书阙下献之①。平言上曰："阙下有宝玉气来者。"已视之，果有献玉杯者，刻曰："人主延寿"。平又言"臣候日再中②"。居顷之，日郤复中③。于是始更以十七年为元年④，令天下大酺⑤。

【注释】

①阙下：指君王宫殿之下。②日再中：太阳再次在天当中。③郤：退。④更：调换；改变。⑤大酺（ pú）：盛大聚饮。皇帝准许臣民盛大聚会饮宴。

平言曰："周鼎亡在泗水中，今河溢通泗，臣望东北汾阴直有金宝气①，意周鼎其出乎②？兆见不迎则不至③。"于是上使使治庙汾阴南，临河，欲祠出周鼎。

【注释】

①汾阴：县名。在今山西省万荣县西南。②意：意料。③兆：征象；预兆。

人有上书告新垣平所言气神事皆诈也①。下平吏治，诛夷新垣平②。自是之后，文帝怠于改正朔服色神明之事，而渭阳、长门五帝使祠官领，以时致礼，不往焉。

【注释】

①诈：欺诈。②诛夷：杀戮；消灭。除灭其家室宗族。

明年，匈奴数入边，兴兵守御。后岁少不登①。

【注释】

①少：稍；稍微。

数年而孝景即位。十六年，祠官各以岁时祠如故，无有所兴，至今天子。今天子初即位，尤敬鬼神之祀①。

【注释】

①本篇以本段以下内容与《今上本纪》完全相同，只是个别字句有出入。

元年，汉兴已六十余岁矣，天下艾安，搢绅之属皆望天子封禅改正度也①，而上乡儒术②，招贤良③，赵绾、王臧等以文学为公卿，欲议古立明堂城南，以朝诸侯④。草巡狩、封禅、改历服色事未就。会窦太后治黄老言⑤，不好儒术，使人微伺得赵绾等奸利事⑥，召案绾、臧⑦，绾、臧自杀，诸所兴为皆废。

后六年，窦太后崩。其明年，征文学之士公孙弘等⑧。

【注释】

①正度：正朔和服色制度。②乡：通"向"。趋向；向往。③贤良：汉代选拔官吏的科目之一。④赵绾（wǎn）：著名的儒者，这时任御史大夫。王臧：著名的儒者，这时任郎中令。公卿：原指三公九卿，后泛指朝廷的高级官员。⑤会：恰逢。窦太后（？——前135年或129年）：汉文帝皇后。景帝继位后，被尊为皇太后。⑥奸利：以奸诈方法谋求私利。⑦案：通"按"。审查；考问。⑧公孙弘（公元前200年——前121年）：姓公孙，名弘，菑川薛（在今山东省寿光县南）人。

明年，今上初至雍，郊见五畤。后常三岁一郊①。是时上求神君②，舍之上林中蹄氏观③。神君者，长陵女子④，以子死，见神于先后宛若⑤。宛若祠之其室，民多往祠。平原君往祠⑥，其后子孙以尊显。及今上即位，则厚礼置祠之内中，闻其言，不见其人云。

【注释】

①三岁一郊：三年中第一年祭天，第二年祭地，第三年祭五畤。每三年轮流一遍。②神君：对神灵的敬称。③上林：苑名。旧址在陕西省西安市西南周至县、户县界。蹄氏观（guàn）：上林苑中宫观名。④长陵：县名。西汉五陵之一的高祖陵墓所在地。故城在今西安市北。⑤先后：兄弟妻相互称"先后"，即妯娌。宛若：人名。⑥平原君：武帝外祖母。

是时，李少君亦以祠灶、谷道、却老方见上①，上尊之。少君者，故深泽侯舍人②，主方③。匿其年及其生长④，常自谓七十，能使物⑤，却老。其游以方遍诸侯。无妻子。人闻其能使物及不死，更馈遗之⑥，常余金钱衣食。人皆以为不治生业而饶给⑦，又不知其何所人，愈信，争事之⑧。少君资好方⑨，善为巧发奇中⑩。尝从武安侯饮⑪，坐中有九十余老人，少君乃言与其大父游射处⑫，老人为儿时从其大父，识其处，一坐尽惊。少君见上，上有故铜器⑬，问少君。少君曰："此器齐桓公十年陈于柏寝⑭。"已而案其刻⑮，果齐桓公器。一宫尽骇，以为少君神，数百岁人也。

【注释】

①灶：灶神。谷道：一说是种谷得金的方法，一说是长生不老的方法。②故：死亡。深泽侯：指赵将夕。舍人：家臣。战国及汉初王公贵官都有舍人。③主方：主管方术、医药之事。④匿：隐瞒。生长：指生平经历。⑤使物：一、驱使鬼神；二、使用药物。⑥更：连续；相继。馈遗（wèi）：赠予。⑦治：管理。泛指进行某种工作。生业：职业；产业。⑧事：侍奉。⑨资：资质，即人的天资禀赋。⑩巧发奇中（zhòng）：善于伺机发言，且每能猜中、应验。⑪武安侯：田蚡（fén）。⑫大父：祖父。游射：游乐射击。⑬故：古旧。⑭陈：陈放。柏寝：春秋时齐国的台名。⑮已而：随即。案：通"按"。刻：指刻在上面的文字。

少君言上曰："祠灶则致物①，致物而丹沙可化为黄金②，黄金成以为饮食器则益寿，益寿而海中蓬莱仙者乃可见，见之以封禅则不死，黄帝是也。臣尝游海上，见安期生③，安期生食巨枣④，大如瓜。安期生仙者，通蓬莱中，合则见人⑤，不合则隐。"于是天子始亲祠灶，遣方士入海求蓬莱安期生之属⑥，而事化丹沙诸药齐为黄金矣⑦。

【注释】

①致：招引；招来。②丹沙：即丹砂（硫化汞）。古代方士说可用它炼制长生不老药，又说可用它炼制黄金。③安期生：先秦时方士。后代传说为道家仙人。④巨枣：《今上本纪》和《汉书·郊祀志》作"臣枣"。相传中的仙果，后因有安期枣之称。⑤合：和合；融洽。此指道相合。⑥属（shǔ）：种类；等辈。⑦事：从事。齐：通"剂"。

居久之，李少君病死。天子以为化去不死，而使黄锤史宽舒受其方①。求蓬莱安期生莫能得，而海上燕、齐怪迁之方士多更来言神事矣②。

【注释】

①黄：县名。治所在今山东省黄县东。锤：县名。治所在今山东省福山县。《秦始皇本纪》"过黄锤"。疑初为一县，后乃分治。史：掌管文书的小吏。宽舒：后任祠官。②燕（yān）：国名。前 11 世纪分封的诸侯国。辖今河北省北部和辽宁省西端。齐：国名。前 11 世纪周分封的诸侯国。辖今山东省北部，后又扩充到山东省东部。此指原齐国地区。

亳人谬忌奏祠太一方，曰："天神贵者太一，太一佐曰五帝①。古者天子以春秋祭太一东南郊，用太牢②，七日，为坛开八通之鬼道③。"于是天子令太祝立其祠长安东南郊，常奉祠如忌方④。其后人有上书，言"古者天子三年壹用太牢祠神三一⑤：天一、地一、太一⑥"。天子许之，令太祝领祠之于忌太一坛上⑦，如其方。后人复有上书，言"古者天子常以春解祠⑧，祠黄帝用一枭破镜⑨；冥羊用羊祠⑩；马行用一青牡马⑪；太一、泽山君地长用牛⑫；武夷君用干鱼⑬；阴阳使者以一牛⑭"。令祠官领之如其方，而祠于忌太一坛旁。

【注释】

①亳（bó）：地名。有南亳、北亳、西亳；南亳在今河南省商丘市西南；北亳在今山东曹县南，西亳在河南省偃师县西。谬忌：方士。济阴郡薄县人。太一：也作"泰一"神。佐：辅佐。这里指辅佐太一的神。②太牢：指牛、羊、猪三牲。③坛：土筑的高台，古代用于祭祀、朝会、盟誓等大事。八通之鬼道：八面筑有台阶的坛，作为神鬼来往的通道。④太祝：掌管祭祀的官。⑤壹：通"一"。⑥天一、地一：都是神名。⑦领：管领。指祀天地于太一坛。⑧解祠：为了消灾解祸而祭典。⑨枭（xiāo）：传说

中吃母的恶鸟。破镜：也称"獍"（jìng）。相传吃父的猛兽，似虎豹而小。
⑩冥羊：神名。⑪马行：神名。⑫泽山君地长（zhǎng）：神名。⑬武夷君：
武夷山神。武夷山在福建省崇安县境。⑭阴阳使者：主司阴阳之神。

其后，天子苑有白鹿①，以其皮为币②，以发瑞应③，造白金焉④。

【注释】

①苑：养禽兽、植树木的地方，后多指帝王游乐打猎的园林。②币：
皮币。既作货币，又作用以垫璧的礼品。③瑞应：吉祥的征象。④白金：
本指银，这里指银锡合金。

其明年，郊雍，获一角兽①，若麃然②。有司曰："陛下肃祗郊祀，
上帝报享③，锡一角兽，盖麟云④。"于是以荐五畤⑤，畤加一牛以燎⑥。
锡诸侯白金，风符应合于天也⑦。

【注释】

①一角兽：有一只角的兽。②麃（páo）：同"麃"。鹿一类的动物，
形似獐，牛尾，一角。③报享：酬报祭享之德。④锡：赐。麟：即麒麟。
传说外形像鹿，一只角，全身有鳞甲，牛尾。⑤荐：进献。⑥燎：烧柴火
祭天的祭礼。⑦风（fěng）：示意；暗示。符应：以所谓天降祥瑞来附会人事。

于是济北王以为天子且封禅①，乃上书献太山及其旁邑②，天子以他
县偿之。常山王有罪③，迁④，天子封其弟于真定⑤，以续先王祀⑥，而以
常山为郡，然后五岳皆在天子之郡。

【注释】

①济北王：刘胡。汉高祖曾孙。国都故城在现在的山东省济南市长
清区南。②太山：即泰山。邑：指县。③常山王：刘勃。汉景帝孙。国
都故城在今河北省元氏县西北。④迁：贬谪；流放。⑤真定：县名。治
所在现在的河北省正定县南。汉武帝元鼎四年（前113年）更常山国为
真定国。⑥续：延续；继续。祀：祭祀。

其明年，齐人少翁以鬼神方见上①。上有所幸王夫人②，夫人卒，少
翁以方盖夜致王夫人及灶鬼之貌云③，天子自帷中望见焉④。于是乃拜少
翁为文成将军⑤，赏赐甚多，以客礼礼之。文成言曰："上即欲与神通⑥，

宫室被服非象神，神物不至。”乃作画云气车，及各以胜日驾车辟恶鬼[7]。又作甘泉宫[8]，中为台室，画天、地、太一诸鬼神，而置祭具以致天神。居岁余，其方益衰，神不至。乃为帛书以饭牛，详不知[9]，言曰此牛腹中有奇。杀视得书，书言甚怪。天子识其手书[10]，问其人，果是伪书，于是诛文成将军，隐之。

其后则又作柏梁、铜柱、承露仙人掌之属矣[11]。

【注释】

①少翁：方士。隐含“少年老头”的意思。②王夫人：《汉书·郊祀志》《外戚传》都认为是李夫人。③云：句末助词。④帷：帷幕。⑤拜：授予官职。⑥即：如果；假如。通：会遇。⑦胜日：指干支五行相胜（克）之日。如甲乙日驾青车，丙丁日驾赤车占据优势；又驾青车办土事，驾赤车办金事占据优势之类。辟：排除；驱走。⑧甘泉宫：又名云阳宫。⑨帛书：指在帛上书写文字。详：通“佯”。⑩手书：书写的手迹；笔迹。⑪柏梁：台名。相传台高二十丈，又以香柏为梁，故名。旧址在西安城中。承露仙人掌：武帝迷信神仙，在建章宫神明台立铜柱，高二十丈，大七围，上有仙人掌举盘以承接甘露。

文成死明年，天子病鼎湖甚[1]，巫医无所不致，不愈。游水发根言上郡有巫[2]，病而鬼神下之。上召置祠之甘泉。及病，使人问神君。神君言曰：“天子无忧病。病少愈，强与我会甘泉[3]。”于是病愈，遂起，幸甘泉，病良已[4]。大赦，置寿宫神君[5]。寿宫神君最贵者太一，其佐曰大禁、司命之属[6]，皆从之。非可得见，闻其言，言与人音等。时去时来，来则风肃然。居室帷中。时昼言，然常以夜。天子祓[7]，然后入。因巫为主人，关饮食[8]。所以言，行下。又置寿宫、北宫[9]，张羽旗[10]，设供具[11]，以礼神君。神君所言，上使人受书其言，命之曰“画法”[12]。其所语，世俗之所知也，无绝殊者，而天子心独喜[13]。其事秘，世莫知也。

【注释】

①鼎湖：宫名。故址在今陕西省蓝田县西。②游水发根：姓游水，名发根。一说游水即“油水”；水名：发根，人名。③无：莫；不用。④幸：封建社会称帝王亲临某地。⑤寿宫：神庙。⑥大禁：神名。⑦祓（fú）：灭灾祈福的仪式。⑧因：依靠。关：领取。⑨北宫：宫名。故址在今西安市长安区境。⑩张：陈设。羽旗：用羽毛装饰的旗帜。⑪供具：摆设

酒食的器具。⑫画法：记下法术。⑬绝：独特。

其后三年，有司言元宜以天瑞命①，不宜以一、二数。一元曰"建"②，二元以长星曰"光"③，三元以郊得一角兽曰"狩"云④。

【注释】

①元：开始。这里指纪元。天瑞：天降的祥瑞。②建：指汉武帝的第一个年号"建元"。③长星：彗星。光：指汉武帝的第二个年号"元光"。④三元……曰"狩"：汉武帝元朔七年冬十月，在雍县祭祀五帝时，获得了一只独角兽，附会为所谓"白麟"，因即改年号为"元狩"，这是汉武帝的第四个年号。"三元"的说法有错误，中漏武帝的第三个年号"元朔"。

其明年冬，天子郊雍，议曰："今上帝朕亲郊，而后土无祀，则礼不答也①。"有司与太史公、祠官舒宽议②："天地牲角茧栗③。今陛下亲祠后土，后土宜于泽中圜丘为五坛，坛一黄犊太牢具，已祠尽瘗，而从祠衣上黄④。"于是天子遂东，始立后土祠汾阴脽丘⑤，如宽舒等议。上亲望拜，如上帝礼。礼毕，天子遂至荥阳而还⑥。过雒阳⑦，下诏曰："三代邈绝⑧，远矣难存。其以三十里地封周后为周子南君，以奉其先祀焉⑨。"是岁，天子始巡郡县，侵寻于泰山矣⑩。

【注释】

①后土：古时称地神或土神。答：回报；引申为周全。②太史公：指司马谈（太史公司马迁之父）。③牲角茧栗：牛角的形状有的小如蚕茧，有的小如板栗。④圜（yuán）丘：祭天的坛。其外形圆如天体，高如小丘。圜，通"圆"。瘗（yì）：埋葬。从祠：陪祭。这里指陪祭者。⑤脽丘：汾阴土丘名。在现在的山西省万荣县西南。⑥荥阳：县名。治所在现在的河南省荥阳市东北。⑦雒阳：都城名。在现在的洛阳市东北。⑧邈（miǎo）：遥远。⑨周子南君：即周朝后代姬嘉。子南，封邑名。⑩侵寻于泰山：指武帝将有泰山之行。侵寻：渐进。

其春，乐成侯上书言栾大①。栾大，胶东宫人②，故尝与文成将军同师，已而为胶东王尚方③。而乐成侯姊为康王后，无子。康王死，他姬子立为王。而康后有淫行，与王不相中，相危以法④。康后闻文成已死，而欲自媚于上，乃遣栾大因乐成侯求见言方⑤。天子既诛文成，后悔其蚤死，惜其方不尽，及见栾大，大说⑥。大为人长美，言多方略，而敢为大言，处之不疑⑦。大言曰："臣常往来海中，见安期、羡门之属。顾以臣为贱，不信臣⑧。又以为康王诸侯耳，不足与方。臣数言康王，康王又不用臣。臣之师曰：'黄金可成，而河决可塞，不死之药可得，仙人可致也⑨。'然臣恐效文成，则方士皆奄口，恶敢言方哉⑩！"上曰："文成食马肝死耳⑪。子诚能修其方，我何爱乎⑫！"大曰："臣师非有求人，人者求之。陛下必欲致之，则贵其使者，令有亲属，以客礼待之，勿卑，使各佩其信印⑬，乃可使通言于神人。神人尚肯邪不邪⑭。致尊其使⑮，然后可致也。"于是上使验小方，斗棋⑯，棋自相触击。

【注释】

①乐成侯：丁义。②胶东：汉初封国名。景帝之子刘寄为王。③故：以往。尚方：官名。④中：投合；和谐。⑤因：凭借；通过。⑥蚤，通"早"。说：通"悦"。⑦方略：计谋策略。处之不疑：指说谎话时神态镇定。⑧安期、羡门：即安期生、羡门高。⑨致：求得。⑩奄：通"掩"。恶（wū）：何；怎么。⑪马肝：相传马肝有毒，人吃了会死。⑫诚：果真；如果。修：学习；研修。爱：吝惜。⑬信印：即印信。⑭尚：犹；还。邪（yé）：语气助词。表疑问。不（fǒu）：同"否"。⑮致尊：表示尊敬之意。⑯斗棋：方士利用磁力作用，使棋子在棋盘上自相触击，用这种魔术手段来欺骗人。棋通"旗"。

是时上方忧河决，而黄金不就①，乃拜大为五利将军。居月余，得四印，（五利将军）、佩天士将军、地士将军、大通将军印。制诏御史："昔禹疏九江②，决四渎③。间者河溢皋陆④，堤繇不息⑤。朕临天下二十有八年，天若遗朕士而大通焉⑥。《乾》称'蜚龙'⑦，'鸿渐于般'⑧，朕意庶几与焉⑨。其以二千户封地士将军大为乐通侯⑩。"赐列侯甲第⑪，僮千人⑫。乘舆斥车马帷幄器物以充其家⑬。又以卫长公主妻之⑭，赍金万斤⑮，更命其邑曰当利公主⑯。天子亲如五利之第⑰。使者存问供给⑱，相属于道⑲。自大主将相以下⑳，皆置酒其家，献遗之。于是天子又刻玉印曰"天道将军"，使使衣羽衣㉑，夜立白茅上㉒，五利将军亦衣羽衣，夜立白茅上受印，以示不臣也㉓。而佩"天道"者，且为天子道天神也㉔。于是五利常夜祠其家，欲以下神。神未至而百鬼集矣，然颇能使之。

其后装治行㉕，东入海，求其师云。大见数月㉖，佩六印，贵震天下，而海上燕、齐之间，莫不搤捥而自言有禁方㉗，能神仙矣。

【注释】

①方：正当。副词。②九江：指在湖北省境内长江的九条水道。《汉书·郊祀志》作"九河"，则是指黄河在河北省境内的九条水道。③决：开道引水。四渎：指长江、黄河、淮河、济水。④皋（gāo）：岸；水旁地。陆：广阔的平原。⑤堤繇：修筑堤防的劳役。繇，通"徭"。劳役。⑥临：统管；治理。通：通晓。⑦乾（qián）：《易》卦名。蜚（fēi）龙：语本《易·乾》"飞龙在天"。

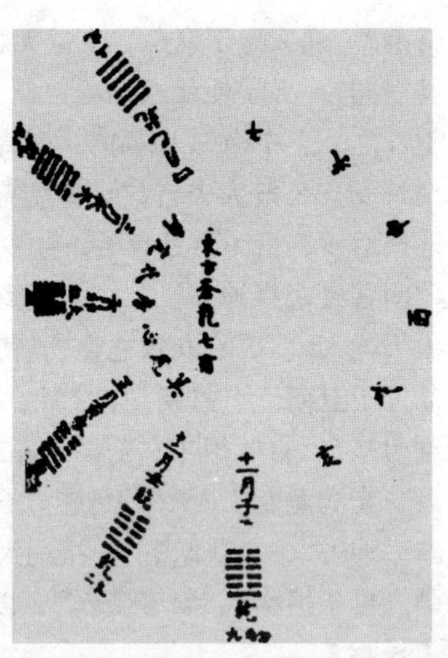

乾六爻图，选自宋·朱震《汉上易传·卦图》

意指获得了道术，就像天上的飞龙。蜚，通"飞"。⑧鸿渐于般（pán）：语出《易·渐》。意指得到了荣大，就像大雁进到了涯岸，可以高飞远翔了。渐，进。般：水边高岸。⑨庶几：也许；差不多。与：赞许。⑩其：应当。表祈使的副词。⑪列侯：秦、汉二十等爵的最高一级为彻侯，后避武帝讳，改为通侯，或称列侯。甲第：上等房屋。原指封侯者的住宅，后泛指显贵者的豪华住宅。⑫僮：奴隶。⑬乘（shèng）舆：帝王所用的车马、衣服、器械、百物曰乘舆。斥：指；指视。《后汉书·孔融传》："拟斥乘舆。"李贤注："斥，指也。"帷幄：宫室的帐幕。借指宫廷。⑭卫长（zhǎng）公主：卫皇后的长女。妻（qì）：以女嫁人。⑮赍：赠送。⑯邑：封地。当利：县名。治所在今山东省莱州市西南。⑰如：往；到。⑱存：问候；省视。⑲属：连接；跟随。⑳大主：即大长公主。窦太后之女，武帝姑母。㉑衣（yì）：穿。羽衣：用羽毛做成的服装。㉒白茅：多年生草。㉓臣：看作臣子。㉔道：通"导"。引导。㉕装治行：整理行装，准备出行。㉖见：引见。㉗搤捥（è wàn）：同"扼腕"。握住手腕，表示激动、振奋的动作。禁方：秘方。

其夏六月中，汾阴巫锦为民祠魏脽后土营旁①，见地如钩状，掊视得鼎[2]。鼎大异于众鼎，文镂无款识[3]，怪之，言吏。吏告河东太守胜[4]，胜以闻[5]。天子使使验问巫得鼎无奸诈，乃以礼祠，迎鼎至甘泉，从行，上荐之。至中山[6]，曣熅[7]，有黄云盖焉。有麃过，上自射之，因以祭云。至长安，公卿大夫皆议请尊宝鼎。天子曰："间者河溢，岁数不登，故巡祭后土，祈为百姓育谷。今岁丰庑未报，鼎曷为出哉[8]？"有司皆曰："闻昔泰帝兴神鼎一[9]，一者壹统，天地万物所系终也[10]。黄帝作宝鼎三，象天地人[11]。禹收九牧之金[12]，铸九鼎。皆尝亨鬺上帝鬼神[13]。遭圣则兴，鼎迁于夏商。周德衰，宋之社亡，鼎乃沦没，伏而不见[14]。《颂》云[15]'自堂徂基[16]，自羊徂牛；鼐鼎及鼒[17]，不吴不敖[18]，胡考之休'[19]。今鼎至甘泉，光润龙变[20]，承休无疆[21]。合兹中山[22]，有黄白云降，盖若兽为符[23]，路弓乘矢[24]，集获坛下[25]，报祠大享。唯受命而帝者心知其意而合德焉[26]。鼎宜见于祖祢[27]，藏于帝廷[28]，以合明应[29]。"制曰："可。"

【注释】

①锦：人名。魏：指战国时期魏地。脽：即脽丘。营：祠庙四周的界限。②掊（póu）：用手扒土。③文镂：雕刻的花纹。款识（zhì）：钟鼎等器物上刻的文字。阴文叫款，阳文叫识。④河东：郡名。地位于现在的山西省西南部。治所在安邑（今夏县西北）。胜：人名。⑤以闻：把这件事上报。⑥中（zhòng）山：山名。在陕西省淳化县东南。⑦曣熅（yàn wēn）：天气晴和温暖。⑧丰庑（wú）：丰收。庑，通"芜"。草本茂盛。报：即报赛。一年的农事完毕后举行的祭典。曷：何；什么。⑨泰帝：传说中的太昊伏羲氏。⑩系终：归结。⑪象：象征。⑫九牧：九州。牧，原指州的长官。⑬亨鬺（pēng shāng）：烹煮，特指烹煮牲畜以祭祀。亨，通"烹"。⑭社：祭祀土神的场所。宋社：指亳社。⑮《颂》：指《诗经·周颂·丝衣》。⑯堂：正屋。徂（cú）：往；到。基：指门外两侧房屋的地基。⑰鼐（nài）：最大的鼎。鼒（zī）：口小肚大的鼎。⑱吴：喧哗。敖（ào）：通"傲"。傲慢。⑲胡考：长寿。休：福。⑳龙变：龙是古代传说中的神异动物，它能大能小，能上天下海，变化莫测，所以龙变就是变幻神奇的意思。㉑疆：极限；尽头。㉒兹：此；这。㉓符：符瑞；瑞应。㉔路：大。乘："四"的代称。㉕集：会聚；纷杂。㉖合德：天人互相感应。迷信的人认为，天控制着人事，人的言行也能感动上天。㉗祖祢（nǐ）：祖先。祢：父死，牌位进入宗庙以后称祢。㉘帝廷：指甘泉宫天帝殿廷。㉙明应：上天降赐的神明符应。

入海求蓬莱者，言蓬莱不远，而不能至者，殆不见其气[1]。上乃遣望气佐候其气云[2]。

【注释】

①殆：大概。②望气佐：望气的官吏。望气：一种迷信活动。候：等着观察。

其秋，上幸雍，且郊。或曰"五帝，太一之佐也[1]，宜立太一而上亲郊之"。上疑未定。齐人公孙卿曰[2]："今年得宝鼎，其冬辛巳朔旦冬至[3]，与黄帝时等[4]。"卿有札书曰[5]："黄帝得宝鼎宛朐[6]，问于鬼臾区[7]。鬼臾区对曰：'帝得宝鼎神策[8]，是岁己酉朔旦冬至，得天之纪[9]，终而复始。'于是黄帝迎日推策[10]，后率二十岁复朔旦冬至，凡二十推[11]，三百八十年，黄帝仙登于天。"卿因所忠欲奏之[12]。所忠视其书不经，疑其妄书，谢曰：'宝鼎事已决矣，尚何以为！'卿因嬖人奏之[13]。上大说，乃召问卿。对曰："受此书申公，申公已死[14]。"上曰："申公何人也？"卿曰："申公，齐人。与安期生通，受黄帝言，无书，独有此鼎书。曰'汉兴复当黄帝之时'。曰'汉之圣者在高祖之孙且曾孙也[15]。宝鼎出而与神通，封禅。封禅七十二王，唯黄帝得上泰山封'。申公曰：'汉主亦当上封，上封则能仙登天矣。黄帝时万诸侯，而神灵之封居七千[16]。天下名山八，而三在蛮夷，五在中国[17]。中国华山、首山、太室、泰山、东莱[18]，此五山黄帝之所常游，与神会。黄帝且战且学仙。患百姓非其道者[19]，乃断斩非鬼神者[20]。百余岁然后得与神通。黄帝郊雍上帝，宿三月。鬼臾区号大鸿[21]，死葬雍，故鸿冢是也。其后黄帝接万灵明廷[22]。明廷者，甘泉也。所谓寒门者，谷口也[23]。黄帝采首山铜，铸鼎于荆山下[24]。鼎既成，有龙垂胡髯下迎黄帝[25]。黄帝上骑，群臣后宫从上者七十余人，龙乃上去。余小臣不得上，乃悉持龙髯[26]，龙髯拔，堕，堕黄帝之弓。百姓仰望黄帝既上天，乃抱其弓与胡髯号[27]，

嵩岳图。嵩山又称太室山，为五岳之一，也是古代天子封禅之地。

故后世因名其处曰鼎湖，其弓曰乌号。'"于是天子曰："嗟乎[28]！吾诚得如黄帝，吾视去妻子如脱躧耳[29]。"乃拜卿为郎[30]，东使候神于太室。

【注释】

①或：有人。②公孙卿：方士。③其冬辛巳朔旦冬至：这年仲冬月辛巳日是朔日，凌晨交冬至中气。④等：相同。⑤札书：写在木简上的文书。⑥宛朐（yuān qú）：县名。治所在现在的山东省菏泽市西南。⑦鬼臾区：相传为黄帝的臣子。⑧神策：即神蓍（shī）。草名。⑨纪：历数。⑩迎日推策：推算历法，预知朔、望、节气等。⑪率：大致；一般。推：推算。⑫所忠：汉武帝近臣。⑬嬖（bì）人：宠信的人。⑭申公：方士名。《今上本纪》作"申功"。⑮且：抑；或。选择连词。⑯神灵之封：指为主持祭祀名山大川而建立的封国。⑰蛮夷：指中原华夏族以外的外族地区。中国：指华夏族居住的中原地区。⑱首山：在今山西省永济市南。太室：即嵩山。在今河南省登封市北。东莱：即莱山。在山东黄县东南。⑲患：忧虑。非：非难；反对。⑳断斩：斩杀；审判斩杀。㉑号：别号。㉒明廷：即明堂。㉓寒门：一作"塞门"。谷口：地名。在现在的陕西省礼泉县东北。㉔荆山：在今河南省灵宝市境。㉕胡：颈项下垂的肉。㉖悉：全；都。㉗号（háo）：大声哀号。㉘嗟乎：感叹声。㉙躧（xǐ）：别作"屣"。鞋子。㉚郎：皇帝侍从官，议郎、中郎、侍郎、郎中等的称呼。

上遂郊雍，至陇西[1]，西登崆峒[2]，幸甘泉。令祠官宽舒等具太一祠坛[3]，祠坛放薄忌太一坛[4]，坛三垓[5]。五帝坛环居其下，各如其方，黄帝西南，除八通鬼道[6]。太一，其所用如雍一畤物，而加醴枣脯之属[7]，杀一狸牛以为俎豆牢具[8]。而五帝独有俎豆醴进。其下四方地，为醄食群神从者及北斗云[9]。已祠，胙余皆燎之[10]。其牛色白，鹿居其中，彘在鹿中[11]，水而洎之[12]。祭日以牛，祭月以羊彘特[13]。太一祝宰则衣紫及绣[14]。五帝各如其色，日赤，月白。

【注释】

①陇西：郡名。②崆峒（kōng tóng）：山名。在甘肃省平凉市西。③具：备置；供设。④放（fǎng）：通"仿"。模仿；仿效。薄忌：亳人谬忌。薄，通"亳"。⑤垓（gāi）：层。一说台阶的阶层。⑥除：修治。⑦醴：甜酒。⑧狸（lí）牛：身上长着长毛的牦牛。⑨醄（zhuì）：连续祭祀。⑩胙（zuò）：祭肉。燎（liáo）：焚化以祭神。⑪彘（zhì）：猪。⑫洎（jì）：

浸润。⑬特：牲一头。⑭祝宰：掌管祭祀的官员。

十一月辛巳朔旦冬至，昧爽①，天子始郊拜太一。朝朝日②，夕夕月③，则揖；而见太一如雍郊礼。其赞飨曰④："天始以宝鼎神策授皇帝，朔而又朔⑤，终而复始，皇帝敬拜见焉。"而衣上黄。其祠列火满坛⑥，坛旁亨炊具⑦。有司云"祠上有光焉"。公卿言"皇帝始郊见太一云阳，有司奉瑄玉嘉牲荐飨⑧。是夜有美光，及昼，黄气上属天"。太史公、祠官宽舒等曰⑨："神灵之休⑩，祐福兆祥，宜因此地光域立太畤坛以明应⑪。令太祝领，秋及腊间祠。三岁天子一郊见。"

【注释】

①昧爽：拂晓。②朝（zhāo）朝（cháo）日：早晨朝拜太阳。③夕月：夜晚祭祀月亮。夕，动词。④赞飨（xiǎng）：祝词。⑤朔：月球运行到地球与太阳之间，和太阳同时没时所呈现的新月月相，叫朔。夏历把这天定为初一。⑥列火：陈列火炬。⑦亨：今作"烹"。烹饪。⑧瑄（xuān）玉：六寸大的玉璧。⑨太史公：指司马谈。⑩休：美善，指美好的景象。⑪光域：指华光所出现的地域。

其秋，为伐南越①，告祷太一。以牡荆画幡日月北斗登龙②，以象太一三星，为太一锋③，命曰"灵旗"。为兵祷，则太史奉以指所伐国④。而五利将军使不敢入海⑤，之泰山祠。上使人随验，实毋所见。五利妄言见其师，其方尽，多不雠⑥。上乃诛五利。

【注释】

①南越：也作"南粤"。指现在的广东、广西一带。当时，南越相国吕嘉谋反，杀南越王赵兴、王太后、汉使者终军等，武帝因此率兵讨伐。②牡荆：灌木名。以牡荆为幡竿。③太一：星官名。锋：指竖在最前面的旗帜。④奉：通"捧"。⑤使：被派遣出使。⑥雠（chóu）：应验。

其冬，公孙卿候神河南，言见仙人迹缑氏城上①，有物如雉②，往来城上。天子亲幸缑氏城视迹。问卿："得毋效文成、五利乎？"卿曰："仙者非有求人主，人主者求之。其道非少宽假③，神不来。言神事，事如迂诞④，积以岁乃可致也。"于是郡国各除道，缮治宫观名山神祠所⑤，以望幸矣。

【注释】

①缑（gōu）氏：县名。在现在的河南省偃师县东南。②雉（zhì）：野鸡。③少（shǎo）：略微。宽假：宽容。④迂诞：迂阔荒诞。⑤除道：修筑和清扫道路。缮治：修补；修整。宫观：供君主临时居住的宫馆。

其春，既灭南越，上有嬖臣李延年以好音见①。上善之②，下公卿议，曰："民间祠尚有鼓舞乐，今郊祀而无乐，岂称乎③？"公卿曰："古者祠天地皆有乐，而神祇可得而礼④。"或曰："太帝使素女鼓五十弦瑟⑤，悲，帝禁不止，故破其瑟为二十五弦。"于是塞南越⑥，祷祠太一、后土，始用乐舞，益召歌儿⑦，作二十五弦及空侯琴瑟自此起⑧。

【注释】

①李延年：汉武帝李夫人之兄。②善：喜爱；赞许。③称（chèn）：相当；适合。④神祇（qí）：指天神和地神。⑤素女：神女名。⑥塞（sài）：通"赛"。酬神报功。⑦益：更加。歌儿：这里泛指歌手。⑧空侯：即"箜篌"。乐器名，似瑟而较小。传为武帝令乐人侯调所作。

其来年冬，上议曰："古者先振兵泽旅①，然后封禅。"乃遂北巡朔方②，勒兵十余万③，还祭黄帝冢桥山④，释兵须如⑤。上曰："吾闻黄帝不死，今有冢，何也？"或对曰："黄帝已仙上天，群臣葬其衣冠。"既至甘泉，为且用事泰山⑥，先类祠太一⑦。

【注释】

①泽（shì）：通"释"。遣散。旅：指军队。②朔方：郡名。管辖地在现在的内蒙古自治区西南部，治所在朔方（今杭锦旗北）。③勒：统率。④桥山：在现在的陕西省黄陵县北。⑤须如：地名。在现在的陕西陇县西北。⑥用事：行事。⑦类祠：为特定目的而举行祭典。

自得宝鼎，上与公卿诸生议封禅①。封禅用希旷绝②，莫知其仪礼，而群儒采封禅《尚书》《周官》《王制》之望祀射牛事③。齐人丁公年九十余，曰："封禅者，合不死之名也。秦皇帝不得上封。陛下必欲上，稍上即无风雨，遂上封矣。"上于是乃令诸儒习射牛，草封禅仪。数年，至且行。天子既闻公孙卿及方士之言，黄帝以上封禅，皆致怪物与神通，欲放黄帝以上接神仙人蓬莱士，高世比德于九皇④，而颇采儒术以文之⑤。

群儒既已不能辨明封禅事，又牵拘于《诗》《书》古文而不能骋⑥。上为封禅祠器示群儒，群儒或曰"不与古同"，徐偃又曰"太常诸生行礼不如鲁善⑦"，周霸属图封禅事⑧，于是上绌偃、霸，而尽罢诸儒不用。

【注释】

①诸生：众儒生。②希：通"稀"。③《周官》：即《周礼》。《王制》：《礼记》篇名。射牛：旧时君主祭天地宗庙，亲自射杀牲牛，以示隆重。④高世：高出世俗。九皇：相传为远古帝王。⑤文：修饰。⑥骋：自由发挥。⑦徐偃：博士。太常：官名。为九卿之一，掌礼乐郊庙社稷事宜。⑧周霸：生平不详。属图：串联策划。

三月，遂东幸缑氏，礼登中岳太室。从官在山下闻若有言"万岁"云。问上，上不言；问下，下不言。于是以三百户封太室奉祠，命曰崇高邑。东上泰山，泰山之草木叶未生，乃令人上石立之泰山巅①。

【注释】

①上：运上去。使动用法。

上遂东巡海上，行礼祠八神①。齐人之上疏言神怪奇方者以万数，然无验者。乃益发船，令言海中神山者数千人求蓬莱神人。公孙卿持节常先行候名山，至东莱，言夜见大人，长数丈，就之则不见②，见其迹甚大，类禽兽云。群臣有言见一老父牵狗，言"吾欲见巨公③"，已忽不见④。上即见大迹，未信，及群臣有言老父，则大以为仙人也。宿留海上⑤，予方士传车及间使求仙人以千数⑥。

【注释】

①八神：指天主、地主、兵主、阴主、阳主、月主、日主、四时主等八位神灵。②节：古时使者用作凭证的信物。就：接近。③巨公：指天子。④已忽：随即。⑤宿（sù）留：停留；逗留。⑥传（zhuàn）车：官府载人的车。

四月，还至奉高①。上念诸儒及方士言封禅人人殊②，不经，难施行。天子至梁父，礼祠地主。乙卯，令侍中儒者皮弁荐绅③，射牛行事。封泰山下东方，如郊祀太一之礼。封广丈二尺，高九尺，其下则有玉牒书④，书秘。礼毕，天子独与侍中奉车子侯上泰山⑤，亦有封。其事皆禁。明日，

下阴道⑥。丙辰，禅泰山下址东北肃然山⑦，如祭后土礼。天子皆亲拜见，衣上黄而尽用乐焉。江淮间一茅三脊为神藉⑧。五色土益杂封⑨。纵远方奇兽蜚禽及白雉诸物⑩，颇以加礼。兕牛犀象之属不用⑪，皆至泰山祭后土。封禅祠；其夜若有光，昼有白云起封中。

【注释】

①奉高：县名。治所在现在的山东省泰安市东。②殊：异；差异。③侍中：官名。皮弁（biàn）：用白鹿皮制作的帽子。荐绅：在腰带间插着笏。荐，通"搢"。插。④玉牒书：帝王封禅所用的文书，写在简牒上，用玉作装饰。⑤奉车：官名。即奉车都尉。掌管皇帝车马。⑥阴道：山北的道路。⑦下址：山脚下。肃然山：山名。为泰山东麓，在现在的山东省莱芜市东北。⑧藉；垫席。⑨杂：五颜六色相错杂。⑩蜚禽：飞鸟。蜚，通"飞"。⑪兕（sì）：兽名。古书中常将兕与犀对举。

天子从禅还，坐明堂，群臣更上寿①。于是制诏御史："朕以眇眇之身承至尊②，兢兢焉惧不任③。维德菲薄④，不明于礼乐。修祠太一，若有象景光⑤，屑如有望⑥，震于怪物，欲止不敢，遂登封太山，至于梁父，而后禅肃然。自新，嘉与士大夫更始⑦，赐民百户牛一酒十石⑧，加年八十孤寡布帛二匹。复博、奉高、蛇丘、历城⑨，无出今年租税。其大赦天下，如乙卯赦令。行所过毋有复作⑩。事在二年前，皆勿听治⑪。"又下诏曰："古者天子五载一巡狩，用事泰山，诸侯有朝宿地。其令诸侯各治邸泰山下⑫。"

【注释】

①更：接连；轮流。②眇眇：微小。至尊：最尊贵的地位。③兢兢：小心谨慎的样子。④菲薄：微薄。⑤景光：吉祥之光。⑥屑：轻快的样子。⑦嘉：希望。⑧石（shí）：容量单位。十斗为一石。⑨复：免除赋税或徭役。博：即博阳县。治所在现在的山东泰安市东南。蛇（yí）丘：县名。今山东肥城市南。历城：县名。治所在今山东省济南市郊。⑩复作：监外劳役。⑪事：指触犯法令的事。听治：判决；处理。⑫邸（dǐ）：王侯府第。

天子既已封泰山，无风雨灾，而方士更言蓬莱诸神若将可得，于是上欣然庶几遇之①，乃复东至海上望，冀遇蓬莱焉②。奉车子侯暴病，一日死。上乃遂去，并海上，北至碣石③，巡自辽西④，历北边至九原⑤。五月，反至甘泉。有司言宝鼎出为元鼎，以今年为元封元年⑥。

【注释】

①若：或许。庶几（jǐ）：几乎；或许。表示希望。②冀（jì）：希望。③并（bàng）：通"傍"。沿着。碣石：山名。在河北省昌黎县北。④辽西：郡名。管辖地当今河北东部辽宁西部的部分地区。⑤九原：县名。⑥元鼎：为武帝时第五个年号（前116—前111年）。元封：为武帝时第六个年号（前110—前105年）。

泰山图，古代天子常到泰山封禅。

其秋，有星茀于东井①。后十余日，有星茀于三能②。望气王朔言③："候独见填星出如瓜④，食顷复入焉⑤。"有司皆曰："陛下建汉家封禅，天其报德星云⑥。"

【注释】

①茀（bèi）：通"孛"。星球光芒四射的现象，因此为彗星的别称。东井：星官名。即井宿。二十八宿之一。②三能（tái）：星官名。即三台。③王朔：方士名。④候：伺望；观测。"填"应为"旗"，当据《索隐》改。⑤食顷：吃一顿饭的时间。⑥德星：迷信者称主祥瑞的星为德星。方士虚诞之言，不必据岁星为德星。

其来年冬，郊雍五帝。还，拜祝祠太一。赞飨曰："德星昭衍①，厥维休祥②。寿星仍出，渊耀光明③。信星昭见④，皇帝敬拜太祝之享。"

【注释】

①德星：即"旗星出如瓜"。昭衍：光明广布。②厥：其；那。维：是。休祥：吉祥。③寿星：即南极老人星。仍：接着。④信星：即土星，古又名镇星。

其春，公孙卿言见神人东莱山，若云"欲见天子"。天子于是幸缑氏城，拜卿为中大夫①。遂至东莱，宿留之数日，无所见，见大人迹云。复遣方士求神怪采芝药以千数②。是岁旱，于是天子既出无名，乃祷万里沙③，过祠泰山。还至瓠子，自临塞决河④，留二日，沉祠而去⑤。使二卿将卒塞决河⑥，徙二渠⑦，复禹之故迹焉。

【注释】

①中大夫：官名。②芝：即灵芝草。③万里沙：神祠。旧址在现在的山东省莱州市东北。④瓠（hú）子：地名。在河南省濮阳县西南，也称瓠子口。是黄河在元光三年（前132年）的决口。元封二年（前109年），武帝遣兵填塞，作《瓠子歌》。⑤沉祠：祭祀河神时，把祭品沉入河中。这次沉的是白马和玉璧。⑥二卿：指汲仁、郭昌。⑦徙二渠：疏浚两条支流，使黄河改道。二渠指大河（在今河南省滑县境内）和漯水（在今河南省南乐县附近），分别在瓠子口的上游和下游。

是时既灭两越①，越人勇之乃言"越人俗鬼②，而其祠皆见鬼，数有效。昔东瓯王敬鬼③，寿百六十岁。后世怠慢，故衰耗④"。乃令越巫立越祝祠，安台无坛，亦祠天神上帝百鬼，而以鸡卜⑤。上信之，越祠鸡卜始用。

【注释】

①两越：指南越、东越。②勇之：人名。③东瓯王：汉惠帝三年（前192年），封东越族首领摇为东海王，建都东瓯（在今浙江省永嘉县西南），所以又称东瓯王。④衰耗：衰败。耗同"耗"。⑤鸡卜：用鸡骨占卜。

公孙卿曰："仙人可见，而上往常遽①，以故不见。今陛下可为观②。如缑城，置脯枣，神人宜可致也。且仙人好楼居。"于是上令长安则作蜚廉、桂观③，甘泉则作益延寿观④，使卿持节设具而候神人。乃作通天茎台⑤，置祠具其下，将招来仙神人之属。于是甘泉更置前殿，始广诸宫室⑥。夏，有芝生殿房内中。天子为塞河，兴通天台，若见有光云，乃下诏："甘泉房中生芝九茎，赦天下，毋有复作。"

【注释】

①遽（jù）：迅。②观（guàn）：楼台；庙宇。③蜚廉、桂观：二观名。④益延寿观：指益寿、延寿二观。⑤通天茎台：《今上本纪》和《汉书·武帝纪》《郊祀志下》均作"通天台"。⑥广：扩大；扩充。

其明年，伐朝鲜①。夏，旱。公孙卿曰："黄帝时封则天旱，干封三年②。"

上乃下诏曰："天旱，意干封乎③？其令天下尊祠灵星焉④。"

【注释】

①朝鲜：国名。相传周初箕子封于此。汉初卫满自立为朝鲜王，其南部为三韩诸国。②干封：晒干封坛的土。③意：意料；猜测。④灵星：星名。又称天田星。

其明年，上郊雍，通回中道①，巡之。春，至鸣泽，从西河归②。

【注释】

①回中道：道路名。②西河：郡名。管辖地为今内蒙古、山西、陕西三省交界处的部分地区。

其明年冬，上巡南郡，至江陵而东①。登礼潜之天柱山②，号曰南岳③。浮江，自寻阳出枞阳④，过彭蠡⑤，礼其名山川。北至琅邪⑥，并海上。四月中，至奉高修封焉。

【注释】

①南郡：郡名。辖今湖北省西部、中部，治所在江陵（今江陵县）。②潜：县名。治所在今安徽省霍山县。天柱山：又名皖山，一名潜山。现在的安徽省潜山县西北。③南岳：古时本以湖南的衡山为南岳，汉武帝改以天柱山为南岳，隋以后仍以衡山为南岳。④寻阳：县名。治所在今湖北省黄梅县西南。枞（zōng）阳：县名。治所在今安徽省枞阳县。⑤彭蠡：湖名。即今江西省的鄱阳湖。⑥琅邪：山名、县名、郡名。山在今山东省胶南市南，县治所在今琅邪台西北；郡以东武（在今诸城市）为郡所，管辖地为今山东半岛东南部。

初，天子封泰山，泰山东北址古时有明堂处，处险不敞①。上欲治明堂奉高旁，未晓其制度。济南人公王带上黄帝时明堂图②。明堂图中有一殿，四面无壁，以茅盖，通水，圜宫垣为复道③，上有楼，从西南入，命曰昆仑，天子从之入，以拜祠上帝焉。于是上令奉高作明堂汶上④，如带图。及五年修封，则祠太一、五帝于明堂上坐，令高皇帝祠坐对之。祠后土于下房，以二十太牢。天子从昆仑道入，始拜明堂如郊礼。礼毕，燎堂下。而上又上泰山，自有秘祠其巅。而泰山下祠五帝，各如其方，黄帝并赤帝，而有司侍祠焉。山上举火，下悉应之。

【注释】

①敞：宽广；高朗。②公王（sù）带：方士。姓公王，名带。③圜：通"环"。围绕。复道：高楼间或山岩险要处的架空通道。④汶（wèn）：水名。即现在的大汶河。在今山东省莱芜市至梁山县一带，中经奉高城西南。

其后二岁，十一月甲子朔旦冬至，推历者以本统①。天子亲至泰山，以十一月甲子朔旦冬至日祠上帝明堂，毋修封禅。其赞飨曰："天增授皇帝太元神策②，周而复始。皇帝敬拜太一。"东至海上，考入海及方士求神者，莫验，然益遣，冀遇之。

【注释】

①其后二岁：指元封七年，亦即太初元年（前104年）。本篇下文说，这一年五月，汉武帝诏令改历。②太元：《今上本纪》作"泰元"。天的别称。策：蓍（shī）草。

十一月乙酉，柏梁灾①。十二月甲午朔，上亲禅高里②，祠后土。临勃海③，将以望祀蓬莱之属，冀至殊廷焉④。

【注释】

①灾：发生火灾。②高里：山名。③勃海：即当今渤海。④殊廷：指蓬莱中仙人之庭。

上还，以柏梁灾故，朝受计甘泉①。公孙卿曰："黄帝就青灵台，十二日烧②，黄帝乃治明廷。明廷，甘泉也。"方士多言古帝王有都甘泉者。其后天子又朝诸侯甘泉，甘泉作诸侯邸。勇之乃曰："越俗，有火灾，复起屋必以大，用胜服之③。"于是作建章宫，度为千门万户④。前殿度高未央⑤。其东则凤阙⑥，高二十余丈。其西则唐中⑦，数十里虎圈。其北治大池，渐台高二十余丈，命曰太液池⑧，中有蓬莱、方丈、瀛洲、壶梁⑨，象海中神山龟鱼之属。其南有玉堂、璧门、大鸟之属⑩。乃立神明台、井幹楼⑪，度五十丈，辇道相属焉⑫。

【注释】

①受计：接受郡国所呈上的计簿（指包括户口登记在内的会计簿册）。②就：建成。十二日：徐广曰："日，一作月。"③胜服：制服。④建章宫：宫名。故址在今陕西省西安市长安区西。⑤未央：宫名。故址在

今陕西省西安市西北。⑥凤阙：阙名。上有铜凤凰，故名。⑦唐中：池名。⑧渐台：台名。渐，浸。台建于池中，故名。太液池：池名。相传面积达一千亩（汉制）。⑨蓬莱、方丈、瀛洲、壶梁：都是模拟海上仙山的人造山。⑩玉堂：宫名。璧门：建章宫正门的名称。⑪神明台：台名。台上立铜仙人，有承露盘。井幹（hán）楼：楼名。⑫辇（niǎn）道：供辇车通行的天桥。辇，秦汉以后专指皇帝的车子。

夏，汉改历，以正月为岁首，而色上黄，官名更印章以五字①，为太初元年。是岁，西伐大宛②。蝗大起。丁夫人、雒阳虞初等以方祠诅匈奴、大宛焉③。

【注释】

①更印章以五字：据方士推算，汉为土德，而在五行中，土的序数为五，因此将官印改为五字。②大宛（yuān）：西域国名。③丁夫人：方士名。姓丁，名夫人。虞初：方士名。匈奴：部族名。秦汉时也称"胡"。

其明年，有司上言雍五畤无牢熟具，芬芳不备。乃令祠官进畤犊牢具，色食所胜①，而以木禺马代驹焉②。独五月尝驹，行亲郊用驹。及诸名山川用驹者，悉以木禺马代。行过，乃用驹。他礼如故。

【注释】

①色食所胜：祭牲的毛色，按五行相克的原则，加以选择。②驹：两岁以下的幼马或少壮的骏马。禺：通"偶"。

其明年，东巡海上，考神仙之属，未有验者。方士有言"黄帝时为五城十二楼，以候神人于执期①，命曰迎年②"。上许作之如方，命曰明年③。上亲礼祠上帝焉。

【注释】

①五城十二楼：传说，黄帝在昆仑山上建有金台五座，玉楼十二座。②迎年：祠名。③明年：祠名。

公玉带曰："黄帝时虽封泰山，然风后、封巨、岐伯令黄帝封东泰山①，禅凡山②，合符③，然后不死焉。"天子既令设祠具，至东泰山，东泰山卑小，不称其声，乃令祠官礼之，而不封禅焉。其后令带奉祠候神物。夏，遂还泰山，修五年之礼如前，而加以禅祠石闾④。石闾者，在泰山下址南方，方士多言此仙人之闾也⑤，故上亲禅焉。

【注释】

①风后、封巨、岐伯：传说都是黄帝的臣子。东泰山：山名。在现在的山东省临朐县南。②凡山：山名。在现在的山东省临朐县东北。③合符：指神灵降赐的瑞应。④石闾：山名。在山东省泰安市南。⑤闾：里巷的大门；里巷。

其后五年，复至泰山修封，还过祭恒山。

今天子所兴祠，太一、后土，三年亲郊祠，建汉家封禅，五年一修封。薄忌太一及三一、冥羊、马行、赤星①，五，宽舒之祠官以岁时致礼。凡六祠②，皆太祝领之。至如八神诸神，明年、凡山他名祠，行过则祠，行去则已。方士所兴祠，各自主，其人终则已，祠官不主③。他祠皆如其故。今上封禅，其后十二岁而还，遍于五岳、四渎矣。而方士之候祠神人，入海求蓬莱，终无有验。而公孙卿之候神者，犹以大人之迹为解，无有效。天子益怠厌方士之怪迂语矣，然羁縻不绝④，冀遇其真。自此之后，方士言祠神者弥众，然其效可睹矣。

【注释】

①薄忌太一、三一、冥羊、马行、赤星：都是神祠名。②凡六祠：上文所言五祠，加上后土祠，共六。③主：主持致祭。④羁縻（jī mí）：笼络。

太史公曰：余从巡祭天地诸神、名山川而封禅焉。入寿宫侍祠神语，究观方士祠官之意①，于是退而论次自古以来用事于鬼神者②，具见其表里③。后有君子，得以览焉。若至俎豆珪币之详，献酬之礼④，则有司存⑤。

【注释】

①究观：仔细观察。②论次：按次序论述。③表里：内外。④献酬：献祭神灵，酬报神功。⑤存：保存；记载在卷。

河渠书第七①

　　《夏书》曰②：禹抑洪水十三年③，过家不入门。陆行载车④，水行载舟，泥行蹈毳⑤，山行即桥⑥。以别九州⑦，随山浚川⑧，任土作贡⑨。通九道⑩，陂九泽⑪，度九山⑫。然河灾衍溢⑬，害中国也尤甚⑭。唯是为务⑮。故道河自积石历龙门⑯，南到华阴⑰，东下砥柱⑱，及孟津⑲、雒汭⑳，至于大邳㉑。于是禹以为河所从来者高㉒，水湍悍㉓，难以行平地，数为败㉔，乃厮二渠以引其河㉕。北载之高地㉖，过降水㉗，至于大陆㉘，播为九河㉙，同为逆河㉚，入于勃海㉛。九川既疏㉜，九泽既洒㉝，诸夏艾安㉞，功施于三代㉟。

【注释】

　　①河渠书：本篇叙述从夏禹到汉武帝时期水利事业发展的历史，是《禹贡》之后的又一篇水利史专著。②夏书：《今文尚书》中的《禹贡》《甘誓》两篇是记载夏代史事之书，称为《夏书》。③抑：治。④载：乘载。⑤蹈：踏。毳（qiāo）：通"橇"。古代在泥路上行走所乘之具。《集解》引孟康说，橇形象簸箕，适合在泥上爬行。⑥即：则。桥：登山的轿。"桥"是"轿"的假借字。⑦别：区分。九州：传说禹治水后划分天下为九州。据《禹贡》，九州是冀州、兖州、青州、徐州、扬州、荆州、豫州、梁州、雍州。⑧随山浚川：顺着山势的高下来疏浚河道。浚，疏通。⑨任土作贡：根据各地土地的肥瘠多少，制定贡赋。任，依据。⑩通九道：开通九州的道路。⑪陂（bēi）九泽：给九州的湖泊修筑堤防，不让泛滥。陂，障遏，堵塞，指修筑堤防。⑫度（duó）九山：测量九州的山势，以便疏通水道，开通道路。⑬河：黄河。衍溢：泛滥。⑭中国：指黄河中下游一带。上古时代，我国华夏族建国于黄河中下游一带，以为居天下之中，故称中国。⑮唯是为务：唯以此（治理黄河）为当务之急。是，此。⑯积石：指大积石山，在今青海省南部。黄河流经此山。龙门：即龙门山。在今山西河津市西北及陕西韩城市东北，跨黄河两岸。黄河至此，两岸悬崖壁立，巨涛奔流其间，形如阙门，传说是大禹治水所开。⑰华阴：华山北面。汉始置

华阴县，即今陕西华阴市。⑱砥柱：即砥柱山，又名三门山。在今河南三门峡市黄河之中。以山在水中若柱，故名。因修三门峡水库，现已炸毁。⑲孟津：古黄河津渡名。在今河南孟津县东北。⑳雒汭（luò ruì）：古地区名，亦名洛口。指雒水（今洛河）入古黄河处。在今河南巩义市境内。㉑大邳：山名。在今河南浚县东南。㉒于是：当时。"于"是"当"的意思，"是"为"时"的假借字。本文中的"于是"，有的作"当时"讲，有的作连词"于是"用，由上下文义而定。所从来者高：是说黄河从地势高的地方流来。㉓湍（tuān）悍：水势湍急而凶悍。㉔数（shuò）：多次。败：害；灾害。㉕乃：于是。厮：分。二渠：禹导河至于大邳山后，分黄河为两支，以泄其湍激之水势。其一为黄河主流；其一即漯（tà）水，一名漯川。故道自今河南浚县西南别黄河，东北流经濮阳、范县、山东莘县、聊城、临邑、滨县等县境入海。今山东徒骇河即古漯水的残余而稍有变迁。㉖载：乘，登。㉗降（jiàng）水：清胡渭以为是古漳、绛二水的通称。绛水乃浊漳水上游，源出今山西屯留，东流入漳水，在今河北肥乡、曲周间注入古黄河。㉘大陆：古泽薮名。即大陆泽，又名巨鹿泽。在今河北隆尧、巨鹿、任县之间。源出内丘以南，太行山区的河流都汇注于此，今已淤成平地。㉙播：分。九河：据《尔雅·释水》说是徒骇、太史、马颊、覆釜、胡苏、简、絜、钩盘、鬲津等九条河，今已不能确指。今人多主张九河不一定是九条河，而是古时黄河下游许多支派的总称。㉚同为逆河：是说黄河"播为九河"之后，又合而为一，名为"逆河"。同，汇合。据梁启超考证，逆河在今天津市，及河北沧县、盐山，山东无棣、沾化等县境。㉛勃海：即今渤海。㉜九川：指九州的大川。《索隐》以为即弱水、黑水、河水、漾水、江水、沇水、淮水、渭水、洛水。既：已。㉝九泽：九州的湖泊。洒：划分。㉞诸夏：古代泛称中国为诸夏。艾（yì）安：同"乂（yì）安"。太平无事。㉟施（yì）：延续。

自是之后①，荥阳下引河东南为鸿沟②，以通宋、郑、陈、蔡、曹、卫③，与济、汝、淮、泗会④。于楚⑤，西方则通渠汉水、云梦之野⑥，东方则通沟江淮之间⑦。于吴⑧，则通渠三江、五湖⑨。于齐⑩，则通菑济之间⑪。于蜀⑫，蜀守冰凿离碓⑬，辟沫水之害⑭，穿二江成都之中⑮。此渠皆可行舟⑯，有余则用溉浸⑰，百姓飨其利⑱。至于所过⑲，往往引其水⑳，益用溉田畴之渠㉑，以万亿计，然莫足数也㉒。

【注释】

①是：此，指大禹治水。②荥（xíng）阳：在现在的河南省荥阳市东北。战国时韩为荥阳邑，秦置县。鸿沟：古运河名。约在战国魏惠王十年（前360年）开通。③宋：诸侯国名。周朝封国，前286年为齐国所灭。在今河南商丘市一带。郑：诸侯国名。前806年郑武公立国，前375年被韩国所灭。在今河南新郑市一带。陈：诸侯国名。周朝封国，建国于今河南淮阳县一带。前479年为楚所灭。蔡：诸侯国名。曾建都于今河南上蔡县。后多次迁都。前447年为楚所灭。曹：诸侯国名。建都于今山东定陶西南。前487年为宋所灭。卫：诸侯国名。曾先后建都于今河南淇县、滑县、濮阳。④济：济水，古水名。包括黄河南北两部分，河北部分源出今河南济源市西王屋山，河南部分本系黄河的一个支派，河道几经变迁。汝：汝水，古水名。上游即今河南北汝河，下游东沉水（今洪河），南经上蔡县至遂平县又东会溱水（今沙河），此下即今南汝河及新蔡县以下的洪河。淮：淮水。即今淮河。泗：泗水，古水名。因其四源合为一水，故名，即今泗河，但河道有变迁。会：会合。⑤于：在。下文"于吴""于齐""于蜀"的"于"均同。楚：指楚国。⑥西方：楚国的西部。下文的"东方"即楚国的东部。汉水：又名汉江。长江最大的支流。发源于今陕西宁强县北蟠冢山。初出山时名漾水，东南经勉县为沔水，东经褒城县，合褒水，始为汉水。东南流经陕西、湖北至武汉入长江。云梦：即云梦泽。野：郊野，这里泛指汉水与云梦泽之间的地方。⑦沟：指邗（hán）沟。古运河。春秋时吴王夫差为争霸中原在江淮间开凿。⑧吴：指吴国。在现在的江苏省境内，前473年为越所灭。建都今江苏苏州市。⑨三江：三江的说法很多，但都很牵强。近人多认为三江是长江下游众多水道的总称，并非确指某三条水。"三"，古人常用来表示多数。五湖：泛指太湖流域一带所有的湖泊，并非实指某五个湖泊。⑩齐：指齐国。⑪菑（zī）：通"淄"。水名，即今淄河。发源于山东莱芜，东北流经临淄东，北上合小清河入海。济：指济水。⑫蜀：指战国时期

大禹像

秦国的蜀郡。在今四川省境内，治今成都市。⑬守：郡守。冰：即李冰，战国时期的水利家，约前256—前251年被秦昭王任为蜀郡守。在任期间，主持兴建了著名的都江堰水利工程。凿：凿开；挖通。离碓：即离堆。⑭辟：通"避"。沫水：即今大渡河。⑮穿二江成都之中：岷江上游，流经川北山区，水流湍急，挟带着大量泥沙。岷江进入灌县以后，就进入了成都平原，水流突然变缓慢，泥沙在灌县地方壅积，河床垫高，容易泛滥，以至平原地区常闹水灾。在李冰主持下，成都平原的劳动人民在灌县附近把岷江分为郫江（即内江）和检江（即外江）两支，使岷江的水流分散，既可免除泛滥的水灾，又便利了航运和灌溉，使成都平原成为"天府之国"。⑯此渠：指这一段提到的鸿沟、邢沟等所有人工开凿的沟渠水道。这些沟渠水道，都是春秋战国时代各国先后开凿的。⑰溉浸（jìn）：灌溉。⑱缮：通"享"。⑲所过：渠道所经过的地方。⑳往往：到处；处处。㉑益：增加。田畴：田地；农田。㉒然：承接连词，和"则"差不多，译为"就"或"便"。莫足：不能；无法。

西门豹引漳水溉邺①，以富魏之河内②。

【注释】

①西门豹：战国魏文侯（前445—前396年在位）时邺令。漳水：有清漳河、浊漳河两源，均出自山西省东南部，在河北省南部汇合后称漳河，东南流入卫河。邺：古都邑名。②河内：古地区名。春秋战国时以黄河以北为河内，黄河以南为河外。邺属河内。

而韩闻秦之好兴事①，欲罢之②，毋令东伐③，乃使水工郑国间说秦④，令凿泾水自中山西邸瓠口为渠⑤，并北山东注洛三百余里⑥，欲以溉田。中作而觉⑦，秦欲杀郑国。郑国曰："始臣为间，然渠成亦秦之利也。"秦以为然⑧，卒使就渠⑨。渠就，用注填阏之水⑩，溉泽卤之地四万余顷⑪，收皆亩一钟⑫。于是关中为沃野⑬，无凶年⑭，秦以富强⑮，卒并诸侯⑯，因命曰郑国渠⑰。

【注释】

①韩：韩国。战国七雄之一。秦：秦国。好（hào）兴事：喜欢兴办各种事业。②罢（pí）：通"疲"。使动用法。之：代词，指秦国。③毋：不。东伐：指向东方攻打韩国。④使：派遣。水工：治水的工程人员。郑国：战国末水利家。⑤泾水：水名。上游两源：北源出自甘肃

平凉，南源出自甘肃华亭，至甘肃泾川汇合，东南流至陕西彬县，再折而东南至高陵南流入渭河。自中山西邸瓠口为渠：是说从中山（又名仲山，在今陕西省泾阳县西北）引泾水向西到瓠口（即焦获泽，在今泾阳北）作为渠口，利用西北微高，东南略低的地形，沿北山南麓引水向东伸展。⑥并（bàng）：通"傍"。挨着；沿着。北山：泛指关中平原北面诸山。洛：洛河，即北洛河。发源于今陕西定边县东南，东南流经志丹、甘泉、富县，至洛川纳沮河，又流经蒲城，到大荔南合渭河后，东入黄河。⑦中作：工程进行到一半的时候。觉：发觉。⑧然：是；对。⑨卒：终于。就：成就；完成。⑩注：引。阏：通"淤"。填阏，淤泥。填阏之水，指含有淤泥，十分浑浊的水。这种水可以降低土地的盐碱含量。⑪泽卤之地：盐碱地。⑫钟：六斛四斗为一钟。⑬关中：指关中平原。沃野：肥沃的田野。⑭凶年：荒年。⑮以：因此。⑯并：吞并。诸侯：指关东六国。⑰命：命名。郑国渠：自中山引泾水西至瓠口，然后沿北山南麓向东伸展，经今三原、富平等县，穿过许多纵流的小河，从今大荔县东南，注入洛水。

汉兴三十九年①，孝文时河决酸枣②，东溃金堤③，于是东郡大兴卒塞之④。

【注释】

①汉兴三十九年：时为汉文帝十二年（前168年）。从刘邦初为汉王时算起，至此整三十九年。②孝文：即汉文帝刘恒，前180—前157年在位。孝文时，指文帝十二年。酸枣：县名。治所在今河南省延津县西南。③东溃：西汉时的黄河故道自现在的河南浚县西南为东北流向，南岸的堤防溃决，水流向东，因此称"东溃"。金堤：西汉时东郡、魏郡、平原郡界内黄河两岸，都有石筑的大堤，高者至四五丈，因修筑得很坚固而被称为金堤。此次东溃金堤在东郡白马(今河南滑县境)。④东郡：郡名。治所在今河南濮阳西南。

郑国像，出自明·吕维祺《圣贤像赞》。郑国为战国时著名的水家，曾开凿郑国渠。

兴：征发。卒：民伕。塞：堵塞。

其后四十有余年①，今天子元光之中②，而河决于瓠子③，东南注钜野④，通于淮、泗⑤。于是天子使汲黯、郑当时兴人徒塞之⑥，辄复坏⑦。是时武安侯田蚡为丞相⑧，其奉邑食鄃⑨。蚡居河北⑩，河决而南则鄃无水灾，邑收多。蚡言于上曰："江河之决皆天事⑪，未易以人力为强塞⑫，塞之未必应天⑬。"而望气用数者亦以为然⑭。于是天子久之不事复塞也⑮。

【注释】

①其后四十有余年：指汉文帝十二年黄河决堤之后四十多年。实际上汉文帝十二年到汉武帝元光三年河决于瓠子，仅有三十六年。②今天子：指汉武帝刘彻。前140—前87年在位。司马迁为汉武帝时人，故提到汉武帝时称"今天子"或"天子"。元光：汉武帝年号。前134年至前129年。元光之中，指元光三年（前132年）。③瓠（hú，旧读hú）子：地名，亦称瓠子口。在现在的河南省濮阳县西南。④钜野：钜野泽，又名大野泽。约在今山东巨野县北部，今湮没。⑤通于淮泗：黄河决口之后，水流入淮水、泗水等河。⑥汲黯：西汉濮阳（今河南濮阳西南）人。汉武帝时任东海郡太守。后召为主爵都尉。郑当时：西汉陈（今河南淮阳县）人。武帝时曾为九卿。⑦辄：随即；马上。复：又。⑧武安侯田蚡（fén）：西汉长陵（今陕西咸阳东北）人。汉景帝王皇后同母弟。武帝时以贵戚封武安侯。曾任太尉、丞相，骄横专断。武安，今河北武安县。⑨奉邑：即食邑，采邑。鄃（shū）；鄃县，县名。治所在今山东平原县西南。⑩河北：黄河以北。⑪江河：这里是泛指，并不专指长江和黄河。⑫未：不能。易：轻易。⑬应天：与天意相合。⑭望气用数者：指方士、术士等。望气，方士的一种占候术，望云气以测吉凶。⑮之：语气助词，用在"久"字之后，以补凑音节，无实在意义。不事复塞：不再从事堵塞黄河决口。

是时郑当时为大农①，言曰："异时关东漕粟从渭中上②，度六月而罢③，而漕水道九百余里④，时有难处⑤。引渭穿渠起长安⑥，并南山下⑦，至河三百余里，径⑧，易漕，度可令三月罢；而渠下民田万余顷⑨，又可得以溉田：此损漕省卒⑩，而益肥关中之地，得谷⑪。"天子以为然，令齐人水工徐伯表⑫，悉发卒数万人穿漕渠⑬，三岁而通。通，以漕⑭，大便利。其后漕稍多⑮，而渠下之民颇得以溉田矣⑯。

【注释】

①是时：此时，指武帝元光六年（前129年）。大农：大农令，九卿之一。汉武帝太初元年（前104年）改名为大司农。主要掌管租税钱谷盐铁等事。②异时：往日；从前。关东：指函谷关以东的地区。漕粟：从水路运输粮食。渭：即渭水。源出甘肃省渭源县西北鸟鼠山，东南流至清水县，入陕西省境，横贯关中平原，东流至潼关，入黄河。从渭中上：从渭水西运京师长安。③度（duó）：估计。六月：六个月。罢：完；结束。指把漕粟运到长安。④漕水道：漕运的水道。⑤时：时时；时常。难处：难以行船之处。⑥引渭穿渠起长安：据《水经注》说，在郑当时主持下所修的漕渠是引昆明池（故址在今西安市西南）水，傍南山（秦岭）开渠，东至于黄河，不是引渭水。⑦南山：终南山，即秦岭。在今陕西西安市南。⑧径：直。指路线直，距离短。⑨渠下：因为渠紧临终南山，山下有农田，故谓渠下。⑩损漕：减少漕运时间。损，减少。⑪得谷：多打粮食。⑫徐伯：西汉齐郡（治今山东淄博市临淄县）人。是当时的水利专家。⑬穿：开凿。漕渠：漕运之渠。⑭以漕：用来漕运。⑮稍：逐渐。⑯颇：皆，多。

其后河东守番系言①："漕从山东西②，岁百余万石，更砥柱之限③，败亡甚多④，而亦烦费⑤。穿渠引汾溉皮氏、汾阴下⑥，引河溉汾阴、蒲坂下⑦，度可得五千顷。五千顷故尽河壖弃地⑧，民茭牧其中耳⑨，今溉田之⑩，度可得谷二百万石以上。谷从渭上⑪，与关中无异⑫，而砥柱之东可无复漕⑬。"天子以为然，发卒数万人作渠田⑭。数岁，河移徙⑮，渠不利⑯，则田者不能偿种⑰。久之，河东渠田废，予越人⑱，令少府以为稍入⑲。

【注释】

①河东：郡名，秦置。治所在安邑（今山西夏县西北）。辖境相当今山西沁水以西、霍山以南地区。黄河进入陕西、山西两省交界地区时，作北南流向，当时的河东郡位于黄河东边，故名。守：即太守。番（pó）系：人名。当时为河东郡太守。②山东：秦汉时代，称崤山或华山以东为山东，与"关东"的含义相同。漕从山东西，谓漕粮从山东地区西运。③更：历；经。砥柱：即砥柱山。限：险阻。④败亡：指物资损失和人员伤亡。⑤烦费：耗费。⑥汾：汾河。黄河支流。发源于今山西省宁武县管涔山，南流至曲沃县西折，在河津县入黄河。皮氏：县名。治所在今山西河津市西。汾阴：县名。治所在今山西省万荣县境，故在汾河之南而得名。⑦蒲坂：县名。治所在今

山西永济市西蒲州。⑧故：本来。尽：都是。河堧（ruán）：河边地。弃地：荒地。⑨茭牧其中：谓放牧牛马，使食其中的茭草。茭，茭草，可喂牲口。⑩田：耕种。⑪谷从渭上：粮食沿渭水运上。⑫与关中无异：是说从渭水运粮到京师，路程很近，和从关中各地运粮到京师没有多少差别。⑬无复：不再。⑭作渠田：兴修水渠，开垦田地。⑮移徙：迁移；改道。⑯不利：不能发挥作用。⑰则：而。不能偿种：是说收成很少，连种子都收不回来。⑱予越人：当时越人有徙居者，废弃的渠田便给了他们。⑲少府：官名。九卿之一。掌山海池泽收入和皇室手工业制造，为皇帝的私府。稍，小。

其后人有上书欲通褒斜道及漕①，事下御史大夫张汤②。汤问其事③，因言④："抵蜀从故道⑤，故道多阪⑥，回远⑦。今穿褒斜道，少阪，近四百里；而褒水通沔⑧，斜水通渭，皆可以行船漕。漕从南阳上沔入褒⑨，褒之绝水至斜⑩，间百余里⑪，以车转⑫，从斜下下渭⑬。如此，汉中之谷可致⑭，山东从沔无限⑮，便于砥柱之漕。且褒斜材木竹箭之饶⑯，拟于巴蜀⑰。"天子以为然，拜汤子卬为汉中守⑱，发数万人作褒斜道五百余里。道果便近⑲，而水湍石⑳，不可漕。

【注释】

①人有：有人。上书：古时臣下或官吏用文字向帝王或上官陈述意见或建议称上书。通：开通。褒斜（yé）道：古道路名。因取道褒水、斜水两河谷而得名。两水同出秦岭太白山。褒水南注汉水，谷口在旧褒城县北十里；斜水北注渭水，谷口在眉县西南三十里。汉武帝时曾征发数万人治褒斜水道，欲使通漕运，没成功。褒斜道自汉以后长期为往来秦岭南北的重要通道之一。②事下：皇帝把事情交给大臣去拟议叫"事下"。御史大夫：官名。秦汉时仅次于丞相的中央最高长官。主要职务为监察、执法，兼掌重要文书图籍。张汤：（？——前115年）杜陵（今陕西西安东南）人。汉武帝时历任廷尉、御史大夫等职。用法严峻。曾与赵禹共定律令。建议铸造白金（银币）及五铢钱，支持盐铁官营，制定"告缗令"，以打击富商大贾。因被朱买臣等陷害，自杀。③问：有的本子作"阿"。王先谦说，"阿"字因形近而误为"问"。当据改作"阿"。阿，阿谀，奉承，迎合。④因：于是，就，便。⑤抵：至；到。蜀：蜀郡。故道：又名陈仓道。起自陈仓（今陕西省宝鸡市东），西南行出散关，沿故道水谷道至今凤县折而东南入褒谷，出抵汉中。道虽迂远，以坡度较平缓，自古以来为往来秦岭南北的通道。⑥阪（bǎn）：山坡。⑦回远：绕远。⑧沔：沔水。本为汉水的上游，后因通称汉水为沔水。

⑨南阳：郡名。治所在今河南南阳市。⑩绝水：指源头（河流的发源处）。⑪间：间隔。⑫转：陆运。⑬下下：《汉书·沟洫志》无后一"下"字，《史记会注考证》认为是衍文，应删减。⑭汉中：即汉中郡。致：运到。⑮无限：无所阻隔。⑯褒斜：指褒水、斜水流域。竹箭：一名荼（tiáo），小竹，可以作箭杆。⑰拟：比。巴蜀：巴郡和蜀郡，包括今四川省全境。⑱拜：授官。⑲便近：既方便又近。⑳而：但。水湍石：当作"水多湍石"。《史记会注考证》说，神田抄本有"多"字，与《汉书·沟洫志》相合。当补。湍石：湍流激石。

　　其后庄熊罴言①："临晋民愿穿洛以溉重泉以东万余顷故卤地②。诚得水③，可令亩十石。"于是为发卒万余人穿渠，自征引洛水至商颜山下④。岸善崩⑤，乃凿井，深者四十余丈。往往为井⑥，井下相通行水。水颓以绝商颜⑦，东至山岭十余里间⑧。井渠之生自此始⑨。穿渠得龙骨⑩，故名曰龙首渠⑪。作之十余岁，渠颇通，犹未得其饶⑫。

【注释】

　　①庄熊罴：人名。②临晋：县名。治所在今陕西大荔县东朝邑旧县东南。重泉：县名。卤地：盐碱地。③诚：果然。④征：县名。在现在的陕西澄城县西南。商颜：山名，即今铁镰山。在今陕西大荔县北。⑤岸善崩：是说商颜山下的土质疏松，渠岸容易崩塌。⑥往往：一处一处地。⑦颓：水向下流。绝：通过；越过。⑧东至山岭十余里间：与上文相连是说，井渠从商颜山下修起，越过商颜山，向东修到距离山岭十余里的地方。⑨生：产生；出现。⑩龙骨：古代脊椎动物的骨骼和牙齿的化石。⑪龙首渠：此渠是汉武帝时为灌溉今陕西北洛水下游东岸一万多顷盐碱地而开凿。渠自今澄城县西南引北洛水东南流，至今大荔西仍入洛。渠经商颜山下，由于土质松散，渠岸易崩，故凿井在井下开渠通水，长十余里。这是我国历史上第一条地下井渠。汉朝人发明的这种井渠法未大成功，此法后由中国传至西域及波斯。⑫犹：依然；仍然。饶：利；好处。

　　自河决瓠子后二十余岁，岁因以数不登①，而梁楚之地尤甚②。天子既封禅③，巡祭山川④，其明年⑤，旱，干封少雨⑥。天子乃使汲仁、郭昌发卒数万人塞瓠子决⑦。于是天子已用事万里沙⑧，则还自临决河⑨，沉白马玉璧于河⑩，令群臣从官自将军已下皆负薪填决河⑪。是时东郡烧草⑫，以故薪柴少⑬，而下淇园之竹以为楗⑭。

【注释】

①岁：年成。因以：因此。数（shuò）：屡次；连年。②梁楚之地：梁、楚均为西汉的封国。梁治睢阳（今河南商丘南），楚治彭城（今江苏徐州市）。③既：已。封禅：封建帝王祭祀天地的典礼。在泰山上筑土为坛祭天，称"封"；在泰山南的梁父山上辟场祭地，称"禅"。汉武帝举行封禅典礼在元封元年。④巡：天子到各地视察叫"巡"。武帝封禅后曾不断出巡。山川：指名山大川。⑤其明年：指武帝封禅后的第二年，即元封二年（前109年）。⑥干封：西汉方士有一种迷信说法，凡是帝王封禅后应连续三年不下雨，以便晒干祭坛之土。封，指封禅时所筑祭天之土坛。⑦汲仁：汲黯之弟，曾为九卿。郭昌：云中（治所在今内蒙古托克托东北）人，曾任校尉。⑧用事：行事。指行祭祀之事。万里沙：即万里沙祠。在今山东半岛莱州市北。⑨则：于是；便；就。自：亲自。临：到。⑩沉白马玉璧于河：这是一种祭祀水神之礼。⑪薪：草。⑫烧草：用草作燃料。⑬以故：因此。⑭而：于是；便；就。下：顺流运输曰"下"。淇园：地名。古以产竹闻名，在今河南省淇县附近。楗（jiàn）：古代用以堵塞河决的埽（sào），以竹为之称竹楗。据《元和志》，李冰曾做楗尾堰，以防江决。其法：破竹为笼，圆径三尺，长十丈，装以石头，一层层累起以堵水，此为下竹为楗之法。

天子既临河决，悼功之不成①，乃作歌曰②："瓠子决兮将奈何③？皓皓旰旰兮间殚为河④！殚为河兮地不得宁⑤，功无已时兮吾山平⑥。吾山平兮巨野溢⑦，鱼沸郁兮柏冬日⑧。延道弛兮离常流⑨，蛟龙骋兮方远游⑩。归旧川兮神哉沛⑪，不封禅兮安知外！为我谓河伯兮何不仁⑫，泛滥不止兮愁吾人！啮桑浮兮淮泗满⑬，久不反兮水维缓⑭。"一曰："河汤汤兮激潺湲⑮，北渡污兮浚流难⑯。搴长茭兮沉美玉⑰，河伯许兮薪不属⑱。薪不属兮卫人罪⑲，烧萧条兮噫乎何以御水⑳！颓林竹兮楗石菑㉑，宣房塞兮万福来㉒。"于是卒塞瓠子㉓，筑宫其上，名曰宣房宫。而道河北行二渠㉔，复禹旧迹，而梁、楚之地复宁，无水灾。

【注释】

①悼：伤；痛；悲。功：事，指堵塞河决之事。②歌：即《瓠子歌》，共二首。第一首写河决瓠子，灾情严重，堵塞决口，刻不容缓。第二首写塞河本事，祝其功成来福。③兮（xī）：语气助词。相当于现代汉语中的"啊"。奈何：怎么办。④皓皓（hào）：同"浩浩"，水盛大的样子。

旰旰（hàn）：水盛大的样子。同：是"恒"的假借字。恒，大抵，大都。
⑤地：指梁、楚之地。⑥已：止。吾（yú）山：指鱼山。在现在的山东
东阿县西南。当时大量开采吾山之石以塞黄河决口，所以慨叹地说"吾
山平"。⑦巨野：即巨野泽。⑧沸郁：读为"沸渭"。"沸渭"犹"纷纭"，
盛多貌。柏：通"迫"。接近。柏冬日，是说时已近冬，黄河之水仍泛
滥不止。⑨延：有的本子作"正"，《汉书·沟洫志》作"正"，《水
经注》亦作"正"。王先谦说，"延"是"正"的误字。当改。弛：毁坏。
⑩骋（chěng）：奔驰。方：通"放"。恣意；放纵。⑪归旧川：水还旧道。
神：这里指河神。哉：语气助词。相当于"啊"。沛：滂沛。形容神力
的巨大。⑫为：替。谓：告语。河伯：河神。⑬啮桑：地名，即啮桑亭。
在今江苏省沛县西南。浮：漂没。满：溢。⑭反：同"返"。水维：河
水的纲维，指河堤。缓：舒缓。指河堤崩溃。⑮汤汤（shāng）：水盛貌。
激潺湲（chán yuán）：水势急疾。⑯污（yū）：通"纡"。纡曲。⑰搴
（qiān）：取。茭（jiǎo）：篾缆，即用薄竹片或芦苇编成的大索，用来
引致土石。沉美玉：是祭祀河神之礼。⑱许：答应佑助。属（zhǔ）：接
连。不属，接济不上，供应不及。⑲卫人罪：东郡是战国时期卫国的地方。
所以这里把东郡人叫"卫人"。⑳烧萧条：草都烧尽，田野萧条。噫（yī）
乎：感叹词，相当于现代汉语中的"唉"。御：抵挡；堵塞。㉑颓林竹：
即上文所说"下淇园之竹"。颓：下。楗：桩。作动词用，即"打桩"。
石菑（zì）：打桩所用的石柱。楗石菑，是说用竹楗和石菑来巩固河堤。
㉒宣房：武帝堵塞瓠子决口后，在瓠子堤上筑宫，名曰"宣房"。这里
用来指代瓠子决口。㉓卒：终于。㉔道河北行二渠：元封二年（前109年），
堵塞瓠子决口，河归故道及其支流漯水，故称"道河北行二渠"。

自是之后，用事者争言水利①。朔方②、西河③、河西④、酒泉皆引河
及川谷以溉田⑤；而关中辅渠⑥、灵轵引堵水⑦；汝南⑧、九江引淮⑨；东
海引巨定⑩；泰山下引汶水⑪；皆穿渠为溉田⑫，各万余顷。佗小渠山通
道者⑬，不可胜言。然其著者在宣房⑭。

【注释】

①用事者：犹言"有司"，指官吏。②朔方：郡名。汉武帝元朔二年（前
127年）设置。治所在朔方（今内蒙古杭锦旗北）。管辖境地为相当今
河套西北部及后套地区。③西河：郡名。汉武帝元朔四年置。治所在平
定（今内蒙古东胜县境）。辖境相当今内蒙古鄂尔多斯东部、山西吕梁山、

芦芽山以西、石楼以北及陕西宜川以北黄河沿岸地带。④河西：地区名。指今甘肃、青海两省黄河以西，即河西走廊与湟水流域。⑤酒泉：郡名。汉武帝元狩二年（前121年）置。治所在福禄（今甘肃酒泉）。川谷：指河流。⑥辅渠：又称六辅渠、六渠。汉武帝元鼎六年（前111年）在左内史倪（ní）宽的主持下，于郑国渠上游南岸开凿六道小渠，以辅助灌溉郑国渠所不能达到的高地。约起自今陕西淳化县西南，至泾阳西北的云阳镇北。⑦灵轵：即灵轵渠。汉武帝时，自今陕西眉县东北渭水北岸，引渭水东流经今扶风南，武功、兴平、咸阳之北，至灞、渭会合处东注渭水，称为成国渠。堵水：徐广说，一本作"诸川"。当据改。诸川，众水。⑧汝南：郡名。汉高祖刘邦四年（前203年）置。治所在上蔡（今河南上蔡西南）。⑨九江：郡名。秦置。治所在寿春（今安徽寿县）。汉武帝时辖境相当今安徽省淮河以南、瓦埠湖流域以东、巢湖以北地区。⑩东海：郡名。治所在郯县（今山东郯城北）。巨定：泽名，即巨定泽。今山东广饶东北清水泊的前身。汉时为一大湖，淄水、时水、女水、浊水、洋水等河流皆汇于此，北出为马车渎，东北流入海。⑪泰山：郡名。治所在博县（今山东泰安东南），后移治奉高（今泰安东北）汶（wèn）水：今称大汶水或大汶河。发源于山东莱芜北，西南流经古嬴县南，又西南会牟汶、北汶、石汶、柴汶至今东平县戴村坝，西流经东平县南至梁山东南入济水。⑫为：以。⑬佗（tuō）：通"他"，即其他。披山通道：谓随山势造陂池以导水。道，通"导"。⑭著：显著；有名。宣房：指堵塞瓠子决口的水利工程。

太史公曰：余南登庐山①，观禹疏九江②，遂至于会稽太湟③，上姑苏④，望五湖；东窥洛汭、大邳、迎河⑤，行淮、泗、济、漯、洛渠⑥；西瞻蜀之岷山及离碓⑦；北自龙门至于朔方。曰：甚哉，水之为利害也！余从负薪塞宣房，悲《瓠子》之诗，而作《河渠书》。

【注释】

①庐山：即现今江西九江县的庐山。②观：观察；实地考察。九江：长江水系的九条河。③会（kuài）稽：山名。在现今浙江省绍兴县东南十二里。④姑苏：山名。在今江苏苏州市西南。⑤窥：看。迎河：即逆河。见前注。⑥渠：河。⑦瞻：观望。岷山：在四川松潘县北，绵延四川、甘肃两省边境。

平准书第八①

　　汉兴②，接秦之弊③，丈夫从军旅④，老弱转粮饷⑤，作业剧而财匮⑥，自天子不能具钧驷⑦，而将相或乘牛车⑧，齐民无藏盖⑨。于是为秦钱重难用⑩，更令民铸钱⑪，一黄金一斤⑫，约法省禁⑬。而不轨逐利之民⑭，蓄积余业以稽市物⑮，物踊腾粜⑯，米至石万钱⑰，马一匹则百金⑱。

【注释】

　　①平准书：本篇论述汉初到武帝时一百多年财政经济的发展变化过程，是我国史籍中最早的经济史专门著作。内容主要是阐述财政经济政策的变动和得失。②汉兴：指汉高祖刘邦初为汉王之时。③弊：凋敝；衰败。指社会经济。④丈夫：指成年男子。从：参加。军旅：军队。⑤转：转运。粮饷：指军粮。⑥作业：所从事的谋生之业。这里指社会生产。剧：难；不易。这里有停滞的意思。财：指物资。匮（kuì）：缺乏。⑦自：即使。让步连词。天子：指刘邦。钧驷：古代一车套四马。四匹马的毛色一样，叫作钧驷。钧，同，这里指马色相同。驷，四马。⑧或：有的人。虚指代词。⑨齐民：平民；百姓。藏盖：储蓄。⑩于是：当时。介宾词组。"于"为介词，是"在""当"的意思；"是"为"时"的假借字。本文中的"于是"，除少数是口语中的承接连词以外，多数作"当时"讲。这从上下文中可以辨别出来。⑪更令民铸钱：秦以"半两钱"为全国统一的货币。每枚重量为当时的半两，即十二铢，合今二钱。汉初由于铜料缺乏，故托秦钱太重，令民改铸轻钱。⑫一黄金一斤：一黄金又称一金，是黄金单位，犹言黄金一锭。秦以一镒（二十两，一说二十四两）为一金，汉初为了以少量之金，当多量之用，规定以一斤（十六两）为一金。⑬约法省禁：简约法令，减省禁律。⑭不轨逐利之民：指富商大贾（gǔ）。不轨，不遵守法度，越出常轨。逐利，追逐商贾之利。⑮蓄积：聚积。余业：丰厚的产业，指钱财。稽（jī）：囤积。市物：市场上的货物。⑯物踊腾粜：《史记志疑》以为"踊""粜"都是误字，当依《汉书·食货志》作"物痛腾跃"。痛，

大大地。腾跃，跳跃，表示物价上涨。⑰石（dàn）：十斗为一石。⑱百金：在汉代，凡说"黄金"若干"斤"指的是真金；不言"黄"字"斤"字，如十金、百金，指的是钱。一金万钱，十金十万，百金百万。

天下已平①，高祖乃令贾人不得衣丝乘车②，重租税以困辱之③。孝惠、高后时④，为天下初定⑤，复弛商贾之律⑥，然市井之子孙亦不得仕宦为吏⑦。量吏禄⑧，度官用⑨，以赋于民⑩。而山川园池市井租税之入⑪，自天子以至于封君汤沐邑⑫，皆各为私奉养焉⑬，不领于天下之经费⑭。漕转山东粟⑮，以给中都官⑯，岁不过数十万石⑰。

【注释】

①天下已平：天下太平以后。前202年，汉高祖刘邦战胜项羽，统一天下，即皇帝位。②贾（gǔ）人：指商人。衣（yì）丝：穿丝织品的衣服。衣，穿（衣服）。③重租税：加重租税。之：他们。指商人。④孝惠（前216—前188年）：即刘邦的儿子汉惠帝刘盈，前194—前188年在位。高后（前241—前180年）：即高祖刘邦的皇后吕雉。⑤为：由于。⑥弛：放松。商贾之律：指困辱商贾的法律。⑦市井：原指做买卖的地方，犹言市场，这里用来指商贾。仕宦：做官。⑧量：估量。吏禄：官吏的俸给。⑨度（duó）：估计。官用：政府的经费。⑩赋：征收赋税。⑪山川园池市井租税：汉代所谓山、川、园、池、市井租税，包括盐铁税；海租（即渔税）；假税（天子或诸侯的园囿池苑佃给人民所收之税）；工税（向手工业者征收的税）；市租（商品交易税）等。⑫封君：受有封邑的公主及列侯之属。汤沐邑：这里指公主、列侯的封邑。意思是说，邑内收入供封君朝见天子时斋戒沐浴之用，故名。⑬私奉养：私人的生活费用。⑭不领于天下之经费：不属于国家的经费。领，属。天下，国家。汉代的赋税管理制度是，田租和算赋等的收入，归治粟内史（后改称大农令、大司农）掌管，属于国家经费。"山川园池市井租税之入"则归少府掌管，属于皇帝的私奉养，供皇室享用，不属于国家的经费。诸侯的封国和公主、列侯的封邑，也是一样。⑮漕转：从水道运输粮食。漕，水道运粮。转，车运。山东：战国秦汉时称崤山或华山以东为山东。也称关东。⑯中都官：京师各官府。中都，古代对京师的通称。⑰岁：年。

至孝文时①，荚钱益多②，轻，乃更铸四铢钱，其文为"半两"③，令民纵得自铸钱④。故吴⑤，诸侯也，以即山铸钱⑥，富埒天子⑦，其后卒以叛逆⑧。邓通⑨，大夫也，以铸钱财过王者。故吴、邓氏钱布天下⑩，而铸钱之禁生焉⑪。

【注释】

①孝文：即汉文帝刘恒（前 179—前 157 年），高祖刘邦的中子，是西汉第三代皇帝，前 179—前 157 年在位。②荚钱：即上文高祖刘邦"更令民铸钱"以来民间私铸之轻钱。③文：钱文，钱上铸的文字。④令民纵得自铸钱：纵，随意、任意。⑤吴：西汉初期的一个诸侯王国。吴王刘濞（bì），是刘邦的侄儿，高帝十二年（前 195 年）封。他在封国内铸钱、煮盐，招纳亡人，扩张势力。景帝前三年（前 154 年），他联合楚、赵等六个诸侯国，发动叛乱，史称"吴楚七国之乱"。不久失败，逃到东越被杀。⑥以：凭；依靠。即：就。⑦埒（liè）：等于；相等。⑧卒：终于。⑨邓通：西汉蜀郡南安（今四川乐山）人。文帝时初为黄头郎（掌管船舶行驶的吏员。戴黄帽，故名），后得宠幸，官至上大夫。⑩布：流传。⑪而铸钱之禁生焉：连上句是说，自从文帝放铸以后，吴、邓之钱布天下，而景帝时禁止民间铸钱的原因就产生于此。

匈奴数侵盗北边，屯戍者多①，边粟不足给食当食者②。于是募民能输及转粟于边者拜爵③，爵得至大庶长④。

【注释】

①屯戍：驻防边境。②给食（sì）：给养。食，通饲，给人吃。当食者：指驻防边境的士卒。③募：招募。能输：能向国家捐献粮食。输，献纳。转粟于边：把国家的粮食转运到边境。拜爵：封爵。④爵得至大庶长：是说买爵可以买到大庶长这一级。汉爵二十等，大庶长为第十八等爵。文帝前十二年（前 168 年）采用晁错建议，实行卖爵政策。入粟六百石爵上造（第二等爵），累增至四千石为五大夫（第九等爵），再累增至一万二千石为大庶长。

孝景时①，上郡以西旱②，亦复修卖爵令③，而贱其价以招民④；及徒复作得输粟县官以除罪⑤。益造苑马以广用⑥，而宫室列观与马益增修矣⑦。

【注释】

①孝景：即汉景帝刘启（前 188—前 141 年），汉文帝的儿子，西汉第四代皇帝，前 156—前 141 年在位。②上郡以西旱：事在景帝中三年（前 147 年）。上郡，治肤施（今陕西榆林县东南），辖境当今无定河流域及内蒙古鄂托克旗等地。③修：修订。④贱其价：使其价贱。⑤徒复作：刑名。遇赦令，对判了刑的人，免除其罪犯身份，但仍令其在官府服劳役，

服完原定刑期。这样的人，叫"徒复作"，也叫"免徒复作"。⑥益：增。造苑马：造苑养马。苑，牧场。汉西北边郡有六牧师苑，养马三十万匹。广用：宽裕军用；使军用宽裕。⑦列观：各观。观，供皇帝游憩的宫馆。舆马：车马。益增修：逐渐增建和修饰。

　　至今上即位数岁①，汉兴七十余年之间，国家无事，非遇水旱之灾，民则人给家足，都鄙廪庾皆满②，而府库余货财。京师之钱累巨万③，贯朽而不可校④。太仓之粟陈陈相因⑤，充溢露积于外⑥，至腐败不可食。众庶街巷有马⑦，阡陌之间成群⑧，而乘字牝者傧而不得聚会⑨。守闾阎者食粱肉⑩，为吏者长子孙⑪，居官者以为姓号⑫。故人人自爱而重犯法⑬，先行义而后绌耻辱焉⑭。当此之时，网疏而民富⑮，役财骄溢⑯，或至兼并⑰；豪党之徒，以武断于乡曲⑱；宗室有土公卿大夫以下⑲，争于奢侈，室庐舆服僭于上⑳，无限度。物盛而衰，固其变也。

【注释】

　　①今上：当今皇上，指汉武帝刘彻（前156—前87年）。②都鄙：指郡县政府所在的地邑。廪庾（yǔ）：米仓。③累：累积；积聚。巨万：万万。④贯：穿钱的绳索，即钱串。校（jiào）：计点；计数。⑤太仓：汉代京城储粮的大仓。陈陈相因：是说太仓的粮食吃不完，陈粮加陈粮，层层积累。⑥充溢：米装的太满，溢出仓外。露积：露天堆积。⑦众庶：庶民；众民。⑧阡陌（qiān mò）：田间小路。⑨字牝（pìn）：母马。傧（bìn）：通"摈"。排斥。⑩闾阎：里巷的门。粱肉：指精美的膳食。粱，小米。⑪为吏者长子孙：是说当时太平无事，官吏不轻易调动，以至于在任所使子孙长大。"长"字在这里是使动用法。⑫居官者以为姓号：是说做官的人久任其职，便以官名作为自己的姓氏。⑬重：难；不轻易。⑭先行（xíng）义而后绌耻辱焉：《汉书补注》及《史记会注考证》都认为"先"与"绌"对文，《汉书·食货志》无"后"字，"后"字是衍文，当删。先行义，把品行端正看作首要的事。先，首要的事情，意动用法。⑮网疏而民富：是说当时"约法省禁"，法网宽疏，谋生之途广，百姓殷富。当然，这里所谓"民"以及上面所谓"众庶"，都不是指农民，而是指地主阶级和富商大贾。一般农民不是荒年也仅能自给而已。⑯役：使用，有"凭藉"的意思。骄溢：骄傲放纵。⑰或：有的人。至：甚至。兼并：指兼并土地。⑱以：用法同"则"。武断：横行霸道。乡曲：乡里；乡间。⑲宗室：与皇帝同宗的贵族。有土：有封邑的列侯。⑳僭（jiàn）：超越本分。

自是之后，严助、朱买臣等招来东瓯①，事两越②，江淮之间萧然烦费矣③。唐蒙、司马相如开路西南夷④，凿山通道千余里，以广巴、蜀⑤，巴、蜀之民罢焉⑥。彭吴贾灭朝鲜⑦，置沧海之郡⑧，则燕、齐之间靡然发动⑨。及王恢设谋马邑⑩，匈奴绝和亲⑪，侵扰北边，兵连而不解⑫，天下苦其劳⑬。而干戈日滋⑭，行者赍⑮，居者送，中外骚扰而相奉⑯，百姓抏弊以巧法⑰，财赂衰耗而不赡⑱。入物者补官⑲，出货者除罪⑳，选举陵迟㉑，廉耻相冒㉒，武力进用㉓，法严令具㉔。兴利之臣自此始也㉕。

【注释】

①招来东瓯：东瓯为古代越族的一支，秦汉时分布在今浙江南部瓯江、灵江流域。②事两越：两越指南越和闽越。闽越也是古代越族的一支，秦汉时分布在今福建北部、浙江南部的部分地区。其首领无诸，相传与东瓯王摇同是越王勾践的后裔。汉初受封为闽越王，治东冶（今福建福州）。后分为繇和东越两部。武帝元鼎六年（前111年），东越王余善反抗汉朝，武帝拜侍中朱买臣为会稽太守，在会稽郡预治楼船、贮备粮食。元封元年（前110年），朱买臣受诏将兵，与横海将军韩说等一同击破东越，徙东越人于江淮地区。南越是南方越人的一支。秦于其地置桂林、南海和象郡。秦末，龙川令赵佗兼并三郡，建立南越国。汉武帝建元六年（前135年），闽越兴兵击南越，南越向汉朝求援，武帝派兵攻闽越。闽越王弟余善杀闽越王以降，汉乃罢兵。武帝令严助讽谕南越，南越王即遣太子随严助入侍。元鼎五年（前112年），南越相吕嘉反，武帝出兵于次年平定越地，置九郡。③萧然：即骚然，动乱不安的样子。④开路西南夷：因为开通西南夷始自唐蒙、司马相如，因此这里说"唐蒙、司马相如开路西南夷"。⑤巴、蜀：巴郡，治江州（今重庆市北嘉陵江北岸）；蜀郡，治成都（今成都市）。⑥罢（pí）：通"疲。"⑦彭吴：人名。贾：当依《汉书·食货志》作"穿。"⑧置沧海之郡：武帝元朔元年（前128年）秽君降汉。⑨燕、齐：燕，指今河北省北部和辽宁省西端，是战国时燕国之地，汉代仍沿称为燕。齐，指今山东省泰山以北黄河流域及山东半岛地区，为战国时齐国之地，汉代仍沿称为齐。靡然：随风披靡貌。发动：动作起来。元封二年（前109年），汉遣楼船将军杨仆从齐地渡海，左将军荀彘从燕地出辽东，攻打朝鲜，因此这里说"燕、齐之间靡然发动。"⑩王恢设谋马邑：元光二年（前133年），武帝采用大行王恢所设的计谋，在马邑（今山西省朔县）旁伏兵三十万，欲诱致匈奴邀击之。单于入塞，在距马邑百余里的地方发觉，乃引兵还。⑪和亲：从高祖刘邦时开始，以宗室女嫁给匈奴单于，并年年送给匈奴大

批礼物，以换取匈奴的不来侵扰，叫作"和亲"。直到文帝、景帝时，对匈奴仍是继续采取和亲政策。⑫兵连：一个战争接连一个战争。⑬苦：痛苦。意动用法。⑭干戈：干，盾；戈，平头戟。滋：增多。⑮赍：携带。指出征的人携带衣食等物。⑯奉：供应。⑰抏（wán）弊：抏，消耗。巧法：用欺骗取巧的办法来抵制朝廷的法令。⑱财赂（lù）：财物。赡：足。⑲入物：向政府缴纳财物。补官：做官。⑳出货：拿出财货给政府。㉑选举：选拔任用官吏的制度。陵迟：衰颓、败坏。㉒廉耻相冒：是"不顾廉耻"的意思。冒，有所干犯而不顾叫"冒"。㉓武力进用：武勇有力的人得到提升重用。㉔法严令具：法令苛细。严，密；具，完备。㉕兴利之臣：指东郭咸阳、孔仅、桑弘羊之类为汉武帝谋利之臣。

　　其后汉将岁以数万骑出击胡①，及车骑将军卫青取匈奴河南地②，筑朔方③。当是时，汉通西南夷道，作者数万人④。千里负担馈粮⑤，率十余钟致一石⑥。散币于邛、僰集之⑦。数岁道不通，蛮夷因以数攻吏⑧。发兵诛之⑨，悉巴、蜀租赋不足以更之⑩。乃募豪民田南夷⑪，入粟县官⑫，而内受钱于都内⑬。东至沧海之郡，人徒之费拟于南夷⑭。又兴十万余人筑卫朔方⑮，转漕甚辽远⑯，自山东咸被其劳⑰，费数十百巨万⑱，府库益虚。乃募民能入奴婢得以终身复⑲，为郎增秩⑳，及入羊为郎㉑，始于此。

【注释】

　　①岁：年；每年。以：介词。率领。骑（jì）：骑兵。胡：指匈奴。②卫青（？—前106年）：西汉名将。河东平阳（今山西临汾西南）人。卫皇后弟。本平阳公主家奴，后为汉武帝重用。初拜车骑将军，后为大将军。元朔二年（前127年），他率军大败匈奴，取得了匈奴占领下的河套地区，在那里设置了朔方郡。元狩四年（前119年），与霍去病共同击垮匈奴主力。他前后七次出击匈奴，解除了匈奴对西汉王朝的威胁。③朔方：朔方城在今内蒙古杭锦旗北。元朔三年（前126年）筑朔方城。④作者：指被征发修筑道路的人。⑤负担：负，背（bēi）；担，挑。馈：送。⑥率（shuài）：副词。大率；大致。钟：古量器名。六斛四斗为一钟。致：送到。⑦币：指财物。邛：古族名，分布在今四川省西昌地区。僰（bó）：古族名，分布在今四川省宜宾一带。集：安定。⑧蛮夷：指西南夷。数（shuò）：屡次。⑨诛：讨伐。⑩悉：尽。更：抵偿。⑪豪民：豪富之民。⑫入粟：缴纳粮食。县官：指巴、蜀各县政府。⑬都内：官名。西汉大司农属官有都内令、丞，是主管国库的官。⑭拟：相等。⑮筑卫朔方：既修筑朔方城又守卫朔方城。⑯转漕：车运叫"转"，水运

叫"漕"。⑰被：蒙受；遭受。⑱数十百巨万：数十万万以至百万万。
巨万，万万。⑲复：免除徭役。⑳秩：官吏的品级。㉑入羊为郎：畜牧
主卜式，屡以家财捐助政府，武帝任为中郎，借以鼓励其他富商大贾出钱。

　　其后四年①，而汉遣大将将六将军②，军十余万，击右贤王③，获首虏
万五千级④。明年⑤，大将军将六将军仍再出击胡，得首虏万九千级。捕斩
首虏之士受赐黄金二十余万斤⑥，虏数万人皆得厚赏⑦，衣食仰给县官⑧；而
汉军之士马死者十余万⑨，兵甲之财⑩，转漕之费，不与焉⑪。于是大农陈
藏钱经耗⑫，赋税既竭⑬，犹不足以奉战士⑭。有司言⑮："天子曰：'朕闻
五帝之教不相复而治⑯，禹汤之法不同道而王⑰。所由殊路⑱，而建德一也⑲。
北边未安，朕甚悼之⑳。日者㉑，大将军攻匈奴，斩首虏万九千级，留蹛无
所食㉒。议令民得买爵及赎禁锢免减罪㉓。请置赏官㉔，命曰武功爵㉕。级
十七万，凡直三十余万金㉖。诸买武功爵官首者试补吏㉗，先除㉘；千夫如
五大夫㉙；其有罪又减二等㉚；爵得至乐卿㉛：以显军功㉜。"军功多用越
等㉝，大者封侯卿大夫，小者郎吏㉞。吏道杂而多端㉟，则官职耗废㊱。

【注释】

　　①其后四年：元朔五年（前 124 年）。②大将：当作"大将军"。③
右贤王：匈奴官名。是单于下的最高官职。冒顿单于（mòdú chányú）时，
除自领中部外，设左、右贤王，分领东西二部，由单于子弟担任。④级：
战国时期秦国规定；斩下敌人一个人头，赐爵一级。因此"级"字便用来
作为计数单位。如"斩首数十级"，即斩下人头数十个。这里说"获首虏
万五千级"，是说斩首和俘虏的数目共计一万五千。俘虏应说若干"人"，
不应说"级"，这是古人行文不嫌疏略，从一而省的写法。⑤明年：元朔
六年（前 1 年）。⑥黄金二十余万斤：指的是真金。⑦虏数万人皆得厚赏：
俘虏得厚赏，这是汉武帝对待匈奴的俘虏政策。⑧县官：指朝廷，中央政
府。⑨士马：士卒和马匹。⑩兵甲：兵，兵器；甲，战士的护身衣，用皮
革或金属制成。⑪不与（yù）焉：不计算在内。焉，于此，在这里面。⑫
大农：即大司农。官名。九卿之一。掌管国家租税钱谷盐铁的财政收支。
陈藏钱：库藏旧存之钱。上文说武帝初年"府库余财"，"贯朽而不可校"，
就是指的陈藏钱。陈，久、旧。经：已经。耗：尽。⑬既：已。竭：尽。
⑭奉：供给。⑮有司：古代设官分职，各有专司，因称官吏为"有司"。
⑯朕：从秦始皇开始，皇帝自称"朕"。五帝：传说中上古时期的五个帝
王。据《五帝本纪》说是黄帝、颛顼、帝喾、唐尧、虞舜。教：教化。相
复：递相重复。⑰禹：夏朝第一代君主。汤：商朝的建立者。法：法令、

制度。王（wàng）：称王，统治天下。⑱所由殊路：所经的道路不同。由，经过。⑲建德：立德，树立德业。古人把创立一种能使百姓得到好处的法令制度，叫作"立德"。一：一致。⑳悼：悲伤。㉑日者：往日；从前。㉒留踬（zhì）："踬"通"滞"。滞留，停留。㉓禁锢：不准做官。据《汉书·贡禹传》说，文帝时，贾人、赘婿和官吏贪污的，都禁锢不准做官，而且没有赎罪之法。㉔赏官：用于赏赐的官爵。㉕命：命名；起名。㉖凡直三十余万金：是说武功爵每级卖价十七万钱，卖爵总值是三十余万万钱（用胡三省说）。万金，万万钱。㉗试补吏：官首为吏称"试"，有试用的意思。补，补缺任用。㉘先除：优先任命。除，任命、授职的意思。㉙千夫如五大夫：武帝时除武功爵外，尚有旧二十等爵并行。㉚其有罪又减二等：是说有罪的人买爵要减二等。如每级十七万出至五十一万者当得三等爵良士，因有罪，故只授一等爵造士。余类推。㉛爵得至乐卿：是说不管什么人，买爵只能买到第八级乐卿为止，第九级执戎以上，只有立下军功的人才能得到。㉜显：显扬。㉝越等：越级。这里是越级提拔的意思。㉞郎吏：郎，郎官，皇帝侍从官的通称；吏，指官府中的低级官员。㉟吏道：做官的途径。㊱官职：官吏的职务。

自公孙弘以《春秋》之义绳臣下取汉相①，张汤用峻文决理为廷尉②，于是见知之法生③，而废格沮诽穷治之狱用矣④。其明年⑤，淮南、衡山、江都王谋反迹见⑥，而公卿寻端治之⑦，竟其党与⑧，而坐死者数万人⑨，长吏益惨急而法令明察⑩。

【注释】

①公孙弘（前200—前121年），西汉菑川（郡治今山东寿光南）薛人。少为狱吏。年四十余始治《春秋公羊传》。绳：纠正。②张汤（？—前115年）：西汉杜陵（今陕西西安东南）人。武帝时历任廷尉、御史大夫等职。建议铸造白金及五铢钱，并支持盐铁官营政策，制订"告缗令"，以打击富商大贾。主办许多重大审判案件，用法严峻。曾与赵禹共同编订律令。峻文：严峻的法律条文。决理：断狱；判案。廷尉：官名，九卿之一，掌刑狱。张汤为廷尉在元朔三年（前126年）。③见知之法：官吏明明见到、知

卫青钳徒论相图。卫青，西汉名将，曾七次出击匈奴，令匈奴闻风丧胆。

道某人犯法的事而不予处理，要判以故纵之罪。④废格：废阁的假借。阁，今作搁。搁置；拖延。沮诽：指对抗、毁谤皇帝诏令的行为。沮，阻止；诽，毁谤。穷治：追根到底地处理。狱：罪案。用：行；流行。⑤其明年：元狩元年（前122年）。⑥淮南、衡山、江都王：三王都是汉武帝时代的同姓诸侯王。淮南王刘安，衡山王刘赐，江都王刘建。⑦端：头绪；线索。⑧竟：追究。党与：朋党；参与其事的人。⑨坐死者：因为犯牵连罪而被处死的人。⑩长吏：六百石以上的官吏称长吏，一说二百石至四百石的县吏称长吏。这里指一般审理案件的官吏。惨急：惨酷峻急，指用法严酷。明察：苛细。

　　当是之时，招尊方正贤良文学之士①，或至公卿大夫。公孙弘以汉相，布被，食不重味②，为天下先③。然无益于俗，稍骛于功利矣④。

【注释】

　　①方正贤良文学：汉代选拔官吏的科目之一。文帝前二年（前178年），为了询访政治得失，始诏"举贤良方正能直言极谏者"。凡中选者，皆授以官职。武帝时，或诏举贤良，或诏举贤良方正，或昭举贤良文学，名目时有不同，性质无异。②食不重（chóng）味：每顿饭只吃一个菜。③先：先导；表率；榜样。④稍：渐渐。

　　其明年①，骠骑仍再出击胡②，获首四万。其秋，浑邪王率数万之众来降③，于是汉车二万乘迎之④。既至，受赏⑤，赐及有功之士。是岁费凡百余巨万。

【注释】

　　①明年：元狩二年（前121年）。②骠骑（piào qí）：指骠骑将军霍去病。霍去病（前140—前117年），西汉名将。河东平阳（今山西临汾市西南）人。官至骠骑将军。他在元狩二年（前121年）春天和夏天接连两次大败匈奴，控制了河西地区，断了匈奴的"右臂"，打开通往西域的道路。元狩四年，又和卫青共同击垮匈奴主力。他前后六次出击匈奴，解除了西汉初年以来匈奴对汉王朝的威胁。③浑邪（yé）王：浑邪与休屠（chú）是匈奴的两个部落，同居于今甘肃河西地区。元狩二年夏天，霍去病击败匈败，取得焉支山、祁连山。同年秋天，浑邪王杀休屠王，并其众降汉，共四万人。汉以其地置武威、酒泉两郡。④汉发车二万乘迎之：浑邪王率四万众来降，汉恐其有诈，故命霍去病征发

战车二万乘迎接。乘（shèng），古时一车四马为一乘。⑤受赏：是说来降的浑邪王部众四万人受到汉朝的赏赐。

初，先是往十余岁河决①，（观）〔灌〕梁、楚之地②，固已数困③，而缘河之郡堤塞河④，辄决坏⑤，费不可胜计。其后番系欲省底柱之漕⑥，穿汾、河渠以为溉田⑦，作者数万人；郑当时为渭漕渠回远⑧，凿直渠自长安至华阴，作者数万人；朔方亦穿渠⑨，作者数万人：各历二三期⑩，功未就，费亦各巨万十数⑪。

【注释】

①往十余岁河决：指元光三年（前132年）黄河在瓠子（堤名，在今河南濮阳境古黄河南岸）决口。从浑邪王来降之元狩二年（前121年）算起，首尾共十二年，故云"往十余岁"。②观：古县名，本属上句。《史记志疑》《廿二史考异》和李慈铭《汉书札记》都考证黄河决口的瓠子在濮阳，不在观县，"观"乃"灌"字之讹，当从《汉书·食货志》作"灌"，属下句。今据改。③固：本来。数（shuò）困：数，屡次，频繁；困，贫困，穷困。④堤塞：筑堤堵塞。⑤辄：每每，往往，常常。⑥番（pó）系：是武帝时的河东郡太守，姓番名系。他认为当时每年从山东地区往京师长安运粮一百多万石，经过底柱险流，损失很大，也太耗费，向武帝建议在河东地区修渠，引汾水和黄河水灌溉皮氏（今山西河津西）、汾阴（今山西万荣西南宝鼎）、蒲坂（今山西蒲州）一带，估计可溉田五千顷，每年可得谷二百万石以上。这样就可以不再从底柱以东运粮了。武帝采纳了他的建议，征发数万人修渠。渠成之后不久，因黄河改道，渠废。底柱：即底柱山，又名三门山。⑦以为：同义词连用，"为"也当"以"讲，介词。⑧郑当时：武帝时为大司农。元光六年（前129年），在他的建议并主持下，征发数万人，由水工徐伯督率，自昆明池（故址在今西安市西南斗门镇东南一片洼地）南傍南山（秦岭）开渠，东至华阴（今县）通黄河。三年而成。当时此渠既便漕运关东粟，又可溉田。今已无水。为：因为。渭漕渠：渭水漕运的河道。回：弯弯曲曲。⑨朔方：指河套地区。⑩期（jī）：整年。⑪巨万十数（shǔ）：以十万万为单位来计算。数，计。

天子为伐胡，盛养马①，马之来食长安者数万匹②。卒牵掌者关中不足③，乃调旁近郡。而胡降者皆衣食县官，县官不给④，天子乃损膳⑤，解乘舆驷⑥，出御府禁藏以赡之⑦。

【注释】

①盛：多。②食（sì）：同"饲"。饲养。③辛牵掌者：辛之牵马掌马者，即马夫。④县官不给：政府经费不足，不能供给。⑤损膳：即减膳。膳，饭食。减膳是吃素或减少鱼肉之类的菜肴。⑥解乘舆驷：意思是武帝解下自己用的车上的四匹马，来补助国家的经费。乘舆，皇帝坐的车。驷，四马，古时一车四马。⑦御府禁藏：内廷的库藏。赡（shàn）：供给。

其明年①，山东被水灾②，民多饥乏。于是天子遣使者虚郡国仓廥③，以赈贫民④。犹不足⑤，又募豪富人相贷假⑥。尚不能相救，乃徙贫民于关以西⑦，及充朔方以南新秦中⑧，七十余万口，衣食皆仰给县官⑨。数岁，假予产业⑩，使者分部护之⑪，冠盖相望⑫。其费以亿计，不可胜数。于是县官大空。

【注释】

①明年：元狩三年（前120年）。②被：遭受。③仓廥（kuài）：粮仓。④赈：救济。⑤犹：还；仍。⑥贷假：借贷。这里是把粮食借给贫民的意思。⑦关：指函谷关或潼关。⑧新秦：秦始皇遣蒙恬击匈奴，得其河南地，名曰"新秦"，汉代仍沿称，即今河套地区。⑨仰：依靠。⑩产业：指土地、房屋、牲畜、农具等。⑪使者：指朝廷派去管理移民的官吏，名义上是皇帝的使者。⑫冠盖相望：冠是官吏的礼帽，盖是车盖，相望，互相看得见。这是形容朝廷的使者来往不绝，他们坐着车子，前后都能互相看见。

而富商大贾或蹛财役贫①，转毂百数②，废居居邑③，封君皆低首仰给④。冶铸煮盐⑤，财或累万金，而不佐国家之急，黎民重困⑥。于是天子与公卿议，更钱造币以赡用⑦，而摧浮淫并兼之徒⑧。是时禁苑有白鹿而少府多银锡⑨。自孝文更造四铢钱⑩，至是岁四十余年⑪。从建元以来⑫，用少，县官往往即多铜山而铸钱⑬，民亦间盗铸钱⑭，不可胜数。钱益多而轻⑮，物益少而贵⑯。有司言曰："古者皮币⑰，诸侯以聘享⑱。金有三等，黄金为上，白金为中⑲，赤金为下⑳。今半两钱，法重四铢㉑，而奸或盗摩钱质而取镕㉒，钱益轻薄而物贵，则远方用币烦费不省。"乃以白鹿皮方尺，缘以藻缋㉓，为皮币，直四十万㉔。王侯宗室朝觐聘享㉕，必以皮币荐璧㉖，然后得行㉗。

【注释】

①蹛财役贫：这是说富商大贾积贮财货，役使贫民，远途贩卖，通"滞"，贮。役，役使。②转毂：载运货物的车子。"蹛财役贫，转毂

百数"指行商。③废居：废，舍弃，在这里是"出卖"的意思。居，囤积。居邑：居，住。邑，城市。居邑，住在城市中。废居居邑指坐贾。④封君皆低首仰给：是说有封邑的公主列侯都低下头来向富商大贾告贷，靠富商大贾借钱给他们。⑤冶铸：冶铁，铸造铁器。⑥重：益加。⑦更：改。赡：充裕。用：财用，犹今言"经费"。⑧摧：抑；压制；打击。浮淫：骄溢不法。并兼：兼并土地。⑨禁苑：皇家园囿。少府：官名，九卿之一。掌山川园池市井租税之入和皇室手工业制造，是皇帝的私府。⑩孝文更造四铢钱：文帝前五年（前 175 年）改铸四铢重的"半两"钱为法钱。⑪至是岁四十余年：是岁，指元狩三年（前 120 年）。⑫建元：汉武帝的第一个年号，前 140 年至前 135 年。⑬即：就。⑭间（jiàn）暗暗地，偷偷地。副词。益铸钱：私自铸钱。自景帝中六年（前 144 年）下令禁止民间私自铸钱。⑮轻：贱，指币值，不是指重量。⑯贵：指物价昂贵。⑰皮币：用皮作的货币。⑱聘享：聘问献纳。⑲白金：银。⑳赤金：铜。㉑半两钱：指文帝前五年铸的四铢重的"半两"钱。法：标准。㉒摩：通"磨"。磨擦。里：铜钱有字的一面称"文"，无字的一面称"里"。铅（yù）：铜屑。㉓缘以藻缋（huì）：用彩绣来饰边。缘，绕。藻缋，彩绣。㉔直：通"值"。㉕朝觐：王侯朝见天子叫朝觐。㉖荐：垫。璧：平圆形中心有孔的玉器。古代朝聘、祭祀、丧葬时用为礼器。㉗得：可以。

又造银锡为白金①。以为天用莫如龙②，地用莫如马③，人用莫如龟④，故白金三品：其一曰重八两⑤，圜之⑥，其文龙⑦，名曰"白选"，直三千⑧；二曰以重差小⑨，方之，其文马，直五百；三曰复小，撱之⑩，其文龟，直三百。令县官销半两钱⑪，更铸三铢钱，文如其重⑫。盗铸诸金钱罪皆死，而吏民之盗铸白金者不可胜数。

【注释】

①又造银锡为白金：以银锡为原料造白金。据《汉书·武帝本纪》，造白金、皮币和改铸三铢钱都在元狩四年（前 119 年）。②用：行；飞行。莫：没有哪一种东西。③用：行；奔驰。④用：使用。⑤其一曰重八两：不少学者认为此句以下文字有脱误。⑥圜：同"圆"。⑦文：花纹；图案。⑧直：通"值"。⑨以：他本《史记》无"以"字。细按上下文，其一"重八两"，二则"重差小"，三则"复小"，文从字顺，若加"以"字，不仅多余，而且费解，宜删。⑩撱：是"椭"的讹字，当改。椭，椭圆形。⑪县官：指各郡国政府。半两钱：指四铢重的半两钱。⑫文如其重：钱重三铢，钱上的文字也是"三铢"，钱文和钱重相符。

　　于是以东郭咸阳、孔仅为大农丞①，领盐铁事②；桑弘羊以计算用事③，侍中④。咸阳，齐之大煮盐⑤，孔仅，南阳大冶⑥，皆致生累千金⑦，故郑当时进言之⑧。弘羊，雒阳贾人子⑨，以心计⑩，年十三侍中。故三人言利事析秋豪矣⑪。

【注释】

　　①东郭咸阳：姓东郭，名咸阳。大农丞：大农令（后改大司农）的属官。②领：管领。③用事：当权。④侍中：在宫中侍从皇帝左右。⑤大煮盐：大盐商。⑥大冶：大铁商。⑦致：获得。生：产业。⑧进言：向皇帝进言，这里是"推荐"的意思。⑨雒（luò）阳：即洛阳。⑩心计：心算。⑪利事：赢利的事。秋豪：鸟兽在秋天新长出来的细毛。比喻细微。

　　法既益严，吏多废免①。兵革数动②，民多买复及五大夫③，征发之士益鲜④。于是除千夫、五大夫为吏⑤，不欲者出马；故吏皆适令伐棘上林⑥，作昆明池⑦。

【注释】

　　①废：罢官。免：免官。②兵革：是兵器和衣甲的总称，引申指战争。③买复及五大夫：向政府缴纳一定数量的财物，可以免除徭役，叫"买复"，如晁错《贵粟疏》说，献马一匹，免除三个人的徭役。④鲜（xiǎn）：少。⑤除千夫、五大夫为吏：本来在元朔六年（前1年）就规定，买爵至千夫的和五大夫一样，可以做官，是一种优待，但由于法令越来越严峻，做官容易获得罪谴，因此那些买得千夫爵和五大夫爵的人宁肯不去做官，现在下令"除千夫、五大夫为吏"，强迫他们去做官。⑥故吏：因为有罪被废免的官吏。适（zhé）：通"谪"，责罚。棘：有刺草木的通称。上林：即上林苑。故址在今西安市西及周至、户县界，周围二百多里。⑦昆明池：故址在今西安市西南斗门镇东南一片洼地。元狩三年，武帝为准备与昆明国作战、训练水军和解决长安水源不足的困难而开凿。周围四十里。

　　其明年①，大将军、骠骑大出击胡②，得首虏八九万级，赏赐五十万金，汉军马死者十余万匹，转漕车甲之费不与焉。是时财匮，战士颇不得禄矣③。

【注释】

　　①明年：指元狩四年（前119年）。②大将军：指大将军卫青。骠骑：指骠骑将军霍去病。③颇：间或，有时。禄：俸禄。

有司言三铢钱轻，易奸诈，乃更请诸郡国铸五铢钱[①]，周郭其下[②]，令不可磨取镕焉。

【注释】

①诸郡国铸五铢钱：据《汉书·武帝纪》，元狩五年（前118年）行五铢钱。②周郭其下：周郭，铜钱的轮廓（外框）。下，铜钱无字的一面，也称"里"。原来铜钱的下面无周郭，磨镕与否不易发现；现在在钱的下面铸以周郭，可以防止磨镕，因为磨则郭灭，容易发现。

大农上盐铁丞孔仅、咸阳言："山海，天地之藏也[①]，皆宜属少府[②]，陛下不私，以属大农佐赋。愿募民自给费[③]，因官器作[④]；煮盐，官与牢盆[⑤]。浮食奇民欲擅管山海之货[⑥]，以致富羡[⑦]，役利细民[⑧]，其沮事之议[⑨]，不可胜听。敢私铸铁器煮盐者，钛左趾[⑩]，没入其器物。郡不出铁者，置小铁官[⑪]，便属在所县[⑫]。"使孔仅、东郭咸阳乘传举行天下盐铁[⑬]，作官府[⑭]，除故盐铁家富者为吏。吏道益杂，不选[⑮]，而多贾人矣。

【注释】

①天地：天地之间；世界上。藏：储存东西的地方，如库藏、府藏。②宜属少府：山海池泽之税本来是天子的"私奉养"，归少府管领，不属于政府的经费，所以孔仅、咸阳说"宜属少府"。③自给费：自己拿本钱。④因：用。作：指冶铁铸器。⑤牢盆：煮盐用的铁盆名牢盆。⑥浮食奇民：浮食即浮末，指商贾等业。奇（jī）民，奇邪之民。浮食奇民指垄断盐铁业的富商大贾和地方豪强。擅管：犹今言"垄断"。山海之货：指盐铁。⑦富羡：富饶。⑧役利：役使。⑨沮（jǔ）事：阻止破坏已成之事。⑩钛（dì）：足钳，重六斤，着左足下，类似后世的"脚镣"。趾：脚。⑪小铁官：汉武帝为了实行盐铁官营，据《汉书·地理志》记载，在全国设铁官者凡四十郡，共五十处。产铁地方置铁官，主铸造铁器，不出铁的地方置小铁官，铸旧铁。⑫便属在所县：是说铁官、小铁官即管辖所在郡之各县铁器。便，即。属，管辖。⑬乘传（zhuàn）：驿站传车的一种。举行：举办。⑭作：设立。⑮选：选举。

商贾以币之变[①]，多积货逐利。于是公卿言："郡国颇被灾害[②]，贫民无产业者，募徙广饶之地[③]。陛下损膳省用，出禁钱以振元元[④]，宽贷赋[⑤]，而民不齐出于南亩[⑥]，商贾滋众[⑦]。贫者畜积无有[⑧]，皆仰县官。异时算轺车贾人缗钱皆有差[⑨]，请算如故。诸贾人末作[⑩]，贳贷卖买[⑪]，居邑稽诸物[⑫]，及商以取利者，虽无市籍[⑬]，各以其物自占[⑭]，率缗钱二千而一算⑮。诸作有租及铸⑯，率缗钱四千一算。非吏比者、三老、北边骑士⑰，轺车以一算；商贾人轺车二算；船五丈以上一算。匿不自占，占不悉，戍边一岁，没入缗钱⑱。有能告者，以其半畀之⑲。贾人有市籍者，及其家属，皆无得籍名田⑳，以便农。敢犯令，没入田僮㉑。"

【注释】

①以：借。②郡国颇被灾害：指上文"其明年，山东被水灾"。③募徙广饶之地：指上文"乃徙贫民于关以西，及充朔方以南新秦中，七十余万口"。④禁钱：内廷库藏的钱，也就是少府掌管的钱。元元：庶民；众民。⑤宽贷：宽缓。⑥出于南亩：意思是到田地里去耕种。南亩，泛指农田。⑦滋：益加。⑧畜（xù）积：积蓄。⑨异时：往时；从前。算轺车：征收轺车税。算，本义是计算，引申为"征税"。缗钱：缗是穿钱的丝绳，一缗千钱。缗钱即俗所谓"贯钱"，是汉代向工商业者征收财产税时计算其资产的单位名称，同时也是工商业资产税名称。算缗钱即征收工商业资产税。据《武帝纪》，"元狩四年初算缗钱"。这里说过去就曾算缗钱，《史记》《汉书》的本纪和列传均无记载，可能指汉武帝以前向商人征收的"訾算"（财产税）。有差（cī）：是说征税有差等。⑩末作：即末业，指工商业。"诸贾人末作"总冒以下"贳贷卖买，居邑稽诸物，及商以取利者"诸句。⑪贳贷卖买：贳贷，指高利贷者。卖买，指贱买贵卖的商人，行商坐贾全部包括在内。⑫居邑稽诸物：指囤户。⑬市籍：商贾的户籍。⑭自占：犹自报。⑮率（shuài）：一概；一律。缗钱二千而一算：商人财产以"缗钱"为单位计算，值缗钱二千出一算。算是税额单位名称，每算一百二十文。⑯诸作有租及铸：是"诸作及铸有租"的倒装。诸作指各种手工业。铸，指铸造铜锡合金器物的行业。这个行业

卜式像，选自清·顾沅辑《古圣贤像传略》。卜式，西汉河南人，畜牧主出身，屡以家财资助朝廷，汉武帝时任为中郎，后被封为关内侯。

本来也属于手工业，因其较为突出，故特为标出，与"诸作"平列。⑰吏比者：与官吏相等的人。指那些有千夫、五大夫以上爵位的人。三老：掌教化的乡官。西汉有乡三老、县三老。北边骑士：北部边郡做骑士的人。⑱没入缗钱：据《汉书·昭帝纪》如淳注，商人自报财产不实，没收其隐匿不报的财产。⑲畀（bì）：给予。⑳籍：衍文，当删。名田：以个人名义占有田地。㉑田僮：田地和僮仆。

天子乃思卜式之言①，召拜式为中郎②，爵左庶长③，赐田十顷④，布告天下，使明知之。

【注释】

①卜式之言：指下段卜式回答使者的话："天子诛匈奴，愚以为贤者宜死节于边，有财者宜输委，如此而匈奴可灭也。"②召：呼唤使来。拜：授予官职叫"拜"。中郎：皇帝的侍从官。③左庶长：二十等爵的第十等。④顷：田百亩为顷。

初，卜式者，河南人也①，以田畜为事②。亲死③，式有少弟。弟壮④，式脱身出分⑤，独取畜羊百余⑥，田宅财物尽予弟。式入山牧十余岁，羊致千余头，买田宅。而其弟尽破其业⑦，式辄复分予弟者数矣⑧。是时汉方数使将击匈奴⑨，卜式上书，愿输家之半县官助边⑩。天子使使问式⑪："欲官乎？"式曰："臣少牧，不习仕宦⑫，不愿也。"使问曰："家岂有冤⑬，欲言事乎？"式曰："臣生与人无分争⑭。式邑人贫者贷之⑮，不善者教顺之⑯，所居人皆从式⑰，式何故见冤于人⑱！无所欲言也。"使者曰："苟如此⑲，子何欲而然⑳？"式曰："天子诛匈奴㉑，愚以为贤者宜死节于边㉒，有财者宜输委㉓，如此而匈奴可灭也。"使者具其言入以闻㉔。天子以语丞相弘㉕。弘曰："此非人情。不轨之臣㉖，不可以为化而乱法㉗，愿陛下勿许。"于是上久不报式㉘，数岁，乃罢式㉙。式归，复田牧。岁余，会军数出㉚，浑邪王等降，县官费众，仓府空㉛；其明年㉜，贫民大徙㉝，皆仰给县官，无以尽赡㉞，卜式持钱二十万予河南守，以给徙民。河南上富人助贫人者籍㉟，天子见卜式名，识之㊱，曰"是固前而欲输其家半助边"㊲，乃赐式外繇四百人㊳。式又尽复予县官。是时富豪皆争匿财㊴，唯式尤欲输之助费㊵。天子于是以式终长者㊶，故尊显以风百姓㊷。

【注释】

①河南：河南郡，治雒阳（今洛阳市东北）。②田：耕田。畜（xù）：

畜牧。③亲：父母。④壮：壮年。⑤脱身出分：从家庭里抽身份出来。⑥
畜羊：所养的羊。⑦业：产。⑧辄：每每；总是。数（shuò）：多次。⑨方：
正在。数使将击匈奴：指元光六年（前129年）至元朔六年（前123年），
汉不断遣将出击匈奴，特别是元朔五年和六年，大将军卫青接连两次将六
将军兵十余万，出击匈奴。⑩助边：补助边防的军费。⑪使使：派使者。
⑫习：熟悉。仕宦：做官。⑬岂：难道；莫非。⑭分争：即纷争。⑮邑人：
同邑的人。贷：施舍。⑯教顺：即教训。"顺"是"训"的假借字。⑰从：
顺从。⑱见：被。⑲苟：假如，如果。⑳子：表敬意的对称，相当于"您"。
㉑诛：讨伐。㉒死节：尽节义而死。㉓输委：献纳其所蓄财物。㉔具其言：
把他的话全部写出来。闻：使皇上听见；向皇上报告。㉕弘：公孙弘。㉖轨：
法。㉗化：教化。㉘不报：吏民上书后，皇上置之不理，不予答复叫"不报"。
㉙乃：才。罢：即报罢。吏民上书言事，皇上拒不采纳，宣令退去叫"报罢"。
㉚会：恰巧；适逢。㉛仓府：仓指存粮的米仓，借指存钱的府库。㉜明年：
元狩三年。㉝贫民大徙：指元狩三年徙贫民七十余万口于关以西及朔方以南。
㉞无以：犹无从，无法。㉟籍：名册。㊱识（zhì）：通"志"。记得。㊲是：
此人。㊳赐式外繇四百人：汉法规定，每个成年男子都要用一定时间为国
家戍边。不愿戍边的，一人出三百钱由政府雇人代役。这代役钱即"过更"。
赐式外繇四百人，即赐给卜式每年四百人的过更钱，共为十二万钱。一说
是免除其家四百人的徭役。繇，通"徭"。㊴匿财：隐藏财产。㊵尤：古"犹"字，
当却讲。㊶终：终归。长者：性情谨厚，有德行的人。㊷尊显：尊贵显达。
使动用法。风（fēng）百姓：教化百姓，希望他们效法卜式，向国家输财助边。

初，式不愿为郎。上曰："吾有羊上林中①，欲令子牧之。"式乃拜为郎，
布衣屩而牧羊②。岁余，羊肥息③。上过见其羊，善之④。式曰："非独羊也，
治民亦犹是也⑤。以时起居；恶者辄斥去⑥，毋令败群⑦。"上以式为奇，
拜为缑氏令试之⑧，缑氏便之⑨。迁为成皋令⑩，将漕最⑪。上以为式朴
忠⑫，拜为齐王太傅⑬。

【注释】

①吾有羊上林中：《汉书·卜式传》"羊"后有"在"字。王念孙
说："《类聚》《御览》引《史记》并有'在'字，今本脱去。"当据补。
②屩（jué）：草鞋。③息：繁殖。④善之：以之为善；认为他放牧的很好。
⑤犹是：如此。⑥辄：立即；立刻。⑦毋（wú）：不要。⑧缑（gōu）氏：
汉县，治今河南省偃师东南。令：县令。汉代万户以上的县官称"令"，

万户以下的县官称"长"。⑨便之：以之为便。⑩成皋：汉县，治今河南省荥阳市汜水镇。⑪将：领；管领。漕：漕运。最：指成绩最好。⑫朴忠：忠诚老实。⑬齐王：元狩六年（前117年），武帝封皇子刘闳为齐王。太傅：是辅导诸侯王的官。

而孔仅之使天下铸作器①，三年中拜为大农②，列于九卿③。而桑弘羊为大农丞④，管诸会计事⑤。稍稍置均输以通货物矣⑥。

【注释】

①孔仅之使天下铸作器：指上文元狩四年"孔仅、东郭咸阳乘传举行天下盐铁，作官府，除故盐铁家富者为吏"，实行盐铁官营。使，出使。铸作器，铸作铁器。②三年中拜为大农：孔仅于元鼎二年（前115年）任大农令。③九卿：汉以太常、光禄勋、卫尉、太仆、廷尉、鸿胪、宗正、大农（大司农）、少府为九卿。④桑弘羊为大农丞：元鼎二年，桑弘羊为大农中丞。⑤会计：古代所谓会计，是指为朝廷掌管财物赋税，进行月计、岁会的工作。每月计算为"计"，年终合算为"会"。⑥稍稍：渐渐；逐渐。均输：汉武帝实行的一项经济措施。元鼎二年开始在一些地区置均输官，元封元年（前110年）在全国遍设均输官。

始令吏得入谷补官①，郎至六百石②。

【注释】

①吏得入谷补官：谓已试为吏者入赀补官，由二百石至六百石。汉郎吏二百石至六百石，郡丞及减（不足）万户的县长及诸曹丞皆六百石。②郎至六百石：为郎者入谷可以提高级别，到六百石为止。

自造白金五铢钱后五岁①，赦吏民之坐盗铸金钱死者数十万人②。其不发觉相杀者③，不可胜计。赦自出者百余万人④，然不能半自出。天下大抵无虑皆铸金钱矣⑤。犯者众，吏不能尽诛取⑥。于是遣博士褚大、徐偃等分曹循行郡国⑦，举兼并之徒守相为利者⑧。而御史大夫张汤方隆贵用事⑨，减宣、杜周等为中丞⑩，义纵、尹齐、王温舒等用惨急刻深为九卿⑪，而直指夏兰之属始出矣⑫。

【注释】

①自造白金五铢钱后五岁：据《汉书·武帝纪》，元狩四年（前119年）造白金，五年行五铢钱，元鼎元年（前116年）赦天下，首尾只有四年，

应该说"后三年"。②坐：犯……罪。③不发觉相杀者：此句费解。可能是指有的盗铸者被官府严刑拷问致死，而始终没有得到盗铸实证的。"相杀"犹"杀之"。④自出：自首。⑤大抵：大都；大致。无虑：大略；大约。⑥诛取：捕杀。⑦褚大：胡母生弟子，治《公羊春秋》。分曹：分批。循行郡国：循通"巡"，往来视察的意思。⑧举：检举。兼并：指兼并土地。守：郡守。相：诸侯国的相。为利者：贪污受贿的。⑨御史大夫：是当时仅次于丞相的最高长官，主要职务为监察、执法，兼管重要文书图籍。张汤：杜陵（今西安市东南）人。武帝时历任廷尉、御史大夫等职。建议铸造白金及五铢钱，并支持盐铁官营，制订"告缗令"以打击富商大贾。主办许多重大案件，用法严峻。曾和赵禹共同编定律令。⑩减宣：杨县（今山西省洪洞县东南）人。初以佐史给事河东太守，逐渐迁升至中丞。使治主父偃及淮南王案件，论杀甚众，称为敢决疑。杜周：南阳杜衍（今河南省南阳市西南）人。义纵为南阳守，以杜周为爪牙。后事张汤，升为御史。办案多杀人，奏事中上意，故见任用，与减宣轮流为中丞十余年。中丞：御史大夫属官，受公卿奏事，举劾案章。⑪义纵：河东（治今山西省夏县北）人。群盗出身。武帝时任长陵和长安令，执法严峻。继迁河内都尉，族灭豪强穰氏之属。尹齐：东郡茌（chí）平（在今山东茌平县西南）人。以刀笔吏渐升至御史。事张汤，斩伐不避贵戚。武帝以为能，迁为中尉。王温舒：阳陵（治今陕西省高陵县西南）人。盗墓出身。事张汤，为御史。督"盗贼"，杀伤甚多。迁为河内太守，捕杀郡中豪强，连坐千余家，"至流血十余里"。武帝以为能，迁为中尉。张汤败后，徙为廷尉，又拜为少府。惨急刻深：惨酷峻急，苛刻严峻。指用法严酷。⑫直指：汉朝政府特派官员，衣绣衣，持节发兵，有权诛杀办事不力的官员，称绣衣直指，或称直指绣衣使者。夏兰：人名。

　　而大农颜异诛①。初，异为济南亭长②，以廉直稍迁至九卿。上与张汤既造白鹿皮币，问异。异曰："今王侯朝贺以苍璧③，直数千，而其皮荐反四十万，本末不相称④。"天子不说⑤，张汤又与异有郤⑥，及有人告异以它议⑦，事下张汤治异⑧。异与客语，客语初令下有不便者⑨，异不应，微反唇⑩。汤奏当异九卿见令不便⑪，不入言而腹诽⑫，论死⑬。自是之后，有腹诽之法比⑭，而公卿大夫多谄谀取容矣⑮。

【注释】

　　①大农颜异诛：据《汉书·百官表》，颜异诛在元狩六年。②济南：

济南郡，治东平陵（今山东省章丘市西北）。亭长：西汉时在乡村每十里设一亭，亭有亭长，掌治安警卫，兼管停留旅客，治理民事。③苍璧：青色的璧。④称（chèn）：适合；相副。⑤说（yuè）：通“悦”。⑥郤（xì）：通“隙”。嫌隙。⑦它议：犹“非议”。⑧治：审理。异：杨树达《汉书窥管》说，此文当以“事下张汤治”为句，“异”字是衍文，当删。⑨初令：新令。⑩反唇：翻其唇，表示心有所不服。⑪当：判（罪）。⑫腹诽：口里不说，心里不以为然。⑬论：定罪。⑭比：则例。⑮谄谀取容：巴结奉承，讨别人的喜欢。

天子既下缗钱令而尊卜式①，百姓终莫分财佐县官②，于是告缗钱纵矣③。

【注释】

①缗钱令：指元狩四年颁布的算缗钱（向工商业征收资产税）的法令。②莫：没有人。③告缗钱：告发商人自报缗钱不实者。据《汉书·武帝纪》，元鼎三年十一月曾下告缗令，鼓励百姓告缗，以没收缗钱的一半给予告发者。纵：放；放令百姓告发。

郡国多奸铸钱①，钱多轻②，而公卿请令京师铸钟官赤侧③，一当五，赋官用非赤侧不得行④。白金稍贱，民不宝用⑤，县官以令禁之，无益。岁余，白金终废不行。

斗舰图，出自《武经总要》。西汉时因欲与越水战，造楼船，高余丈。

【注释】

①奸铸：用奸巧的办法，杂以铅锡铸钱，不合规格。②轻：指重量轻。③而：所以。钟官赤侧：钟官是水衡都尉属官，掌铸钱。元鼎二年（前115年）由钟官铸赤侧钱。其钱以赤铜为郭（外框），故名钟官赤侧。④赋：缴纳赋税。官用：给官用；给政府缴钱。⑤宝：爱。